J. D. Oswald

DREAMWALKER

Der Zauber des Drachenvolkes

Aus dem Englischen
von Gabriele Haefs

cbj

Dieses Buch ist auch als E-Book erhältlich

Im Gedenken an Dot Lumley, die als Erste erkannte, was alles in dem kleinen Drachen steckt
J. O.

MIX
Papier aus verantwortungsvollen Quellen
FSC® C083411
FSC www.fsc.org

Verlagsgruppe Random House FSC® N001967

3. Auflage
Erstmals als cbj Taschenbuch Oktober 2015

Die Originalausgabe erschien 2013
unter dem Titel »Dreamwalker«
bei Penguin Books Ltd, London
Übersetzung: Gabriele Haefs
Lektorat: Andreas Rode
Umschlaggestaltung: init | Kommunikationsdesign, Bad Oeynhausen
unter Verwendung einer Illustration von © Sam Headley
MP · Herstellung: CB
Satz: Uhl + Massopust, Aalen
Druck: CPI Books GmbH, Leck
ISBN 978-3-570-40306-8
Printed in Germany

www.cbj-verlag.de

Prolog – Geburt

Wenn Balwens letzter Spross sitzt auf dem gestohlenen
Thron,
Wenn Drachenbrut schläft neben nie gebornem Kind,
Wenn Finsternis die Vögel des Waldes zu Mittag
verstummen lässt,
Wird Gulad sich in Blut und Feuer abermals erheben.
Die Weissagungen Goronwys der Wahnsinnigen

Wind toste durch die Bäume wie eine Kriegsmacht, riss die letzten Herbstblätter von den gequälten Zweigen und peitschte sie über den Pfad. Regenschwere Wolken jagten über den Nachthimmel, verdeckte Fetzen des von Sternen besäten Firmaments und legte sie dann wieder frei. Der trübe Schein einer verdreckten Laterne vorn auf dem Wagen beleuchtete den Weg nur unzureichend. Ab und zu zerschlugen Regengüsse den Boden, peitschten die hart getrampelte Erde kurzfristig brodelnd auf und erschreckten die Pferde, die müde ihre Last zogen.

Father Gideon zitterte und zog mit einer Hand den Umhang fester um seinen Hals zusammen, während er mit der anderen sanft die Zügel betätigte. Er flüsterte den Pferden beruhigend zu und versuchte, ihnen ein Gefühl von Frieden zu geben, auch wenn seine Worte vom Wind weggerissen wurden und niemals bei den gespitzten Ohren ankamen, die am Rande der Panik hin und her zuckten. Es war schwer, in der Finsternis die Entfernung einzuschätzen, unmöglich zu sagen, wie lange er schon in diesem tückischen Sturm unterwegs war, aber er war sich ziemlich sicher, dass ihr Ziel nicht mehr weit entfernt war. Ein leises, wehes Schluchzen hinter ihm erinnerte ihn daran, warum er unterwegs war und sich diesem üblen Wetter stellte, während er in der Burg hätte sein können, bei einem Krug Bier und einer Schale Suppe vor dem großen Feuer im Speisesaal.

Father Gideon schlug die triefnasse Leinenplane zurück und warf einen Blick in den hinteren Teil des Wagens. Die einzige verdreckte Öllampe konnte das Innere nur trübe mit flackerndem, gelbem Licht erhellen, während sie im Rhythmus der Räder auf dem Waldboden hin und her schwang.

Mitten im Wagen, umgeben von Decken und Kissen, schlief die Prinzessin. Sie wirkte ausnahmsweise fast friedlich, auch wenn der Schlaf nicht verbergen konnte, wie verhärmt ihr früher so schönes Gesicht jetzt aussah. Nicht einmal der Schlaf konnte darüber hinwegtäuschen, welche Mühe jeder Atemzug ihr machte, oder darüber, dass immer wieder krampfhafter Schmerz ihren Körper von Kopf bis Fuß durchzuckte. Die Wölbung ihres Leibes, Prinz Balchs Same, übertraf alle Proportionen der winzigen abgemagerten Gestalt, die diese Last trug. Father Gideon wusste, dass nicht das Kind Prinzessin Leyns Leben bedrohte. Ihr starker Wille und Wunsch, diese Schwangerschaft zu Ende zu bringen, waren vielleicht das Einzige, was sie noch am Leben erhielt. Und trotz seines gesamten Wissens, das er in einem Leben voller Studien und Reisen, voller Krankenpflege und Fürsorge für die Bedürftigen erworben hatte, hatte er doch keine Vorstellung, was seinen Schützling so leiden ließ.

Das schrille Wiehern eines der Pferde riss Father Gideon aus seinen Gedanken. Er wandte sich von der Prinzessin ab und sah ein schwaches Licht weiter vorn am Weg, und bald fuhr der Wagen über eine kleine Lichtung auf die Hütte zu, die er seit fünfzehn Jahren nicht mehr besucht hatte.

Es war ein seltsames Gebäude, viel größer, als der erste Eindruck vermuten ließ. Zwei Fenster, eines auf jeder Seite einer breiten Tür, blickten auf ein gepflegtes Gemüsebeet. Das Haus hatte nur ein Stockwerk, aber die Spitze des schlichten Dachs ragte mehr als zehn Meter in die Höhe. Der steinerne Schornstein ließ einen dünnen Rauchfaden in die Nacht aufsteigen, und hinter den geschlossenen Vorhängen leuchtete tröstliches Licht.

Als Father Gideon näher kam, änderte der wirbelnde Wind seine Richtung und kam jetzt direkt von der Hütte her. Sofort blieben die Pferde stehen, warfen nervös die Köpfe hin und her, voller Unsicherheit und Angst. Father Gideon stieß eine Verwünschung aus, dann fiel ihm ein, wo er war und an wen er sich wenden musste. Mit einem kurzen Schlagen der Zügel drehte er den Wagen auf dem breiten Weg, sodass er zwischen der Hütte und den Pferden stand. Die Pferde beruhigten sich sichtlich. Father Gideon ließ sie die Köpfe ins Gras senken, legte aber die Bremse vor, damit sie nicht zu weit wegwandern könnten.

Die Prinzessin wog fast nichts, aber Father Gideon merkte doch, dass er kein junger Mann mehr war, als er sie die letzten Dutzend Meter zur Hütte trug. Als ob jemand sein Kommen gespürt hätte, wurde die Tür geöffnet, sowie er die ersten hölzernen Stufen der breiten Veranda hochstieg, die sich um das gesamte Haus herumzog. Eine kräftige Gestalt stand in der Türöffnung und füllte sie so aus, dass kaum Licht nach draußen dringen konnte. Für einen Moment überkam ihn eine irrationale Furcht.

»Gideon«, sagte die Gestalt, ihre Stimme war tief und doch unverkennbar weiblich. »Ich habe schon mit dir gerechnet. Bring sie herein.«

»Danke, Morgum«, sagte Father Gideon. Er wusste, es hätte keinen Zweck zu fragen, woher sie von seiner Reise gewusst hatte, wenn doch niemand in der Burg ahnte, dass er sich auf den Weg gemacht, oder gar, dass er die Prinzessin mitgenommen hatte. Morgum die Grüne war ihm immer ein Rätsel gewesen, aber ihre medizinischen Kenntnisse waren in ganz Gulad unübertroffen. Nur die kleinlichen Vorurteile der Menschen hinderten sie an der Erkenntnis, welche Schätze an verborgenem Wissen Morgum und ihresgleichen in sich trugen.

Morgum trat zurück, um ihn das vordere Zimmer der Hütte betreten zu lassen, und abermals staunte er darüber, wie gewandt ein so riesiges Wesen sich bewegen konnte. Ihr Schuppenschwanz sah aus wie ein Stück Ballast, aber er bewegte sich mit ihr und wich allen Hindernissen aus, als ob er seinen eigenen Willen hätte. Ihre mit Krallen besetzten Füße hätten eigentlich den polierten Holzboden aufreißen müssen, aber sie lief mit solch eleganter Vorsicht, dass nicht ein einziger Kratzer zu sehen war.

»Du starrst schon wieder, Gideon«, sagte Morgum, und die hellen Schuppen um ihre Augen funkelten im Feuerschein.

»Es tut mir leid«, sagte Father Gideon, und vor Verlegenheit wurden seine Wangen rot, als wäre er ein Junge, der versuchte, ein Mädchen anzusprechen, das seine Aufmerksamkeit erregt hatte. »Es ist nur, ich hatte vergessen …«

»Dass ich ein Drache bin?«, fragte Morgum mit der Andeutung eines Kicherns in der Stimme. »Ich wünschte, alle Menschen könnten so anständig sein. Aber komm, lege sie hierhin.« Sie zeigte auf einen niedrigen Tisch vor der Feuerstätte, den sie mit dicken Decken belegt hatte. »Wollen mal sehen, was mit deinem Mädchen nicht stimmt.«

Father Gideon legte seinen Schützling auf den Tisch. Die Prinzessin hatte die ganze Zeit geschlafen, auch wenn immer wieder schmerzhafte Krämpfe ihren Leib durchzuckten und ein Film aus grauem Schweiß ihr Gesicht bedeckte und ihre früher so glänzenden Haare an die Seiten ihres mageren Schädels klebte.

»Sie wurde vor einigen Monaten krank«, sagte er und trat zur Seite, um Morgum durchzulassen. »Nicht lange nachdem man erstmals etwas von ihrer Schwangerschaft sehen konnte. Ich habe alles versucht, was in meiner Macht steht, aber dennoch geht es ihr von Tag zu Tag schlechter.«

Der Drache bückte sich über die Prinzessin, und seine Tatzen wanderten vom Kopf zum Hals zu der gewaltigen Wölbung des Leibs, rasierklingenscharfe Krallen so dicht auf der zarten Haut, und doch niemals gefährlich. Morgum ließ ein vages leises Summen hören, während sie die Kranke untersuchte. Father Gideon wandte seinen Blick ab, da er doch nicht helfen konnte. Er stand auf der einen Seite der Feuerstätte, neben der ein riesiger Kessel voller Wasser leise vor sich hin köchelte. Auf der anderen Seite stand ein großer Korb, gerade nah genug an den Flammen, um gewärmt, aber nicht verbrannt zu werden.

Brotteig, der gehen soll, dachte er für einen Moment, aber es hätte dann ein riesiger Laib sein müssen, sogar für einen Drachen. Dann bemerkte er einen Spalt in den zusammengelegten Decken und sah dadurch etwas Glattes, Blasses und mit winzigen braunen Flecken Überzogenes. Er fuhr zusammen, als er erkannte, dass es sich um ein Ei handelte. Dann stellte sich eine eiskalte Angst ein. Morgum musste doch mit einer furchtbaren Strafe rechnen, wenn sie erwischt würde.

»Leinkraut«, sagte Morgum, und eine Welle von Schuldgefühlen durchflutete Father Gideon, als ihm einfiel, warum er hergekommen war.

»Leinkraut?«, fragte er. Eine Erinnerung regte sich, aber er konnte sie nicht unterbringen.

»Ein übles kleines Gift. Ihr Menschen habt so stumpfe Sinne, ihr schmeckt es nicht heraus und riecht es auch nicht. Dein Mädchen stinkt geradezu danach. Jemand gibt ihr schon seit Monaten regelmäßige Portionen.«

»Wer sollte so etwas denn tun?«, fragte Father Gideon, obwohl in seinem Hinterkopf bereits ein grauenhafter Verdacht Gestalt annahm.

»Ich dachte, das könntest du mir sagen«, erwiderte Morgum. »Und wer ist sie, die so ein seltenes, mächtiges und teures Gift wert ist?«

»Du hast sie nicht erkannt?« Father Gideon war überrascht, unbewusst hatte er angenommen, der Drache wisse alles. Aber andererseits war es doch unwahrscheinlich, dass Morgum jemals Angehörigen der königlichen Familie begegnet war. »Das ist Prinzessin Leyn, die Erbin des Obsidianthrones.«

Er sah, wie für einen Moment Angst die Augen des Drachen verdunkelte, Morgums Hände fuhren unwillkürlich von dem vor ihr ausgestreckten Körper zurück. Dann senkten sich ihre Schultern in müder Resignation und sie drehte sich wieder zu ihm um.

»Na ja, ich fürchte, ich kann hier nichts mehr ausrichten«, sagte Morgum. »Prinzessin Leyn wird sterben.«

Morgum sah ihren alten Freund an, der jetzt beim Feuer stand. Die Jahre seit ihrer letzten Begegnung hatten bei ihm offenbar ihre Spur hinterlassen, und ihre Diagnose schien etwas Lebenswichtiges in ihm zerstört zu haben. Sie drehte sich wieder zu der Prinzessin um und legte eine Hand auf die angespannte Haut des gewölbten Bauches. Ihre Finger konnten einen Herzschlag spüren, langsam und schwach wie der eines Greises kurz vor seinem Tod. Das passierte eben bei Leinkraut. Es saugte einem Menschen langsam das Leben aus. Wenn Leyn wirklich schon seit Monaten krank war, dann musste sie vorher eine lebhafte, überaus gesunde Person gewesen sein. Normalerweise tötete Leinkraut innerhalb weniger Wochen, und das ohne die zusätzliche Belastung einer Schwangerschaft. Welch ein Jammer, so hart zu kämpfen, um dann ein totes Baby auf die Welt zu bringen. Denn eine andere Möglichkeit konnte es doch nicht geben.

Ein furchtbarer Krampf riss die Prinzessin nach vorn. Morgum streckte die Hand aus und versuchte, sie wieder auf die Decken zu drücken, aber mit fast unmenschlicher Kraft setzte sich Leyn kerzengerade auf. Ihre Augen waren weit aufgerissen und gelb wie ihr versagender Leib. Sie streckte einen Arm aus, packte Morgums und zog den Drachen an sich, wobei sie gar nicht zu bemerken schien, was für ein Wesen hier als Krankenpflegerin vor ihr stand.

»Mein Prinz. Oh, Balch, es tut so weh. Bitte, rette das Kind«, flüsterte sie. Dann verzerrte sich ihr Gesicht in einem neuen Krampf, sie ließ Morgum los und sank zurück auf die Decken. Father Gideon stand neben ihr, als Morgum eine Hand an Leyns Hals legte, dann auf ihre Stirn. Die einst so schönen Augen starrten blind zum dunklen Deckengewölbe hoch. Mit einer sanften Bewegung drückte Morgum sie zu.

»Es tut mir leid, Gideon, wirklich. Selbst, wenn du gleich am Anfang zu mir gekommen wärst, hätte ich ihr nur das Ende erleichtern können. Sie war vom ersten Gifttropfen an dem Tod geweiht.«

Father Gideon schaute auf die leblose Gestalt der Prinzessin hinunter, seine Augen füllten sich mit Tränen und sein Gesicht wurde leichenblass. Morgum hätte ihn gerne berührt, ihn getröstet, aber der arme Mann sah aus, als ob seine Knie unter ihm nachgeben würden, wenn auch nur eine Feder auf seiner Schulter landete, und deshalb wandte sie sich der Aufgabe zu, den Leichnam zurechtzumachen. Im Tod sah Leyn ruhiger aus, weniger gequält, auch wenn nichts verbergen konnte, wie schrecklich mager sie geworden war. Ihre Muskeln schienen jetzt entspannt, ihre Arme lagen an ihren Seiten auf dem Tisch, ihre nackten Füße wiesen ein wenig zur Seite. Nur ihr hochgewölbter Leib sah noch gespannt und zitternd aus. Morgum legte eine Hand darauf und registrierte durch den dünnen Stoff, wie die letzte Wärme verflog. Nicht nur ein Tod an diesem Tag, sondern zwei.

Dann fühlte sie es. Einen winzigen trotzigen Tritt, und dahinter, so schwach, dass er kaum zu entdecken war, ein regelmäßiges rhythmisches Pochen. Ein Herzschlag.

»Das Kind. Es lebt noch«, sagte Morgum. »Ich weiß nicht, wie das möglich ist. Das Gift hätte es vor Monaten töten müssen. Wir müssen schnell handeln.«

Ohne auf Gideon zu warten, der noch immer ratlos Leyns ruhiges Gesicht anstarrte, zog Morgum ihr das Nachtgewand über den runden angespannten Bauch. Obwohl sie noch keine zwanzig Jahre zählte, hatte die Prinzessin den Körper einer alten Frau. Ihre Haut hing schlaff über fleischlosen Rippen und ihre Beine waren wie mit weichem Leder umwickelte Stöcke. Morgum achtete nicht auf diese vom Gift verursachte Verwüstung, sondern betastete den runden Bauch und versuchte, sich ein Bild von der Lage zu machen. Endlich, mit einer rasierklingenscharfen Kralle, machte sie einen raschen Schnitt in die Haut, zog die Öffnung mit behutsamen Fingern auseinander und griff hinein.

Father Gideon stieß einen kurzen erstickten Schrei aus, als Morgum das kleine, blutverschmierte Baby aus dem Leib seiner Mutter hob. Morgum riss die Nabelschnur durch und band einen kleinen feinen Knoten hinein, dann nahm sie das Kind an den Füßen und verpasste ihm einen raschen Klaps auf den Rücken. Einmal, noch mal. Das Baby hustete, ballte die winzigen Fäuste und stieß ein lautes Geheul aus.

»Heißes Wasser, Handtücher, los«, kläffte Morgum, und Father Gideon fuhr hoch wie von einer Nadel gestochen.

Bald war das Baby sauber. In Decken gewickelt lag es nun auf einer niedrigen Bank, die dicht an das Feuer geschoben worden war.

»Ein Junge«, sagte Gideon und schaute in das Gesicht mit den großen Augen. »Er ähnelt seinem Vater. Das wird ihn später im Leben verfolgen.« Das Baby gurgelte zufrieden. Als Morgum sich über es beugte, quiekte es aufgeregt.

»Was soll ich mit ihm machen?«, fragte Gideon und sah staunend zu, wie der riesige Drache das winzige Kind wiegte. »Wie soll ich ihn ernähren? Wie soll ich ihn nennen?«

»Ganz ruhig, Gideon, sonst machst du dem Kind Angst.« Morgum legte das Bündel wieder auf die Bank und ging in ihre Vorratskammer. Kräuter und Gewürze waren sorgfältig in zahllosen Schachteln und Krügen untergebracht, aber sie brauchte nicht lange zu suchen. Jedes Teil hatte seinen Platz, und sie wusste genau, wo es lag.

Sie goss Wasser aus dem Kessel, mischte einen klebrigen Brei und ließ ihn neben dem Feuer ziehen. Danach nahm sie etwas weißes Pulver und verrührte es in einer weiteren Schüssel voll heißem Wasser, wobei sie immer wieder kaltes Wasser zugab, bis die richtige Temperatur erreicht war. Dann nahm sie das Kind auf den Arm und fing an, es mit dem kleinsten Löffel zu füttern, den sie finden konnte.

»Muttermilch ist die beste Nahrung für ein Neugeborenes. Darin ist das meiste, was er braucht. Dieses Pulver stellt einen brauchbaren Ersatz dar, aber je früher wir eine Amme finden können, desto besser. Und dann müssen wir unsere Spuren verwischen.«

»Wieso denn das?«, fragte Father Gideon. »Die Prinzessin ist tot.« Morgum konnte die Qual in seinen Augen sehen, sie in seiner Stimme hören. Aber Gideon war ein praktisch gesinnter Mann, der seine Trauer abschütteln konnte, wenn es sein müsste.

»Das stimmt schon«, erwiderte Morgum. »Aber wir müssen

den Eindruck erwecken, dass das Kind mit ihr zusammen gestorben ist. Ich gehe davon aus, niemand weiß, dass du sie hergebracht hast?«

Gideon nickte.

»Gut. Du musst den Leichnam mit zurücknehmen. Ich werde es so aussehen lassen, als ob die tote Prinzessin das Kind noch immer in sich trüge. Es tut mir leid, Gideon, aber dir wird vermutlich die Schuld für beide Todesfälle zugeschoben werden.«

Father Gideon senkte den Kopf, sein Körper sackte unter der Last der Verantwortung in sich zusammen. »Als ihr Arzt trage ich diese Schuld bereits«, sagte er. »Aber was ist mit dem Kind? Wir können ihn nicht nach Ystimtien bringen.«

»Nein, das geht nicht. Er würde innerhalb einer Woche umgebracht werden. Ich kann den Jungen in ein einige Tage von hier gelegenes Dorf bringen. Die weise Frau dort holt ab und zu meinen Rat ein. Sie wird dafür sorgen, dass er ein gutes Heim bekommt.«

Morgum griff nach dem Topf mit der Salbe und ging damit zu der toten Prinzessin hinüber. Mit einer komplizierten Handbewegung ließ sie aus der Luft einen Homunkulus herbei und legte ihn an die Stelle, wo vor Kurzem noch das Kind gelegen hatte. Dann nahm sie eine Nadel und einen feinen Faden und vernähte den Schnitt, wobei sie leise und beschwörend vor sich hin sang.

»Die Salbe wird die Farbe ihrer Haut annehmen.« Sanft schob sie das Nachtgewand der Prinzessin wieder nach unten, um ihre Blöße zu verdecken. »Niemand wird die Wunde sehen.«

Sie hob den fast gewichtlosen Leichnam vom Tisch und reichte ihn Father Gideon. »Jetzt musst du gehen.«

»Was sollen wir dem Kind erzählen?«, fragte Gideon. »Er ist der rechtmäßige Erbe des Obsidianthrones.«

»Du sollst ihm gar nichts erzählen«, sagte Morgum. »Wenn er Glück hat, wird er zu einem glücklichen und gesunden jungen Mann heranwachsen. Und nur dann, wenn es wirklich unumgänglich ist, werden wir ihm von seinem Geburtsrecht erzählen.«

Morgum saß die ganze Nacht und bis in die Morgenstunden hinein wach und dachte über die jüngsten Ereignisse nach. Sie wusste, dass Gideon das Ei gesehen hatte, wusste, dass er ihr Geheimnis niemals verraten würde. In aller Stille, um das schlafende Kind nicht zu stören, kniete sie neben dem Korb nieder, schob die Decken zurück und legte eine Hand auf die warme Schale.

Ihr eigener Schlüpfling, der erste neugeborene Drache seit Jahrzehnten, jedenfalls in diesem Teil der Welt. Jahrtausendelang waren die Drachen von den Menschen gejagt worden, aber das war nicht der einzige Grund, warum es nur so wenige gab. Vor Tausenden von Jahren, noch ehe sie selbst geschlüpft war, hatten ihre Herzen Schaden genommen, und das Leben der Drachen war jetzt nur noch ein bleicher Schatten ihrer früheren Pracht.

Einst hatten die Drachen die Welt beherrscht. Das behaupteten jedenfalls Sir Frynwys Geschichten. Morgum dachte manchmal, dass das Leben vielleicht immer schon so gewesen sei, dass Drachen sich nur selten vermehrten und bei diesem Versuch oft auch noch versagten. Vielleicht waren die alten Geschichten einfach nur fantasievolle Ausschmückungen, um das Elend des Alltagslebens zu erleichtern.

Das Ei zitterte ein wenig, als das winzige Wesen darin auf die Nähe seiner Mutter reagierte. Es war im Laufe der Tage langsam stärker geworden und würde sehr bald schlüpfen. Aber nun gab es eine neue Komplikation. Das Kind musste nach Pullpeiran gebracht werden, und das bedeutete einen Gewaltmarsch von zwei Tagen, wenn man den direkten Weg nahm. Sie würde vermutlich noch länger brauchen, denn sie würde einen Bogen um alle Straßen machen müssen, auf denen Menschen unterwegs waren. Der Tod der Prinzessin würde sie in Scharen nach Ystimtien locken, wie Gänse auf die Winterweiden. Nein, sie würde die Waldwege nehmen müssen, und da würde sie mindestens eine Woche unterwegs sein.

Es sei denn, natürlich, sie benutzte die Grym.

Morgum seufzte, als sie das Ei wieder zudeckte. Sie überzeugte sich davon, dass das neugeborene Kind in seiner improvisierten Wiege vor dem Feuer friedlich schlief, und machte sich dann an die Vorbereitungen zu ihrer Reise.

Als Morgum ihren Gemüsegarten durchquerte, sah sie, dass der Himmel sich verdüsterte. Kälte senkte sich über die Lichtung. Sie war sicher gewesen, dass der Sturm vorübergezogen war – es war so ein klarer Morgen gewesen. Als sie nun zur Sonne hochschaute, die am späten Morgenhimmel immer höher stieg, versagte ihre sonstige Selbstbeherrschung. Mit geöffnetem Mund und dümmlichem Gesichtsausdruck stand sie da.

Es war doch noch zu früh. Es konnte erst in einer Woche so weit sein. Oder war sie so in ihre Arbeit vertieft gewesen, dass sie die Tage nicht gezählt hatte?

Eine halbrunde Scheibe fraß sich jetzt in die leuchtend gelbe Sonnenkugel. Wie betäubt starrte Morgum den dunkler werdenden Himmel an, während die Sonne langsam vom Mond verdeckt wurde. Tief in ihren Knochen konnte sie die Ekstase dieser gewaltigen Paarung spüren.

Auf der Lichtung erhob sich ein gewaltiger Lärm, als alle Vögel in die Bäume flogen und sich dort zur bevorstehenden Nacht niederließen. Obwohl seit der Morgendämmerung nur wenige Stunden vergangen waren, verstummten Zwitschern und Gesang viel schneller, als das je an einem Abend der Fall war. Der Wind, der wie ein ungehorsames Kind auf der Lichtung herumgetollt war, legte sich völlig, als habe ihn jemand ausgescholten. Es wurde immer kälter und die Dunkelheit nahm zu. Eine seltsam unwirkliche Finsternis, die an den Rändern leuchtete, als ob ein auf irgendeine Weise gefangenes hauchfeines Licht durch die Luft zischte. Langsam, Zoll für Zoll, legte der dunkle Mond sich über die empfangsbereite Sonne, bis, mit einem kaum hörbaren Geräusch, die Deckung vollständig war.

Morgum stand in der fast vollständigen Dunkelheit und starrte zu dem Rund hoch, das von einem Glorienschein aus flackerndem Weiß umgeben war. Sie war gefesselt von der Schönheit dieses Anblicks, und eine tiefe Ruhe überkam sie, als ob ein vor vielen Zeitaltern begangenes Unrecht endlich wieder gutgemacht worden wäre. Die vielen Sorgen und Belastungen ihres langen Lebens waren in diesem einen vollkommenen Augenblick alle vergessen.

Dann riss ein furchtbarer Knall sie aus ihrer Träumerei, gefolgt vom Geschrei einer gesunden Lunge. Das Kind! Sie hatte den Kleinen total vergessen!

Morgum rannte zurück in die Hütte. Die Stille, die sich nun wieder über die dunkle Lichtung senkte, machte ihr Angst. Morgum fegte durch die Tür und erfasste die Lage mit einem einzigen Blick, zum zweiten Mal an diesem Tag war sie überrascht, zum zweiten Mal in einem halben Leben.

Der Korb vor dem Feuer war umgekippt, und der Rand des Korbes war versengt, der bittere Geruch verbrannter Haare füllte die Hütte. Stücke von Eierschalen waren auf dem Boden verstreut, und für einen furchtbaren Augenblick stellte Morgum sich vor, wie das Kind, das sich auf irgendeine Weise bewegt hatte, obwohl es doch erst wenige Stunden alt war, den Korb umgestoßen und dessen unbezahlbaren Inhalt auf den Boden geworfen hatte.

Aber auf dem Boden lag kein toter Schlüpfling, kein unfertig entwickeltes Eigelb war dort verschmiert. Und das Kind lag noch immer in seiner improvisierten Wiege, es gurgelte zufrieden unter dem Knäuel aus Decken.

Verwirrt und noch immer mit hämmerndem Herzen trat Morgum näher, ihre riesigen Füße wichen den Schalenstücken aus, als ob es dem Drachenkind, das noch immer darin hätte liegen sollen, auf irgendeine Weise schaden könnte, wenn sie darauf träte. Die Augen des kleinen Jungen waren offen und sein Gesicht öffnete sich zu einem strahlenden Lächeln, als Morgum näher kam. Dann stieß er einen glücklichen Schrei aus und etwas viel Größeres als sein winziger Leib bewegte sich unter den Decken. Morgum riss die Decken weg. Eigentlich wusste sie schon, was dort lag.

Es war ein Drache, doppelt so groß wie der kleine Junge, aber noch immer winzig. Perfekt geformt, seine Haut noch glatt, die ersten Schuppen waren nur leichte Grübchen, die auf seiner Brust spielten, wenn er atmete. Er lag auf dem Rücken, den Hals an die Seite des Babys geschmiegt, und suchte Wärme und Gesellschaft, zum offenkundigen Entzücken des Kindes. Winzige Krallenfüße bewegten sich hin und her und die für den winzigen Körper übergroßen Flügel flatterten sanft.

Langsam, zaghaft streckte Morgum die Hand aus und streichelte den Bauch des kleinen Drachen. Seine Augen öffneten sich und er schaute träge ins Gesicht seiner Mutter. Ein Lächeln huschte über seinen Mund und legte scharfe Zähne bloß. Dann rülpste er, ein absurdes kleines Geräusch, das den Jungen neben ihn vor Begeisterung zappeln ließ. Morgum schloss die Hand um ihren Schlüpfling und hob ihn aus der Wiege. Seine winzigen Hände griffen mit überraschender Kraft nach ihren Fingern, und sie hob ihn ins Licht, um besser sehen zu können, was sie und Sir Trefalduin da zustande gebracht hatten.

Eine seltsame Traurigkeit erfüllte sie, weil sie das Schlüpfen verpasst hatte, aber die Traurigkeit musste der Erkenntnis weichen, dass der Kleine zweifellos auf dem Höhepunkt des Zusammenflusses geschlüpft war. Das hier war also wahrlich ein Kind von Sonne und Mond. Und sie konnte ihre Erregung kaum beherrschen, als sie den Drachling sorgfältig auf Defekte untersuchte und ihr Kind mit der kühlen Fachkenntnis einer Heilerin in Augenschein nahm. Es war vollkommen.

Er war vollkommen.

Er.

Der erste männliche Drache seit einem ganzen Jahrtausend.

1

Wir wissen nicht viel über den natürlichen Tod der Drachen, denn es wurde kein Drache fortgeschrittenen Alters beobachtet. Wie andere Tiere der Wildnis werden sie aller Wahrscheinlichkeit nach eines gewaltsamen Todes sterben, wenn sie nicht mehr stark genug sind, um sich zu verteidigen. Es wurden jedoch niemals verwesende Drachenkadaver gefunden, und deshalb ist es möglich, dass sie, wie die sagenumwobenen Elefanten, einen geheimen Friedhof aufsuchen, um dort zu sterben. Sollte das der Fall sein, dann wird der, der diesen Ort entdeckt, zu unvergleichlichem Reichtum gelangen, denn der Boden wird zweifellos übersät sein von den nicht mehr benutzten Edelsteinen, die im Gehirn eines jeden Drachen heranwachsen.

Barrod Sheepshed: Wilde Tiere des Frydlands

Benfro verbarg sich im Gestrüpp am Rand der Lichtung und beobachtete die Hütte aus seiner Entfernung von vierzig Metern. Dünne Rauchfäden kräuselten sich über dem Kamin und die Tür wurde von einem schweren hölzernen Stuhl offen gehalten. Benfro schärfte seine Sinne und versuchte, die Witterung dessen aufzunehmen, was im Haus offenbar gekocht wurde.

Er roch die würzige laubreiche Erde in seiner Nähe, wo sicher früher an diesem Tag die Kartoffeln ausgegraben worden waren. Der Kohl roch nach Schwefel und die Blumen wurden von einer wilden Duftmischung umwabert, doch das alles war nur eine

Ablenkung. Benfro musste üben, den leisesten Geruch aus der überwältigenden Masse von Düften herauszuspüren. Also konzentrierte er sich noch stärker.

Der Rauch aus dem Schornstein wurde von einem ganz leichten Wind abwärtsgeweht, fort von Benfro auf die andere Seite des Hauses. Benfro wusste, dass hier Buchenholz verbrannt wurde, denn der scharfe Zitronengeruch war unverkennbar. Einen Moment lang beherrschte dieser Geruch all seine Sinne, aber er blendete ihn aus und suchte weiter.

Es gab ein Aroma von Zedern, sehr zart, fast wie ein Pulver. Der Duft von Gewürzen präsentierte sich seiner Nase: Nelken, Zimt, Kaneelbaumrinde. Während er jede Zutat identifizierte, konnte Benfro die Behälter in der Vorratskammer sehen, wo sie aufbewahrt wurden. Er konnte die sorgfältige Handschrift lesen, die ausführlich alle Inhalte aufführte. Er kannte diese Vorratskammer besser als alles andere in seinem Leben, wusste genau, wo alles hingehörte. Es war unendlich wichtig, das hatte seine Mutter ihm an jedem Tag in seinem noch kurzen Leben mindestens zwanzigmal erklärt, dass er wusste, was wo war. Er war zwar noch zu jung, um zu wissen, wozu diese ganzen Dinge gut waren, aber er hätte mit verbundenen Augen alles an seinem angestammten Platz finden können.

Dieser Trank aber war ihm neu und stachelte seine Neugier an. Er schnaubte energisch, um seine Nase von den zahllosen Duftnoten zu befreien, dann stieg Benfro aus dem Busch und trabte über die Lichtung zurück zum Haus.

»Ich hab mich schon gefragt, wie lange du wohl noch in dem Busch sitzen willst«, sagte Morgum, als er mit leichtem Schritt durch die Tür kam. Benfro lächelte. Er versuchte vor seiner Mutter zu verbergen, was er unternahm, aber sie wusste es trotzdem immer.

Sie saß an dem großen Tisch beim Fenster und vermischte

in einem steinernen Mörser allerlei Zutaten. Die Messingwaage stand neben einer Sammlung von Krügen, die polierten Silbergewichte glänzten in der Sonne. Es musste ein wichtiger Trank sein, denn bei neun von zehn Malen verließ sich Morgum beim Mischen auf ihr Augenmaß.

»Was machst du da?«, fragte er und setzte sich zum Zuschauen auf die Bank.

Über die breite Holzfläche hinweg lächelte seine Mutter ihn an, aber ihre grünen Augen waren traurig, ihre Schultern hingen ein wenig nach unten.

»Ach, Benfro, du bist wirklich zu jung, um mit solchen Dingen belastet zu werden.«

Benfro seufzte. Er war zwar schon zehn Jahre alt, aber seine Mutter und alle Leute im Dorf behandelten ihn weiterhin wie ein Kind. Er wollte schon aufstehen, weil er glaubte, an diesem Tag nichts mehr lernen zu können, aber seine Mutter streckte den Arm aus und berührte seinen.

»Bleib, Kleiner«, sagte sie. »Es ist eigentlich nicht richtig, dass du das hier lernen musst, aber ich fürchte, früher oder später wirst du es brauchen.«

»Also, was machst du?«, fragte Benfro noch einmal, jetzt wieder gespannt.

»Vitae mortis, das Extraktionspulver«, sagte Morgum und senkte erneut den Blick. »Der alte Ystrad ist heute Morgen gestorben. Wir müssen die Zeremonie durchführen, damit sein Geist in die nächste Welt weiterziehen kann.«

Benfro klappte das Kinn hinunter. Ystrad. Tot. Aber er hatte doch noch vor zwei Tagen mit dem alten Drachen gesprochen. Er war zwar langsam und kurzsichtig gewesen, aber das waren die meisten hier im Dorf. Bedeutete das, dass sie alle bald sterben würden? In seiner Kehle bildete sich ein Kloß, bei der Vorstellung, seine Freunde zu verlieren, seine Familie. In jedem

Augenwinkel sammelte sich eine Träne und fiel auf die Schuppenhaut seiner Wangen.

»Ach, um jemanden zu weinen, den du nur so kurze Zeit gekannt hast. Aber andererseits war es ja dein Leben lang, und für mich nur ein winziger Teil des meinen.«

»Wie ist er gestorben?«, fragte Benfro. Er wusste nicht, wie er reagieren sollte. Sollte er düster und still sein, oder Fragen stellen? Seine Mutter hatte ihn immer aufgefordert, alles zu hinterfragen. Dennoch kam es ihm nicht richtig vor in diesem Moment.

»Er hat beschlossen, nicht mehr weiterzuleben«, sagte Morgum, und ihr alltäglicher Tonfall passte nicht ganz zu der Traurigkeit in ihren Augen. Sie schüttete den Inhalt des Mörsers in einen kleinen Glaskrug und verstaute den in dem Lederbeutel, der neben ihr auf dem Tisch lag. »Jetzt lauf und räum das hier weg.« Sie zeigte auf die Töpfe mit den Zutaten. »Und bring mir eine von den Amphoren mit Delyn-Öl.«

Als Benfro mit dem Öl zurückkam, stand seine Mutter in der Tür. Sie hatte sich den Beutel über die Schulter geworfen. In der Hand hielt sie ihren langen Wanderstock mit dem schweren Knauf. Benfro wollte ihr den schweren Tonkrug reichen, aber sie winkte ab.

»Nein, du solltest den ins Dorf tragen, um deinen Respekt zu zeigen«, sagte sie. »Auch damit die Leute im Dorf sehen, dass du bereit bist, einige der Verantwortlichkeiten eines Heilers zu übernehmen.«

Benfro sagte nichts dazu, doch als er seiner Mutter aus dem Haus und über die Lichtung folgte, drei rasche Schritte für jeden der ihren, war ihm vor Stolz richtig schwindlig.

Errol wusste, als er um die Ecke bog, dass es ein schlimmer Nachmittag werden würde. Die Meute wartete schon auf ihn.

»He, Hexenjunge! Wo willste denn hin?«

Er wusste nicht, wer das gesagt hatte, eigentlich war es ihm auch egal. Es war manchmal schwer, den einen Jungen aus dem Dorf vom anderen zu unterscheiden, auch wenn er sie seit seiner frühesten Kindheit kannte. Sie hatten alle das gleiche runde, kerngesunde Gesicht, den gleichen strohblonden Schopf mit dem gleichen Topfschnitt. Nur Stoff und Schnitt ihrer Kittel und Hosen gaben einen Hinweis darauf, wer wessen Sohn war. Aber hier in Pullpeiran waren sowieso alle miteinander verwandt. Es war nämlich so ein Ort.

»Hab dich was gefragt, Hexenjunge.« Aus der Nähe konnte Errol jetzt sehen, wer sich diesmal aufspielte. Es war Dorfvorsteher Clusters Sohn, Trell. Trell trug teure Stoffe: eine kräftige Cordhose, die bis zu seiner halben Wade reichte, ein zwei Nummern zu großes Hemd aus dickem Drillich und eine weiche braune Rehlederjacke. Errol, dessen Hose und Hemd aus Sackleinen schon oft geflickt worden waren, erkannte so den reichsten der Bande, die immer gemeinsam auf Bäume kletterte, sich durch Hecken zwängte oder durch Bäche watete. Sie hatten offenbar die Abkürzung von der Schule aus genommen, um ihn auf seinem Heimweg abzufangen. Errols Herz wurde schwer. Wenn das der Fall war, dann war es vielleicht besser, die Schikanen gleich hinter sich zu bringen.

»Ich muss nach Hause, Trell«, sagte er. »Du weißt schon, zu Hennas Hütte ein Stück weiter die Straße rauf, wo deine Mam vorigen Herbst deine Schwester hinbringen musste. Um sie von ihrem kleinen Problem zu befreien.«

Trell machte ein wütendes Gesicht. Sein Gesicht wurde noch röter und er ballte die Fäuste. Jetzt kommt der schlimme Teil, dachte Errol. Zum Glück dauerten die Prügel nie so lange. Als die Meute näher kam, spielte er für einen Moment mit dem Gedanken, zu fliehen. Aber die bittere Erfahrung hatte ihn gelehrt, dass Weglaufen die Qual nur verlängerte. Seine Verfolgung schien die gewalttätigen Neigungen der Bande nur zu verstärken. Errol blieb stehen, als sie noch näher herankamen, und wurde mit einem unsicheren Flackern in Trells Augen belohnt. Wie die meisten Schinder war der Junge in seinem Herzen ein Feigling.

»Du wolltest etwas von mir, Trell?«, fragte Errol und versuchte, seine Stimme ruhig klingen zu lassen, obwohl er das Gefühl hatte, am ganzen Leib zu zittern. »Ich kann gern meine Ma bitten, noch so einen Trank zusammenzurühren, wenn ihr das braucht.«

Ein Schock durchlief seinen Körper, als ihn ein Schlag wie aus dem Nichts seitlich im Gesicht traf. Er hatte mit einem Tritt gerechnet, oder zumindest zuerst mit einem Schlag in den Magen, aber bis Errol so weit gedacht hatte, gaben seine Knie schon nach, und er lag auf dem festgetrampelten trockenen Staub der Landstraße. Die Meute umstand ihn lachend, als Trell ausholte und Errol einen heftigen Tritt in den Bauch versetzte. Der sich krümmende Errol sah, dass seine lederne Schultasche ungefähr einen Meter von ihm entfernt auf dem Boden lag, ihr Inhalt im Straßenschmutz verteilt, wurde sie von den Jungen im Kreis hin und her gekickt. Sein Preis, das Buch, das er den ganzen Sommer lang gelesen hatte, lag mit gebrochenem Rücken da und wurde zertrampelt, als sei es ohne Wert. Ein weiterer achtloser Tritt riss einige Seiten entzwei und verteilte sie auf dem Weg, und in Errol flammte eine bisher ungekannte Wut auf.

Ohne nachzudenken oder auch nur zu wissen, wie er das schaffte, packte er den nächstbesten Fuß und riss ihn zu sich heran, wobei er sich zur Seite rollte. Mit erschrecktem Aufschrei ging krachend ein Knäuel von Körpern neben ihm zu Boden. Als Errol mitten im Gewühl Trells Gesicht sah, holte er mit dem Fuß aus und verspürte eine grausame Befriedigung, als sein weicher Absatz mit Übelkeit erregendem Knirschen auf das Nasenbein seines Gegners traf.

»Aaaaah! Du hast bir die Dase gebrochek!«, schrie Trell und umklammerte sein Gesicht, während dickes rotes Blut zwischen seinen Fingern hervorquoll. Er trat hastig den Rückzug an, rutschte dabei wie ein Baby auf dem Hintern. Errol musste einfach lachen. Die restliche Meute rappelte sich nun auch auf, schaute hinüber zu Trells jämmerlicher Gestalt und stimmte ein. Jemand packte Errol am Arm und einen Moment lang wartete er auf eine weitere Grobheit. Stattdessen spürte er nun, wie er auf die Füße gezogen wurde, wie sein verstaubtes Hemd von rauen, aber nicht unfreundlichen Händen abgeklopft wurde. Jemand versetzte ihm einen Schlag auf den Rücken und hätte ihn fast wieder zu Boden geworfen. Als er sich umdrehte, sah er Clun, den Sohn des Kaufmanns, mit einem breiten Grinsen im Gesicht.

»Gut gemacht, Wicht«, sagte der Junge mit ehrlicher Belustigung im Gesicht. »Vielleicht bist du ja doch nicht so ein Weichei.«

Errol war verwirrt. Er begriff einfach nicht, was hier passiert war. Er starrte benommen den schluchzenden Trell an, der noch immer auf seinem Hintern im Staub saß und die Hände gegen sein blutendes Gesicht presste, während seine Tränen sich auf seinen Wangen mit Blut und Staub vermischten. Die anderen Jungen achteten jetzt überhaupt nicht mehr auf ihn, sie plapperten darüber, was sie jetzt machen wollten. Für diese Woche lag die Schule hinter ihnen, die Ernte war fast eingebracht, und zwei Tage herbstlichen Sonnenscheins lockten. Sie hatten allerlei zu erforschen, mussten Abenteuer erleben und Spiele spielen.

Errol ging auf, dass er zum Mitmachen aufgefordert wurde. Jemand drückte ihm seine Schultasche in die Hände, die zerrissenen Seiten des Buches waren achtlos oben hineingestopft worden.

»Was sagsten du, Hexenjunge? Willste auffer Heuwiese Schlacht spielen?«, fragte Clun.

»Errol«, sagte Errol verwirrt angesichts dieser Wendung seines Schicksals. »Ich heiße Errol.«

»Auch egal. Du bist der Junge vonner Hexe. Also biste der Hexenjunge. Kommste mit?«

Errol wog seine Möglichkeiten ab. Er hatte in früheren Sommern gesehen, wie auf den Wiesen »Schlacht« gespielt worden war. Diese Spiele waren rau, meistens wurde am Ende jemand so schwer verletzt, dass Errols Mutter gerufen wurde, um den Verletzten zu heilen. Alle, die mitmachten, bekamen eine Menge Ärger, weil sie so viel Schaden anrichteten. Errol hätte so gern mitgemacht, eine Weile sorglos umhergetollt. Aber eine endlose Menge von Aufgaben musste erledigt werden, und seine Mutter war nicht mehr jung, falls sie das jemals gewesen war. Andererseits: Würde sich ihm jemals wieder eine solche Gelegenheit bieten, wenn er jetzt ablehnte?

Er schaute auf seine Tasche hinunter, und auf die jämmerlichen Reste, die von seinem Buch übrig waren. Dann sah er zu Trell hinüber. Der Sohn des Dorfvorstehers war jetzt sehr bleich und noch immer tropfte Blut von seiner Nase. Sein grünes Hemd war vorn schwarz und schmierig, seine teure Hose befleckt und das weiche Wildleder seiner Jacke verdorben.

»Ich kann nicht«, sagte Errol und drehte sich widerstrebend zu Clun um. »Ich muss wohl Trell zu meiner Mam bringen, ehe er verblutet. Und wenn ich erst zu Hause bin, komm ich da nicht mehr weg.«

»Wie du willst«, sagte Clun mit kurzem Schulterzucken. Dann versetzte er einem anderen Jungen einen harten Schlag auf den Hinterkopf und rannte johlend davon, verfolgt von der restlichen Meute.

Errol lud sich seine Tasche auf die Schulter und bückte sich dann, um Trell auf die Füße zu helfen. Soeben war etwas Seltsames passiert. Ihre Rollen schienen vertauscht worden zu sein. Wie lange hatte der Sohn des Dorfvorstehers ihn schon schikaniert? Viel zu viele Jahre lang. Und es war nur ein Tritt ins Gesicht nötig gewesen, um alles auf den Kopf zu stellen.

»Labbich i' Ruh!«, fauchte Trell und Errol trat unwillkürlich einen Schritt zurück. Ein Rest von der alten Angst war noch vorhanden.

»Dann leg wenigstens den Kopf in den Nacken und drück auf den Nasenrücken«, sagte Errol, »sonst kannst du verbluten. Komm mit zu unserer Hütte, und meine Mam bringt das im Nu in Ordnung.«

»Ich geh dnich mal idde Dnäe voddem Stinkloch«, brüllte Trell. Blut sickerte aus seinen Mundwinkeln, als er sich auf die Füße mühte. »Das wirste bezahled, Errol Rabsbottob!« Und mit diesen Worten rannte er zurück ins Dorf.

Errol beobachtete mit einer gewissen Befriedigung, dass Trell dabei den Kopf in den Nacken gelegt hatte und mit einer Hand nach seinem Nasenrücken fasste.

2

Das Wissen und die Kenntnisse eines ganzen Lebens sind in den Edelsteinen eines Drachen gelagert. Alle Erfahrungen, Gedanken, Taten; jeder Verlust und jedes Bedauern sind in diesen edlen und faszinierenden Juwelen gesammelt. Und doch beginnen diese Erinnerungen in dem Moment, wenn ein Drache stirbt, zu versickern, sie kehren zur Erde zurück, aus der alle Kraft kommt. Um diese Erinnerungen für die Ewigkeit zu retten, um eine Erinnerung an eine längst vergangene Größe zu erhalten, müssen diese Edelsteine extrahiert werden. Und nur die lebende Flamme kann einen Edelstein gegen die Verwüstungen der Zeit versiegeln.

Heiler Trefnog: Das Apothekarium

Der alte Drache sah im Tod etwas größer aus als im Leben; befreit von den Fesseln seiner Existenz lag er unvorstellbar riesig auf dem wackligen Holzbett in seiner winzigen Hütte.

Benfro sah verstohlen zu seiner Mutter hinüber, dann starrte er die tote Gestalt Ystrads an. Von allen Drachen, die im Dorf lebten, war er vielleicht der gütigste und ganz bestimmt der nachsichtigste gewesen. Benfro erinnerte sich an unzählige frühere Besuche in diesem Zimmer. Er hatte immer am Feuer gesessen und den Geschichten über die Welt jenseits des Waldes gelauscht, über sagenhafte Orte, deren Namen allein schon exotische Bilder hervorriefen: das Meer von Tegid und das jenseits dieses Meeres liegende Land Fro Afon und die Zwillingstürme von Idris. Er hatte viele Stunden hier gesessen und gebannt den endlosen Sagen und Legenden zugehört. Benfro vermutete, dass Ystrad einsam gewesen war und sich über die Gesellschaft gefreut hatte, aber er war auch freigebig gewesen und hatte ihn mit Zuckerwerk und anderen Leckerbissen zu immer neuen Besuchen verlockt.

Und jetzt war er tot. Seine Schuppen waren matt und trübe, sie schienen sich von seiner Haut fast lösen zu wollen. Seine Flügel lagen da wie zerknitterte Laken, am Rand verschlissen und an den Gelenken von der Gicht knotig geworden. Sein Gesicht mit den Narben eines längst vergessenen Kampfes, dessen Einzelheiten Benfro niemals hatte ergründen können, sah friedlich aus, nicht mehr gequält von den Schmerzen, die alle seine Bewegungen begleitet hatten.

Morgum ging weiter in den Raum hinein. Benfro folgte ihr und presste den Tonkrug dabei an seine Brust. Der Krug war schwer, aber die Verantwortung, ihn zu tragen, kam ihm noch schwerer vor. Er bemerkte, dass das Feuer im Kamin ausgegangen war und dass sich in dem kleinen Raum eine Kälte verbreitete, wie er sie noch nie erlebt hatte. Das bedeutet also Tod, dachte Benfro. Es geht nicht um bewegungslos herumliegende Körper, oder Drachen, die keinen Lebenswillen mehr haben, es geht um ein Feuer, das erlischt, und darum, dass es keine Geschichten mehr gibt.

»Benfro! Was machst du denn hier? Du solltest das nicht sehen müssen. Oh!« Benfro fuhr herum und sah, dass ein weiterer Drache hinter ihnen die Hütte betreten hatte. Sie hielt sich mit einer steifen Förmlichkeit, die nicht mit ihrem wirklichen Wesen zu tun hatte, das wusste er. Meirions Gesicht wirkte freundlich und war früher einmal schön gewesen. Ihre Schuppen funkelten noch immer in zahllosen Farbtönen, aber das

Alter hatte schon begonnen, Meirion etwas von ihrer Lebenskraft zu rauben. Sie trat neben ihn und kraulte ihn auf ihre freundliche Weise zwischen den Ohren, aber er konnte die Qual in ihrem Gesicht sehen.

»Es tut mir leid, Morgum. Mir war nicht klar, dass du schon hier bist«, sagte sie.

»Ist schon gut, Meirion«, erwiderte Morgum. »Benfro wird mir bei der Großen Flamm helfen. Das muss er schließlich lernen.«

»Wahr gesprochen«, sagte Meirion mit einem Hauch von Traurigkeit in der Stimme. »Ich hätte aber nie gedacht, dass er noch so jung sein würde, wenn es passiert.«

»Ystrad ist schon seit Jahrhunderten von uns geglitten«, sagte Morgum. »Nicht einmal meine kräftigsten Kräuter konnten die Fäulnis aus seinen Knochen vertreiben.« Sie richtete sich nun an Benfro. »Meirion und ich müssen den Leichnam zurechtmachen«, sagte sie. »Bring bitte diese Amphore in die große Halle. Wir kommen dann nach.«

Benfro wollte schon protestieren, aber er sah die Miene seiner Mutter und entschied sich dagegen. Außerdem machte das kalte Zimmer ihm jetzt wirklich bange. Etwas an diesem leblosen Körper jagte ihm kalte Schauer sein langes Rückgrat entlang. Er drehte sich um und wollte gehen, doch Meirion hielt ihn auf.

»Sei nicht so düster, Benfro«, sagte sie lächelnd. »Natürlich ist es ein trauriger Anlass. Aber Ystrad hätte nicht gewollt, dass wir so traurig sind. Denk an etwas, das mit ihm zu tun hat und dich glücklich macht, und halte dich an diese Erinnerung. Du wirst sie später brauchen.«

Benfro nickte und verließ die Hütte mit eingezogenem Kopf. Er ging mit vorsichtigen Schritten weiter zu dem großen Gebäude in der Dorfmitte, wo sich alle Drachen zu ihren Abendmahlzeiten versammelten. Unterwegs erinnerte er sich daran, wie Ystrad im Halbdunkel am Kamin gesessen und wunderbares Drachengarn über seine Reisen durch die Eisfelder des gefrorenen Südens gesponnen hatte, während er große Stücke kandierten Ingwers mit Benfro teilte, die er aus einem offenbar bodenlosen Krug auf dem Tisch neben sich zog. Bald war das Lächeln in Benfros Gesicht zurückgekehrt.

»Wieso bist du denn so zufrieden mit dir selbst, Wicht?« Die Stimme fegte durch Benfros Träumerei wie ein Wind im Monat Yonaw. Er drehte sich um und sah, dass die Dorfgenossin, die er am wenigsten mochte, ihn düster anstarrte.

»Guten Morgen, Mistress Frecknock.« Er versuchte, eine höfliche Verneigung zu machen, ohne die Amphore fallen zu lassen oder etwas von ihrem kostbaren Inhalt zu verschütten.

»Ein Drache ist tot«, fauchte Frecknock. »Was ist daran gut? Und was hast du da überhaupt bei dir?«

Nervös hielt Benfro ihr die Amphore hin, wollte sie aber nicht aus der Hand geben. »Das ist Delyn-Öl«, sagte er. »Für die Extraktion.«

Frecknock stieß ein verächtliches Geräusch aus, als ob sie Benfro für einen miesen Lügner hielte. Sie hatte sich die Schuppen poliert, wie er jetzt sah, sie mit etwas getönt, bis sie schwarz glänzten und nicht wie sonst gräulich schillerten. Sie hatte auch etwas mit ihren Flügeln angestellt und sie mit einer Art Rahmen aus Draht in eine überaus unbequeme Stellung gezwungen. Auf diese Weise sahen sie viel größer aus, als sie wirklich waren. Benfro wusste, dass Frecknocks Flügel sogar noch kleiner waren als seine, und dabei war er erst zehn. Die Vorstellung, dass sie vortäuschen wollte, ihre Flügel könnten sie vom Boden abheben lassen, erfüllte ihn mit schwer zu unterdrückender Heiterkeit.

»Was grinst du denn so, du widerlicher Drachling«, schrie Frecknock. »Gib mir den Krug, ehe du ihn zerbrichst und allen den Tag verdirbst!«

Jahre der Erfahrung mit Frecknocks Art ließen Benfro ihren gierigen Händen geschickt ausweichen, als sie nach ihm griff. Einen furchtbaren Augenblick lang glaubte er, er werde die Amphore fallen lassen und ihren unbezahlbaren Inhalt im Gras verschütten, aber er konnte sie festhalten, als er auf die große Halle zu rannte.

»Komm sofort zurück, du kleine Missgeburt!«, brüllte Frecknock hinter ihm her, aber Benfro achtete nicht auf sie. Zweifellos würde sie schon bald genug ihre kleinliche Rache an ihm nehmen.

Die restlichen Drachen aus dem Dorf hatten sich auf dem Rasen vor der Halle versammelt, als Benfro einige Momente später dort eintraf. Sie sahen ernst und traurig aus, aber das war ja nur normal. Er schlüpfte zwischen den geduldig wartenden Gestalten hindurch und ging nach vorn, wo Sir Frynwy und Ynys Môn in eine tiefe Diskussion versunken waren. Er fragte sich, warum sie alle draußen standen, obwohl das Herbstwetter ja noch recht gut war, aber als er näher kam, konnte er sehen, dass die vielen schweren Holztüren verriegelt und abgeschlossen waren.

In seinem kurzen Leben hatte Benfro diese Türen noch nie geschlossen gesehen. Die Verwandlung des sonst so einladenden Gebäudes war total. Während es ihm immer ein Gefühl glücklicher Spannung eingeflößt hatte, Vorfreude auf das gemeinsame Essen, die Geschichten und die Gesellschaft der anderen Drachen, wirkte der Eingang zur Halle jetzt abweisend, wie die Front einer Festung.

»Ach, Benfro, da bist du ja.«

Er wandte sich von den furchtbaren Türen ab und schaute ins freundliche Gesicht Sir Frynwys auf. Der Dorfälteste sah müde aus und wirkte vielleicht sogar noch ein wenig trauriger als sonst.

»Ich bringe das Delyn-Öl«, sagte Benfro nervös lächelnd und

hielt ihm die Amphore hin. Sir Frynwy schüttelte den Kopf und bedeutete Benfro, sie zu behalten.

»Nein, nein«, sagte er. »Wenn Morgum dich als Träger des Öls ausgesucht hat, will ich dir diese Ehre nicht nehmen.«

»Ehre?«, fragte Benfro.

»Die Extraktion ist eine traurige Sache für uns alle«, sagte Ynys Môn, »und doch ist sie auch eine Zeit des Jubels. Ystrad war nicht der Älteste hier, aber dennoch hat er ein langes und fruchtbares Leben gelebt. Du hast seine Geschichten gehört, du weißt etwas über die Orte, die er besucht hat. Jetzt hat er beschlossen, seine letzte Reise anzutreten, hinüber auf die andere Seite. Ehe er das tun kann, müssen alle seine Bindungen an diese Welt gekappt werden. Das ist die Aufgabe der Extraktion, und alle, denen diese Aufgabe anvertraut wird, sind wahrlich geehrt.«

Benfro starrte die beiden alten Drachen und dann die Amphore an, die sich in seinen Händen plötzlich sehr schwer anfühlte. Er wollte schon weitere Fragen stellen, aber ein quietschendes Stöhnen verkündete das Öffnen der schweren Eichentüren. Er drehte sich um und sah seine Mutter und Meirion in der Türöffnung stehen.

»Kommt alle herein«, sagte Morgum. »Es ist so weit.«

Benfro ging mit den anderen Drachen in die Halle und staunte darüber, wie sehr diese sich seit dem Vortag geändert hatte. Da hatte noch ein großer Tisch den Raum dominiert, um den sich die meisten Dorfbewohner zusammendrängten. Er hatte am Kamin gesessen, in dem jetzt, in dem immer noch lauen und sonnigen Herbst, noch kein Feuer brannte, und zugehört, wie Sir Frynwy Auszüge aus den *Historien* vortrug, von denen Benfro niemals genug bekommen konnte. Jetzt war der Tisch verschwunden. Stattdessen war ein niedriges Podium aus Stein mitten in der Halle aufgebaut worden, auf dem der Leichnam von Ystrad lag.

Er war vorsichtig gewaschen worden, seine lockeren Schuppen waren gerade gerückt und poliert worden, sodass ein wenig vom Glanz seiner Jugendjahre zurückgekehrt war. Er lag wie im Schlaf da, die Augen geschlossen und die Arme friedlich gefaltet. Benfro sah voller Staunen zu, wie die anderen Drachen ihre üblichen Plätze um den Leichnam herum einnahmen, als ob sie sich zu Tisch setzen wollten und sich hier einfach zum Abendessen getroffen hätten. Er blickte aus der Tür, über den Rasen und durch die breite Straße zu Ystrads Haus. Erst vor wenigen Augenblicken hatte er dieses Haus verlassen, und niemand hätte den Leichnam unbemerkt an ihm vorübertragen können. Wie also war er hierhergelangt? Und wie waren seine Mutter und Meirion an ihm vorbeigeschlüpft?

»Komm, Benfro. Jetzt brauche ich deine Hilfe.« Er wurde aus seinen verwirrten Überlegungen gerissen, als seine Mutter sanft seine Schulter berührte. Benfro ließ sich durch den Kreis aus Dorfbewohnern zum Podium führen. Er blieb unsicher stehen. Dann räusperte sich Sir Frynwy und alle verstummten.

»Freunde, es ist ein trauriger Tag«, sagte der alte Drache und seine ausgebildete Vorleserstimme erscholl laut und deutlich. »Aber es ist auch ein glücklicher Tag. Wir haben uns hier versammelt, um die sterblichen Überreste unseres geliebten Ystrad zu extrahieren, der beschlossen hat, sich auf seine letzte Reise zu begeben. Er hatte ein langes Leben, voller Abenteuer und Erlebnisse. Und doch muss sogar ein Volk, das so lange lebt wie wir, sich am Ende den Verwüstungen der Zeit ergeben. Und deshalb ist es nur gut und richtig, dass der Jüngste unter uns ihm als Erster auf den Weg hilft. Benfro, bitte, das Öl.«

Panik erfasste Benfro, als sich die Augen aller Dorfbewohner auf ihn richteten. Er presste die Amphore gegen seine Brust, unsicher, was jetzt von ihm erwartet wurde. Seine Mutter hatte es ihm gesagt, als sie von der Lichtung im Wald ins Dorf gegangen waren, aber zum ersten Mal in seinem Leben hatte er ihre Worte vollständig vergessen. Das erwartungsvolle Schweigen lastete schwer auf ihm. Es war ein geheiligter Augenblick und er würde durch seine Unwissenheit alles verderben. Verzweifelt schaute er sich um, sah die ausdruckslosen Gesichter, und in seiner Kehle bildete sich ein verlegener Kloß. Dann sah er, wie Meirion das Ausschütten des Kruges mimte, und ihre Stimme schien in seinem Kopf zu sagen: »Gieß es über ihn. Alles, von Kopf bis Fuß. Langsam, damit nichts auf den Boden läuft.«

Das Öl war dick, fast wie frisch aus der Wabe geholter Honig. Es blieb an Ystrads Brust und Gesicht haften, tropfte zwischen seine Schuppen und überzog seinen Schwanz, als Benfro ihn vorsichtig begoss. Er musste auf das niedrige Steinpodium treten, um auch den Bauch des toten Drachen erreichen zu können, und dabei war er sicher, einen leisen Tadel in Frecknocks unverkennbarem nasalen Schnaufen zu hören. Es waren einige nervenzermürbende Minuten voller Konzentration. Aller Augen waren auf ihn gerichtet, und er hätte so leicht stolpern, den Krug auf den Boden fallen lassen oder, schlimmer noch, den sorgfältig aufgebahrten Leichnam aus der Stellung vollkommener Ruhe reißen können. Das Delyn-Öl hatte einen würzigen, schweren Duft, der Benfros Kopf mit seltsam diffusen Bildern füllte und drohte, ihn aus dem Gleichgewicht zu bringen. Er war erleichtert, als endlich alles aus der Amphore getropft war und er von dem jetzt nach Öl riechenden Leichnam zurücktreten konnte.

Morgum trat mit dem Kräuterbeutel neben ihn, den sie früher an diesem Tag vorbereitet hatte. Sie öffnete den Beutel und hielt ihn Benfro hin.

»Nimm die erste Handvoll, Benfro«, sagte sie, »und sei der Letzte, der wirft.« Er griff in den Beutel und spürte dabei in der groben Mischung eine seltsame Wärme. Dann ging Morgum im Kreis und bot den Beutel allen anderen an. Ein Drache nach dem anderen nahm sich etwas von der Mischung und warf es auf den aufgebahrten Leichnam. Die Mischung blieb am Öl haften und gab einen mächtigen Geruch ab, der Benfro an den Duft von frisch gefallenen Kiefernnadeln unter seinen Füßen erinnerte. Endlich hatten bis auf Benfro alle ihre Handvoll verstreut und Morgum kehrte an seine Seite zurück. Lächelnd nickte sie ihm zu, und er warf seine Kräuter auf die bewegungslose Brust seines alten Freundes.

Als die Mischung dort landete, sprangen Funken über die glänzende Oberfläche. Das Öl stob zur Flamme hoch, bleichblaue Lichter huschten über den Leichnam. Hinter sich konnte Benfro hören, wie die versammelten Dorfbewohner einen summenden, leisen Gesang anstimmten. Als sie lauter wurden, erstarkten auch die Flammen, bis der ganze Leichnam in tanzendes blaues Licht gehüllt war.

Benfro sah staunend zu, wie sich Ystrads Züge jetzt änderten. Die Jahre schienen davonzugleiten, ein Jahrhundert nach dem anderen. Er schien größer zu werden, bis er nicht weniger als doppelt so groß war wie Ynys Môn, der größte Drache, den Benfro jemals gesehen hatte. Seine Flügel, die ordentlich anlagen und immer kleine, dünne Hautlappen gewesen waren, schienen in den Flammen anzuschwellen und sich mit feinen und komplizierten Mosaikmustern zu überziehen. Seine Brustschuppen verloren ihr vom Alter getrübtes schwarzes Schimmern und nahmen grünlich schimmernde Regenbogenfarben an. Nach nur wenigen Minuten war der geschrumpfte, von der Gicht gebeugte alte Drache, der Benfro endlose Geschichten über Abenteuer und Gefahren erzählt hatte, einem gewaltigen Krieger gewichen, der es zweifellos mit jedem hätte aufnehmen können.

Dann veränderten sich die Flammen, ihr Blau verblasste zu einem klaren Flirren. Erst jetzt bemerkte Benfro, dass den Flammen keinerlei Hitze innewohnte. Langsam zuerst, aber mit wachsender Geschwindigkeit, zogen sie die Farben aus dem riesigen Leichnam und verwandelten sie in Weiß. Und dann, wie eine hohle Hülle, begann die Form in sich zusammenzusacken. Die Flammen erstarben langsam, bis sie endlich noch einmal aufzischten und schließlich verschwanden, einen viel zu kleinen Aschehaufen auf dem Podium zurücklassend. In seinem maßlosen Erstaunen konnte Benfro nicht sagen, wann der Gesang verstummt war, er wusste nur, dass ein drückendes Schweigen die Halle füllte.

Sir Frynwys gemessene Stimme durchschnitt nach einer Zeit, die Benfro wie eine Ewigkeit vorkam, die Stille. »Es ist vollbracht«, sagte er. »Morgum, würdest du bitte …«

Benfros Mutter trat noch einmal vor und schob die Hände in den Aschehaufen, wo der Kopf des alten Drachen gelegen hatte. Sie zog sie wieder heraus und ließ die Ascheflocken zwischen ihren Fingern nach unten rieseln, bis in ihrer nach oben gewandten Handfläche nur noch ein kleiner Haufen weißer Edelsteine lag, jeder vielleicht drei Zentimeter im Durchmesser.

»Ich bringe sie zum Ruheplatz, wo sie sich mit den Erinnerungen derer mischen können, die schon vorausgegangen sind.« Sie wandte sich von der Asche ab und ging auf die Tür zu. Die Drachen traten beiseite, um sie durchzulassen, und Benfro wollte ihr folgen. Eine feste, aber freundliche Hand schloss sich um seine Schulter. Er schaute sich um und blickte in die dunklen Augen Ynys Môns.

»Du kannst nicht mit ihr gehen, Benfro«, sagte Ynys Môn. »Jedenfalls nicht dieses Mal. Der Ruheplatz unserer Erinnerungen ist eine geheiligte und geheime Stätte. Morgum wird dieses Wissen vielleicht irgendwann an dich weiterreichen, aber für den Moment gehört es nur ihr.«

»Was hat sie da weggenommen?«, fragte Benfro. »Das sah aus wie Edelsteine.«

»Es waren auch Edelsteine«, erwiderte Ynys Môn. »Alle Erinnerungen der Drachen, alle Erfahrungen und alles Wissen sind in ihren Edelsteinen gebunden. Ystrad hat ein langes und ereignisreiches Leben gelebt, deshalb hatte er so viele. Die Große Flamm, die wahre Flamme der Extraktion, fixiert diese Erinnerungen, damit sie für immer leben können, wenn der Drache auf die andere Seite gegangen ist. Morgum wird sie zu denen der anderen legen, die gestorben sind, damit sie ihr Wissen und ihre Erfahrungen teilen können. Und wenn wir jemals ihren weisen Rat brauchen, kann sie mit ihnen sprechen.«

Sie hatten inzwischen die Halle verlassen und standen draußen auf dem Rasen. Zu Benfros Erstaunen befand sich der große Tisch jetzt hier, beladen mit Essen. Benfro sah die einsame Gestalt seiner Mutter die Straße hinuntergehen. Alle anderen bedienten sich jetzt am Festmahl, und für einen Moment fühlte Benfro sich schrecklich einsam, weil seine Mutter nicht dabei war. Dann drückte ihm Meirion einen Teller Fleisch in würzig duftender Soße in die Hand.

»Das war eben wundervoll von dir, Benfro«, sagte sie. »Ystrad wird glücklich darüber sein, dass du die Flamme für ihn geworfen hast. Jetzt müssen wir seiner glücklich und lachend gedenken. Feiert!«

Errol saß im Schatten des großen Kastanienbaums und sah zu, wie die anderen Jungen auf der Heuwiese spielten. Haufen aus frisch gemähtem Gras waren aufgetürmt und standen da wie Wachtposten. Sie bildeten einen Kreis, der groß genug war, um sich dort zu verstecken. Es war ein schönes Spiel, wenn man sich gern schlug und groß und stark war. Errol wusste, dass er das alles nicht war. Er war klein und schmal und sah immer heruntergekommen aus, ganz anders als die anderen aus dem Dorf. Während ihre Gesichter rund und voll waren, war seins scharf, seine Züge fast wie gemeißelt. Seine Haut war weicher, dunkler als die seiner Altersgenossen, das Haar von einem ungebärdigen Dunkelrot, während alle anderen entweder blond oder schwarzhaarig waren.

Errol rieb sich das Kinn, das noch immer wehtat, nachdem Trell ihn vor über einer Woche geschlagen hatte. Seit diesem kleinen Zwischenfall hatte sich das Leben gewaltig geändert. Die anderen Jungen aus dem Dorf ließen ihn jetzt meistens in Ruhe, obwohl Clun noch immer ab und zu versuchte, ihn in ihre Spiele hineinzuziehen. Nur Trell war weiterhin feindselig, was ja kein Wunder war, angesichts der Form und des Umfangs seiner lila verfärbten Nase. Immerhin war Trells Vater gescheit genug gewesen, um zu begreifen, wie der Streit begonnen hatte und wer eigentlich die Schuld trug. Oder vielleicht war ihm auch einfach nur klar, wie viel Henna für die Leute aus dem Dorf tat, nicht zuletzt auch für seine eigene Tochter. Errol fand es jetzt sehr schwer, sich noch Gedanken darüber zu machen, was Trell sich wohl so dachte. Ohne die Unterstützung der anderen Jungen war er eine etwas jämmerliche, komische Gestalt. Außerdem war die kleine Welt von Pullpeiran und seiner kleinlichen, engstirnigen Bewohner für Errol nicht mehr genug. Nicht, seit er das Buch gefunden hatte.

Die anderen Jungen machten weiter mit ihrem Spiel und Errol richtete seine Aufmerksamkeit jetzt auf die Wiese, die Hecke am Rand und die kleinen knorrigen Büsche in seiner Nähe. Er kniff die Augen zusammen und versuchte, sich auf die Spalten dazwischen zu konzentrieren, um die Grym zu sehen, die Linien der Lebensenergie, die von einem zum anderen führten und alles Lebende zu einem riesigen Organismus miteinander verbanden.

Er blickte empor in die späte Nachmittagssonne, versuchte, die Augen zu schließen, presste die Daumen auf seine Augäpfel und öffnete die Augen dann abermals. Doch er sah nur Sterne und seltsame wirbelnde Muster, die rasch verblassten. Er konnte im hellen Sonnenschein nichts von den Linien erkennen und fragte sich schon, ob das alles nicht einfach ausgewachsener Unsinn sei.

Er hatte das Buch *Eine Einführung in den Orden vom Hohen Fryd* von einem gewissen Father Castlemilk, bedeckt von einer dicken Staubschicht und gedruckt in einer alten Schrift, in dem einzigen Bücherregal der Dorfschulbücherei gefunden. Errol konnte sehen, dass das Buch sehr alt war. Offenbar war es seit vielen Jahren von niemandem mehr aufgeschlagen worden. Es bezog sich auf viele magische Rituale, verriet aber nie, wie man sie durchführen könnte, sondern warnte nur vor den furchtbaren Gefahren, die sich aus dem Missbrauch der Magie ergaben. Nur die Erwähnung der Grym gab einen Hinweis auf etwas, das machbar sein könnte. Aber es wurde nur verraten, wie man die Linien sichtbar machen, und nicht, wozu man sie verwenden könnte. Dennoch, seit Errol dieses Buch zu Beginn des Sommers entdeckt und zu lesen begonnen hatte, versuchte er jeden Tag, seine Sinne so weit zu schärfen, dass er eines Tages die Linien sehen können würde.

Aber noch immer versagte er.

Er hob das Buch hoch, das neben ihm im dürren Gras lag. Er hatte versucht, es zu reparieren, aber der Kampf hatte es sehr schlimm beschädigt. Der Rücken war gebrochen, der dicke Ledereinband stellenweise zerfetzt und zerrissen. Die meisten Seiten hingen nur noch an einem Faden und viele waren eingerissen. Einige fehlten auch. Errol aber war es egal, dass er das Buch nicht mehr lesen konnte. Er konnte alles auswendig aufsagen, von Anfang bis Ende. Aber Father Kewick würde vor Wut explodieren, wenn er davon erfuhr. Falls er davon erfuhr.

In aller Eile steckte Errol das Buch wieder in die Tasche und fragte sich, ob er nicht einfach so tun könnte, als wüsste er nichts über seinen Verbleib. Aber die bloße Vorstellung einer solchen Lüge kam ihm fast undenkbar vor. Und doch gab es keinen sinnvollen Grund, warum er alles gestehen und sich Ärger einbrocken sollte. Es war überaus unwahrscheinlich, dass der fette Prediger das Buch vermissen würde. Dass es beschädigt war, würde er nur merken, wenn Errol es zurückbrächte. Nicht viele im Dorf konnten lesen, geschweige denn die winzige Schrift in den uralten Bänden entziffern. Die Themen der meisten anderen Bücher verhinderten ebenfalls, dass irgendwer sie in die Hand nahm: Alte Hausväterliteratur und obskure theologische Abhandlungen waren kaum verlockend, und so standen sie im Regal, sammelten Staub an und schimmelten langsam vor sich hin.

Nur die Geschichtsdarstellungen und die Schilderungen von Reisen in ferne Länder konnten Kinder, die mit den Tücken von Buchstaben und Wörtern rangen, überhaupt interessieren. Sie waren Errols Lieblingslektüre gewesen, als er bei dem alten Father Drebble Lesen gelernt hatte. Der Nachfolger des alten Priesters, Father Kewick, war von ganz anderer Art, und kurz nach seinem Amtsantritt waren Geschichtsbücher und Reisebeschreibungen aus der Bücherei verschwunden. Als Zensurmaßnahme hatte es wenig Wirkung gezeigt, denn es hatte Errol lediglich gezwungen, sich eine andere Befriedigung für seine brennende Neugier zu suchen. Als Prediger des Kerzenordens hatte Kewick vermutlich keine Ahnung, was für faszinierende Dinge in Father Castlemilks *Einführung in den Orden vom Hohen Fryd* zu lesen waren, der ja in Konkurrenz zu seinem eigenen Orden stand.

Etwas raschelte in den Zweigen über Errols Kopf und riss ihn aus seinen Überlegungen. Eilig verstaute er das ramponierte Buch nun endgültig in seiner Tasche und schob diese hinter seinen Rücken.

Tote Zweige und verdorrte Blätter rieselten von oben herab

und bald folgten ein Fuß, ein Bein und dann eine schmale Gestalt. Sie schien wie ein Stein nach unten zu fallen, aber in letzter Minute packte sie den untersten Zweig und kam mit der Eleganz einer Katze auf dem Boden auf. Ein zierliches Mädchen mit einem koboldhaften Grinsen unter einem struppigen schwarzen Schopf wischte sich Borkenstückchen von ihrem oft geflickten Kittel und starrte ihn dann mit verwirrend grünen Augen an. Errol hatte sie im Dorf gesehen, wusste aber ihren Namen nicht. Die meisten Mädchen blieben mit ihren Müttern zu Hause und halfen bei den Haushaltsarbeiten. Sie waren vielleicht bei den Gebetsstunden zu sehen, wenn sie ihre schönste Kleidung angelegt hatten, die Jungen anstarrten und kicherten, aber Errol war seit Father Drebbles Tod nicht mehr zu den Andachten gegangen. Meistens war er zufrieden, wenn er die Mädchen ignorieren durfte, die ihm auf der Straße begegneten, und sie schienen seine Gleichgültigkeit ebenso zufrieden zu erwidern.

Die Schwarzhaarige hier war anders – frech und voller Selbstvertrauen. Die wenigen Male, wenn er sie gesehen hatte, war sie allein unterwegs gewesen, zielstrebig, als ob sie etwas Wichtiges erledigen müsste, statt ängstlich von Haus zu Haus zu huschen. Und ihre Kleidung hätte eher zu einem Jungen gepasst: grober Stoff, bei dem Strapazierfähigkeit wichtiger war als gutes Aussehen. Sie hatte ihn nie angesprochen, er glaubte auch nicht, dass sie schon einmal in seine Richtung geschaut hatte. Jetzt aber starrte sie ihn mit einem neugierigen Lächeln an.

»Hallo, Errol Ramsbottom«, sagte sie und ließ sich neben ihm auf den Boden fallen. »Darf ich mich zu dir setzen?«

Errol zuckte mit den Schultern. »Wenn ich Nein sage, gehst du dann wieder?« Er schaute nervös zu der Wiese hinüber, wo die Schlacht noch immer tobte. Wenn Clun und die anderen Jungen ihn mit ihr sähen, würden sie ihn endlos damit aufziehen. Aber im Schatten der riesigen Baumkrone war er ziemlich sicher, dass er nicht gesehen werden konnte.

»Wahrscheinlich nicht«, erwiderte das Mädchen und lehnte den Rücken an eine Senke in dem umfangreichen Baumstamm.

»Dann bleib eben hier«, sagte Errol und zuckte noch einmal mit den Schultern.

»Was hast du denn hier gemacht?«, fragte das Mädchen.

»Wie meinst du das?«

»Ich hab dich beobachtet, Errol Ramsbottom«, sagte sie. »Du sitzt jetzt seit 'ner Stunde hier und glotzt einfach ins Nix. Suchste die Grymlinien oder was?«

»Die Grymlinien? Woher willst du denn darüber irgendwas wissen?« Errol sah das Mädchen an. Sie trug eine kurze Hose, und lose Fetzen aus ausgefranstem Stoff zeigten, wo diese Hose nach einem früheren Leben abgeschnitten worden war. Eine dicke Schnur hielt die lockeren Stofffalten um ihre Taille zusammen. Die Knie waren schmutzig und von kleinen Schrammen übersät, und das galt auch für die um ihre angezogenen Knie geschlungenen nackten Unterarme.

»Die Grymlinien verbinden alles. Die sind überall. Mein Onkel Arlo sagt, wennde die lang und fest genug anstarrst, kannste die sehen.«

»Und kannst du das?«, fragte Errol auf seltsame Weise verärgert. Er hatte das für sein Geheimnis gehalten, aber dieses seltsame Mädchen schien alles darüber zu wissen.

»Klar doch«, sagte das Mädchen. »Martha, übrigens.«

»Was?«

»Martha«, sagte sie. »So heiß ich. Hast vergessen zu fragen.«

»Warum sollte mich das interessieren?«, fragte Errol, leicht genervt, weil er sich hier mit einem Mädchen unterhalten musste.

»Weil ich allerlei weiß«, sagte Martha und verzog ihr schmutziges Gesicht zu einem selbstzufriedenen Grinsen. »Ich hab dich hier schon oft gesehen, immer schleichste allein rum, spielst nie die wilden Spiele mit den anderen Jungs. Ich hab gesehen, wie du vorige Woche Trell fertiggemacht hast. Der findet das ja gar nicht toll, aber Cluns Pa is in deine Ma verknallt, und da muss Clun jetzt zu dir halten. Ich weiß, du bist der Sohn von der alten Henna, und niemand hat 'ne Ahnung, wer dein Pa war. Ich weiß, du büffelst für das Noviziat, und deine Ma will dich nicht gehen lassen.«

»Du weißt ja ganz schön viel über mich«, fiel Errol ihr ins Wort und sein Ärger flammte wieder auf. Er wusste, dass im Dorf viel über ihn und seine Mutter geklatscht wurde. Und Cluns Vater besuchte ihre Hütte im Wald seit dem Tod seiner Frau ganz schön oft, aber Errol hatte gedacht, der Mann brauche irgendeinen Trank, um mit seiner Trauer fertigwerden zu können, und nicht, dass er Errols Mutter für einen Ersatz hielt. »Wer ist denn dein Vater?«

Martha lachte. »Mein Dad ist Tom Tydfil«, sagte sie und ihre Brust schwoll vor Stolz an.

»Der Schmied?«, fragte Errol. »Ich wusste gar nicht, dass er eine Frau hat, von einer Tochter ganz zu schweigen.« Er hatte sich am Dorfleben nie besonders viel beteiligt, die Hütte seiner Mutter stand über eine halbe Meile entfernt am Ortsrand, und er kam nur zum Unterricht ins Dorf. Er kannte die Namen einiger Bewohner, aber nicht gut genug, um mehr als Hallo zu sagen. Sie luden ihn oder seine Mutter auch nicht unbedingt ein, so lange sie nicht krank waren.

»Meine Ma is gestorben, als ich noch klein war«, sagte Martha und ihr Gesicht verdüsterte sich für einen Augenblick.

»Das tut mir leid«, sagte Errol und stellte zu seiner Überraschung fest, dass es wirklich von Herzen kam. Martha lächelte angesichts dieses Mitgefühls.

»Jedenfalls«, sagte sie und kehrte zu dem Thema zurück, das sie offensichtlich am meisten interessierte. »Wennde die Grymlinien sehn willst, sollteste das beim Fluss probieren, beim Zackensprung.«

Errol kannte diese Stelle gut. Es war ein weiterer seiner Lieblingsorte. Dorthin ging er, wenn er sich dem Unterricht oder den niemals endenden Aufgaben entziehen konnte, die er für seine Mutter erledigen musste. Aber er wollte diesem schmächtigen Mädchen nicht die Befriedigung schenken, zu zeigen, dass sie ihn durchschaut hatte.

»Und warum sollten diese Grymlinien mich interessieren?«, fragte er mit soviel Verachtung in der Stimme, wie er nur aufbringen konnte. Martha sah ihn an, als ob sie ihn für einen Trottel hielte.

»Du liest schon den ganzen Sommer das alte Buch da. Wennde Priester werden willst, musste von den Linien wissen«, sagte sie, als ob sie einem Baby etwas erklärte. »Hat der alte Father Kewick dir denn gar nix beigebracht?«

»Er lehrt uns Lesen, Schreiben und wie wichtig es ist, dafür zu sorgen, dass du nie als der Schuldige dastehst«, sagte Errol und brachte damit seinen Frust über den Unterricht der letzten Zeit zum Ausdruck. Die meisten anderen Jungen rangen noch mit dem Lesen, und außer ihm wusste nur Clun, wie man eine Schreibfeder hält. Errol hatte beide Künste gemeistert, noch ehe er zur Schule gekommen war. An den meisten Tagen saß er jetzt hinten in der Klasse und schrieb Abhandlungen über die Bedeutung von klaren Organisationsstrukturen und klaren Befehlsketten ab. Nur wenn der alte Priester ihm den Rücken kehrte oder er zu dringenden Aufgaben ins Dorf gerufen wurde, konnte Errol sich den wenigen Büchern in der Bibliothek zuwenden, die das Lesen verdient hatten.

»Der ist ja auch ein Kerzenmann«, sagte Martha. »Nicht wie

der alte Drebble. Der war ja beim Orden vom Heiligen Widder. Pa sagt, der war überall auf der Welt. Hat alles gesehen. War sogar beim Meer von Tegid.«

»Ich möchte dem Orden vom Hohen Fryd beitreten«, sagte Errol und fragte sich, warum er diesem Mädchen etwas anvertraute, das er noch keinem Menschen gegenüber zugegeben hatte. »Ich werde die Wege der Magie erforschen und Inquisitor werden.«

Martha lachte, aber es war kein gemeines Lachen, sondern eher eine Anerkennung seiner Begeisterung. »Erst musste die Auswahl überstehn, Errol Ramsbottom«, sagte sie. »Dann musste das Noviziat überleben, ehe du auch nur Kampfpriester werden kannst. Man braucht Jahre, um zum Hauptmann einer Einheit ernannt zu werden.«

»Woher weißte so viel über das alles?«, fragte Errol und staunte darüber, dass es in seiner Nähe eine so reiche Informationsquelle gab, von der er nie etwas geahnt hatte.

»Das hat Onkel Arlo mir erzählt«, sagte Martha. »Der ist Sergeant in der Armee. Er redet die ganze Zeit über die Kampfpriester und darüber, dass sie die einfachen Soldaten total verachten. Manchmal kommt er zu Besuch, wenn er Urlaub kriegt. Pa sagt, er trinkt zu viel, aber wenn er betrunken ist, erzählt er die besten Geschichten.«

»Der klingt interessant«, sagte Errol. »Den würde ich gern mal kennenlernen.«

Wieder lachte Martha und er grinste angesichts ihrer ansteckenden Fröhlichkeit. Es war nett, mit jemandem reden zu können, der nicht versuchte, ihm etwas beizubringen.

»Mach lieber ’nen großen Bogen um den, Errol Ramsbottom«, sagte sie. »Du siehst dem Feind zu ähnlich.«

»Ich tu was?«, fragte Errol, verwirrt über diese Behauptung. Martha zuckte nur mit den Schultern und sprang auf.

»Dein Pa, nehm ich mal an. Muss doch so sein, wo deine Ma aus'm Süden kommt.«

»Wie meinst du das, dem Feind?«, fragte Errol unsicher. Er wurde schon sein Leben lang von der Dorfjugend aufgezogen, aber er hatte immer angenommen, das komme vom Beruf seiner Mutter. Hexenjunge. So wurde er ja genannt.

»Du bist'n Lanwennog, Errol«, sagte Martha. »Jedenfalls war dein Pa einer. Und jetzt kommen deine Freunde zurück. Da mach ich wohl besser, dass ich wegkomm.«

Errol schaute zur Wiese hinüber, wo Clun und die restliche Bande, die ihr Kampfspiel satthatte, jetzt den Hang zur Kastanie hochkamen.

Als er sich umdrehte, war Martha verschwunden.

3

Eine bekannte Sage rankt sich um die Tatsache, dass König Divitie XXIII. den uralten Brauch des Drachenlohns abgeschafft hat. Es heißt, dass dem König in einem Moment der höchsten Not ein Drache zu Hilfe gekommen sei. Er war diesem Wesen so dankbar, dass er ihm und seinen Artgenossen auf der Stelle freien Zutritt zu den Zwillingskönigreichen gewährte und ihnen persönlich den Schutz vor Verfolgung garantierte. Die Wahrheit ist jedoch nicht so poetisch.

Zur Zeit von Dividies Herrschaft waren nur noch wenige Drachen am Leben, und der Orden vom Hohen Fryd hatte ausgefeilte Methoden entwickelt, um sie zur Strecke zu bringen. Die Kampfpriester wurden nur dann gerufen, wenn ein Drache gesichtet worden war. Dann wurden sie ausgeschickt, um ihre magischen Fähigkeiten einzusetzen, das Wesen zu töten und dessen kostbare Edelsteine an sich zu bringen. Es gab damals nur wenige Kampfpriester und sie waren die fähigsten Magier in den Zwillingsreichen.

Divitie herrschte zu einer Zeit der verstärkten Bedrohung des Nordens durch die barbarischen Lanwennogs. Divitie erkannte im Orden vom Hohen Fryd mit seinen durchtrainierten und überaus fähigen Kampfpriestern eine mögliche Verstärkung seiner Armee. Zusammen mit Inquisitor Hardy machte er sich daran, die Hauptaufgaben des Ordens zu ändern. Den Kampfpriestern wurde eine höhere Bedeutung zugemessen, ihre Anzahl wurde verzehnfacht.

Die Quästoren, die bisher den wichtigsten Rang im Orden bildeten, wurden auf die Position von Lehrern und Verwaltern herabgestuft. Die Abschaffung des Drachenlohns war nur ein kleiner Teil der Reformen innerhalb der Gesetze des Ordens, die dessen neue Rolle als Verteidiger des Königreiches befördern sollten.

Vermutlich hat Divitie selbst dafür gesorgt, dass die Geschichte über seine wundersame Errettung in Umlauf gebracht wurde. Als gewitzter Politiker wusste er genau, wie er sein Volk manipulieren konnte, vor allem die Adelshäuser, die in der Vergangenheit immer die Armee des Königs gestellt hatten.

Barrod Sheepshead: Eine Geschichte des Hauses Balwen

Der alte König saß am Rand seines riesigen schwarzen Thrones wie ein verschrumpeltes Stück Schweinefleisch, das in der Sonne herumliegt und in dem Fliegen ihre Eier ablegen. Er trug sein Staatsgewand, das für einen Mann von doppelter Größe gemacht worden zu sein schien. Sogar die schmale goldene Krone rutschte von seinem Kopf und wurde nur von seinen abstehenden Ohren festgehalten. Sein Gesicht war fahl; blutunterlaufene Augen richteten sich auf einen Punkt, der nicht weit vom Ende einer spitzen Nase voller roter geplatzter Adern entfernt war. Dünne Lippen, die endloser Weinkonsum fleckig gemacht hatte, öffneten sich, um einige wenige faulige, gelbbraune Zähne in der stinkenden Mundhöhle zu zeigen. Die Wangen waren eingefallen, ihre Haut übersät von Leberflecken und überwuchert von grauen Bartstoppeln. Glatte fettige Haare von einem Farbton, der weniger gesund aussah als der von Urin, hingen schlaff von seinem kahl werdenden Schädel auf seine dürren, hängenden Schultern. Eine zitternde Hand hielt einen hohen goldenen

Kelch, der zur Hälfte mit dunkelrotem Wein gefüllt war, die andere umklammerte die dicke geschnitzte Armlehne des Throns, wie um das Gewicht des Trinkgefäßes daran zu hindern, ihn in die dunklen Tiefen des riesigen Sessels kippen zu lassen. Der König saß da wie ein kleines Kind und schmiegte sich an die riesige Armlehne.

Als sie durch den weiten Saal auf ihren Vater zuging, konnte Prinzessin Beulah aus dem Hause Balwen kaum Ekel und Verachtung unterdrücken, die die Jammergestalt König Diseverins IX. in ihr erregten. Mit einem Schaudern stieg sie die niedrige Steintreppe zum Thron empor. Dabei war sie sich des nackten Steinbodens und der seltsam gefärbten Glasfenster hinter ihr bewusst, die vor langer Zeit in den Winterkriegen zerstört und ohne Rücksicht auf die Bilder, die sie einst geschmückt hatten, wiederhergestellt worden waren. All das würde sich ändern, wenn der Alte erst tot wäre. Wenn sie erst auf dem Obsidian-Thron säße. Dann würde sich alles ändern, aber erst dann.

Als sie zu den Füßen ihres Vaters niederkniete und seine freie Hand nahm, sah Beulah, wie sich Diseverins Gesicht für einen Moment besorgt verzog, da sein Gleichgewicht gestört wurde. Sie zog das stinkende Ding auf sich zu, würgte bei dem faulen Geruch, der ihren Vater umgab, und küsste den riesigen Staatsring, der locker an dem einen knochigen Finger hing. Ein Funke von Leben sprang von ihren Lippen in den polierten Rubin, jagte durch die Hand des Königs in seinen Körper und riss ihn aus seinem Dämmerzustand, wie wenn ein Puppenspieler an den Fäden zöge. Nachdem sie ihre Pflicht getan hatte, wich Beulah eilig zurück.

»Äh? Bist du das, Leyn?«, fragte der König. Seine vom Star getrübten Augen flackerten umher, obwohl es kaum die Hoffnung gab, dass er jemals wieder etwas würde klar sehen können.

»Leyn ist tot«, sagte Beulah. »Ich bin’s, Beulah.«

»Was? Beulah? Mein kleines Mädchen? Du siehst deiner Mutter so ähnlich.« Der König versuchte zu lächeln, und Beulah presste sich angesichts seines Atems ein parfümiertes Taschentuch auf Mund und Nase, um sich gegen diesen Pesthauch zu wehren.

»Wie fühlst du dich heute, Vater?«, fragte sie hinter dieser Maske hervor.

»Müde, meine Kleine. Die Staatsgeschäfte lasten schwer auf mir«, sagte der König. Dann, als hätte er sich gerade erst daran erinnert, wo er war, hob er den Kelch an die Lippen und trank einen langen Schluck. Das meiste von dem Wein lief über sein Kinn und versickerte im Hermelinbesatz seines Staatsgewandes. Der Mantel war schon vom vielen Wein rosa und das Fell trübe und verklebt.

»Du solltest gehen, meine Kleine«, sagte der König und hielt seinen jetzt leeren Kelch einem Pagen zum Nachfüllen hin. »Ich habe heute einen vollen Terminkalender. Wie jeden Tag. Manchmal frage ich mich, ob Padraig sich nicht alle Mühe gibt, um mir noch mehr Arbeit zu verschaffen.«

Beulah verbeugte sich. Das hier reichte als Entlassung. Es spielte keine Rolle, dass ihr Vater seinen Tag in einem angetrunkenen Dämmerzustand verbringen würde, während ein endloser Strom von Höflingen ihn um Gunstbeweise ersuchte oder einfach versuchte, ihm zu schmeicheln. Hofmarschall Padraig und seine Gefährten aus dem Kerzenorden waren dafür zuständig, dass die Staatsgeschäfte glatt liefen. Der König war schon längst auf eine repräsentative Rolle reduziert worden. Auch das würde sich ändern, wenn sie an der Macht wäre, gelobte sich Beulah. Aber sie war noch nicht alt genug, um den Thron zu besteigen. Wenn ihr Vater jetzt starb, würde Padraig zum Regenten ernannt werden. Auch wenn es nur für ein Jahr war, würde es ihre Macht arg zersetzen. Sie konnte den Obsidian-Thron erst für sich beanspruchen, wenn sie einundzwanzig war. Also musste der alte Mann am Leben bleiben. Jedenfalls für den Moment.

Beulah kannte sich schon seit dem zartesten Kindesalter damit aus, ihren Feinden die Lebenskraft auszusaugen. Ihr Lehrer, Inquisitor Melyn, hatte sie die Magie der Linien gelehrt, und seine Kenntnisse der Gifte waren bei der Entfernung ihrer älteren Schwester von unschätzbarem Wert gewesen. Selbst ohne ihre bizarre Liebschaft mit der Geisel aus Lanwennog hätte Leyn verschwinden müssen. Ihre Schwangerschaft hatte die perfekte Tarnung geboten. Jetzt aber stand Beulah vor einer ganz anderen Aufgabe, um ihren kränkelnden Vater am Leben zu erhalten. Wenn Beulah nicht immer wieder eingegriffen hätte, wäre König Diseverin IX. wohl schon vor Jahren gestorben. Aber was genommen werden konnte, konnte ebenso leicht erhalten werden, auch wenn der Alte sich derweil alle Mühe gab, sich selbst ins Grab zu trinken.

Mit einer leichten Verbeugung machte Beulah kehrt und verließ die große Halle. Sie ging zuerst in die Küche, um lebenserhaltende Pulver in Wein und Essen des Königs zu geben, und dann in ihre privaten Räumlichkeiten und zu einer Wanne voll heißem, nach Rosen duftenden Wasser, nach dem sie sich schon verzweifelt sehnte.

Während er so lautlos wie möglich durch das Unterholz kroch, versuchte Benfro, sich auf die weiß gefleckte rotbraune Tarnfarbe des Rehs zu konzentrieren. Es äste am Moos, das sich an die eine Seite einer in einem längst vergangenen Sturm gefallenen Eiche klammerte. Die Eiche hatte im Fall einen Riss in dem Laubdach des Waldes hinterlassen, sodass nun Sonnenlicht ins Dunkle sickerte. Irgendwo dort draußen war Ynys Môn hinter dem Reh her, aber bei dem Krach, den er machte, konnte er auch noch Meilen entfernt sein.

Benfro hielt sich für einen ziemlich guten Pirscher. Er nutzte jede Gelegenheit, mit dem übellaunigen alten Drachen in den tiefen Wald zu gehen. Wenn er nicht bei den anderen Dorfbewohnern war, sondern draußen in der Wildnis, war Ynys Môn ein Quell des Wissens und ein erfahrener Jäger, zudem war er Benfros Fehlern und Unzulänglichkeiten gegenüber viel nachgiebiger, als seine Mutter das jemals gewesen wäre. Manchmal waren sie mehrere Tage unterwegs, wie diesmal. Abends schlugen sie dann ihr Lager auf und brannten ein kleines Feuer an. Benfro bereitete das zu, was sie tagsüber gejagt hatten, und Ynys Môn erzählte Geschichten aus längst vergangenen Zeiten, als Drachen riesige Wesen gewesen waren, Herren über Erde und Himmel. Zeiten, als Menschen einfach nur schlichte Geschöpfe gewesen waren, die Schafe züchteten und im Boden nach Nahrung wühlten.

Das Reh schaute plötzlich auf, sein Maul arbeitete weiter, aber seine Ohren bewegten sich hin und her und versuchten zu erahnen, was sich hier geändert hatte. Benfro erstarrte und hielt den Atem an. Die Vögel zwitscherten noch immer in den hohen Zweigen und über ihm zog ein Bussard schreiend seine Kreise. Nichts an diesem Szenario deutete an, dass zwei Drachen auf der Lauer lagen. Benfro befahl in Gedanken dem Reh, ganz ruhig zu bleiben, seinen Kopf wieder zu senken und weiterzuäsen. Langsam, als ob es seine Gedanken spürte und entsprechend reagierte, beruhigte das Tier sich wieder. Benfro atmete lautlos auf und trat vor.

Das Knacken hallte wie Donner und jagte eine Taubenschar in einer Explosion aus Federn in die Luft. Benfro schaute nach unten, sah den verdorrten Ast unter seinem Fuß und verfluchte sich selbst, weil er nicht aufgepasst hatte. Das war der Fehler eines blutigen Amateurs, und sein Stolz war fast ebenso verletzt wie seine Fußsohle. Erschrocken schaute das Reh auf, erstarrte für einen Moment und jagte dann zwischen den Bäumen davon. Mit einem frustrierten Schrei nahm Benfro die Verfolgung auf.

Jetzt spielte nur noch die Hatz eine Rolle. Es gab keinen Platz für Feinheiten, es zählte nur die Fähigkeit, die Beute im Auge zu behalten, während er zwischen den Bäumen hinter ihm herrannte. Benfro wusste genau, dass sie bereits mindestens zwei Tagesmärsche vom Dorf entfernt waren und er sich gerade noch weiter davon entfernte. Er wusste auch, dass sie, wenn sie keine Beute machten, zum Abendessen Wurzeln verzehren müssten. Und Ynys Môn würde ihn diesen Fehler niemals vergessen lassen, vor allen Dingen dann nicht, wenn sie kein Fleisch hätten. Und deshalb brach Benfro weiter durch die jetzt spärlicher stehenden Bäume.

Das Reh wurde müde, es war eher für kurze Sprints begabt als für lange Jagden. Benfro konnte sehen, wie erschöpft das Tier war, als es für einen Moment zögerte, ehe es entschied, in welche Richtung es springen wollte. Er holte auf, und die immer größer werdenden Abstände zwischen den Bäumen halfen ihm noch. Seine beiden Herzen hämmerten in seiner Brust, und seine Beine schienen zu brennen, aber er war wild entschlossen, das Tier zur Strecke zu bringen.

Er kam dem Reh immer näher, das bald nach links, bald nach rechts auswich, im Grunde aber so ungefähr dieselbe Richtung beibehielt. Mit einem großen Satz erreichte er die Stelle, an der das Reh bei seinem nächsten Sprung landen musste. Benfro wusste um die Möglichkeit einer demütigenden und schmerzhaften Verletzung, aber das verängstigte Tier verhielt sich wie erwartet, und Benfro traf es und riss sie beide zu Boden. Im Fall packte er das Reh am Kopf und brach ihm glatt das Genick.

»Bravo, eine hervorragende Jagd«, sagte Ynys Môn, der zwischen den Bäumen angetrabt kam. »Und auch ein Tier von einer guten Größe. Sieht aus, als ob wir heute Nacht doch nicht hungern werden, auch wenn ich ja doch finde, es wäre besser gewesen, du hättest deinen Bo…«

Benfro registrierte, dass der alte Drache ihn eingeholt hatte. Er wusste auch, dass er das Reh mit bloßen Händen gefangen und getötet hatte und dass er auf dem Rücken einen Jagdbogen trug, durch dessen Einsatz er die Hatz schneller und leichter hätte beenden können. Aber was seine Aufmerksamkeit gefangen nahm, war der Anblick, der sich ihm bot.

Benfro schaute in eine steile Senke hinab, die einen fast perfekten Kreis von einer halben Meile Durchmesser ausmachte und einen vielleicht fünfzig Meter tiefen Krater bildete. Einige wenige massive Bäume, uralt und prachtvoll, wuchsen in dem riesigen Kessel. In der Mitte erhob sich ein Gebäude, wie er es noch nie gesehen hatte.

Zum einen war es aus Stein errichtet. Alle Häuser in seinem Dorf hatten ein steinernes Fundament, aber ansonsten waren sie aus Holz, aus riesigen vom Alter nachgedunkelten und verzogenen Eichenbalken. Dieses Gebäude jedoch war aus gewaltigen, sorgfältig zurechtgehauenen Quadern erbaut. Es war zudem von einem Ausmaß, das er nicht fassen konnte. Benfro konnte im Hauptteil des Hauses vier Reihen von Fenstern zählen, und darüber erhoben sich Türme, von denen der höchste mindestens noch einmal so hoch war wie das Gebäude selbst. Statt mit dickem Schilfrohrgeflecht war das Haus mit dunklem Schiefer gedeckt.

Einige kleinere Gebäude drängten sich um diesen riesigen Palast zusammen – denn es musste doch ein Palast sein – doch die ganze Siedlung schien verlassen zu sein. Kein Rauch stieg aus den zahllosen Schornsteinen auf, nichts bewegte sich auf dem überwucherten Pfad, der sich von einer Seite des Kraters zur anderen wand, an jedem Ende aus der Senke nach oben führte und bei in die Kraterwand gehauenen Stiegen endete. Benfro konnte außerdem sehen, dass einige der kleineren Häuser dringend hätten repariert werden müssen. Bei manchen war das Dach eingefallen, sodass man das darunter bloß liegende Skelett aus Holzbalken sehen konnte. Andere hatten überhaupt kein Dach mehr, und die Wände zerfielen an den Stellen, wo kleine Bäume sich verwurzelt hatten. Der ganze Krater wurde langsam wieder zum Wald, und was einst gepflegtes Weideland gewesen sein mochte, war jetzt mit kleinen Büschen und jungen Bäumen durchsetzt.

»Ystimtien. Ja, ja«, sagte Ynys Môn leise, er war jetzt neben Benfro getreten. »Ich werde offenbar alt. Ich ahnte ja nicht einmal, dass wir so weit gekommen sind.«

»Was ist das hier?«, fragte Benfro.

»Jetzt ist es eine traurige Ruine. Vor Jahren war es der Jagdsitz von König Divitie«, sagte Ynys Môn. »Nicht weit von hier wurde er von einem ganz besonders wütenden Wildschwein in die Enge getrieben. Demselben übrigens, dem ich das hier verdanke.« Er zeigte auf die Narbe und eine Reihe fehlender Schuppen an seiner Seite. »Er wäre gestorben, wenn ich nicht an diesem Tag ebenfalls auf der Jagd gewesen wäre.«

»Was ist passiert? Und wer ist König Divitie?«, fragte Benfro verwirrt.

»Meine Güte, hat deine Mutter dir denn gar nichts über die Menschen erzählt?« Der alte Drachen wirkte ebenso erschrocken wie überrascht.

»Nur, dass man ihnen nicht vertrauen darf. Dass sie versuchen werden, mich zu töten, wenn sie mich finden.«

Ynys Môn seufzte und legte Benfro die Hand auf die Schulter. »Das stimmt«, sagte er. »Sie haben so kurze Leben, und du kannst nicht erwarten, dass einer sein Wort hält. Aber es ist wirklich nicht richtig von Morgum, dass sie dir nicht mehr erzählt hat. Was, wenn du aus Zufall hineingerannt wärst, ehe ich dich einholen konnte?«

»Pa ist doch niemand«, sagte Benfro. »Das sieht aus, als wäre es schon seit Ewigkeiten verlassen.«

»Du hast bessere Augen als ich, junger Benfro«, sagte Ynys Môn. »Und du hast recht, Ystimtien wurde vor fast zehn Jahren aufgegeben. Nicht lange, nachdem du geschlüpft warst. Als Prinzessin Leyn gestorben ist.«

»Prinzessin Leyn?«, fragte Benfro,. Ihm kamen immer neue Fragen. Er hätte Ynys Môn gern nach allem gefragt, aber noch viel dringender wollte er zu dem riesigen Palast hinuntersteigen und die zerfallenen Hallen erforschen. Dennoch schüttelte ihn eine tiefsitzende Furcht. Das hier war ein Ort der Menschen, und doch war er nur wenige Tage von seinem Dorf entfernt.

»Du fragst dich, wie es möglich ist, dass wir so dicht in ihrer Nähe wohnen können, wie deine Mutter mit ihnen zu tun haben kann, wenn sie uns doch töten wollen«, sagte Ynys Môn und hatte damit Benfros Überlegungen korrekt in Worte gefasst. »Das war nicht immer so«, fügte er hinzu. »Denn vor hundertfünfzig Jahre wurde der Drachenlohn aufgehoben.«

»Der Drachenlohn?«, fragte Benfro.

»Ein Preisgeld, ausgesetzt vom königlichen Haus Balwen, auf den Kopf jedes Drachen, der bei Hofe vorgelegt wurde.«

»Das ist doch grauenhaft«, sagte Benfro und ihm lief ein Schauer das Rückgrat hinunter, bis hinaus in die Schwanzspitze.

»In der Tat«, sagte Ynys Môn, aber seine Stimme war gelassen durch jahrhundertealte Resignation. »Aber wir konnten sie nicht daran hindern, und das können wir auch heute noch nicht. Sie besitzen die Macht der Erde und Töten liegt ihnen im Blut. Das tun sie eben. Aber wir sind auch nicht ganz hilflos, weißt du. Und nicht alle Menschen hassen uns. Vergiss das nicht, Benfro. Es gibt einige, die einfach das fürchten, was sie nicht verstehen, und andere, die gegen ihresgleichen kämpfen, sogar andere Menschen töten, um uns zu beschützen. Hier oben im Wald sind wir meistens in Ruhe gelassen worden. Deshalb leben wir alle im Dorf. Das wird von Magie beschützt, die nicht einmal die mächtigsten Menschen durchdringen können.«

»Aber warum haben sie damit aufgehört? Uns zu töten, meine ich?«, fragte Benfro.

Ynys Môn zog seine Reiseflasche hervor, musterte sie für einen Moment und steckte sie dann wieder weg, ohne zu trinken. Er schien in Gedanken etwas abzuwägen, und Benfros Herz wurde schwer. Er würde aufgefordert werden, seine Mutter zu fragen.

»Ich nehme an, man könnte sagen, das alles mit mir begann«, sagte der alte Drache endlich. Benfro schaute auf, und seine Neugier loderte abermals lichterloh.

»Wie gesagt, das war vor hundertfünfzig Jahren. Möglicherweise etwas mehr sogar. Zur Regierungszeit von König Divitie. Ich glaube, es war König Divitie XXIII. oder so – die haben nicht gerade viel Fantasie, wenn es um Namen geht, im königlichen Haus Balwen. Die Männer heißen alle Balwen, Brynceri, Weddel, Divitie oder Diseverin, und die Frauen Beulah oder Leyn. Aber ich will nicht abschweifen. – König Divitie – na ja, er war der Urgroßvater des jetzigen König Diseverin. Er liebte die Jagd, doch seltsamerweise jagte er keine Drachen. Er hatte unsere Verfolgung immer für gemein und unnötig gehalten. Er zog kleinere, schnellere Beute vor. Er zog es auch vor, keine Wesen zu töten, die sprechen konnten. König Divitie war durchaus zivilisiert, für einen Menschen, meine ich. Also machte er Jagd auf Damwild und Wildschweine und solche Tiere. Er ließ Ystimtien errichten. Ach, da war schon seit Jahrtausenden eine Siedlung, aber er machte daraus den riesigen Palast, den du da unten siehst. Und er verbrachte einen Großteil seiner Zeit dort.

Das war eine Zeit großer Sorge für die von uns, die schon im Dorf lebten, weil sie nun den Menschen so nahe waren. Ehe er hergekommen war, war dieser Teil von Frydland fast in Vergessenheit geraten, es gab nur einige wenige kleine Dörfer am Waldrand. Aber es war beängstigend, dass der Königshof so dicht an uns heranrückte. Und dann kam deine Mutter her. Sie baute eine Art Schutzschirm um uns herum, aber damit das funktionierte, musste sie selbst sich außerhalb von dessen Einfluss befinden. Deshalb lebt ihr so weit von uns entfernt, weißt du. Wir haben ihr das Haus gebaut, haben die Lichtung gerodet und im Gegenzug wurde sie zu unserer Beschützerin. Sie hätte eine große Magis werden können, deine Mutter, aber sie hat sich lieber dem Heilen zugewandt.«

Benfro schaute den alten Drachen mit einer Mischung aus Überraschung und Erregung an. Niemand hatte ihm je von seiner Mutter erzählt. Er hatte sich nie wirklich überlegt, was passiert sein mochte, ehe er geschlüpft war, aber sie musste ja ein Leben gehabt haben. Und wenn Ynys Môn über Morgum Bescheid wusste, dann wusste er vielleicht auch die Antwort auf die andere unbeantwortete Frage, die Benfro an den meisten Tagen zusetzte.

»Du müsstest also meinen Vater gekannt haben«, sagte er und wünschte dann, er hätte es nicht getan, denn der alte Drache erstarrte. Benfro verfluchte sich selbst, weil er nicht abgewartet hatte.

»Ich bin deinem Vater einmal begegnet«, sagte Ynys Môn mit ernsthafter Stimme. Benfro wusste nicht so recht, was in dem Ton des alten Drachen mitschwang. War es Bedauern oder Tadel? Dahinter stand sicher eine lange Geschichte, aber Benfro biss sich in die Lippe und unterdrückte den Drang, weitere Fragen zu stellen.

»Er ist jedoch viel später gekommen«, sagte nun Ynys Môn. »Ich… wir… na ja, jetzt ist er tot, also wollen wir es dabei belassen, ja?«

Obwohl er so gern mehr über seinen Vater erfahren wollte, wusste Benfro aus bitterer Erfahrung, dass er jetzt nicht weiter drängen durfte.

»Was ist aus dem König geworden?«, fragte er mit kleinlauter Stimme, in der Hoffnung, die Stimmung von vorhin wiederherstellen zu können. Das schien ihm zu gelingen. Vielleicht war Ynys Môn auch froh über jedes Thema, solange das Gespräch sich nur nicht um Benfros Vater drehte.

»Divitie, ja«, er räusperte sich. »Na ja, eines Tages war er auf der Jagd, nicht weit von hier entfernt, als er bei der Verfolgung eines riesigen und tückischen Keilers von seinem Gefolge getrennt wurde. Ich habe dir ja schon gezeigt, wie der Keiler mich zugerichtet hat. Also, er tötete Divities Pferd und hätte auch ihn erledigt, wenn ich nicht gerade im selben Teil des Waldes gejagt hätte. Ich weiß nicht, warum ich ihm geholfen habe. Vielleicht war ich so wütend auf diesen Keiler, weil er mich verletzt hatte, dass ich ihn unbedingt töten wollte, ehe jemand anders mir zuvorkommen könnte. Vielleicht hatte die Magie deiner Mutter mich auch in dem Glauben gewiegt, die Bedrohung durch die Menschen sei zu Ende.«

Benfro fuhr zusammen. Die Magie seiner Mutter. Er hatte gesagt, sie hätte eine mächtige Magis werden können. Plötzlich entwarf sich ihm ein anderes Bild von ihr, eines, das er gern genauer in Augenschein genommen hätte. Aber er wusste nur zu gut, was passieren könnte, wenn er Ynys Môn jetzt unterbrach. Mit ungeheurer Mühe schluckte er die Frage hinunter, ehe sie von seinen Lippen schlüpfen konnte. Der alte Drache, der nichts von Benfros innerem Kampf merkte, fuhr mit seinem Bericht fort.

»Gemeinsam konnten wir die Bestie töten, aber es ging nicht ohne Blutvergießen ab. Der König wurde am Bein verletzt und konnte kaum stehen, geschweige denn gehen. Er sagte, er werde mir einen Wunsch erfüllen, wenn ich ihm helfen würde. Ich bat ihn, den Drachenlohn aufzuheben, und er lachte und sagte, das habe er ohnehin vor. Er war ein guter Mann, dieser Divitie.

Ich brachte ihn hierher zurück. Es gab einen gewaltigen Aufruhr, eine ganze Truppe von Kampfpriestern umringte mich mit hocherhobenen Lichtklingen. Du kannst dir vorstellen, wie mir zumute war. Ganz schön blöd kam ich mir vor, weil ich einem Menschen erlaubt hatte, mich in Sicherheit zu wiegen. Aber König Divitie hielt sein Wort. Vor ihnen allen erklärte er den Drachenlohn für abgeschafft und sagte, von nun an würden alle, die meinesgleichen verfolgten, ihren Kopf verlieren. Er ging sogar so weit zu sagen, wir sollten an seinem Hofe willkommen sein.

Einige Jahre lang, während Divitie noch am Leben war, herrschte eine Art Frieden zwischen den Menschen und uns. Einige von ihnen kamen zu uns, um zu sehen, ob sie etwas von uns lernen könnten, und waren danach sehr überrascht, weil sie so lange in Unwissenheit gelebt hatten. Andere hassten und misstrauten uns weiterhin, auch wenn nur selten ein Drache getötet wurde. Der Orden vom Hohen Fryd, die Kampfpriester, waren die Schlimmsten. Ihr eigentliches Ziel ist, die Drachenheit von der Welt zu tilgen. Das steht in ihren heiligen Ordensregeln. Aber Divitie hielt sie zurück. Er ließ sogar einige Inquisitoren hinrichten, obwohl ich vermute, dass das eher war, weil sie gegen ihn intrigiert hatten, und nicht, weil sie uns verfolgt hatten.

Das Problem mit den Menschen – oder das Segensreiche an ihnen – ist, vermute ich mal, dass sie nur so kurz leben. Ich bin in Drachendimensionen nicht so alt, Benfro, aber ich lebe schon zehn Menschenleben und hoffe, noch mindestens fünfzig zu schaffen. König Divitie starb in einem für einen Menschen hohen Alter. Er war achtundachtzig, habe ich gehört. Sein Sohn bestieg nach ihm den Thron, und danach der Sohn dieses Sohnes, wie es bei ihnen Sitte ist. Keiner hat die Verfügung aufgehoben, aber mit jeder neuen Generation werden wir gezwungen, uns dem Königshof mehr und mehr zu unterwerfen. Zuerst wurden wir gezählt, dann wurden wir gezwungen, dem König zu huldigen und für seine Schatzkammern Steuern zu zahlen. Und, die größte Schande von allen, alle unsere Drachlinge mussten dem königlichen Drachenmeister vorgeführt werden, ehe sie drei Jahre alt waren.

Der jetzige König heißt Diseverin. Er ist ein schwacher Mann, der starke Getränke gar zu sehr liebt. Unter seiner Herrschaft sind so langsam die alten Unsitten wieder eingerissen. Bei seiner Thronbesteigung hat er ein Gesetz erlassen, nach dem wir um seine Erlaubnis bitten müssen, ehe wir Schlüpflinge haben. Wir vermehren uns ja nicht oft, wie du weißt, aber damals beschlossen wir, das gehe nun wirklich zu weit. Deshalb erneuerte Morgum den Schutzzauber für das Dorf. Menschen können es nicht mehr finden, egal, wie große Mühe sie sich geben. Wenn sie den Pfaden folgen oder sich eine Schneise durch den Wald hacken, werden sie immer auf der Lichtung enden, wo du mit deiner Mutter lebst.«

»Aber ich habe noch nie einen Menschen gesehen«, sagte Benfro. »Ganz zu schweigen davon, dass ich einem Drachenmeister vorgeführt worden wäre.«

»Deine Mutter ist eine geschickte Magis, Benfro. Auch wenn sie damit nicht prahlt«, sagte Ynys Môn. »Sie spürt, wenn Menschen sich nähern. Und dann schickt sie dich zu uns.«

»So wie jetzt? Im Augenblick sind also Menschen bei uns zu Hause?«, fragte Benfro, und eine plötzliche Panik ließ ihn aufspringen.«

»Ja, so ist es«, antwortete Ynys Môn.

»Wir müssen zurück. Wir müssen ihr helfen. Sie könnten sie umbringen.«

»Setz dich, Benfro«, sagte Ynys Môn.

»Aber …«, widersprach Benfro.

»Was könntest du denn schon ausrichten?«, fragte Ynys Môn. »Du kannst ja kaum ein Reh jagen, ohne alles zu verpfuschen. Wie willst du deine Mutter gegen einen Trupp aus Kampfpriestern verteidigen? Ich will dich nicht anlügen, Benfro. Morgum ist in Gefahr, wann immer ein Mensch ihre Lichtung betritt. Sie könnten aus einer Laune heraus beschließen, sie zu töten. So sind Menschen eben.«

4

Der erste Zauber, der einem jungen Drachling nahegelegt werden sollte, ist vielleicht der des Verbergens. Jeder Drache mit Kenntnissen der feinen Künste wird ihn leicht durchschauen, aber die geistige Übung ist eine gute Grundlage für spätere Arbeiten, und ein Novize kann unbesorgt auch ohne Aufsicht trainieren. Dieser Zauber ist auch bei der Jagd eine große Hilfe und kann die unerwartete Aufmerksamkeit von Menschen vermeiden.

Aderyn: Wissenswertes für unsere Jugend

Der Felsen ragte über den Bach und warf einen permanenten Schatten in einer Ecke des tiefen Bachgrunds, in dem sich riesige alte Lachse versteckten und träge auf das nächste Hochwasser warteten. Errol hatte in seiner Kindheit viele Stunden hier verbracht, ins Wasser gestarrt und versucht, einen Blick auf diese menschenscheuen Fische werfen zu können. Die Leute aus dem Dorf versuchten manchmal, sie mit Angeln oder Netzen zu fangen. Aber seit der alte Ben Coulter mit dem Gesicht nach unten im Bachgrund gefunden worden war, während er noch immer sein Netz mit einer Hand umklammerte und an seiner Schläfe eine mit dunklem Blut verschmierte Wunde klaffte, machten sie einen Bogen um diese als verwunschen und abgründig geltende Stelle. Errol hatte weniger als fünf Minuten gebraucht, um zu durchschauen, was wirklich passiert war. Es lag auf der Hand, dass der alte Ben bei dem Versuch ausgerutscht war, sein Netz am unteren Teil des riesigen Felsens auszulegen, sich den Kopf gestoßen hatte und bewusstlos ins Wasser gefallen war. Die Strömung trieb in einem immerwährenden langsamen Kreis durch den tiefsten Teil des Bachgrunds, und deshalb hätte der Leichnam viele Tage dort liegen können, wenn es nicht geregnet hätte.

Errol behielt seine Schlussfolgerungen für sich, er war froh darüber, dass die Leute aus dem Dorf den Zackensprung als verfluchten Ort betrachteten. Es war jedenfalls eine seltsame Stelle, auch wenn er selbst sich dort nie gefürchtet hatte. Es gab Geschichten über Leute, die dort Stimmen gehört hatten. Manche brüsteten sich mit Schwänken über Drachen, die aus dem Wald kämen, um hier zu trinken, aber auch das hatte Errol nie erlebt. Ihm gefiel die Gegend, weil sie Ruhe und Frieden ausstrahlte. Selbst wenn der Sturm die Bäume in der Nähe schüttelte und mit toten Blättern und Zweigen um sich warf, kam ihm die flache Stelle oben auf dem Felsen immer beschützt vor. Ihm war dort auch noch niemals kalt gewesen.

Nun saß er da, hockte an der Kante, wo der Felsen über acht Meter steil in das schwarze Wasser abfiel, und ließ seine Beine baumeln, während er zusah, wie das Sonnenlicht die Wasseroberfläche zum Glitzern brachte. Es wurde jetzt schnell dunkel, und die Vögel machten in den Bäumen einen Höllenlärm, wetteiferten mit dem Rauschen und Plätschern, mit dem der Bach über die Felsen spülte und auf seiner niemals endenden Reise abwärts vor sich hin gurgelte. Es war wirklich kein gefährlicher Bachgrund, überlegte Errol. Es war tief an der Stelle, wo der Fels darüber hinausragte, aber ein kleines Stück weiter bachabwärts wurde das Wasser seicht, und eine Sandbank bildete einen kleinen Strand. Wenn der alte Ben besser aufgepasst hätte, wäre er nicht gestürzt – oder zumindest hätte er sich abfangen und sich dann an der seichten Stelle an Land ziehen können.

Aber vermutlich war er sofort nach dem Aufprall bewusstlos gewesen.

»Woran denkste denn so, Errol Ramsbottom?« Die Stimme verwirrte ihn für einen Moment. Er hatte niemanden kommen hören, aber als er sich umdrehte, wusste er bereits, wer es war.

Martha schien ihn neuerdings zu verfolgen. Und sie hatte die irritierende Fähigkeit, sich zu bewegen, als ob sie unsichtbar wäre. Sie tauchte an den überraschendsten Orten auf, immer mit ihren neugierigen Fragen und mit ihrer seltsam förmlichen Angewohnheit, ihn mit vollem Namen anzusprechen. Er wusste niemals, wann sie auftauchen würde. Manchmal vergingen eine oder zwei Wochen, ohne dass er ihre Stimme hörte; dann wieder begegnete er ihr zwei- oder dreimal an einem Tag. Er hatte sie jetzt seit mehreren Tagen nicht gesehen, und es überraschte ihn, dass sich seine Laune bei ihrem Auftauchen besserte.

»Haste die Linien schon gesehen?«, fragte sie nicht unfreundlich, obwohl er bei dieser Frage leicht verärgert zusammenzuckte. Errol mochte sich abmühen, sosehr er wollte, er konnte nichts von dem sehen, was das Buch dem emsigen Studenten verheißen hatte. Seit einigen Wochen stürzte ihn sein Versagen in immer tiefere Verzweiflung, und ab und zu hätte er den Versuch fast schon aufgegeben. Aber dennoch lockte ihn die Möglichkeit immer wieder zu diesem Ort.

Martha achtete nicht auf sein Schweigen, sondern setzte sich neben ihn und ließ ihre Beine über die Kante baumeln. Errol war sich nur zu bewusst, wie dicht sie bei ihm saß, und er war sich nicht sicher, ob er diese Vertraulichkeit als angenehm oder als störend empfinden sollte. Er entschied sich für Letzteres und versuchte, wegzurutschen, aber sie lehnte sich nur dichter an ihn und ließ das Gewicht ihres Kopfes an seiner Schulter ruhen, sodass er sie stützen oder ins Wasser fallen lassen musste.

»Du hastse noch nich gesehn, was?«, fragte sie.

»Nein«, gab Errol zu. »Hab ich nicht. Manchmal glaube ich, sie sind einfach nur Einbildung.«

Martha schaute zu ihm auf. Zu seiner Erleichterung beugte sie sich ein wenig von ihm weg. Sie schien im letzten Tageslicht seine Züge zu studieren, und er fragte sich, ob er sie seinerseits ansehen sollte. Dann beschloss er aber, es sei leichter, sich auf die verkümmerten Bäume zu konzentrieren, die das andere Bachufer säumten.

»Deshalb siehste die nich, Errol Ramsbottom«, sagte sie schließlich mit einem leichten triumphierenden Beiklang in der Stimme. »Ein Teil von dir will nich, dass es die gibt. Und deshalb gibt's die nich.«

»Was sagst du da? Ich muss an die Linien glauben, damit ich sie sehen kann?«

»Würd helfen.« Martha zeigte auf die Bäume und suchte sich zuerst einen aus, der weit bachaufwärts stand, dann schwenkte sie zum nächsten und dann zu noch einem. »Ich kann die Grym zwischen diesen Bäumen fließen sehen. Der da«, sie zeigte auf einen, der ihnen fast genau gegenüberstand. »Der da stirbt gerade. Die Grym um ihn rum ist ganz schwach, irgendwie versiegt. Der lebt nur noch durch den Nexus.«

»Den Nexus?«, fragte Errol unwillkürlich. Er ärgerte sich über seine Neugier auf Marthas offenbar endloses Wissen noch mehr als über Martha selbst.

»Haste dir denn nie Gedanken über die Stelle hier gemacht – warum die so was Besonderes is?«, fragte sie, ohne eine Antwort abzuwarten. »Das is 'ne Kreuzung zwischen zwei mächtigen Linien der Grym. Deshalb hab ich gesagt, dasde die hier siehst. Die sind so hell, da dachte ich, du siehstse sofort.«

»Ich kann gar nichts sehen«, sagte Errol traurig. »Mit mir stimmt offenbar irgendwas nicht.«

»Nur mit deinem Denken«, sagte Martha, packte plötzlich

seine Hand und zeigte damit in die tiefer werdende Dunkelheit. Ihr Griff war warm und tröstlich, auf eine Weise, die ihn besorgte und zugleich glücklich stimmte. »Schau mal da, zu dieser großen Eiche rüber. Die Westlinie führt da mitten durch, über den Boden, bis hierhin, wo wir sitzen. Und da.« Sie zog an seiner Hand, und er musste sich umdrehen und sie ansehen, musste ihre dunklen Haare und den leisen Duft ihrer Haut riechen. »Die Nordlinie kommt durch den Spalt im Unterholz und folgt der Bachlinie flussabwärts. Schau mal hinterher.« Sie schob seinen Arm herum und beugte sich gefährlich weit über die Felskante, bis sie die Arme um ihn legen konnte und ihr schmaler Körper sich noch fester an seinen presste. »Bis ganz nach unten, am Bach entlang und bis zur Biegung. Die Linie geht gerade weiter. Ich weiß nicht, wohin, ich weiß auch nicht, wo sie herkommt. Irgendwann, wenn ich ein bisschen älter bin, werde ich das herausfinden.«

Errol starrte mit aller Kraft in die Dunkelheit und versuchte, etwas zu erkennen, während er versuchte, nicht daran zu denken, wie gut ihm Marthas Nähe gefiel. Er konnte das Wasser sehen, weiß, wenn es schäumend unterhalb des Bachgrunds über die Felsen spritzte und an die fünfzig Meter weiter auf die Biegung zuschoss. Es war schwer, in der Abenddämmerung überhaupt irgendetwas zu erkennen. Der Himmel war bewölkt, nur ein vager Widerschein der untergehenden Sonne erhellte den Bach überhaupt noch etwas.

Einen Moment lang glaubte er, etwas sehen zu können. Ein winziger Hauch von Zweifel versuchte ihm zu sagen, es sei nur das über die Felsen fließende Wasser, aber es war zu still, zu schnurgerade, um Schaum sein zu können. Und je mehr er es ansah, umso weiter schien es sich bis hinter die Bachbiegung zu ziehen und dort in den Wald zu führen.

»Du kannst es jetzt sehen, oder?«, fragte Martha, und ihre Stimme war ein leises, gehauchtes Flüstern in seinem Ohr.

»Ich kann etwas sehen«, sagte Errol, drehte sich zu ihr um und umklammerte ihre Hand, als wäre die die Lösung für das Problem, mit dem er seit über einem Jahr kämpfte. Er zeigte bachaufwärts und folgte mit der Hand dem vage leuchtenden Pfad, den er über dem dunklen, rasch fließenden Bach zu erkennen glaubte. »Das kommt von dort, den ganzen Weg bis hier, wo wir sitzen.« Er schaute rasch noch einmal über das Wasser nach hinten. »Und ja, ich kann sehen, dass es aus den Wurzeln dieser Eiche aufsteigt. Sicher ist der Baum deshalb so groß. Er speist sich aus der Grym.«

Errol war überrascht, wie ungern er Marthas Hand losließ, aber er wollte sich umdrehen und sehen, wie die Linie hinter ihnen weiterging, nachdem sie den Fels durchschnitten hatte. Mit jeder Sekunde wurde sie vor seinen Augen stärker, bis alles um sie herum im Schatten zu liegen schien. Trotzdem konnte er spüren, dass an diesem Anblick etwas nicht stimmte, als ob ein leicht zu übersehendes Detail entfernt worden sei. Oder als ob dort etwas sei, das nicht dahin gehörte.

Im selben Moment, als Martha vor Schreck aufkeuchte, hörte Errol eine unangenehm vertraute Stimme sagen: »Hab ja gesagt, das kriegste wieder, Hexenjunge«, und ein schwerer Gegenstand traf ihn seitlich am Kopf.

Benfro und Ynys Môn gingen durch die Abenddämmerung. Es wurde immer dunkler, doch ihr Weg wurde beleuchtet von den Sternen und einer schmalen Mondsichel, die am klaren Herbsthimmel standen. Benfro glaubte zuerst, sie würden die ganze Nacht hindurch weitergehen, aber endlich erreichten sie eine Lichtung, und der alte Drache schlug vor, dort die Nacht zu verbringen. Benfro ließ das tote Reh fallen und fing an, Feuer zu machen. Es war spät, und er wollte eigentlich nur noch schlafen, aber er wusste, dass sein Lehrer mit einer Mahlzeit rechnete.

»Mach dir keine Mühe«, sagte Ynys Môn, sowie die Flammen aufloderten. Benfro hatte den Kadaver aufgehoben und eine Kralle ausgestreckt, um ihn zu zerlegen, aber nun setzte er ihn ein Stück vom Feuer entfernt ab. Der alte Drache griff in seinen Rucksack. Seine Hand blieb lange dort unten, als ob er etwas suchte, auch wenn der Rucksack gar nicht so groß war. Endlich lächelte er und zog ein in ein Tuch gewickeltes Bündel hervor, das sich als Käse und kalter Braten entpuppte. Er reichte Benfro die Hälfte, dann ließ er sich vor den knisternden Flammen nieder. Benfro saß in der Wärme und fing an zu essen, wobei er sich fragte, wie sein Lehrer es geschafft hatte, auf ihrer ganzen Wanderung einen Rucksack voller Proviant vor ihm zu verstecken. Seine Neugier wurde für den Moment durch seinen Hunger verdrängt und bald war der Proviant verschlungen.

»Warum hassen die Menschen uns so?«, fragte Benfro, als auch Ynys Môn mit Essen fertig war und an einer Taschenflasche nippte, deren Inhalt er offenbar nicht teilen wollte.

»Ach, das ist die eine entscheidende Frage.« Der alte Drache drückte den Stöpsel in die Flasche und stellte sie zur Seite. Die Flammen tauchten sein Gesicht in flackerndes Orange und zeigten die angebrochenen Schuppen auf seinem verwitterten Panzer, seinen Armen und seiner Brust, aber sein Auge funkelte, als er dann weitersprach.

»Manche behaupten, es reiche zurück bis in die sagenumwobenen Zeiten, bis zu Gog und Magog und ihrem katastrophalen Streit um Amorgum die Holde.« Ynys Môn hatte offenbar Benfros verständnislose Miene gesehen. »Erzähl mir bloß nicht, dass du die Geschichte nicht kennst«, sagte er ungläubig. »Was hat deine Mutter dir in all den Jahren eigentlich beigebracht?«

»Meistens Wissen über Kräuter und Heiltränke«, sagte Benfro. »Manchmal erzählt sie mir von Sonne und Mond. Und einmal hat sie mir die Geschichte von Palisander und Angarad erzählte, aber Sir Frynwy erzählt sie besser.«

»Hm, na gut. Sir Frynwy ist ein Dichter. Ich bin ganz sicher, er könnte dir genauso eindrucksvoll über Gog und Magog erzählen, aber da er nicht hier ist, werde ich mein Bestes geben. Es ist nur eine kurze Version, doch sie erklärt so gut wie jede andere Geschichte, warum die Menschen uns so sehr hassen.« Er räusperte sich und lieferte eine gute, wenn auch übertriebene Imitation von Sir Frynwy, wenn der zu einer seiner langen Erzählungen ansetzte.

»Gog und Magog waren Zwillingsbrüder, beide bei der Verschmelzung von Sonne und Mond geschlüpft, in den sagenumwobenen Zeiten, als die Drachen die Herren von Gulad waren. Sie waren weise und wunderbar, und es gab nichts, was ihnen nicht gelang, wenn sie das wirklich wollten. Aber wie alle großen Magi hatten sie die eine tödliche Schwäche, denn beide waren unerträglich arrogant. Und beide verliebten sich in den schönsten Drachen, der je gelebt hat, in Amorgum die Holde.

Sie war unvergleichlich. Schöner noch als Palisanders heiß geliebte Angarad. Ihr Lächeln konnte das kälteste Herz zum Schmelzen bringen, und niemand konnte ihr begegnen, ohne dadurch zu einem besseren Drachen zu werden. Gog und Magog glaubten beide, es sei ihnen vom Schicksal bestimmt, sie zu heiraten, und sie umwarben sie mit einer Zielstrebigkeit, die an Besessenheit grenzte. Aber Amorgum hatte keinen lieber als den anderen, sie liebte beide gleichermaßen, auf ihre unschuldige, weltfremde Weise.

Ob nun Gog zuerst Magog in Verdacht hatte oder ob es umgekehrt war, spielt eigentlich keine Rolle. Die Brüder zerstritten sich über der Frage, wer Amorgum bekommen sollte, und ihr Streit wurde rasch zum Kampf. Schon bald wurde Gulad durch ihre Gewalttätigkeiten erschüttert. Der Himmel brannte.

Die Erde tat sich auf. In ihrer Selbstherrlichkeit interessierten sie sich nicht für die restliche Drachenheit, für sie zählte nur ihr eigener Wille.

Schließlich begab sich kein Geringerer als Palisander zu Amorgum, das erzählt die Sage, und bat sie einzugreifen. Er war damals schon sehr alt und fast alle achteten ihn hoch. Er wusste, dass nur Amorgum imstande wäre, den furchtbaren Kampf der Brüder zu beenden. Und wenn das nicht geschähe, würde Gulad bald vernichtet sein. Aber Amorgum war ein schlichtes Gemüt, so naiv, wie sie schön war. Sie begriff nicht, was Gewalt ist. Sie wollte nur, dass alle glücklich wären, und deshalb begab sie sich auf den Kampfplatz zu Gog und Magog. Die Brüder benutzten furchtbare, mächtige Zauber, um einander zu besiegen, und die arme Amorgum wurde von der Wucht eines mystischen Todesfluchs getroffen.

Als sie starb, hielt ganz Gulad für einen Moment inne, und sogar Gog und Magog wurden aus ihrem entsetzlichen Zorn gerissen. Als sie sahen, was passiert war, was sie angerichtet hatten, verfielen sie in unbeschreibliche Verzweiflung. Keiner von ihnen wollte seine Schuld eingestehen, jeder machte dem anderen Vorwürfe, aber sie konnten doch sehen, welches Unheil ihr Streit heraufbeschworen hatte. Deshalb gingen sie ohne ein weiteres Wort auseinander – mit der festen Absicht, nie mehr ein Wort miteinander zu wechseln.

Aber Magog ging noch einen Schritt weiter. Er hasste seinen Bruder so sehr, dass er es nicht ertragen konnte, weiterhin dieselbe Luft zu atmen oder unter demselben Himmel zu fliegen. Er wirkte einen großen Zauber, der wundersam und entsetzlich zugleich war, und spaltete damit Gulad in zwei Teile. Gog und seine Gefolgsleute wurden in den einen verbannt, während Magog und seine Sippe im anderen lebten.

Die Welt war zerrissen, Familien voneinander getrennt. Es

gab keine Zeit, Abschied zu nehmen oder geliebte Besitztümer zu holen. Alles passierte in Sekundenschnelle, denn so hatte Magog es geplant. Er wusste schließlich, dass sein Bruder versuchen würde, den Zauber unschädlich zu machen, wenn er eine Gelegenheit dazu fände. Und Magog hatte allen Grund zu dieser Vorsicht, denn es heißt, dass Gog seinem Bruder ein Abschiedsgeschenk machte.

Gog öffnete den Menschen die Augen für die feinen Künste. Und zugleich gab er ihnen seinen eigenen Hass auf Magog und dessen Gefährten weiter. Im Laufe der Jahrhunderte wuchs dieser Hass zusammen mit der Macht der Menschen, und dabei hörten sie auf, einen Unterschied zwischen den Gefolgsleuten von Magog und den Tausenden von neutralen Drachen zu machen, die in Gogs Hälfte geblieben waren. Alle waren nun zur Jagd freigegeben. Wir Drachen haben vielleicht lange Leben, aber es gibt doch nur wenige von uns. Menschen leben nur wenige Dutzend Jahre, aber sie vermehren sich in jeder neuen Generation. Und sie sind tückisch, gewalttätig. Sie lieben es, uns einfach zum Spaß zu jagen und zu töten.«

Der alte Drache legte eine Pause ein und trank einen Schluck aus seiner Flasche. »Ich weiß nicht, ob in diesen Sagen auch nur ein Körnchen Wahrheit steckt. Angeblich haben Gog und Magog vor über dreitausend Jahren gelebt, und selbst der alte Sir Frynwy ist erst fünfzehnhundert. Wenn es überhaupt passiert ist, dann war das lange ehe einer von uns geschlüpft ist. Vielleicht ist es nur eine Fabel, die uns klarmachen soll, dass Stolz töricht ist. Wie dem auch sei, die Menschen hassen uns. Sie sind mächtige Magi und es gibt unzählige von ihnen. Wenn sie nicht die meiste Zeit so sehr damit beschäftigt wären, sich gegenseitig umzubringen, wären wir Drachen schon vor langer Zeit ausgerottet worden.«

Eine Zeit lang herrschte Schweigen, untermalt vom Knistern des Feuers und ab und zu unterbrochen von dem Ruf eines Nachttiers. Benfro stellte sich die beiden zerstrittenen Brüder, die schöne Amorgum und den tapferen Palisander vor. Es war eine gute Geschichte, die sich mit denen von Sir Frynwy absolut messen konnte, und die Umgebung trug das Ihre zu der geheimnisvollen Stimmung bei. Und doch blieben so viele Fragen offen.

»Aber du hast ihren König gerettet«, sagte Benfro. »Warum haben sie dann sein Wort gebrochen?«

»So sind sie eben, Benfro. Divitie war vielleicht unser Freund, aber ein Gesetz abzuschaffen, vertreibt nicht die blinde Angst und den Hass dahinter. Menschen ändern ihre Meinung sehr langsam, und manche verdanken ihre Macht eben den alten Zuständen. Der Orden vom Hohen Fryd wurde gegründet, um Drachen zu jagen. Meinst du, da werden die uns mit offenen Armen willkommen heißen?«

Benfro starrte ins Feuer und kam sich klein und hilflos vor. »Muss ich mich mein Leben lang vor ihnen verstecken?«

»Beim Monde, nicht doch! Es gibt Orte in Gulad, wo sich nur ganz selten Menschen blicken lassen, Orte, wo Drachen immerhin geduldet und nicht aktiv verfolgt werden. Wir leben hier, weil wir uns dazu entschieden haben. Unser Dorf ist geschützt, versteckt, solange wir diese Magie respektieren. Du hast die Entscheidung noch vor dir, Benfro. Du kannst dich bei uns niederlassen, oder du kannst dich auf den weiten Weg begeben, wie dein Vater. Du kannst sogar die wenigen anderen Drachen aufsuchen, die im Land verstreut leben. Aber zuerst musst du erwachsen werden. Du musst die feinen Künste lernen und alles über dein Erbe erfahren. Bis dahin werden wir alles tun, was wir können, um dich zu beschützen.«

»Ich will Magie lernen, aber meine Mutter lässt mich nicht.«

»Natürlich nicht. Ein Drache darf erst mit vierzehn Jahren seine Lehre antreten, Benfro. Das weißt du.«

»Aber wenn die Menschen so gefährlich sind, müsste ich das dann nicht früher lernen? Zumindest genug, um zu spüren, wenn sie kommen, und mich vor ihnen zu verstecken?«

Ynys Môn legte seinen Flachmann weg, nahm einen Ast und stocherte damit im verlöschenden Feuer herum. Dann begann er, die Glut für die Nacht mit Erde zu überhäufen. Benfro wusste, dass es Schlafenszeit war und er keine Antwort mehr erhalten würde. Resigniert legte er sich hin.

»Vielleicht hast du recht«, sagte da der alte Drache. »Vielleicht sollten wir dich nicht so hilflos bleiben lassen.«

»Wie meinst du das?«, fragte Benfro.

»Morgum wird mir das nie verzeihen«, sagte Ynys Môn, »und Sir Frynwy wird mich zusammenstauchen, aber morgen werde ich dir einen einfachen Zauber zeigen. Einen, der dir keinen Ärger einbringen wird und der dir vielleicht bisweilen helfen kann.

Morgen, junger Benfro, zeige ich dir, wie man sich versteckt.«

5

Für Drachen sind ihre Edelsteine sehr wichtig, denn sie glauben, dass diese ihre gesammelten Weisheiten und Erinnerungen speichern – auch noch nach ihrem Tod. Bei ihrer Zeremonie der Extraktion wird der Körper des toten Drachen mit besonderen Ölen verbrannt, bis nur noch Asche übrig ist. Dann bringt der Heiler, meistens eines der älteren Angehörigen ihrer Gemeinschaft, die bloß gelegten Edelsteine an einen geheimen Ort, wo bereits die anderer Drachen aufbewahrt werden. Auf diese Weise finden Wesen, die zu ihren Lebzeiten einsame Wanderer sind, im Tode einen Zusammenhalt. Die zählebigen Sagen über Drachen, die gewaltige Schätze horten, sind vermutlich diesem Brauch zuzuschreiben, aber in Wirklichkeit haben diese wilden Tiere nur wenig Interesse an Dingen, die Menschen für wertvoll halten würden.

Es gibt jedoch eine Ausnahme von diesem Brauch. Wenn ein Drache, der von den andern für einen großen Magi gehalten wird, stirbt, werden seine Edelsteine an eine einsame Stelle gebracht, weit weg von denen der anderen. Es sind meistens Stellen, die Drachen für auf natürliche Weise mächtig halten. In schweren Zeiten suchen sie diese Orte auf, vermutlich, um die Erinnerungen ihrer toten Anführer um Weisung anzuflehen.

Father Charmoise: Drachensagen

Er war zu dicht bei Martha, und ihre Arme waren ineinander verschlungen. Und sie waren beide zu dicht an der Kante. Sterne tanzten vor Errols Augen, als sein Gleichgewichtssinn ihn im Stich ließ. Einen flackernden Augenblick lang glaubte er, sehen zu können, wie sich Trells Gesichtsausdruck von lächelnder Schadenfreude in entsetzte Besorgnis verwandelte, als ihm aufging, dass sein Feind nicht allein war. Aber es war sicher zu dunkel, um solche Details zu erkennen. Dann wurde sein Kopf hochgerissen, und er spürte, dass er gleich abstürzen würde. Verzweifelt versuchte er, Martha wegzustoßen, aber sie packte ihn instinktiv, klammerte sich an ihn, sodass beide in den Abgrund stürzten.

Der Fall schien kein Ende zu nehmen, und die ganze Zeit konnte Errol sehen, wie die riesigen gelben, pulsierenden Linien der Grym sich von ihm entfernten. Am Ufer konnte er die dünneren Linien erkennen, die das Unterholz verbanden, ebenso wie die kranken bleichen Stränge, welche die Wurzeln des sterbenden Baumes umzitterten, den Martha ihm vorhin gezeigt hatte. Dahinter sah er ein feineres Gewebe, das den Boden bedeckte und die einzelnen Grashalme miteinander verband. Und er konnte winzige flackernde Lichter in unterschiedlichen Farbtönen ausmachen, die auf der Grym hin und her huschten wie Ameisen über einen Stein. Gerade als ihm aufging, dass es wirklich Ameisen und andere Insekten sowie kleine Tiere waren, jedes von der Lebenskraft erleuchtet, traf er auf die Wasseroberfläche auf.

Der Aufprall presste wie ein Schlag in den Bauch die Luft aus seiner Lunge. Kalte nasse Hände griffen nach ihm, zogen ihn in die schwarze Tiefe. Er konnte spüren, dass Martha in Panik geriet und um sich schlug, weil sie sich aus ihrer verschlungenen Umarmung befreien wollte. Er war ein guter Schwimmer, aber ihrer Panik entnahm er, dass Martha nicht schwimmen konnte.

Er versuchte, sich zu lockern, zu orientieren und die Wasseroberfläche zu erreichen. Es war nicht weit bis zu der Stelle am Ufer, wo sich der Sandstrand bis zum Wasser hinzog. Sie würden dort leicht an Land gehen können, wenn er Martha nur so weit beruhigen könnte, dass sie sich vom Wasser treiben ließ.

Ein brennendes Gefühl in Errols Brust erinnerte ihn daran, dass er vor allen Dingen dringend atmen musste. Panik überflutete ihn, drohte, ihn zu überwältigen. Er trieb dieses Gefühl zurück, und dabei merkte er, wie leicht es wäre, jetzt zu sterben. Und Martha sterben zu lassen. Er kämpfte gegen die Kälte, die seine Kraft fraß, und gegen den schrecklichen Schmerz in seiner Brust. Er streckte die Hand nach der strampelnden Gestalt über sich aus und hoffte, seine Berührung würde sie so weit beruhigen, dass er sie beide retten könnte. Dann legte sich plötzlich etwas Dunkles über ihn.

Diese Dunkelheit war warm, und das war seltsam. Errol konnte sich daran erinnern, dass er im Wasser gewesen war, wo die eisige Kälte an seinen Beinen zog und ihm die Kleider an seiner bibbernden Haut klebten. Er konnte sich daran erinnern, wie er von der trägen, mächtigen Strömung langsam herumgeschleudert worden war, die ihn nach unten zog, als sein Körper nach oben wollte. Aber jetzt saß er im Warmen und Dunklen, Ruhigen.

»Wie das?«, fragte er sich, und seine Stimme klang laut und deutlich. Aber es war, als bildeten sich die Worte direkt in seinen Gedanken.

»Ich habe dich hergebracht, Errol Ramsbottom«, lautete die Antwort, die er nicht erwartet hatte. Es war keine Männerstimme, auch wenn sie zweifellos männlich war. Sie war irgendwie gewaltiger, gefasster und gebieterischer. Eine Stimme, die es gewöhnt war, ernst genommen zu werden.

»Wer?«, fragte Errol, der noch immer nicht wusste, ob er dieses Wort aussprach oder nur dachte, unsicher, wo er nun eigentlich war.

»Du weißt, wer ich bin, Errol«, sagte die Stimme, und Errol war klar, dass das der Fall war.

»Ein Drache?«, fragte er. Er hatte in einem von Father Drebbles Bestiarien über Walddrachen Bilder gesehen. Es waren jämmerlich aussehende Wesen mit matter Haut und bemitleidenswerten Stummelflügeln.

»Meine Nachkommen sind nur ein bleicher Schatten ihrer selbst«, sagte die Stimme, als wüsste sie um seine Gedanken. »Das war ihre Entscheidung. Aber einst, als ich auf Erden wandelte, waren wir groß, die Herren über alles. Seit meinem Tod habe ich zugesehen, wie sie zur Unkenntlichkeit geschrumpft sind.«

»Seit Eurem Tod?«, fragte Errol, und seine Stimme ließ die Frage in seinem Kopf widerhallen.

»Ja, Errol. Ich bin tot. Seit vielen Jahrtausenden. Und meine Edelsteine wurden hier an diesem Nexus der Grym zur Ruhe gebettet. Seit damals habe ich zahllose Generationen kommen und gehen sehen, Drachen und Menschen, und keine dieser Generationen taugte besonders viel. Aber wir sind an einem kritischen Punkt angelangt, deinesgleichen und meinesgleichen, und du wirst bei dem bevorstehenden Wandel eine tragende Rolle spielen.«

»Ich?«, fragte Errol. »Aber ich bin niemand. Ich meine, ich bin nichts Besonderes.«

»Wenn du das wirklich glaubst, dann soll es so sein«, sagte die Drachenstimme. »Aber ich bin überzeugt, in dir ruhen Dinge, von denen du noch nichts ahnst. Du hast bereits den ersten Schritt auf dem Weg zum Magis gemacht. Ich habe dich in den letzten Jahren beobachtet, habe gesehen, dass dein Geist viel schneller erwachsen geworden ist als der deiner Altersgenossen, dass du dir große Mühe gibst, deine Umwelt zu verstehen. Das wirst du auch, wenn es so weit ist. Aber hast du die Geduld, zu lernen? Und bist du bereit, Hilfe anzunehmen, egal, von wem sie angeboten wird?«

»Wie meint Ihr das?« Errol fühlte, wie ihn ein Gefühl des Unbehagens überkam. Als ob er in ein Zimmer gegangen wäre und nicht mehr wüsste, was er dort überhaupt wollte.

»Dein Schicksal gehört dir, Errol Ramsbottom. Du kannst so viel oder so wenig sein, wie du willst. Du musst nur die richtigen Entscheidungen treffen. Aber merk dir eins: Du kannst mächtig sein oder glücklich. Manchmal kann es so aussehen, als könntest du beides zugleich haben, aber das ist niemals von Dauer. Am Ende hast du entweder Glück oder Macht.«

»Ich verstehe das nicht«, sagte Errol, aber nun hatte er Wasser im Mund, und die beschützende warme Dunkelheit hatte sich in eine kalte, nasse, würgende Angst verwandelt. Keuchend schoss er aufwärts und sein Kopf durchbrach den Wasserspiegel im Bachgrund. Erlöst blickte er um sich. Es war jetzt fast stockdunkel und der Umriss des hohen Felsens zeichnete sich als noch tieferes Schwarz vor dem Wolkenhimmel ab. Er schlug im Wasser um sich und hielt Ausschau nach Martha, aber sie war nirgendwo zu sehen.

Panik packte ihn und er tauchte den Kopf wieder unter Wasser, in dem nutzlosen Versuch, festzustellen, ob sie untergegangen war. Nicht einmal bei Tageslicht hätte er weiter sehen können als einige Fingerbreit, ohne Mond oder Sterne, die ihm leuchteten, hatte er keine Chance. Sie würde ertrinken, nach unten gezogen von dieser trügerischen trägen Strömung. Und er wäre an allem schuld.

Nein. Trell wäre schuld. Heißer Zorn durchflutete Errol bei der Erinnerung an das feixende Gesicht, das aus der Dunkelheit aufgetaucht war. Dann der Sturz und die seltsam faszinierende Schönheit der Grym, die alles Lebende mit ihrem Netz umfing.

Martha ist jetzt auch als Leuchten sichtbar, erkannte Errol. Sie hatte bestimmt noch immer genug Leben, um wie ein Lichtstrahl auf einem dunklen Hügel sichtbar zu sein. Er trat Wasser und hielt nach ihr Ausschau. Ihm war klar, dass ihm die Zeit davonlief, wollte er Martha noch lebend finden. Sie lag vielleicht auf dem Boden des Baches oder steckte einfach zwischen den Felsen fest, mit dem Kopf unter Wasser. Und in beiden Fällen würde sie bald tot sein.

Er versuchte, seine Panik zu unterdrücken, und konzentrierte sich auf die Hauptlinien. Er wusste, dass sie da waren. Er glaubte an sie. Aber dennoch konnte er nur eine ganz vage Spur erspähen. Frustriert und zitternd schwamm er eilig zum Strand und richtete sich auf, um sich besser umsehen zu können. Seine Kleider waren triefnass, und der Wind gab sich alle Mühe, ihn bis auf die Knochen auszukühlen. Aber er wollte einfach nicht aufgeben. Sie musste hier doch irgendwo sein.

»Verdammt, Martha! Wo steckst du?«, schrie er in die Nacht, aber es kam keine Antwort. Errol rannte in aller Eile auf den Felsen hinauf. Von Trell war nichts zu sehen. Das war typisch für ihn – wegzulaufen, wenn es brenzlig wurde. Nun konnte Errol nach unten in den Bachgrund blicken, doch der war pechschwarz, und nur ein ganz vages Schimmern zeigte an, wo die Linien sich durch das Wasser zogen.

»Drache, bitte, hilf«, sagte Errol leise, verzweifelt. Fast sofort spürte er seine Nähe, wie eine auflodernde Flamme. Er vergaß Kälte und Nässe, vergaß seine Panik. Die Grym erschien ihm in ihrer ganzen vielfarbigen Pracht. Er konnte das kräftige Lebensleuchten der alten Fische sehen, die unten um den Felsen herumschwammen, und dort sah er, bewegungslos zwischen den langsamen Spiralen der Frische, bleich und schwächer werdend, eine Gestalt, die seltsam fremd und zugleich zutiefst vertraut schien.

Errol dachte gar nicht weiter darüber nach und verlor keinen Gedanken an seine eigene Sicherheit. Er sprang ganz einfach. Kopfüber glitt er ins Wasser und tauchte unter. Rasche Schwimmzüge brachten ihn auf den Boden des Bachgrunds und zu Marthas kalter, bewegungsloser Gestalt. Er nahm sie in die Arme, stieß sich ab und schwamm, so rasch er konnte, zu der seichten Stelle am Strand.

Als er Marthas bewegungslosen Körper auf den trockenen Sand gezogen hatte, war Errols von Zorn gespeiste Energie bereits im Schwinden. Er konnte spüren, dass seine Arme und Beine vor Kälte steif wurden, und er wusste, dass er bald zusammenbrechen würde. Aber Martha bewegte sich nicht, sie lag bleich in der Dunkelheit. Als er sich über sie beugte, konnte er ihren Herzschlag hören. Es gab etwas, das er jetzt tun müsste, seine Mutter hatte ihm beigebracht, wie er sich im Notfall verhalten sollte, aber jetzt, da es ernst wurde, konnte er nur blöd vor sich hin starren.

»Sei kein Idiot«, sagte die Drachenstimme zu ihm und riss seine Gedanken aus der Starre, in die er verfallen war. »Ihre Lunge ist voll Wasser. Das musst du rausholen. Dreh sie um und beweg ihre Arme auf und ab.«

Verwirrt gehorchte Errol und staunte über die Wassermengen, die Martha jetzt ausspie.

»Und jetzt musst du ihr Luft verschaffen«, sagte die Stimme, und nun fiel Errol ein, was er zu tun hatte. Er arbeitete so schnell, wie seine kalten Muskeln es ihm erlaubten, er beugte sich über Marthas Kopf und hob ihn ein wenig an. Dann hielt er ihr die Nase zu, öffnete ihren Mund und blies energisch hinein. Wie Eis brannten ihre Lippen an seinen, und sie lag so still, dass er überzeugt war, zu spät gekommen zu sein.

»Jetzt nicht aufhören«, sagte die Drachenstimme. »Fühl, ob sie einen Puls hat.«

Errol hatte das schon oft bei seiner Mutter gesehen, das konnte er immerhin ohne Anweisungen. Marthas Puls war schwach und flattrig, aber er war vorhanden. Jetzt musste er sie nur noch zum Atmen bringen. Er nahm wieder ihren Kopf in die Hände und blies. Ihre Brust hob sich, senkte sich und blieb dann unten. Er wollte schon einen neuen Versuch unternehmen, als Martha mit einem lauten, erschütternden Husten noch mehr Wasser ausspuckte, sich auf die Seite drehte und anfing, in abgehackten, keuchenden Zügen Atem zu holen.

»Dem Hirten sei Dank« sagte Errol leise und zog Martha an sich, in dem Versuch, ihr etwas von der Wärme abzugeben, die er eigentlich gar nicht entbehren konnte.

»Ich glaube ja eigentlich nicht, dass der etwas damit zu tun hat«, sagte die Drachenstimme in seinem Kopf. »Aber unter diesen Umständen will ich dir diese Plattheit durchgehen lassen.«

Bei diesen Worten öffnete Martha die Augen.

»Du kennst Sir Radnor jetzt also«, sagte sie, und ihre Stimme klang tief und heiser, fast erwachsen. »He, du hast mich geküsst, Errol Ramsbottom. Bedeutet das, du bist jetzt mein Liebster?«

Errol wollte schon widersprechen, aber dann lachte er nur, während sie zitternd auf dem feuchten Sandstrand saßen. Dann riss ein Schrei aus dem Wald hinter ihnen sie aus ihrer Versunkenheit. Errol drehte sich um und sah Fackeln, die in aller Eile den Pfad hochkamen, die flackernden Flammen verhießen Wärme. Der Schmied Tom Tydfil lief vorneweg, sein Gesicht war vor Angst verzerrt. Godric Defaid und sein Sohn Clun waren nicht weit hinter ihm, während Trell seinem Vater widerstrebend folgte und die Nachhut anführte.

»Wo ist sie?«, brüllte Tom, so laut er konnte, dann entdeckte er Errol am Strand. »Was hast du mit meiner Tochter gemacht,

Hexenjunge? Beim Hirten, ich zieh dir bei lebendigem Leib die Haut ab, wenn ihr etwas passiert ist.«

Errol wollte widersprechen, aber er war zu müde und Tom zu stark. Der Schmied stieß ihn beiseite und riss Martha an sich. Sie schien sich zu wehren, aber auch sie war geschwächt und kalt. Endlich fiel sie ihm mit einem Aufschluchzen und einem bedauernden Blick in Errols Richtung in die Arme.

»Er hat sie rausgefordert, dicht an den Rand zu gehen – ich habse beide gesehen«, kreischte Trell mit schriller dünner Stimme.

»Stimmt das?«, wollte der Schmied mit drohender Stimme wissen.

Errol sah sie drei Männer an, die den Dorfrat bildeten. Nur in Godrics Augen lag ein Schimmer von Mitgefühl.

»Wir waren dicht bei der Kante, ja«, sagte Errol mit zitternder Stimme. »Aber wir wären nicht abgestürzt, wenn Trell mich nicht mit einem dicken Stock geschlagen hätte.« Er zeigte auf den flachen Fuß des Felsens, wo ein dicker Ast, zu einer Keule geschnitzt und von Zweigen befreit, lag.

»Was für eine Unverschämtheit«, sagte Dorfvorsteher Cluster, empört über diese Beleidigung seines guten Namens. »Wie kannst du es wagen, meinen Sohn zu verleumden, nachdem er versucht hat, dich zu retten?«

»Mich zu retten!«, Errol lachte. »Er wollte mich umbringen. Er hat nur Angst bekommen, als ihm aufging, dass er auch Martha getroffen hatte.«

»Und was haste hier eigentlich mit meiner Tochter vorgehabt, Hexenjunge? Wie konntest du es wagen, sie ausgerechnet hierhin zu locken?«

Errol sah den Schmied stirnrunzelnd an. Er hatte Martha nicht zum Zackensprung gelockt, sie war ganz von selbst gekommen. Und auch die Behauptung, er habe mit der Tochter des Schmiedes irgendetwas vorgehabt, war zum Lachen. In dieser Hinsicht war er unschuldig. Zumindest war er das gewesen, bis sie in den Bachgrund gestürzt waren. Jetzt kam es ihm auf seltsame Weise falsch vor, seine Unschuld zu beteuern. Zu Errols ewiger Dankbarkeit schaltete sich jetzt Cluns Vater ein und machte dem Verhör ein Ende.

»Das ist jetzt nicht der richtige Augenblick, Tom«, sagte Godric. »Sieh mal, die sind beide triefnass, und die Nacht wird immer kälter. Ich bring Errol zu seiner Ma, und dann können wir alles andere morgen früh klären.«

»Jede Entschuldigung reicht dir, um die alte Hexe zu besuchen, was, Godric?«, sagte Dorfvorsteher Cluster mit schlecht verhohlenem Ekel. Godric achtete nicht auf ihn, sondern half Errol auf die Beine.

»Gib ihm deine Jacke, Clun. Der arme Junge friert«, sagte er. Clun streifte rasch das Kleidungsstück ab und überreichte es schweigend. Errol legte es sich um die Schultern. Es war mehrere Nummern zu groß für ihn, aber das war ihm egal. Die Wärme hüllte ihn ein wie ein Ofen.

»Schaffst du es bis zur Hütte, Errol, oder sollen wir ins Dorf gehen?«, fragte ihn Godric und achtete nicht auf die beiden anderen Ratsherren,

»Ich schaffe es bis nach Hause, danke«, sagte Errol. Wenn er erst einmal in Bewegung wäre, würde ihm sicher warm werden, und seine Mutter hatte genug Heiltränke, um ihn wiederherzustellen. Sie würde bestimmt auch endlose Mengen von Fragen haben, und sie würde ihn zweifellos wegen seiner Torheit zusammenstauchen, aber er wollte lieber das hinter sich bringen, als die Nacht in einem fremden Haus zu verbringen.

»Bis morgen dann, Tom, Ned«, sagte Godric, hob seine Fackel und schob Errol und Clun vor sich auf den Pfad.

»Na, du bist ja wirklich so 'ne Art stilles Wasser«, sagte Clun, nachdem sie einige Minuten in hohem Tempo weitergelaufen waren. »Wer hätte das gedacht, Tom Tydfils Tochter und der Hexenjunge!« Er kicherte leise vor sich hin.

»So ist das doch nicht«, protestierte Errol halbherzig. Er wusste, es hätte keinen Sinn, Clun das ausreden zu wollen, und ein Teil von ihm wollte ja sogar, dass es zutraf.

»Sicher, hab schon verstanden«, sagte Clun immer noch spöttisch. »Du und sie sitzt einfach da oben aufm Zackensprung und guckt dem Gras beim Wachsen zu.«

»Sie heißt Martha«, sagte Errol und sofort ging ihm auf, dass das nicht gerade eine kluge Bemerkung gewesen war.

»Martha, ja«, spottete Clun. »Wann ist denn die Hochzeit?«

Errol schwieg und ertrug eine lange Serie von Witzen, die Clun riss, während sie über den breiten Pfad durch den Wald gingen. Godric sagte gar nichts, er hielt nur die Fackel für sie hoch, damit sie den Weg sehen konnten.

Bald erreichten sie vertraute Wege, und dann dauerte es nicht mehr lange, und sie hatten die kleine Lichtung erreicht, auf der das Haus seiner Mutter stand.

Die Tür war offen, Licht fiel auf das Gras und umspielte Hennas schwarze Silhouette. Errol konnte ihr ansehen, dass er Ärger bekommen würde. Er hätte schon seit Stunden zu Hause sein sollen. Er hätte sich um die Tiere kümmern, das Gemüsebeet umgraben und jede Menge anderer schwachsinniger Aufgaben erledigen müssen, die seine Mutter sich ausdachte, um die Zeit zu füllen. Doch als er sie nun ansah, während sie auf sein Eintreffen wartete, konnte er sich nicht gegen den Gedanken wehren, dass sie schon genau wusste, was passiert war.

»Guten Abend, Mistress Henna«, sagte Godric, der die beiden Jungen jetzt überholt hatte. »Euer Sohn hatte einen kleinen Unfall. Und da dachte ich, es ist besser, wenn ich ihn gleich nach Hause bringe.«

»Ich weiß sehr wohl, was mein Sohn angestellt hat, Godric«, sagte Henna, und das Lächeln für den Kaufmann wurde zu einer nur zu bekannten Grimasse des Missfallens, als sie ihren Blick zu Errol weiterwandern ließ. »Man sollte denken, dass Ben Coulters Tod beim Zackensprung ausreichen würde, um ihn von dort fernzuhalten.« Dann wurde ihre Miene sanfter und Errol seufzte erleichtert auf. »Aber er ist stur und eigenwillig, wie alle Jungen in seinem Alter. Er glaubt, dass er alles schafft. Hoffentlich wird diese Erfahrung ihm klarmachen, dass er sich täuscht.« Sie trat aus der Türöffnung und winkte die anderen ins Haus.

Drinnen war es warm, im Kamin knisterte ein fröhliches Feuer. Errol lief hin, streifte Cluns feuchte Jacke ab und streckte die Hände den Flammen entgegen. Jetzt, da er zu Hause und in Sicherheit war, brachen Kälte und Erschöpfung über ihn herein, als ob er sie nur mit purer Willenskraft bisher zurückgehalten hätte.

»Zieh dich um, Errol«, sagte Henna einigermaßen freundlich. »Du erkältest dich noch, wenn du weiter in deinen feuchten Sachen hier herumstehst. Clun, geh mit ihm. Ich hänge deine Jacke so lange hier zum Trocknen auf.«

Widerstrebend nahm Errol eine Kerze vom Kaminsims und trottete aus dem Zimmer und in den hinteren Teil der Hütte. Clun zögerte einen Moment, dann folgte er ihm und ließ die Erwachsenen allein.

»Hier wohnste also«, sagte Clun, als sie die Kammer betraten. Errol fühlte sich unruhig und wartete auf eine spitze Bemerkung. Stattdessen schaute Clun sich um und sah das kleine Bett in der Ecke, die hölzerne Truhe mit den Kleidern und den großen Tisch unter dem Fenster, der von Papieren, Büchern und Schreibfedern bedeckt war. »Das ist gar nicht so schlecht«, sagte er. »Besser, als ich erwartet hatte.«

»Was hast du denn geglaubt, wo ich wohne? In einem

Schweinekoben?«, fragte Errol ein wenig verbitterter, als er sich fühlte. Er streifte seine Kleider ab, die noch immer feucht waren, aber nicht mehr triefnass. Dann trocknete er sich mit einem groben Handtuch ab, ehe er eine saubere Hose und ein schweres Wollhemd anzog. Ihm war noch immer kalt und er wollte zurück in die warme Wohnstube, aber Clun hielt ihn zurück.

»Lass denen noch 'n bisschen Zeit«, sagte er.

»Wozu?«, fragte Errol, und dann kam ihm die Erkenntnis. »Oh.«

»Ja.« Clun lächelte. »Das ist schon irgendwie komisch. Vielleicht sind wir bald Stiefbrüder.«

»Bist du deshalb neuerdings nett zu mir?«, fragte Errol.

»Teilweise schon, glaub ich«, erwiderte Clun. »Aber vor allem, weil du dich gewehrt hast. Ich hatte Trell auch irgendwie satt, der benimmt sich doch, als ob sein Vater König oder so wäre, und dabei ist er nur ein selbstgerechter kleiner Kacker. Cluster redet die ganze Zeit darüber, dass deine Ma 'ne Hexe ist und so, aber du weißt ja, was passiert ist, als er seiner eigenen Tochter 'nen dicken Bauch gemacht hat. Ist hier hergerannt wie eine versengte Katze und hat um Hilfe gewinselt.«

Errol erinnerte sich gut an diesen Besuch. Er hatte in seiner Kammer bleiben müssen, aber die Hütte war so klein, dass er jedes Wort des hitzigen Wortwechsels hören konnte, und das, obwohl Trells Schwester Maggs die ganze Zeit hysterisch geflennt hatte. Henna hatte sich geweigert, das, was der Dorfvorsteher verlangte, auch nur in Erwägung zu ziehen. Sie hatte erklärt, das sei eine Entscheidung, die nur Maggs treffen könne und zu der ihr Vater sie nicht mit Gewalt zwingen dürfe. Errol hatte Angst um seine Mutter gehabt, so wütend war der Dorfvorsteher geworden. Er hatte an diesem Abend einige Ausdrücke gelernt, die nicht im Wörterbuch in der Schule standen. Endlich hatte Maggs sich so weit zusammengerissen, dass sie ihren Vater aus dem Zimmer geschickt hatte. Danach war alles sehr still geworden. Jedenfalls hatte es neun Monate später kein neues Kind bei den Clusters gegeben. An ihrem sechzehnten Geburtstag, vor weniger als einem halben Jahr, hatte Maggs das Dorf verlassen und wohnte jetzt bei ihrer Tante in Candlehall. Jedenfalls behauptete das der Klatsch im Dorf.

»Moment mal«, sagte Errol, der endlich Cluns Mitteilung verarbeitet hatte. »Dorfvorsteher Cluster war der Vater? Er hat seine eigene Tochter? Das ist … das ist …«

»Das kommt nich so selten vor, wie du vielleicht denkst«, sagte Clun. »Haste dich denn noch nie gefragt, warum das halbe Dorf gleich aussieht?«

Das hatte Errol, und zwar schon oft. Er nickte.

»Ja, also, und deshalb können die meisten von denen euch nicht leiden. Ihr seid anders.«

»Martha hat gesagt, ich sehe aus wie ein Lanwennog«, sagte Errol, der sich daran mit einer Deutlichkeit erinnerte, die ihn überraschte.

»Kann ich nix zu sagen«, meinte Clun. »Bin noch nie einem begegnet. Aber es geht nicht nur darum, wie du aussiehst, Errol. Du bist gescheit – du kannst lesen und schreiben, du sprichst so ordentlich. Und deine Ma hat Macht über alle. Das ist schon komisch. Sie hilft ihnen, heilt sie, schafft ihre kleinen Probleme aus der Welt und dafür hassen sie sie. Na ja, einige jedenfalls.«

Errol fragte sich, wovon Clun da redete. War das nur eine Verzögerungstaktik, um seinem Vater mehr Zeit für seine Werbung zu geben? Er hatte noch nie mit einem anderen Menschen als seiner Mutter ein so langes Gespräch geführt. Außer natürlich mit Martha. Aber das war irgendwie anders.

»Ich kann's gar nicht erwarten, hier rauszukommen«, sagte Clun nach einer Weile. »Dieses ganze Dorf. Das ist zu klein. Alle mischen sich die ganze Zeit überall ein. Was meinste wohl, wie groß meine Chancen dies' Jahr bei der Auswahl sind?«

Errol war verblüfft von dieser Frage, die aus dem Nichts zu kommen schien.

»Bei der Auswahl? Bist du denn alt genug?«, fragte er.

»Mehr als alt genug, denn voriges Jahr gab es keine Auswahl. Ich werde nächste Woche fünfzehn«, antwortete Clun.

»Was sagt denn Father Kewick?«, fragte Errol.

»Der weiß auch nichts über die Chancen bei der Auswahl. Niemand weiß es, nich mal mein Pa. Aber jedenfalls will Kewick, dass ich mich bei den Kerzen bewerbe. Aber ich will nicht so enden wie der.«

»Was denn dann, willst du zum Widderorden, wie der alte Father Drebble?« Errol versuchte, sich Clun auf dem weiten Weg vorzustellen, wo er die Worte des Hirten lehrte und die Kranken heilte. Das war nicht leicht. Und dann blieb nur eine weitere Möglichkeit.

»Nö. Ich will Kampfpriester werden, will zum Hohen Fryd gehen und kämpfen«, sagte Clun. Errol unterdrückte ein Lachen, aber er konnte nicht verhindern, dass ein Lächeln über sein Gesicht zog.

»Was ist so komisch?«, fragte Clun wütend. »Meinste etwa, ich schaff die Prüfung nich?«

»Nein, das nicht«, sagte Errol. »Na ja, es wird vielleicht schwierig, aber du hast ja noch ein paar Monate Zeit. Ich kann dir beim Üben helfen, wenn du willst.«

»Du mir helfen?«, fragte Clun mit ungläubigem Gesicht. »Was weißt du denn darüber?«

Errol streckte die Hand aus und nahm die *Einführung in den Orden vom Hohen Fryd* vom Tisch. Er hatte einen halbherzigen Versuch unternommen, das Buch zu reparieren, aber ihm fehlten Material und Fähigkeiten.

»Das ist im Kampf ein bisschen beschädigt worden, als ich Trell die Nase gebrochen hab«, sagte er und hielt Clun das Buch hin. Der ältere Junge nahm es, schlug es irgendwo auf und starrte die winzigen uralten Buchstaben an, während Errol ihm mit der flackernden Kerze leuchtete. Sehr bald schon klappte Clun das Buch wieder zu, sah sich den zerrissenen und zerkratzten Einband an und warf es auf das Bett.

»Ich seh da keinen Sinn drin«, sagte er. »Und außerdem fehlen Seiten.«

»Das spielt keine Rolle.« Errol tippte sich mit einem Finger an den Kopf. »Ich hab das alles hier oben. Ich könnte dir alles auswendig aufsagen, wenn ich wollte. Und Father Kewick wusste nicht mal, dass es in der Bücherei war.«

»Du würdest mir das beibringen?«, sagte Clun. »Warum willst du mir helfen?«

»Warum nicht?«, fragte Errol und stellte sich dabei dieselbe Frage. »Wie du schon gesagt hast: Wir sind vielleicht demnächst Stiefbrüder. Und vor der Auswahl nächstes Jahr werde ich vierzehn. Dann komme ich vielleicht nach.«

6

In den frühesten Tagen des Zwillingskönigreichs wurde König Brynceri immer wieder von herumstreifenden Drachen bedroht. Die Wildeste von allen war vielleicht Maddau, die in den Bergen lebte. Wie es seine Art war, suchte Brynceri Maddau auf und forderte die Bestie zum Kampf heraus. Es war ein harter Zweikampf, und in der Hitze des Gefechtes biss der Drache den Ringfinger des Königs ab und schluckte ihn hinunter.

Brynceri war ein mächtiger Magier und geschickter Krieger, aber er zog auch Kraft aus dem Ring, der seit den Tagen Balwens von einem König an den anderen vererbt worden war. Es hieß, der Hirte habe ihn Balwen gegeben, als Er ihm das Wissen der Magie geschenkt hatte. Ohne den Ring war Brynceri sofort geschwächt.

Die Drachin Maddau hätte ihn vielleicht besiegt, wäre nicht zufällig der Wandermönch Ruthin des Weges gekommen. Ruthin konzentrierte das Wesen der Grym zu einer reinen Klinge aus Feuer und eilte seinem König zu Hilfe. Gemeinsam erschlugen sie den Drachen. Brynceri nahm sein Schwert, schlitzte der Bestie den Bauch auf und nahm seinen Ring und den abgetrennten Finger an sich. Er gab beides Ruthin, ernannte ihn zum Inquisitor und trug ihm auf, alle Drachen in Gulad auszurotten.

So wurde der Orden vom Hohen Fryd geboren.

Father Castlemilk: Eine Einführung in den Orden vom Hohen Fryd

Der Frühling wurde zum Sommer, und dann folgte der Herbst. Die Zeit ging ihren unaufhaltsamen Gang, und das zeigte sich im Wechsel von Farben, Gerüchen und Geräuschen. Father Kewick bereitete einige seiner fähigeren Schüler auf die bevorstehende Auswahl vor und legte dabei das Hauptgewicht auf seine eigenen Kenntnisse in den Verwaltungswissenschaften. Errol, der zu jung war, um in diese Gruppe einbezogen zu werden, verbrachte seine Schulzeit vor allem damit, immer wieder die stetig kleinere Menge von Büchern in der Schulbücherei zu lesen. Er nahm an, dass der fette Prediger sich langsam hindurcharbeitete, das Vorhandene katalogisierte und alles entfernte, was er für unpassend hielt: Und für unpassend hielt er offenbar so ungefähr alles, was nicht in direkter Beziehung zu Geschichte und Organisation des Kerzenordens stand.

Dorfvorsteher Cluster verhielt sich seit dem Zwischenfall beim Zackensprung sehr ruhig, und Trells Stellung als Father Kewicks Liebling, dem besondere Aufmerksamkeit und zusätzlicher Unterricht zuteilwurden, hatte zur Folge, dass ihm wenig Zeit blieb, Errol zu plagen. Tom Tydfil starrte ihn immer wütend an, wenn Errol an der Schmiede vorbeikam, aber Martha hatte ihrem Vater offenbar erzählt, was in jener Nacht wirklich passiert war, und über die Sache wurde kein Wort mehr verloren. Martha selbst verschwand, und erst nach einem Monat der verzweifelten Suche nach ihr erfuhr Errol, dass sie für den Sommer zu einer Tante geschickt worden war.

Deshalb verbrachte Errol seine freie Zeit vor allem mit Clun, was Godric sehr freute, denn nun fand er jede Menge Gelegenheiten, um zu Hennas Hütte im Wald zu gehen und sich um sie zu bemühen. Errols Mutter schien dem Drängen des Mannes langsam nachzugeben, und mehr als einmal hörte Errol, wie sie eine schlichte Melodie vor sich hin summte, wenn sie sich mit ihren Heilkräutern beschäftigte oder das Haus säuberte.

Sie stauchte ihn auch seltener zusammen, wenn er seine Aufgaben vernachlässigte, und schickte ihn sehr oft zum Spielen nach draußen.

Die *Einführung in den Orden vom Hohen Fryd* verriet nicht viel über die Auswahl, und die beiden Jungen diskutierten viele Stunden lang darüber, wie die Tests wohl genau aussehen würden. Clun vertrat die Ansicht, es würden eher körperliche Fähigkeiten gefragt sein.

»Das ist doch ein Kampforden«, sagte er eines Nachmittags, als sie ein Stück flussabwärts vom Zackensprung am Bachufer saßen. »Die wollen bestimmt wissen, wie gut du bei einem Kampf bist. Du musst vor deiner Auswahl noch ganz schön viel Muskeln kriegen, sonst fliegste gleich im ersten Test wieder raus.«

»Zu einem Kampf gehört mehr als nur brutale Gewalt«, sagte Errol und ließ einen Stein über das Wasser springen. »Du musst Ahnung von Taktik haben, Intelligenz zeigen. Und außerdem musst du die Grym benutzen können. Das hat aber mit Geisteskraft zu tun, nicht mit der Stärke deiner Muskeln.«

»Das sagste die ganze Zeit«, meinte der ältere Junge. »Aber ich kapier nich, wozu deine Grym gut sein soll. Das sind doch bloß Linien, die aus'm Boden kommen.«

»Immerhin kannst du sie jetzt sehen«, sagte Errol. »Das muss auch was wert sein, wenn der Inquisitor kommt.« Nachdem er so lange gebraucht hatte, um die Grym erkennen zu können, war Errol überrascht und ein bisschen neidisch, weil sein neuer Freund diese Fähigkeit so schnell erworben hatte.

»Wird wohl so sein«, sagte Clun und seine übliche fröhliche Miene war plötzlich verschwunden. »Aber vielleicht ist das ja alles auch bloß Zeitverschwendung.«

»Wie meinst du das?«, fragte Errol.

»Pa sagt, dieses Jahr kommen keine Kampfpriester und auch

keine Widdermönche. Nur ein Prediger vom Kerzenorden. Kewick hat dafür gesorgt, dass nur sein Orden vertreten ist. Er hat Trell und Wendell und die anderen zu braven kleinen Buchhaltern gemacht, so wie er einer ist.«

»Die kommen schon noch«, sagte Errol und hatte keine Ahnung, woher er das wusste. Aber er war sich sicher. »Du kriegst deine Chance, Clun. Und du wirst seit über dreißig Jahren der Erste hier aus dem Dorf sein, der in den Orden vom Hohen Fryd aufgenommen wird.«

Clun lächelte, aber es war ein unsicheres Lächeln.

»Ich muss los«, sagte er, sprang auf und wischte sich Erde von der Hose. »Pa kriegt heute Nachmittag 'ne Ladung aus Candlehall und braucht Hilfe beim Ausladen. Haste Lust, mitzukommen?«

Errol überlegte nicht länger als drei Sekunden lang. Ein heißer sonniger Nachmittag, an dem er Holzkisten von einem Wagen wuchten und dann in den düsteren Lagerraum hinten in Godrics Laden schleppen sollte, entsprach nicht seiner Vorstellung eines sinnvoll verbrachten Nachmittags, selbst wenn er dabei ein oder zwei Münzen verdienen würde.

»Nein, danke«, sagte er. »Ich glaube, ich will einfach nur hier in der Sonne liegen und meditieren.«

»Wie du willst«, sagte Clun, und lief alleine den Hügel hinab in Richtung Dorf. Errol blickte ihm eine Weile hinterher, dann lehnte er sich mit dem Rücken an den warmen Felsen und ließ seine bloßen Füße in das kühle Wasser baumeln. Das ist fast perfekt, dachte er, als er die Augen schloss und sich die warme Sonne ins Gesicht scheinen ließ. Nur eins fehlte.

»Errol!« Die Stimme war laut. Und sie erklang mitten in seinem Kopf.

»Martha!« Errol riss die Augen auf und versuchte aufzuspringen. Zu spät fiel ihm ein, wo er saß. Er suchte verzweifelt nach Halt für seine Füße oder etwas, woran er sich festhalten könnte, und dann stürzte er ein weiteres Mal in das kalte Wasser hinunter.

Inquisitor Melyn schritt in wildem Zorn durch die langen Steingänge des Klosters. Novizen sprangen in Nischen und Nebenräume, als er sich näherte, und sogar schlachterfahrene Kampfpriester pressten sich an die Wände, dass ihre schweren Lederstiefel auf den polierten Steinplatten knarzten, als sie eilig Habachtstellung annahmen. Melyn ignorierte sie alle. Er war viel zu verärgert, um seinen Zorn an schnöden Untergebenen auszulassen.

So war es immer, wenn er aus Candlehall zurückkam, dann kochte Melyn. Der Umgang mit den verweichlichten Bürokraten aus der Stadt und ihre endlosen Besprechungen machten ihn dermaßen fertig, dass er einfach um sich schlagen musste, und der lange, anstrengende Ritt zurück machte die Sache auch nicht besser. Er hätte zu gern den alten Padraig hierhergeschleift, auf das Dach der Welt, an die Grenze zu Lanwennog. Nur einen Tag Fußmarsch vom Kloster zu den äußersten Wachttürmen, und der senile alte Hofmarschall könnte sich selbst ein Bild von der stetig anwachsenden Bevölkerung der Caenant-Ebene machen. Aber der blöde Tattergreis bestand darauf, seinen diplomatischen Wahnsinn fortzusetzen. Konnte er denn nicht sehen, dass der keine Zukunft hatte? Nur durch eine Invasion könnten sie sich von der Gefahr befreien, die von Lanwennog ausging.

»Hol Usel, den Medicus«, befahl Melyn einer der Wachen vor seiner Tür. Der Mann salutierte und rannte davon, während der Inquisitor weiter zu seinem Wohnraum stürmte.

Es war ein karges Zimmer, streng wie sein Bewohner. Die Möbel waren alt, schlicht und praktisch; zwei harte Holzsessel neben dem offenen Kamin, in dem kein Feuer brannte, ein breiter Schreibtisch, so aufgestellt, dass er möglichst viel Licht von den beiden Fenstern abbekam, allerdings auf Kosten der Aussicht, die über das Klosterdach bis zu den wilden Bergen dahinter reichte. Außerdem gab es einen kleinen Tisch, der gegen die Wand geschoben war und auf dem ein Zinnkrug und zwei Becher standen. Hinter einem Vorhang stand in einem Alkoven sein Bett. Melyn teilte nicht die Vorlieben der Inquisitoren früherer Zeiten, die sich gern mit riesigen Zimmerfluchten verwöhnt hatten. Er benutzte die gemeinschaftlichen Baderäume und aß im großen Speisesaal, wo seine Untergebenen ihn sehen konnten. Alles, was er zur Leitung des Ordens des Hohen Fryd brauchte, befand sich in diesem kleinen Zimmer, das meiste hatte er im Kopf.

Er ging zum Tisch und füllte einen Becher mit starkem Rotwein und nahm einen großen Schluck. Dann löste er den Zauber, den er für sich gewoben hatte. Rasch ließ er sich in einen der Sessel am Kamin fallen, denn sofort fuhr ein stechender Schmerz durch sein Knie.

Es klopfte an der Tür – die perfekte Ablenkung.

»Herein.«

Die Tür öffnete sich mit einem Quietschen und ein großer schlanker Mann trat ein. Er hatte ein glattes Gesicht und einen rotbraunen Schopf, der in einem Kloster, wo alle Novizen und Kampfpriester kurz geschorene Haare trugen, etwas fehl am Platze wirkte.

»Ihr wolltet mich sprechen, Inquisitor?«, fragte der Mann. »Gibt es ein Problem?«

»Ja, Usel. Mein Knie. Ich hab es mir vor zwei Tagen gezerrt.«

Der Medicus durchquerte das Zimmer und kniete wortlos neben dem Inquisitor nieder. Melyn spürte, wie in ihm der Zorn über dieses respektlose Verhalten aufstieg. Die meisten Angehörigen des Ordens hätten sich vor ihrem Inquisitor zumindest verbeugt oder seinen Amtsring geküsst. Usel behandelte ihn, als sei er nicht mehr und nicht weniger als jeder andere Patient. Wenn der Mann nicht so ein guter Heiler gewesen wäre, dachte Melyn, hätte er ihn schon vor Jahren wegen seiner Respektlosigkeiten auspeitschen lassen. So aber fand er sich bis auf Weiteres mit den Eigenheiten des Medicus ab.

»Ich muss es mir ansehen, Sir«, sagte Usel und stellte damit klar, dass Melyn seine Reithosen ablegen sollte. Der Inquisitor gehorchte und versuchte dabei nicht zu zeigen, wie sehr es wehtat. Dann sah er zum ersten Mal die wütendviolett geschwollene Masse an der Stelle, wo sich sein Knie befand. Sie stand in scharfem Kontrast zu seinen ansonsten bleichen muskulösen Beinen.

»Ihr hättet dem Bein sofort Ruhe gönnen müssen.«

»Ich habe mich nach besten Kräften selbst behandelt. Aber es scheint auf die Grym nicht so gut anzusprechen, wie ich gehofft hatte.«

»Es gibt Verletzungen, die auch durch noch so viel Magie nicht geheilt werden können, vor allem, wenn Ihr die Verletzung auch noch belastet, indem Ihr den ganzen Tag und bis tief in die Nacht hinein zu Pferd unterwegs seid.«

»Ich hatte es eilig mit der Rückkehr.«

»Na, dann solltet Ihr es mit einem neuerlichen Aufbruch jedenfalls nicht eilig haben. Ich werde eine Salbe anrühren und Euer Knie verbinden, aber die Heilung wird Wochen dauern, selbst bei einem so versierten Meister wie Euch. Darf ich offen zu Euch sein, Inquisitor?«

Melyn schaute Usel leicht überrascht an.

»Ihr meint, bisher wart Ihr das nicht?«

»Ihr seid nicht mehr der Jüngste, Sir. Ich will nicht behaupten, dass Ihr nicht noch immer leistungsfähiger wärt als die meisten von uns. Und die meisten Männer in Eurem Alter wären glücklich, wenn sie überhaupt auf ein Pferd steigen könnten, geschweige denn in die Schlacht ziehen. Aber Euer Körper zeigt jetzt Anzeichen Eures Alters. Ihr müsst ihn mit etwas mehr Respekt behandeln, als es bisher Eure Gewohnheit war.«

Melyn sah den Medicus an. Er hasste diesen Mann wirklich. Sein erster Impuls befahl ihm, eine Lichtklinge herbeizurufen und Usel zu Boden zu strecken, während er noch dort kniete. Wie konnte er es nur wagen, so etwas zu denken, geschweige denn auszusprechen? Aber in Usels Worten lag auch ein Körnchen Wahrheit, das ließ sich nicht leugnen. Vielleicht hasste er ihn deshalb: Weil er recht hatte und weil er jedes Mal, wenn er Usel um Rat bitten musste, an das Vergehen der Jahre erinnert wurde, an die Gebrechlichkeit des Alters.

»Ich werde daran denken«, sagte Melyn durch zusammengebissene Zähne. »Aber geht jetzt. Ich muss zum Hirten um eine rasche Genesung beten.«

»Ich bringe Euch nachher die Salbe«, sagte Usel und erhob sich, um zu gehen. »Ihr solltet sie vor dem Schlafengehen auftragen. Ihr schlaft doch, oder?«, warf er noch über die Schulter, bevor er die Tür hinter sich zuzog.

Melyn starrte ihm hinterher, dann senkte er den Blick auf sein geschwollenes Knie. Er streckte die Hand aus und betastete es. Sofort wünschte er, das nicht getan zu haben. Ein stechender Schmerz schoss sein Bein empor und weiter in seine Lende. Langsam stand er auf, zog die Hose hoch und schloss seinen Gürtel. Er wollte schon das Zimmer verlassen und zur Kapelle gehen, als abermals an die Tür geklopft wurde.

»Was ist denn jetzt schon wieder los?« Melyn spürte, dass die Wut in ihm hochstieg wie sprudelndes Quellwasser, das er nur auffangen und in die richtigen Bahnen lenken musste. Die Tür wurde mit einem Quietschen geöffnet und eine gebeugte Gestalt kam herein. Im Klosterkomplex und in dessen Nähe lebten Tausende von Novizen, Quästoren und Kampfpriestern, und jeden von ihnen hätte er problemlos für eine Woche bei Wasser und Brot in den Kerker werfen lassen können, wenn er in der richtigen Stimmung gewesen wäre. Doch sein Besucher war keiner von diesen Untergebenen.

»Was ist los, Andro?« Er ließ die Kraft seiner Wut ungenutzt abfließen. Wenn Usel glaubte, dass Melyn alt wurde, was musste der Medicus dann über den Oberbibliothekar denken? Sein Gesicht war knochenmager und die einst durchdringenden blauen Augen trübten sich jetzt. Altersflecken entstellten seine trockene, lederne Haut, und seine Haare waren so weiß wie der Schnee, der das ganze Jahr hindurch die Berggipfel der Umgebung bedeckte. Aber Andro war schon alt gewesen, als Melyn sein Noviziat angetreten hatte. Es war ein Wunder, dass er überhaupt noch lebte. Zumindest bewies es die magischen Fähigkeiten des alten Mannes.

»Lasst uns ein wenig gehen, während Ihr mir erzählt, was Ihr auf dem Herzen habt«, sagte der Inquisitor und führte seinen alten Freund zur Tür, dann humpelte er langsam durch den Korridor. »Ich muss zum Beten in die Kapelle.«

»Die Auswahl, Inquisitor«, sagte Andro, der sich selbst bei diesem langsamen Tempo alle Mühe geben musste, um mit Melyn Schritt zu halten.

Der Inquisitor drosselte seine Geschwindigkeit noch mehr, insgeheim dankbar für diesen Vorwand, sich zu schonen.

»Ist es schon so weit?«, fragte er in ehrlicher Überraschung. »Wie schnell doch die Jahre vergehen, wenn wir alt werden, was?«

»In der Tat, Inquisitor.« Andro lächelte und zeigte ein tadelloses Gebiss, das nun langsam vor Alter gelb wurde. »Und auch in diesem Jahr kann der Hofmarschall Padraig von seinen Spielchen nicht lassen. Ich habe die Listen durchgesehen und er hat uns aus noch mehr Städten ausgeschlossen.«

Melyn stieß ein kurzes Lachen aus, das eher ein Bellen war als ein Hinweis auf gute Laune.

»Ha! Ist das alles, alter Freund? Ihr wisst so gut wie ich, dass wir selbst ohne die Auswahl mehr Novizen anwerben könnten als er. Wir brauchen das nicht, und das weiß sogar er. Padraig macht das nur, um eine Reaktion zu provozieren.«

»Natürlich, Inquisitor«, sagte Andro versöhnlich. »Ihr selbst wurdet ja auch nicht bei einer Auswahl gefunden. Aber da ich um Euer Interesse an diesen Angelegenheiten weiß, wollte ich Euch doch über die, äh, Geografie der Situation informieren.«

Melyn blieb stehen und sah seinen alten Lehrer an. »Was genau versucht Ihr da zu sagen, Andro?«

»Es gibt etliche Dörfer am Waldrand, in der Nähe des alten Jagdsitzes Ystimtien«, sagte der alte Mann. »In diesem Jahr sind allein die Prediger vom Kerzenorden für diese Dörfer zuständig.«

»Und haltet Ihr das für einen Zufall?«, fragte Melyn nach kurzem Schweigen.

»Nein, Inquisitor, das tue ich nicht«, sagte Andro. »Es geht nicht nur um die Auswahl. Padraig hat seine Prediger in jedes Dorf gesetzt, von Candlehall bis zum Rand des Frydlands. Er ist ein geschickter Manipulator. Er hat Jahre dafür gebraucht, aber immer, wenn ein Dorfpriester stirbt, wird sein Nachfolger aus dem Kerzenorden geholt. Ich würde ja sagen, der alte Cassters, der als Archimandrid dem Widderorden vorsteht, müsste sich größere Sorgen machen, aber er ist ja immer zufrieden, wenn seine Leute machen können, was sie wollen.«

»Tja, die Widdermönche sind Wanderer und Heiler«, sagte Melyn. »Auch wenn sie als Lehrer gar nicht so schlecht sind, wenn sie sich denn mal irgendwo niederlassen. Padraig will vermutlich seinen Orden so weit verbreiten, um die Papierarbeit in den Griff zu bekommen.«

»Ihr haltet das also für unwichtig?«, fragte Andro.

Für einen Moment fühlte sich Melyn wieder ins Klassenzimmer seiner Kindheit versetzt. Als einer von hundert Novizen, die sich alle verzweifelt hervortun wollten, um gesehen zu werden, um Erfolg zu haben. Dieser fragende Ton, der nur darauf wartete, dass er sich einen Fehler zuschulden kommen ließ, war unverkennbar.

»O nein.« Melyn lächelte und blieb vor der Tür seiner privaten Kapelle stehen. »Ordensvorsteher Cassters ist es vielleicht egal, dass die Kerzen versuchen, seinen Orden zu übernehmen, aber ich bin nicht so versöhnlich. Nein. Ich habe durchaus Lust, in diesem Jahr diese kleinen Dörfer selbst zu besuchen. Ich habe schon lange keine gute Auswahl mehr besucht. Leitet das bitte für mich in die Wege, Andro.«

»Natürlich, Inquisitor«, sagte der alte Mann. Er deutete eine Verbeugung an, dann drehte er sich um und schlurfte durch den Korridor davon.

Das Wasser war kalt, aber nicht tief, und nach dem heißen Tag war es durchaus erfrischend. Errol schwamm an Land und kletterte zurück zu seinem Sitzplatz. Dort zog er seine Stiefel aus und ließ seinen Blick schweifen, weil er wissen wollte, wer ihn so erschreckt hatte. Zweifellos versteckten sie sich in der Nähe hinter einem Baum und krümmten sich gerade vor Lachen. Oder sie rannten längst ins Dorf, um es allen zu erzählen. Es spielte keine Rolle, er wurde ja schließlich nicht zum ersten Mal zum Opfer eines Scherzes. Lächelnd streifte Errol seine Hose ab, wrang sie aus und legte sie zum Trocknen auf den Felsen. Dann setzte er sich unter den nächsten Baum, lehnte sich mit dem Rücken an den Stamm und schloss wieder die Augen.

»Errol.« Die Stimme war jetzt leise, fast ein Flüstern, und doch etwas lauter als das Rauschen des Wassers und das Rascheln der sterbenden Blätter im Herbstwind. Errol riss die Augen auf und schaute sich verwirrt um.

»Clun? Bist du das?« Es kam keine Antwort und er konnte auch niemanden sehen. Es gab in der Nähe keine Versteckmöglichkeiten. Es war ohnehin fast zu heiß, um sich über solche Dinge den Kopf zu zerbrechen, und das Alleinsein war zu angenehm. Errol lehnte sich abermals zurück und ließ seinen Gedanken wieder freien Lauf. Schläfrig musterte er die Linien der Grym, die sich um ihn erstreckten, als wäre er die Spinne mitten in einem Netz, das sich über die ganze Welt zog.

»Errol!« Die Stimme war jetzt dringlicher und lauter. Sie sprach direkt in seinen Gedanken. Der Wind und das Wasser waren jetzt nur noch Hintergrundgeräusche. Und es war eine Stimme, die er erkannte.

»Sir Radnor?«, fragte Errol. »Der Drache?«

»Ah, endlich«, sagte die Stimme. »Ich dachte schon, du würdest es niemals hören.«

»Ich …« Errol fehlten die Worte.

»Du hast mich einfach für ein Produkt deiner Fantasie gehalten, was? Na, das nennt man wohl Dankbarkeit, nehme ich an.«

»Ich …«

»Egal«, sagte die Stimme. »Du hast deinen Sommer nicht vergeudet. Ich spüre, dass du deine Fähigkeit, die Grym zu entdecken, geschärft hast. Das ist gut. Denn nur wenn du das vermagst, kannst du hoffen, sie je zu deinem Vorteil nutzen zu können.«

»Sie nutzen?«, fragte Errol, der endlich seine Stimme wiedergefunden hatte.

»Die Grym ist in uns allen, umgibt uns alle, verbindet uns alle miteinander. Aber wir dürfen sie nicht passiv hinnehmen. Kühe sind passiv, Schafe auch. Es reicht ihnen, einfach zu existieren. Drachen sind viel mehr. Wir können unser Leben in die

Hand nehmen und die Grym zu unseren eigenen Zwecken gebrauchen.«

»Aber ich bin kein Drache«, sagte Errol.

»Das denkst du«, sagte die Stimme. »Aber du hast sehr viel von einem Drachen, junger Errol. Wie Martha besitzt du eine unersättliche Neugier auf die Welt. Und anders als die meisten deiner Art dürstest du nicht nach Macht, sondern nur nach Wissen. Du bist von Drachen berührt worden, Errol Ramsbottom. Das macht dich zu einem der Unseren.«

Abgelenkt von den Gedanken an Martha, die ungebeten seinen Kopf füllten, da ihr Namen erwähnt worden war, hätte Errol fast verpasst, was Sir Radnor sagte. Erst als er sich in die Erinnerung an Marthas Duft sinken ließ, als sie oben auf dem Zackensprung dicht neben ihm gesessen hatte, ging ihm wirklich auf, was eben gesagt worden war.

»*Von Drachen berührt*?«, fragte er und eine seltsame Erregung strömte durch seine Brust. »Aber ich bin nie einem Drachen begegnet. Ich meine, wann? Wie?«

»Das wirst du noch früh genug erfahren«, sagte Sir Radnor und seine Stimme war klar und stark. Während Errol darauf lauschte, wie diese Stimme in seinem Schädel widerhallte, erkannte er, dass sie erstaunlicherweise eine Art physische Kraft besaß, die ihn mit Stärke füllte und ihn zu sich rief. Instinktiv drehte er den Kopf und versuchte, die Quelle der Stimme ausfindig zu machen. Dann lachte er über seine eigene Dummheit. Die Stimme war in seinem Kopf und nicht irgendwo draußen in der warmen Nachmittagssonne. Und er wusste ohnehin, wo Sir Radnors letzte Ruhestätte zu finden war.

»Gut, Errol«, sagte die Stimme. »Komm zu mir.«

Errol schaute bachaufwärts. Der Zackensprung war eine gute Meile entfernt und verdeckt von Bäumen und den Einschnitten in den Hügeln, die den Bachlauf anzeigten. Doch Errol konnte den Felsen sehen, der über dem Bachgrund aufragte, das dunkle Wasser, das sich langsam, aber kraftvoll an ihm vorbeibewegte und in diesem tödlichen Strudel herumwirbelte. Er konnte den flachen Sandstrand erkennen, wo er Marthas kaltem, nassem, stillem Körper neues Leben eingehaucht hatte. Und er konnte sehen, wie die Linien der Grym im Zickzack alles durchdrangen und konturierten, wie eine Skizze die unter einem vollendeten Gemälde liegt.

Da entdeckte er eine neue Linie. Sie führte geradewegs vom Felsen zu der Stelle, wo er stand. Während er daraufstarrte, veränderte sie sich. Nun waren nur noch zwei schimmernde Punkte zu sehen – einer am Felsen, einer direkt zu seinen Füßen. Errol tat einen Schritt, denn es kam ihm auf einmal ganz natürlich vor …

… und dann war ihm, als verlöre er sein Gleichgewicht, und stürzte eine Sekunde später zu Boden, als ob er in einem fahrenden Wagen stünde, der ohne Vorwarnung stehen geblieben war. Benommen setzte Errol sich auf und betrachtete seine zerschrammten Handflächen.

»Hervorragend«, sagte die Stimme. »Errol, du bist ein Naturtalent.«

Errol schaute auf und brauchte lange, um zu begreifen, was er da sah. Er kniete auf dem Felsen beim Zackensprung, in Sekundenschnelle war er von etwas dorthin getragen worden, wie, das vermochte sein Verstand noch nicht ganz zu erfassen. Aber es war nicht diese wundersame Reise, die ihm den Atem verschlug. Ihm klappte das Kinn herunter vor Staunen über das Wesen, das da vor ihm stand.

Es war ein Drache, der aber ganz anders aussah als auf den groben Zeichnungen, die Errol in Büchern gesehen hatte. In den Büchern waren die Drachen elend aussehende Wesen mit glanzlosen Schuppen und schlaffen Flügeln, die nicht größer als eine Türhälfte waren und auf keinen Fall groß genug, um ihren Rumpf in die Luft zu heben. Drachenflügel, das hatten ihm die Bücher erzählt, waren überhaupt nicht zum Fliegen bestimmt, sondern sollten nur die Sonne einfangen, um das Blut der Drachen zu wärmen, damit sie überleben konnten – ähnlich wie bei Eidechsen.

Dieser Drache war anders.

Zum einen war er riesig. Errol hatte gedacht, Drachen wären ungefähr so groß wie ein ausgewachsenes Pferd. Dieser aber ragte fast so hoch wie ein Haus über ihm auf. Sein langer Schwanz war zu einem Kreis geschlungen und umgab ihn wie ein Wall. Seine Schuppen waren poliert und funkelten wie Spiegel, die das Licht des Nachmittags in den Farben eines magischen Regenbogens reflektierten. Als Errol aufschaute und dabei den Kopf in den Nacken legte, um das riesige Drachenhaupt sehen zu können, öffnete der Drache seine Flügel, und zwei gewaltige Segel breiteten sich vor dem Himmel aus. Diese Flügel waren mächtig und konnten keinem anderen Zweck dienen, als diesem prachtvollen Wesen die vollständige Herrschaft über den Himmel zu sichern.

Errol wusste, er müsste sich fürchten. Bei jedem anderen Geschöpf, das auch nur annähernd so groß gewesen wäre, mit solch riesigen rasiermesserscharfen Krallen und Klauen, und solch stechend grünen Augen, hätte er die Beine in die Hand genommen. Oder – wahrscheinlicher noch – er wäre vor Entsetzen auf der Stelle erstarrt und hilflos und gelähmt gestorben. Doch hier, vor diesem Drachen, fühlte er sich sicherer als je zuvor in seinem Leben. Sicherer noch als in seinen frühesten Erinnerungen daran, wie seine Mutter ihn nach einem schlimmen Erlebnis getröstet hatte.

»Willkommen, Errol«, sagte der Drache. Seine Stimme war stark und tief, aber nicht unangenehm laut. »Ich hatte schon lange keinen Lehrling mehr, und schon gar keinen so vielversprechenden.«

»Lehrling?«, fragte Errol und verwirrt.

»Möchtest du nichts von mir lernen?«, fragte Sir Radnor mit sanftem Spott in der Stimme.

»Natürlich«, rief Errol voller Angst, diese Gelegenheit könnte ihm genommen werden.

»Gut«, sagte der Drache. »Dann fangen wir also an.«

Und erst jetzt merkte Errol, dass seine Hose noch immer eine Meile bachabwärts auf dem Felsen lag.

Melyn humpelte in seine private Kapelle und verriegelte hinter sich die Tür. Frische Gebirgsluft wehte durch die beiden glaslosen Fensterschlitze und ließ den kleinen Raum kalt werden. Melyn drehte sich zu dem schweren schwarzen Schieferaltar um, der auf einem Podest stand. An der Wand darüber hing das Bildnis des Hirten, der die Arme ausbreitete und den Hirtenstab im Kampf gegen die Rennenden Wölfe hochhob. In dem flackernden Licht zweier klobiger Talgkerzen wirkte die Gestalt, als wäre sie lebendig.

Auf dem Altar stand der geschlossene Reliquienschrein, dessen uraltes Holz durch die Berührung von Jahrtausenden glatt und samtzart geworden war. Mit leichtem Zittern streckte Melyn die Hand aus und löste das schlichte Bronzeschloss, dann öffnete er auch die Schatulle und sah vor sich den vertrockneten Finger, der noch immer den einfachen Goldring mit einem einsamen roten Stein trug. Balwens Ring, den ihm der Hirte selbst geschenkt hatte und der durch Generationen im Königshaus vererbt worden war, bis Brynceri im Kampf gegen den Drachen Maddau den Finger verloren hatte. Der Ring leuchtete durch ein inneres Feuer, das Melyn mit der Kraft seiner Überzeugungen füllte. Das hier war seine direkte Verbindung zum Hirten.

Er war hier in Frieden, ruhig und gesammelt. Selbst die Schmerzen in seinem Knie schienen nachzulassen. Zahllose Inquisitoren vor ihm hatten sich diese private Kapelle angeeignet, hatten schwere Wollvorhänge an den glatten Steinwänden angebracht, hatten die massive Eichentruhe am anderen Ende des Raumes mit weiteren, in allen Ecken von Gulad gesammelten Reliquien gefüllt, hatten den Boden mit bizarren Symbolen und Runen geschmückt, die im Laufe der Jahrhunderte abgeschliffen und undeutlich geworden waren. Melyn wollte das alles nur ungern entfernen, auch wenn er vieles von dieser Staffage für unnötig hielt. Er konnte überall um sich herum den Hirten spüren. Dessen Anwesenheit war so greifbar wie die eines Mannes, der neben ihm stand. Und er wusste, dass sein Gott für ihn da sein würde, wenn er wirklich seinen Rat brauchte. Aber nur hier, in der Kapelle, hoch in den Bergen, würde der Hirte zu ihm sprechen.

Melyn ließ sich in den beiden Senken im Boden nieder, die die Stelle anzeigten, wo seit der Gründung des Ordens jeder Inquisitor gebetet hatte. Es war keine bequeme Stellung, vor allem nicht, wenn man ein steifes, geschwollenes Knie hatte. Andererseits war es völlig unangemessen, sich um die eigene Bequemlichkeit zu sorgen, wenn man sich seinem Gott näherte.

Stunden vergingen, oder vielleicht waren es auch nur Minuten. Fern von der Geschäftigkeit des Klosters, war die Kapelle ein Ort vollständiger Ruhe inmitten des Chaos. Melyn ließ diese Stille über sich hinwegspülen, wie schon so oft, und versuchte, die Hoffnung in seinem Herzen zu unterdrücken. Wenn der Hirte zu ihm sprechen wollte, würde er sich offenbaren. Wenn nicht, nun, wer war dann er, Melyn, um die Ratschlüsse seines Gottes in Zweifel zu ziehen?

»Du bist besorgt, mein treuer Diener.« Die vertraute Stimme erfüllte Melyn mit derselben ekstatischen Begeisterung wie immer schon. Er schaute nicht auf, das wagte er nicht, aber er nahm diese allumfassende Glückseligkeit wahr, die er in der Nähe seines Schöpfers empfand. Er konnte spüren, dass sein Knie abschwoll, dass der Schmerz sich legte, als die verzerrten Muskeln sich selbst heilten.

»Ich habe Nachrichten gehört, die mir Sorgen machen, Herr«, sagte Melyn und wusste nicht so recht, wie er seine Befürchtungen in Worte kleiden sollte.

»Du hast Angst, dass Padraig versucht, das untere Frydland zu kontrollieren«, sagte die Stimme Gottes. »Du fürchtest, nicht imstande zu sein, die letzten dort lebenden Drachen im Auge zu behalten.«

»Dass sie überhaupt noch leben, ist eine Beleidigung für mich«, sagte Melyn, und eine Welle des Zorns rötete seinen Hals, ehe kalte Verlegenheit über ihn hinwegströmte. Solche Gefühle hatten vor dem Angesicht Gottes keinen Platz.

»Sie dienen einem Ziel in meinem großen Plan. Jedenfalls bis auf Weiteres. Aber fürchte dich nicht, mein Inquisitor. Bald genug wird die Zeit kommen, da du die Verpflichtung erfüllen kannst, die deinem Orden auferlegt worden ist. König Divities freundliche Gefühle der Drachenheit gegenüber werden seinen Urenkel nicht überleben.«

»Ich lebe nur, um dir zu dienen, Herr«, sagte Melyn. »Aber ich bin schwach. Ich fürchte für mein Volk. Dein Volk. Unsere Feinde hausen an unseren Grenzen, doch der König ist alt und senil geworden, und sein vertrautester Ratgeber versucht immer wieder, das Problem kleinzureden. Ich fürchte, dass wir bald überrannt werden, doch Padraig behauptet noch immer, in deinem Namen zu sprechen.«

»Das tut er auch in vielen Dingen, Melyn. Sind nicht alle drei Orden aus demselben Stoff gemacht? Glaubst du, nur weil ich mich dazu herablasse, direkt mit dir zu sprechen, hast du die

Wahrheit für dich gepachtet? Ich habe gute Gründe, warum Padraig den heidnischen Lanwennogs gegenüber seinen diplomatischen Weg verfolgt, so, wie ich gute Gründe habe, warum du deine Armee aus Kampfpriestern immer einsatzbereit halten musst. Und kein Mensch ist befugt, diese Gründe infrage zu stellen.«

Melyn spürte den Tadel wie die Nachwehen unglaublicher Schmerzen. Es war ein leichter Tadel, das wusste er, aber in ihm verbarg sich die Möglichkeit ewiger Verdammnis, vollständigen Elends. Er wusste, sein Gott konnte ein grausamer Gott sein, und in diesem Moment ahnte er wirklich, *wie* grausam dieser Gott sein konnte.

»Ich kann niemals hoffen, deinen großen Plan zu verstehen, Herr. Bitte, verzeih mir meine Anmaßung«, sagte er.

»Mach dir keine Vorwürfe, mein getreuer Diener. Ich brauche deine Anmaßung und deine Kraft. Deshalb habe ich dich ausgewählt. Aber du musst Geduld haben. Es wird keinen Angriff der Lanwennog geben, solange Diseverin auf dem Obsidianthron sitzt, und ich habe Grund zu der Annahme, dass die junge Beulah ihren Vater am Leben erhalten wird, bis sie selbst das Zepter in die Hand nehmen kann. *Dann* wirst du deinen Krieg haben, Melyn, Sohn des Arall. Dann kannst du die Botschaft in aller Welt verbreiten.«

Melyns Herz machte bei dieser Aussicht einen Sprung. Er sah ungeahnte Möglichkeiten vor sich. Er würde eine gewaltige Armee von Kampfpriestern nach Lanwennog führen. Er würde den Ungläubigen das Wort Gottes einbrennen und die Unwissenden mit der Glorie des Hirten erleuchten. Und er würde wissen, ohne jeglichen Zweifel, falls ihn denn jemals einer geplagt hatte, dass er den Befehl seines Gottes erfüllte. Er brannte vor Genugtuung und schwelgte in einem Moment vollkommener Glückseligkeit.

7

Die Feinen Künste tragen diesen Namen, da sie, wie die Grym, manipulieren wollen. Sie sind miteinander verschlungen und komplex. Es gibt einfache Zauber, Schutzsprüche und andere Errungenschaften, die der Novize relativ leicht meistern sollte, doch wenn man versucht, die Wirkungen der unterschiedlichen Vorgehensweisen zu kombinieren, um ein größeres Ziel zu erreichen, wächst die Vielfalt der Möglichkeiten. Man sollte also stets große Vorsicht walten lassen, wenn man zu den Künsten greift, um zu erfassen, was man erreichen will und welche anderen Wirkungsmöglichkeiten bereits aktiviert sein können. Es kommt immer wieder zu unerwarteten Folgen und recht häufig kann ein Zauber einen anderen ganz und gar neutralisieren.

Corwen teul Maddau:
Über die Anwendung der Feinen Künste

Benfro hasste das Kräutersammeln. Es war eine monotone Arbeit, bei der sich alles immer wieder wiederholte, und doch konnte er seinen Gedanken keinen freien Lauf lassen. Wenn er Eisenkraut mit Sumpfsegge verwechselte, würde ihm das von seiner Mutter eine Maulschelle eintragen, und er würde alles noch einmal machen müssen. Das Schlimmste war, dass er nie wusste, ob er alles richtig gemacht hatte, bis er eine Salbe zubereitete und seine Hände zu jucken begannen.

Es war nicht etwa so, dass seine Mutter auch nur die Hälfte ihrer Heilmittel benötigt hätte. Die Drachen im Dorf waren zwar alt, aber alle ziemlich gesund. Sir Frynwy brauchte ständigen Nachschub an Galgantwurzel gegen seine Gicht und einige Dinge wie Waldsauerampfer und Löwenzahnblätter wurden regelmäßig beim Kochen verwendet. Aber die meisten der ausgefalleneren Arzneien schienen unangerührt in der Speisekammer zu stehen, von dem Tag, an dem sie hergestellt wurden, bis zu dem, an dem Morgum beschloss, dass sie ihre Wirkung verloren hätten und ersetzt werden müssten. Dann musste Benfro den Wald nach Zutaten absuchen. Und als ob das nicht schlimm genug wäre, gehörten zu den meisten Rezepten Blätter, die nur zu bestimmten Tageszeiten und Mondphasen gepflückt werden durften. Einige nur bei Dunkelheit, andere nur bei gleißendem Sonnenschein. Es gab endlose Mengen an Unterschieden, aber trotzdem sollte er sich offenbar alle merken können.

Es war eine unmögliche Aufgabe. Dennoch erwartete seine Mutter nicht nur, dass er sie meisterte, sondern dass er sie jetzt sofort meisterte. Benfro begriff wirklich nicht, wieso es so eilig sein sollte. Es gab viel angenehmere Möglichkeiten, den Tag herumzubringen. Mit Ynys Môn auf die Jagd gehen, zum Beispiel, oder bei dem alten Sir Frynwy zu sitzen und sich Geschichten aus längst vergangenen Zeiten anzuhören. Meirion hatte versprochen, ihm etwas von der Magie zu zeigen, die die Welt um sie herum erfüllte, wenn Morgum das erlaubte. Bis jetzt sah es aber noch nicht so aus, als ob Benfros Mutter diese Erlaubnis erteilen würde. Manchmal fragte er sich, ob sie diese Möglichkeit nicht als zynisches Werkzeug nutzte, um ihn zur Arbeit anzutreiben. Doch seit er mit Ynys Môn in den tiefen Wäldern auf Jagd gewesen war und zum ersten Mal die Geschichte von Gog und Magog gehört hatte, wollte Benfro unbedingt mehr wissen. Deshalb fügte er sich den Befehlen seiner Mutter, in der Hoffnung, dass sie ihn so bald wie möglich das lernen lassen würde, was er wirklich lernen wollte. Inzwischen konnte er den Versteckzauber üben, den Ynys Môn ihn gelehrt hatte, auch wenn es nur Waldwesen gab, an die er sich ungesehen anschleichen konnte.

Der Teil des Waldes, in dem er nun nach Hornklee, Bärlauch und anderen schwer zu findenden Pflanzen absuchte, war eine Gegend, die Benfro nicht oft aufsuchte. Er war einen halben Tagesmarsch von zu Hause entfernt, und es war eine feuchte Stelle, wo der Fluss sich über eine Reihe von Felswänden ergoss, ehe er durch eine tief in den weicheren Stein geschnittene Klamm in Stromschnellen weiter auf das Dorf zuschäumte. Es gab Pfade durch dieses schwierige Gelände, aber meistens führten sie nur zu tiefen Sumpfstellen, die sich geschickt als fester Boden tarnten. Quellen sprudelten aus Felsböden auf und brachten einen seltsamen metallischen Geschmack mit, der Benfro an das Delyn-Öl erinnerte, mit dem er Ystrads sterbliche Überreste übergossen hatte.

Benfro unterbrach seine Wanderung durch das letzte einer scheinbar endlosen Reihe von Sumpfstellen. Die Felswände ragten vor ihm auf, eine nach der anderen, wie eine für ein unvorstellbar großes Tier angelegte Treppe. Von seinem jetzigen Standpunkt aus konnte er nur den Rand der nächsten Felsstufe und der dahinter erkennen. Es gab nur wenige Bäume und er konnte in der Ferne die grünen Hänge des Rim-Gebirges sehen. Angesichts ihrer Größe zitterte er, es war unmöglich zu begreifen, wie weit sie entfernt waren. Benfro hatte sein ganzes kurzes Leben im Wald verbracht und seine Existenz war von der Entfernung zu den Bäumen definiert worden. Die Bäume bildeten einen Rahmen, etwas, in dem er die Dinge unterbringen konnte. Er konnte mit einer Lichtung umgehen, die so groß wie die war, auf der das Dorf stand und die einen Durchmesser von etwa zweitausend Schritt hatte. Diese Berge jedoch, dunstig und vage in der Nachmittagssonne, waren zu weit weg, um sie zu begreifen. Sie machten ihm Angst.

Ein Bussard schrie und riss Benfro aus seinen Gedanken. Das war der Grund, aus dem er nicht so oft hierherkam: Die Stelle war zu preisgegeben, zu wild. Bachabwärts, wo der Fluss sich zu tiefen, fischreichen Tümpeln öffnete und wo der Bach mit seinen gelegentlichen Stromschnellen unter den überhängenden Baldachinen der Bäume dahinfloss, fühlte er sich weniger beklommen. Aber er musste seine Arbeit erledigen, und das hier war seines Wissens die einzige Stelle, wo das möglich war.

Die Pflanzen, die er suchte, klammerten sich an die Felswand und schienen im Fels selbst zu wurzeln. Ihre Blätter waren dick und knollig und hatten eine wächsern glänzende Außenhaut, die sie so dunkel machte, dass sie fast rot wurden. Benfro konnte sich nicht erinnern, für welche Arznei sie benutzt wurden, aber Morgum hatte am vergangenen Abend das staubige Pulver aus dem gesprungenen Krug in der Speisekammer geschüttet und erklärt, er müsse Nachschub besorgen. Natürlich hatte er sich beschwert – er hatte an diesem Tag doch mit Ynys Môn zum Fischen gehen wollen –, aber sein Protest war nur halbherzig gewesen. Er wusste, es hatte keinen Zweck, seine Mutter umstimmen zu wollen.

Benfro zog eine Handvoll dieser dunklen Pflanzen aus der Felswand und steckte sie in seine lederne Tasche. An diesem Teil der Felswand wuchsen sie nicht so reichlich, wie er aus der Ferne vermutet hatte. Das Grün hier bestand vor allem aus Moos und langen dornigen Grashalmen. Einige Büschel weiter oben an der Felswand sahen vielversprechend aus. Da er ohnehin auf die nächste Ebene klettern musste und keine Lust hatte, über die felsige Ebene zurück zum Waldrand zu kraxeln, wo der Hang nicht so steil war, beschloss er, eine Kletterpartie am Steilhang zu wagen.

Der Fels war von Rissen und Spalten durchsetzt. Aus den meisten sickerte Wasser und Moos und Flechten machten den Stein glitschig. Aber Benfro war im Klettern geübt. Er konnte einige von den dicken, schmatzenden Blättern sammeln, ehe er oben ankam. Gerade wollte er sich gerade über den Rand ziehen, als er eine vertraute Stimme hörte.

»Gütige Sonne, erhöre mein Gebet. Zeige mir die Wege und Pfade in die Welt.«

Benfro lugte über die Felskante und blickte über die ebene, von Felsquadern übersäte Fläche vor der nächsten Felswand. Die sah ungefähr so aus wie die, die eben hinter ihm lag, als ob irgendein Riese gewaltige Felsblöcke zermalmt und die Quader wie Kieselsteine über seine Treppe geworfen hätte. Diese Terrasse war vielleicht nicht ganz so zerklüftet wie die weiter unten, es gab mehr Wasserlachen und weniger Felsen. In der Mitte ragte ein besonders großer Felsbrocken auf, mit flacher Spitze und von einem eigenen Wasserzug umgeben. Und darauf saß die eine Drachin, der Benfro nun gar nicht begegnen wollte.

»Großer Mond, höre mein Flehen. Verleih meiner Stimme Kraft, auf dass ich in ganz Gulad gehört werde.«

Benfro verlagerte sein Gewicht, bohrte die Füße in zwei Felsspalten und spannte die Arme an, bereit, den Kopf einzuziehen, sollte sein Quälgeist sich zu ihm umdrehen. Aber Frecknock sah gar nichts. Ihre Augen waren fest zusammengekniffen und sie hatte ihren Kopf entschlossen nach Osten gedreht. Auf dem Felsen neben ihr konnte Benfro ein dickes, in Leder gebundenes Buch sehen. Außerdem eine schwere Kürbisflasche von der Sorte, in der seine Mutter gewürzten Wein aufbewahrte, und eine kleine Tonschale, in der eine blassblaue Flamme tapfer gegen das Verlöschen kämpfte. Vor Benfros Augen schien Frecknock größer zu werden, sie schob ihre schuppige Brust vor und hob die Hände mit den Handflächen nach oben, wie um zwei unsichtbare Gewichte zu stemmen. War es Einbildung, oder konnte er wirklich ein farbloses Licht ahnen, das sie wie eine zweite Haut umgab?

»Hört meine Stimme, ihr alle, die ihr den Weiten Weg geht. Ich bin Frecknock und ich möchte euch zu mir rufen.«

Benfro wäre fast abgestürzt, so groß war die Macht ihrer Stimme. Und doch hatte Frecknock nicht gerufen. Er hatte ihre Worte nicht einmal gehört, wie ihm jetzt aufging. Die Worte steckten in seinem Kopf. Und sie trugen etwas mit sich, das er nicht ganz verstehen konnte. Es war ein mit Hilflosigkeit verwandtes Gefühl, und es gab ihm den Wunsch ein, zu ihr zu laufen, sie zu trösten. Er spürte, wie die Muskeln in seinen Armen und Beinen sich anspannten, um ihn über die Felskante zu ziehen. Er müsste zu ihr gehen, bei ihr sein. Sie würde gut zu ihm sein, ihn ernähren und für ihn sorgen.

Aber das hier war Frecknock. Er kannte sie nur zu gut. Was immer sie tat, sie wollte ihm Ärger machen oder ihn bestrafen, egal ob er etwas angestellt hatte oder nicht. Das hier war Frecknock, die ihm nur Verachtung gezeigt hatte, soweit er sich zurückerinnern konnte. Er schüttelte den Kopf und befreite sich von diesem seltsamen Gefühl, so wie er sich vielleicht Regen von den Ohren geschüttelt hätte. Und dabei glaubte er, zarte Linien zu sehen, die sich durch die Ebene auf den Felsen und die sitzende Drachin hinzogen. Sie saß so still da, dass er sie für einen Moment für tot hielt. Aber diese seltsame enge, unsichtbare zweite Haut umgab sie noch immer, und etwas sagte ihm, dass das ihre Lebenskraft war.

»Schöne Frecknock«, donnerte eine Stimme in Benfros Kopf, und schon wieder wäre er fast abgestürzt. Frecknock erstarrte, breitete die Arme weiter aus, hob den Kopf und bewegte ihn hin und her, als suche sie nach dem Ursprung dieser Stimme. Aber noch immer waren ihre Augen geschlossen.

»Endlich, eine Antwort!«, rief sie. »Wer antwortet da auf meinen Ruf?«

»Ich bin Sir Felyn«, sagte die Stimme. »Ich wandere schon lange über den Weiten Weg und suche nach meinesgleichen. Deine Stimme ist eine Stimme der Erlösung. Ein Quell süßen Wassers für eine von der Sonne ausgedörrte Kehle. Aber ich fürchte, die Entfernung zwischen uns ist zu groß. Ich würde zu dir kommen, aber ich kann nicht sehen, wo du bist.«

Benfro fühlte sich ein wenig schuldig, weil er dieses Gespräch belauschte. Das hier war eine persönliche Angelegenheit, und sosehr er Frecknock auch verabscheuen mochte, sie hatte doch ein Recht auf ihr Privatleben. Aber er war auch fasziniert. Hier wurde echte Magie ausgeführt, etwas, was seine Mutter ihm nie zu sehen erlaubte.

»Erzähle von deinen Reisen, guter Sir Felyn«, sagte Frecknock und ihre Stimme war von derselben seltsamen Verlockung geprägt, die sie schon vorher ausgesandt hatte. Benfro musste den Drang unterdrücken, seine Lebensgeschichte zu rufen, aber die andere Stimme, wo immer sie herkommen mochte, war aus festerem Stoff gemacht.

»Ach, süße Frecknock«, sagte die Stimme. »Wollte ich meine Zeit damit vergeuden, dir von allen Orten zu erzählen, die ich gesehen habe, würde ich niemals den Weg an deine Seite finden.«

Benfro spürte, dass sich in seinen Beinen, die auf unbehagliche Weise gespreizt waren, um festen Halt zu erreichen, ein Krampf ankündigte. Noch immer musste er sich beherrschen, nicht über die Felskante zu klettern und zu Frecknock zu eilen. Ihre Not war so greifbar. Sie zog sich zu ihm hin wie eine gerade Linie. Und als er das gedacht hatte, konnte er die Linie sehen. Ein dickes Seil zwischen ihm und ihr schien sich mitten durch seinen Kopf zu bohren. Fast unmerkliche Lichtfunken flossen über diese Linie auf ihn zu, und bei jedem wurde sein Verlangen größer, sich der Drachin anzuschließen, die er vor allen anderen verabscheute. Unter Aufwendung seiner gesamten Willenskraft verlagerte er sein Gesicht und schob sich ein wenig zur Seite, um seinen Kopf aus dem Strom zu entfernen. Sofort ließ das Gefühl nach. Er sah, wie Frecknock auf ihrem Felsen den Mund bewegte, konnte aber kein Wort hören, weil das Wasser an der Felswand plätscherte und rauschte. Er konnte die Linie jetzt auch nicht mehr sehen, obwohl er sicher war, dass er sie sich nicht eingebildet hatte. Langsam, als ob er damit rechnete, gestochen oder verbrannt zu werden, kehrte Benfro in seine Ausgangsposition zurück.

»... grauenhafter Fehler. Sie meinen es gut, aber sie sind so alt, so gesetzt.« Frecknocks Stimme war jetzt wieder laut und deutlich, und nun schwang die Linie erneut in Benfros Sichtfeld. Wieder konnte er das Verlangen spüren, die verzweifelte Einsamkeit und die tiefe Sehnsucht nach Liebe, die aus ihr herausbarst wie der Gesang eines Rehbocks im Frühling. Dieses Bild tauchte ungebeten in Benfros Gedanken auf, und dabei wurde ihm klar, was Frecknock hier machte. Vor Verlegenheit brannten seine Ohrenspitzen. Er wollte sich schon davonschleichen und sich wieder dem Kräutersammeln widmen, als Sir Felyn abermals zu hören war: »Das ist fürwahr eine tragische Geschichte, süße Frecknock«, sagte er, und Benfro hatte das Gefühl, dass die Stimme unter ihm hervorkam, als stünde der andere Drache am Fuße der Felswand. Er schaute nach unten, doch dort war niemand, nur diese bleiche Linie, die sich der Landschaft anpasste und sich bis zu den fernen Bäumen zog. Auf irgendeine Weise verband diese Linie über eine unermessliche Entfernung hinweg Frecknock mit ihrem angehenden Freier. Aber wie hatte sie gewusst, was sie zu tun hatte? Und welche Möglichkeit hatte sie, dort draußen einen anderen Drachen zu finden? Sir Frynwy hatte ihn immer glauben gemacht, die Drachen im Dorf seien die einzigen, die noch im Frydland lebten. Aber er hatte Benfro auch viele Geschichten aus fernen Ländern erzählt. Gab es in der weiten Welt noch andere Dörfer, in denen andere Drachen wohnten? Und wer war dieser Sir Felyn? Was war das für ein Weiter Weg, über den er wanderte?

Ohne so richtig zu wissen, was er tat, versuchte Benfro, dichter an den seltsamen Drachen heranzukommen, dessen Stimme jetzt von Frecknocks Charakterstärke und Edelmut schwärmte. Er lehnte sich zuerst von der Felswand zurück, dann ging ihm auf, wie töricht es war, sich zu bewegen, während die Stimme in seinem Kopf immer leiser wurde, bis sie fast nicht mehr wahrzunehmen war. Er schüttelte den Kopf und versuchte noch einmal, sich auf die Wörter zu konzentrieren, die sich in seinem Kopf bildeten, und die Außenwelt auszuschließen.

»Aber süße Frecknock, ich muss zu dir eilen«, sagte Sir Felyn. »Und wären wir auch durch die halbe Welt getrennt, ich würde diese Reise antreten. Wenn du mir nur sagst, wo du bist.«

Etwas zupfte ganz hinten an Benfros Gedanken. Hier stimmte etwas nicht, aber er konnte es nicht richtig benennen. Er lauschte aufmerksam auf Sir Felyns Stimme und gab sich alle Mühe, sich das Aussehen des wandernden Drachen vorzustellen. Der war ja wirklich beredt, wenn auch ein bisschen übereifrig in seinen schönen Worten über Frecknock. Benfro hatte nur wenig Vergleichsmaterial, aber er hatte Frecknock noch nie für eine große Schönheit gehalten, schon gar nicht für eine, die sich mit Amorgum der Holden oder auch nur mit der Weisen Maddau aus Sir Frynwys Geschichten messen könnte.

Dann schwamm ein Bild in Benfros Gedanken, das für ihn keinen Sinn ergab. Es war ein Raum mit Wänden aus dunklen, viereckig zurechtgehauenen Steinen. Schwere Wandteppiche, deren Bilder im Laufe vieler Jahre bis zur Unkenntlichkeit eingestaubt waren, hingen überall; zwei Sessel, zu klein, als dass ein Drache darin hätte sitzen können, standen zu beiden Seiten eines Kamins, in dem kein Feuer brannte, obwohl Benfro ein kalter Schauer durchrieselte. Er schien an einem hölzernen Schreibtisch zu sitzen, auf dem ein halb voller Becher und ein Holzteller mit den Überresten einer bescheidenen Mahlzeit standen. Ein Fenster bot einen weiten Ausblick, und als Benfro sich konzentrierte, konnte er schneebedeckte Berggipfel sehen, die sich scharf vor einem so blauen Himmel abzeichneten, dass er fast schwarz war.

»Das stimmt, meine Hübsche«, hörte Benfro Sir Felyns Stimme sagen, und er hatte das Gefühl, das selbst auszusprechen. Er konnte fast spüren, wie sich seine Lippen bewegten. »Komm näher zu mir. Gib dich mir hin. Lass mich sehen, wo du dich versteckst.«

Benfro hatte Durst. Er war den ganzen Morgen durch den Wald gewandert und hatte mehrere Stunden im gleißenden Sonnenlicht am Felshang verbracht. Jetzt, ohne nachzudenken, streckte er die Hand nach dem Becher aus. Das kam ihm vor wie das Allernatürlichste auf der Welt. Er konnte vor sich die Felswand sehen, den rauen Stein unter seinen Fingern spüren. Aber zugleich sah er, wie seine Hand sich nach dem Becher ausstreckte. Nur war es nicht seine Hand. Es war ein plumpes, fleischiges Teil. Rosa und mit flachen, unbeweglichen Krallen, wirklich ein seltsames Ding. Widerlich.

In diesem Moment riss die Verbindung ab und Benfro klammerte sich verwirrt an den Felsen. Was hatte er da eben gesehen? War das Sir Felyn? Wenn, dann war Sir Felyn kein Drache, und Frecknock wurde betrogen. Ein Teil von ihm lachte in Gedanken daran, dass die eitle, törichte Frecknock schon wieder nichts erreichen würde. Aber die Situation war doch besorgniserregend.

»Bist du allein, süße Frecknock?« Die Stimme war wieder da, als Benfro seinen Rücken wieder in die Linie schob.

»Natürlich, Sir Felyn«, antwortete Frecknock, und hinter ihren Worten war ihr übliches widerborstiges Wesen zu spüren, als ob sie sich über die Frage ärgerte.

»Ich dachte nur für einen Moment, ich hätte noch eine …«

»Hältst du mich für so dumm?«, fragte Frecknock. »Du kennst die Gefahren, die mit der Benutzung der Grymlinien verbunden sind, so gut wie ich. Ich habe alle Maßnahmen ergriffen, um zu verhindern, dass ich von anderen gehört werde als von meinesgleichen.«

»Und du bist eine geschickte Magis, tapfere Frecknock«, sagte Sir Felyn. »Eine, die ich zu gern kennenlernen würde. Also sag mir, welchen Ort du dir ausgesucht hast, um diesen Ritus durchzuführen. Es muss doch ein Ort mit uralter Macht sein.«

Benfros Muskeln schmerzten jetzt, so lange hing er schon am Felsen. Er hätte sein Gewicht gern verlagert, aber dann hätte er den Kontakt zu diesem aufregenden Gespräch verloren. Er war zudem davon überzeugt, dass Sir Felyn, wer immer das sein mochte, nichts Gutes im Schilde führte. Die Stimme schien sich zu sehr dafür zu interessieren, wo Frecknock war, sehr viel weniger als dafür, wer sie war. Und diese Hand war so fremdartig gewesen, so falsch.

»Du kommst bald zu mir?«, fragte Frecknock.

»Wie der Wind«, sagte Sir Felyn. »Sag mir nur, wohin ich fliegen soll.«

»Ich lebe in einem kleinen Dorf, tief im Wald des Frydlands«, begann Frecknock. In diesem Moment konnte Benfro sich nicht mehr festhalten. Verzweifelt suchte er nach einem anderen Halt und zog sich nach oben und über das Felssims. Es war eine schmale Felskante, auf der sich eine tiefe Pfütze befand. Um nicht abzustürzen, rollte Benfro sich auf die Seite und landete mit einem lauten Platschen im Wasser.

»Zum Wolf! Ich war so kurz davor!«

Melyn griff nach dem Becher, musterte ihn kurz und schleuderte ihn dann quer durch das Zimmer. Der Becher traf mit dumpfem Klirren einen alten Wandbehang, und der restliche Wein floss über ein verschossenes Bild von König Brynceri, der die Bestie Maddau erschlägt. Die wirklich mächtigen Drachen waren schon vor Jahrtausenden getötet worden, aber es gab noch immer jede Menge von ihrer Sorte. Melyn ärgerte sich, dass er rein gar nichts gegen diejenigen unternehmen konnte, die in fernen Ländern lebten, und es quälte ihn noch mehr, dass sein Orden nun schon seit hundertfünfzig Jahren durch König Divities Erlass daran gehindert wurde, seine Pflicht zu tun. Aber selbst wenn König Divities damals der Verfolgung der Drachen ein Ende gesetzt hatte, so bedeutete das ja nicht, dass er töricht genug gewesen war, den Drachen alle Freiheiten zu gewähren. Sie wurden streng überwacht, durften sich nicht vermehren und vor allem nicht die Feinen Künste ausüben.

Und doch hatte er an diesem Nachmittag, als er in ruhiger Überlegung hier gesessen hatte, eine von ihnen einen Ruf machen hören. Ein trauriges, jämmerliches Drachenweibchen, das einen Partner suchte. Die unbekannte Drachin war so erbärmlich schlecht in dieser Magie, dass sie sein wahres Wesen nicht erkannt hatte. Sie stellte also keine große Bedrohung für den Orden dar, aber etwas viel Älteres und Mächtigeres hatte ihn daran gehindert, sie zu orten, und das machte ihm Sorgen. Sie hatte gesagt, sie lebe in einem Dorf am Rand des Waldes von Frydland, aber so weit er wusste, gab es dort keine Drachensiedlungen mehr. Die wenigen Drachen, die noch existierten, lebten allein.

Sie hatte in ihrer Verzweiflung also entweder gelogen, um einen Partner mit den Verheißungen von weiteren Artgenossen anzulocken, oder eine Macht, die zu stark für ihn war, beschützte und verbarg eine Gruppe von Drachen, und das keine vierzehn Tage Fußmarsch von hier entfernt. Inquisitor Melyn hielt sich für den bedeutendsten Magis des Zwillingskönigreichs von Hafod und Hendry. Auf ein Hindernis zu stoßen, das nicht einmal seine Fähigkeiten beseitigen konnten, waren ein Schlag für den Stolz des Inquisitors und, wichtiger noch, eine Gefahr für die Sicherheit des Thrones, dem er diente.

Melyn mahnte sich zur Ruhe, ließ sich in seinem Sessel zurücksinken und suchte die Stelle, wo er sich in die ihn auf allen Seiten umgebende Macht einklinken konnte. Es war eine grundlegende Fähigkeit, eine, die ein Novize schon in den ersten Ausbildungsmonaten meistern sollte, aber in letzter Zeit fiel es ihm dennoch manchmal schwer, perfekte Klarheit zu gewinnen. War er schon so alt, dass seine Gedankenkraft ihm entglitt? Das war unwahrscheinlich. Eher war es wahrscheinlich, dass ihn die endlose Menge von kleinlichen Manövern ablenkte, die die Bürokraten vom Orden der Kerze veranstalteten. Tag für Tag baute Padraig seine Machtbasis aus, in der Hoffnung, die junge Beulah lenken zu können, wenn sie eines Tages den Obsidianthron bestieg. Der alte Hofmarschall ahnte ja nicht einmal, dass die Prinzessin mit Leib und Seele Melyn gehörte.

Konzentrieren, dachte Melyn. Die Kraft fließen lassen. Hier, in dem riesigen Klosterkomplex oben am Rande des Rim-Gebirges, gab es keinen Grund, sich mit Intrigen der Hauptstadt zu befassen. Hier war er Inquisitor des Ordens des Hohen Fryd. Er musste seine Fähigkeiten anwenden, um diese Frecknock zu finden. Und wenn sie wirklich zu einer Gruppe gehörte, die sich trotz der Gesetze des Zwillingskönigreichs in den Wäldern versteckte, dann würde er, ohne mit der Wimper zu zucken, sie und alle ihresgleichen ihrer gerechten Strafe zuführen.

Stunden vergingen und das Licht im Raum wurde trüber, doch Melyn merkte nichts, so sehr konzentrierte er sich auf seine Aufgabe. Er versuchte, in seinen Gedanken das Gefühl des Rufes wiederherzustellen, den Klang dieser Stimme und die seltsame Weise, auf die er plötzlich durstig gewesen war, nach seinem Becher gegriffen hatte... Was? Wenn er es nicht besser gewusst hätte, würde er sagen, dass ein anderes Gemüt sein eigenes berührt hatte, und das noch dazu unbemerkt. Aber das war nicht möglich. Seit seiner Novizenzeit hatte ihn niemand mehr besiegen können. Nicht einmal Andro war jemals unentdeckt durch seine Gedanken gewandelt. Aber dennoch war er sich jetzt unsicher.

Konzentrieren. Vergessen, was passiert war. Versuchen, Frecknock zu finden. Melyn kannte die Wege, die er genommen hatte, um zu ihr zu gelangen. Wieder und wieder ging er diese Wege sorgfältig durch, immer mit demselben Ergebnis. Jedes Mal gelangte er an eine Sackgasse, eine Art Falte im Gewebe, die ihn dorthin zurückschleuderte, wo er angefangen hatte. Wieder und wieder machte er einen Versuch, und bei jedem Fehlschlag wuchs die Wut, die seine Suche leitete, bis er schließlich nur noch ergrimmt auf seinen eigenen Gedanken trieb.

Ein leises Türklopfen riss ihn aus dieser üblen Stimmung.

»Wer ist da?«, fragte er und ließ die Kerzen mit einem gedanklichen Befehl zum Leben erwachen. Immerhin fand er es befriedigend, noch immer diese kleine Magie durchführen zu können.

Statt einer Antwort wurde die Klinke bewegt und die Tür aufgerissen. Am liebsten hätte Melyn den Eindringling zu Boden geschlagen. Wer wagte es, unangekündigt sein Privatgemach zu betreten? Er war aufgesprungen und hatte bereits eine Lichtklinge herbeigerufen, bereit zum tödlichen Hieb, aber dann erkannte er die schmale Gestalt Prinzessin Beulahs.

»Prinzessin«, sagte Melyn. Er ließ seine Waffe sinken, hielt sie aber noch am Brennen. »Ihr solltet nicht unangemeldet herkommen. Ich hätte Euch fast den Kopf abgeschlagen.«

Beulah lächelte nur, streifte mit einem Schulterzucken ihren Reiseumhang ab und ließ ihn zu Boden fallen. Sie trug Reisekleidung: hohe Lederstiefel, weiche Wildlederhose und eine Jacke mit Ballonärmeln über einem schweren Wollhemd, das am Hals locker verschnürt war. Da sie ihre strohblonden Haare kurz geschnitten hatte, hätte man sie leicht für einen Jungen halten können, der sich noch nicht zu rasieren brauchte. Nur die Sommersprossen oben auf ihren Wangen ließen einen Mann zweimal hinschauen. Sie musterte den Raum mit einer langsamen Kopfbewegung, dann ging sie zu der Stelle, wo der leere Becher auf dem Boden lag, hob ihn auf und füllte ihn aus dem Krug, der noch auf dem Tisch stand.

»So ist es besser«, sagte sie, nachdem sie einen langen Zug getan hatte. »Ich schwöre, die Straße hierher ist jedes Mal, wenn ich sie entlangreite, noch staubiger als zuvor. Nun sagt mir, Melyn, was kann meinen Großinquisitor so verärgern, dass er zuerst seinen Becher an die Wand wirft und dann dem ersten unglücklichen Novizen, der ihm über den Weg läuft, den Kopf abhacken will?«

Melyn seufzte und hob die Klinge. Er spürte, wie die Kraft für einige Momente an ihr entlanglief, bevor er sie mit einem Gedanken erlöschen ließ.

»Drachen, Herrin«, sagte er. »Ich habe Grund zu der Annahme, dass es irgendwo im Wald von Frydland eine Drachensiedlung gibt.«

»Wirklich?«, fragte Beulah. »Das ist doch großartig.«

»Das ist überhaupt nicht großartig«, Melyn hob den Sessel auf, den er beim eiligen Aufspringen umgestoßen hatte, und bot ihn seinem Gast an. Er wartete, bis die Prinzessin sich gesetzt hatte. Dann zog er einen weiteren Sessel heran und nahm ebenfalls Platz.

»Drachen sind gefährliche Wesen«, sagte er. »Sie sind von

Natur aus magisch, und wenn sie nicht in Schach gehalten werden, sind sie ungeheuer zerstörerisch. Was glaubt Ihr wohl, warum König Brynceri diesen Orden gegründet und den Drachenlohn eingeführt hat?«

»Aber ich habe Drachen gesehen«, sagte die Prinzessin. »Als Opa noch König war, kamen sie ab und zu nach Ystimtien, um ihm ihre Aufwartung zu machen. Ich fand immer, dass sie irgendwie traurig und bemitleidenswert aussahen, mit diesen hängenden Flügeln und den schlaffen Schuppen.«

»Ihr seht das Aussehen, das sie der Welt vorführen wollen, Herrin. Schaut her.« Er zeigte auf den verdunkelten und fleckigen Wandbehang, den jetzt frische Weinspuren verschmierten. »Seht, wie die Bestie wirklich ist. Das ist Maddau, in ihrem Bau nicht weit vom Kloster in die Enge getrieben. Ganz allein hätte sie König Brynceri fast getötet. Wenn Ruthin nicht in der Nähe gewesen wäre, würde das Haus Balwen heute nicht existieren. Unsere Geschichte wäre ganz anders verlaufen. Bis heute, Jahrtausende später, wächst nichts an der Stelle, an der sie dann endlich erschlagen wurde.«

»Meint Ihr nicht, dass die Geschichte im Laufe der Zeit übertrieben worden ist?«, fragte Beulah.

»Prinzessin, macht Euch nicht lustig über mich«, sagte Melyn. »Ich habe diese Wesen mein Leben lang studiert. Ich habe ihre wahre Gestalt gesehen und kenne ihre Tücken. Sie sind Bestien des Wolfs, eine Beleidigung für die natürliche Ordnung, ein Unfall, der unbedingt passieren will.«

»Beruhigt Euch, Melyn«, sagte Beulah. »Es sollte doch nur ein Scherz sein. Ihr wisst, ich bringe den Drachen keine Liebe entgegen. Und wenn das, was Ihr sagt, die Wahrheit ist, dann muss mit äußerster Strenge gegen sie vorgegangen werden. Aber Ihr wisst, dass ich nichts unternehmen kann, solange der Obsidianthron nicht mir gehört. Geduldet Euch nur noch für ein Jahr.

Dann könnt Ihr gegen die Euch verhassten Drachen zu den Waffen greifen. Was mich zum Grund meines Kommens bringt. Mir ist natürlich jede Entschuldigung willkommen, um mich aus Candlehall und dem Gestank meines geliebten Papas zu entfernen. Aber darüber hinaus habe ich ein wichtiges Anliegen.«

»Ihr tragt Eure Last mit Tapferkeit, meine Prinzessin«, sagte Melyn. »Aber ist es weise, den König so lange ohne Schutz zu lassen?«

»Dem passiert schon nichts«, sagte Beulah. »In letzter Zeit geht es ihm besser. Er kann für einen Monat auf meine Hilfe verzichten. Vielleicht sogar länger, wenn es sein muss. Ein kleiner Rückfall wäre zurzeit ja ohnehin gut. Es würde dem Hof zeigen, dass es mit der Gesundheit des Alten endgültig abwärtsgeht. Es gibt viele in Candlehall, die jetzt schon glauben, dass er sich nur heldenhaft ans Leben klammert, weil ich noch nicht volljährig bin. Sie halten es für eine Vertrauensbekundung mir gegenüber.«

»Und ich bezweifele nicht im Geringsten, dass Ihr dieses Gerede bei jeder Gelegenheit ermutigt«, sagte Melyn.

»Natürlich«, erwiderte Beulah. »Ihr habt mir schließlich die staatsmännische Kunst beigebracht, alter Freund. Und es ist eine Frage dieser Kunst, die mich herführt.«

»Sprecht weiter«, sagte Melyn. Er erhob sich, füllte Beulahs Becher wieder und holte für sich selbst einen neuen aus einer eichenen Kommode neben der Tür.

»Ich werde in weniger als einem Jahr volljährig sein«, sagte Beulah. »Ich sehe wirklich nicht ein, warum ich dann noch warten soll, bis mein Vater endlich stirbt. Er wird an meinem einundzwanzigsten Geburtstag den Sonnenaufgang sehen, aber es wird sein letzter sein. Ich werde natürlich ganz besonders tief trauern, weil ich ihn an einem so schicksalhaften Tag verliere, aber es ist von ungeheurer Wichtigkeit, dass die kleine Fraktion, die sich gegen mich aussprechen wird, im Volk keine Unterstützung findet. Also muss ich Candlehall verlassen und das Land bereisen, sosehr ich das auch hasse.«

»Ihr wollt, dass Euer Volk Euch kennenlernt«, sagte Melyn.

»Genau. Und jetzt ist die perfekte Gelegenheit. Padraigs Auswahl steht uns wieder bevor. Ich weiß, dass er versucht hat, Eure Kampfpriester aus weiten Landesteilen auszuschließen, aber ich vermute, das lasst Ihr Euch nicht so einfach gefallen.«

»Das allerdings nicht, Herrin«, sagte Melyn überrascht und entzückt von ihrer scharfen Intelligenz. Sie wusste genau, was er plante, sonst hätte sie nicht die weite Reise aus dem Tiefland von Hendry hierher auf sich genommen.

»Wann brecht Ihr also auf?«

»Morgen in der Dämmerung«, sagte Melyn und schaute zum Fenster hinüber. Draußen war es pechschwarz. Was war aus Nachmittag und Abend geworden? »Ich wollte früh schlafen gehen.«

»Dann in der Dämmerung«, sagte die Prinzessin und lächelte ihr Raubtierlächeln. »Und wer weiß? Vielleicht können wir ja sogar diese ungehorsamen Drachen zur Strecke bringen.«

8

Es gibt keine höhere Berufung für einen jungen Mann, denn als Novize in einen der drei großen Orden einzutreten. Sich dem Dienste am Hirten, am König und am Zwillingskönigreich zu widmen, ist das edelste aller Leben. Aber zuerst musst du auserwählt werden, und das ist nicht so leicht.

Wie kannst du hoffen, bei der Auswahl Erfolg zu haben? Es gibt keine Übungen und kein Training, die dir diesen Erfolg garantieren können. Wenn die Vertreter des Ordens auf ihrer jährlichen Rundreise haltmachen, werden sie deine körperliche Durchhaltefähigkeit und deine geistige Gewandtheit auf eine strenge Probe stellen, aber sie werden noch sehr viel mehr wissen wollen als nur das.

Um ein Novize im Orden vom Hohen Fryd werden zu können, musst du einen starken Geist, einen Eifer und eine angeborene Befähigung aufweisen, die nur wenige besitzen. In vielen Jahren kehren die Quästoren mit leeren Händen zum Kloster in Emmas Far zurück.

Father Castlemilk:
Eine Einführung in den Orden vom Hohen Fryd

Zuerst dachte Benfro, der Schrei erschalle in seinem Kopf, so laut, dass er in seinem Schädel widerhallte. Aber als er sich würgend und spuckend aus dem kalten Wasser zog, ging ihm auf, dass er Frecknock auf normale Weise hörte. Und – auch das war ganz normal – sie war furchtbar wütend auf ihn. Für einen Moment spielte er mit dem Gedanken, es mit Ynys Môns Versteckzauber zu versuchen, aber er gab diese Idee schnell auf.

»Du blöder kleiner Wurm! Was im Namen des Mondes willst du eigentlich hier?«

Benfro schüttelte sich Wasser aus den Ohren und schaute auf. Frecknock stand jetzt auf dem Felsen und starrte ihn mit furchtbarem Zorn im Gesicht an. Buch, Kerzenschale und Kürbisflasche waren nirgendwo zu sehen, aber eine schwere, heftig ausgebeulte Ledertasche hing über ihrer Schulter.

»Ich wollte Kräuter für meine Mutter sammeln«, sagte Benfro und hob seine eigene triefende Ledertasche hoch.

»Was du nicht sagst«, sagte Frecknock. »Und du hattest natürlich überhaupt nicht im Sinn, mich zu bespitzeln.«

»Wozu sollte ich das denn tun?«, fragte Benfro mit, wie er hoffte, unschuldiger Stimme. Bittere Erfahrung hatte ihn gelehrt, dass das wohl kaum funktionieren würde. Dass Frecknock ihn hasste und immer hassen würde, war eine der wenigen Gewissheiten in seinem Leben.

»Wer weiß schon, was du in deinem winzigen Gehirn für krankhafte kleine Fantasien hast«, kreischte Frecknock. Aber Benfro konnte sehen, dass sie sich Sorgen machte. Ihm fiel ein, dass sie ja nicht wissen konnte, wie lange er schon hier war oder was er gesehen hatte. Vielleicht könnte er sich das zunutze machen.

»Ich war gerade am Felsen hochgeklettert. Du weißt schon, um ein bisschen Spaß bei dieser öden Arbeit zu haben«, sagte er. »Ich kann diesen Kram nur hier finden.« Er griff in seine Tasche und zog eine Handvoll des klebrigen Krauts heraus. Frecknock beobachtete ihn aus zusammengekniffenen Augen, sagte aber nichts und verließ auch ihren Felsen nicht.

»Da unten war nicht so viel, wie ich erwartet hatte, und da

musste ich noch hier oben nachsehen. Aber dann habe ich an der Kante den Halt verloren.«

»Und wie lange hast du da gehangen und mich belauscht?«, fragte Frecknock.

»Belauscht? Ich?« Benfro versuchte, sein allerunschuldigstes Gesicht zu machen. Bei seiner Mutter funktionierte das nie, aber Frecknock war nicht so weise, da war er sich ziemlich sicher. »Ich wusste ja nicht mal, dass du hier oben bist, bis du angefangen hast, mich anzubrüllen. Was machst du hier eigentlich?«

»Das geht dich nichts an«, sagte Frecknock. Sie lud sich die Tasche auf die Schulter und sprang vom Felsen, dann watete sie durch die seichte Pfütze auf ihn zu. Er wäre zurückgewichen, aber das ging ja nicht. »Und wenn du irgendwem erzählst, dass du mich hier gesehen hast, dann wirst du es bereuen. Ist das klar?«

»Das würde mir doch nicht im Traum einfallen«, sagte Benfro besorgt. Benommen und noch immer etwas verwirrt in einer Lache zu sitzen, machte ihn zur leichten Beute. Die einzige Lösung für ihn lag in dem Versuch, Frecknock versöhnlich zu stimmen. »Tut mir leid, dass ich dich erschreckt habe.«

»Das wird dir noch viel mehr leidtun«, sagte Frecknock und ragte über ihm auf. Ihre Augen leuchteten, und Benfro konnte spüren, wie er sich verkrampfte.

»Du hast überhaupt keine Vorstellung, was du noch für Ärger kriegen wirst. Und jetzt sieh mich an, Wicht.«

Der Sommer dauerte bis tief in den Herbst hinein, ein heißer sonniger Tag schien in endloser Reihe auf den anderen zu folgen. Eine gewaltige Ernte war eingebracht, und nun bogen sich die Hecken unter der Last der Beeren. Es gab genug zu essen und alle waren guter Dinge.

Nach einigen Monaten eifrigen Lernens hatte Clun beschlossen, dass zur Auswahl für den Orden vom Hohen Fryd mehr gehörte als nur Bücher und bunte Muster im Gras. Er veranstaltete jetzt nachgestellte Schlachten, manchmal nur zwischen Errol und sich selbst, manchmal wurden alle Jungen aus dem Dorf dazugeholt. Nur Kewicks Elite, Trell und einige andere, wurden von diesen Unternehmungen ausgeschlossen.

Errol versuchte, sich möglichst davonzustehlen, sowie die Spiele ins Chaos umschlugen. Es wurde immer schwerer für ihn, Zeit für sich selbst zu finden, wie er festgestellt hatte. Und das bedeutete, dass die kurzen Nachmittage und Abende, an denen er zum Zackensprung laufen konnte, viel zu wenige waren. Es war schön, seine Mutter glücklich zu sehen. Henna hatte ihr abweisendes Verhalten gemildert und war wie verwandelt, das musste Errol zugeben. Aber das bedeutete auch, dass Godric nie weit vom Haus entfernt war, und Clun war sein ständiger Begleiter. Nach zwölf Jahren als Außenseiter war es schön, einen Freund zu haben, aber Errol hatte sich ja auch an das Alleinsein gewöhnt.

Der Zackensprung wurde zu seinem Zufluchtsort. Errol ging so oft dorthin, wie er nur konnte. Sir Radnor fragte ihn nach den Ereignissen im Dorf aus, verlangte genaue Aufmerksamkeit und wollte immer noch mehr. Errol ertappte sich dabei, dass er sich an Dinge erinnerte, von denen er noch nicht einmal wusste, dass er sie bemerkt hat. Erst wenn die Neugier des alten Drachen befriedigt war, beantwortete er Errols Fragen, aber auch das nur vage. Meistens erzählte er dann eine alte Drachengeschichte, sodass Errol im Laufe der Monate so ungefähr zum Experten für die Sagen um Mond und Sonne, die Sieben Ritterfahrten des Palisander und das tragische Schicksal von Amorgum der Holden wurde. Besonders viel Magie lernte er hingegen nicht, so kam es ihm zumindest vor.

»Sir Radnor«, fragte Errol eines Abends, als die Sonne hinter den Baumwipfeln im Westen unterging. »Der Abend, als Ihr mich gerufen habt und als ich flussabwärts am Ufer saß. Da bin ich zu Euch gekommen, aber ich kann mich nicht erinnern, wie. Im einen Moment stand ich da unten auf und im nächsten war ich hier. Ich kann mich nicht erinnern, dass ich den Weg hochgegangen bin.«

»Das liegt daran, dass du den Weg nicht hochgegangen bist«, erwiderte der Drache.

»Wie bin ich denn dann hergekommen?«

»Ist Palisander an Angarads Seite geflogen, als er seine Sieben Aufgaben erfüllt hatte? Ist er zu Fuß zu ihr gegangen?«

»Nein«, sagte Errol, der sich an die Geschichte erinnerte. »Er ist mit einem einzigen Schritt an ihre Seite gelangt. So habt Ihr das wenigstens erzählt.«

»Ich erfinde diese Geschichten nicht zu deiner Unterhaltung, junger Errol. Ich erfinde diese Geschichten überhaupt nicht. Sie sind so passiert, und jedes Detail ist so wichtig wie das andere. Als er den Keiler vom Caer Idris erschlagen hatte, wusste Palisander, dass er das Herz seiner Angebeteten gewonnen hatte. Er konnte es nicht ertragen, noch länger von ihr getrennt zu sein, und deshalb, obwohl die halbe Welt sie voneinander trennte, war er mit einem Schritt an ihrer Seite. Du hast auch nur einen Schritt vom Bachufer weiter unten zu diesem Felsen gemacht. Ich kenne nur eine andere von deiner Sorte, die das je geschafft hat, und sie ist im Geiste viel mehr Drache, als ihr überhaupt bewusst ist.«

»Aber wie habe ich das gemacht?«, fragte Errol. Die Aufregung machte ihn ungeduldig, obwohl er aus Erfahrung wusste, dass es keinen Sinn hatte, einen Drachen zur Eile antreiben zu wollen.

»Daran musst du dich ganz allein erinnern«, sagte Sir Radnor. »Du hast es einmal geschafft, also wirst du es sicherlich wieder schaffen. Ich kann dir nicht zeigen, wie man etwas macht, das so eng mit deinem Wesen verwoben ist, ich kann nur versuchen, deinen Geist für die Möglichkeiten zu öffnen. Aber hüte dich, Errol, denn die Welt ist riesig, und an den meisten Stellen ist sie feindlich.«

»Ich …«, begann Errol. Dann verstummte er und versuchte, die Worte des Drachen zu verarbeiten. »Wer hat das noch geschafft? Ihr habt ›sie‹ gesagt?«

»Willst du noch immer in den Orden vom Hohen Fryd eintreten, Errol? Und Kampfpriester im Dienste deines Königs werden?«

»Ich bin mir nicht sicher«, sagte Errol. »Ich wollte das ja. Clun und ich haben über nichts anderes geredet. Aber es gibt noch so viel mehr auf der Welt. Ich möchte den Caer Idris und die Versinkenden Seen sehen. Ich würde gern lebenden Drachen begegnen und mehr über Magie lernen.«

»Im Orden wäre dir das alles möglich«, sagte Sir Radnor.

»Aber ich würde kämpfen und andere Menschen töten müssen, einfach, weil mir das befohlen würde«, sagte Errol. Zum ersten Mal sprach er die Zweifel aus, die in ihm heranwuchsen, seit er angefangen hatte, sich mit Drachen vertraut zu machen. Der Orden jagte sie zwar nicht mehr, aber durch Sir Radnors Erzählungen kam ihm das Leben als großer Krieger nicht mehr so romantisch vor. Aus dieser Perspektive wirkte das Schlachtfeld gar nicht mehr großartig.

»Der Orden beschäftigt sich aber nicht nur mit Töten«, sagte der Drache, und Errol fragte sich, was sein Lehrer jetzt vorhatte. Es war fast, als wollte der längst verstorbene Geist des alten Drachen ihn dazu bringen, einer Truppe beizutreten, die verantwortlich für die Ermordung fast der gesamten Drachenheit war. »Da kannst du lernen und hast die Aussicht, die Wege der Grym zu meistern.«

»Und es gibt die Möglichkeit, von Stärkeren schikaniert zu werden, die Möglichkeit, noch mehr verfälschte Geschichte zu lernen und zu erfahren, wie man die Kraft der Welt zu gewalttätigen Zwecken nutzt und so eine allzu mächtige Waffe in den Händen eines schwachsinnigen Königs wird.«

Errol staunte über die Kraft seiner Empfindungen, was dieses Thema betraf. Er hatte eigentlich nicht besonders viel darüber nachgedacht, und doch hatte Sir Radnor ihn aufgeschreckt und ihn gezwungen, sich die Sache genauer zu überlegen. Das erinnerte ihn daran, wie der alte Father Drebble ihn zum Lesen ermutigt hatte.

»Drebble war ein herzensguter Mann, wie viele, die dem Widder dienen«, sagte Sir Radnor. »Er kam manchmal her, um mit mir zu reden.«

In der Stimme des Drachengeistes lag ein fast sehnsüchtiger Ton, und Errol spürte die furchtbare erdrückende Einsamkeit dahinter, während ihm zugleich aufging, wie leicht seine Gedanken aus ihm heraussickerten.

»Ja, und auch das wirst du lernen müssen«, sagte die Stimme des Drachen. »Aber ich glaube, du hast für einen Abend genug geleistet, Errol. Es wird spät und du wirst vermisst werden. Ich glaube, du möchtest nicht noch einmal hier erwischt werden.«

Errol registrierte erst jetzt, wie dunkel es schon war. Manchmal glaubte er, Sir Radnor, unvorstellbar riesig und majestätisch, über dem Felsen aufragen zu sehen. An den meisten Tagen, und heute war einer davon, konnte er nur die Stimme hören, die in seinem Kopf erklang. Dann zog er sich ebenfalls in sich zurück, während der Tag von ihm unbemerkt in die Nacht überging. Einige Sterne blinkten jetzt am tiefblauen Himmel und die Baumwipfel zeichneten sich vor einem roten Leuchten ab wie vor einem weit entfernten Feuer.

Errol wollte noch hierbleiben, aber er wusste, dass er hiermit entlassen war. Er bedankte sich bei Sir Radnor, sprang dann vom Felsen und lief in den Wald. Er wäre nur zu gern die ganze Nacht draußen geblieben. Aller Wahrscheinlichkeit nach würde Godric in der Hütte sein, wenn Errol hinkäme, um mit ihnen zu essen und dann über Nacht zu bleiben. Das bedeutete, dass Clun wieder in Errols Zimmer übernachten müsste, und im Moment wollte Errol wirklich allein sein. Cluns ungeschmälerte Begeisterung für den Orden vom Hohen Fryd war immer schwerer zu ertragen. So langsam verstand Errol, woran das lag.

Ein seltsames Gefühl jagte sein Rückgrat hinab und machte ihn nervös. Er wusste nicht, wieso er das wusste, aber er war davon überzeugt, dass er nicht mehr allein war. Es war fast, als ob irgendwer in seiner Nähe ins Dasein eingetreten sei. Das vage Echo einer Erinnerung zupfte an seinen Gedanken wie ein zarter Duft, wie eine Erinnerung an ein Gefühl, das irgendetwas mit einem früheren Erlebnis zu tun haben musste.

»Wer ist da?«, fragte er die Dunkelheit und drehte sich langsam um, um jede mögliche Bewegung zu erhaschen. Etwas huschte einige Meter weiter den Pfad hinunter durch sein Blickfeld. Genau dort zeigte eine Öffnung zwischen den Bäumen im Licht des aufgehenden Mondes eine kleine Lichtung. Eine Sekunde lang fürchtete er sich, dann kam ihm die Erkenntnis, und nun erfüllte ihn eine tiefe, erregende Freude. »Martha?«

Sie trat wie eine Geistererscheinung ins Licht, und eine grauenhafte Sekunde lang glaubte Errol, sich geirrt zu haben. Die Gestalt vor ihm kam ihm größer vor als in seiner Erinnerung, und schmaler, auch wenn sie niemals dick gewesen war. Ihre Haare waren kein kurz geschorener struppiger Schopf mehr, sondern hingen ihr in einem lockeren Pferdeschwanz über die Schultern. Sie trug eine Hose, die ihre Beine länger aussehen ließ, und eine weiße Leinenbluse, die im Mondlicht fast zu leuchten schien. Ein langer Umhang war vor ihrem Hals mit einer Schnalle geschlossen, und obwohl der Mond ihm alle Farben nahm, war Errol sicher, dass er dunkelgrün war, wie ihre Augen. Konnte sich jemand in einem Jahr wirklich so sehr ändern?

»Du hast oben auf dem Zackensprung gesessen, Errol Ramsbottom«, sagte sie, und sofort war Errol sich sicher, obwohl ihre Aussprache sich auch geändert hatte, sie sprach nicht mehr den verschliffenen Dialekt des Dorfes. »Du hast mit dem alten Drachen Radnor geredet.«

»Wann bist du zurückgekommen?«, fragte Errol, trat dichter an sie heran und wusste plötzlich nicht mehr, was er machen sollte. Bei ihrer letzten Begegnung war Martha benommen, schwach und kalt gewesen. Er hatte sie gerade aus dem Fluss gezogen und ihr neues Leben eingehaucht. Sie hatte ihn zwar bisweilen mit ihren scheinbar unsinnigen Kommentaren und ihrer seltsamen Angewohnheit genervt, an den unwahrscheinlichsten Stellen aufzutauchen. Aber er konnte nicht leugnen, dass er sie an jedem einzelnen Tag, seit sie weggeschickt worden war, vermisst hatte.

»Du bist gewachsen, Errol Ramsbottom«, sagte Martha, und ehe er eine Antwort geben konnte, zog sie ihn in eine heftige Umarmung. Sie war warm und roch nach exotischen, weit entfernten Orten. Ihre Haare waren sauber und weich an seiner Wange, und für einen verwirrten Augenblick wusste Errol nicht, wohin mit seinen Händen. Viel zu schnell nahm die Umarmung ein Ende und Martha trat zurück.

»Wo warst du denn, Martha? Und wann bist du zurückgekommen?« Errol hatte noch tausend andere Fragen, aber das hier waren die ersten, die sich den Weg in seinen Mund freikämpften.

»Ich war bei meiner Tante in Candlehall«, sagte Martha. »Hab den König in seiner gestohlenen Halle gesehen.«

»Candlehall«, sagte Errol, dessen Neugier geweckt war. »Wie

ist es dort denn so? Ist es so groß, wie behauptet wird? Sind die Straßen wirklich mit Gold gepflastert?«

Martha lachte. »Nein, du Dussel. Unter all den Füßen wäre Gold doch ganz bald abgetragen.« Sie nahm in der Dunkelheit seine Hand. »Komm mit«, sagte sie, als ob er eine Wahl hätte. »Sag mir, was du gemacht hast, seit …«

Sie schaute in die Dunkelheit und den Pfad hinauf zum Zackensprung.

»Nicht viel«, sagte Errol. »Du weißt doch, wie es hier zugeht.« Aber er erzählte ihr von der jetzt offiziellen Beziehung seiner Mutter zu Godric und davon, dass Clun sich um seine Freundschaft gemüht hatte und dass er dem älteren Jungen von den Linien erzählt hatte.

»Wozu will der das denn wissen?«, fragte Martha und blieb überrascht stehen.

»Er möchte für den Orden vom Hohen Fryd ausgewählt werden«, sagte Errol.

»Drachentöter!«, sagte Martha und ließ seine Hand fallen. »Wie kannst du es über dich bringen, denen zu helfen?«

»Ich will doch nicht … die sind keine …«, sagte Errol. »Die bringen keine Drachen mehr um. Sie schützen das Zwillingskönigreich vor Invasionen.«

Marthas Gesicht war im Mondlicht streng, aber es wurde weicher, als sie ihn ansah. Sie streckte wieder die Hand aus und Errol ergriff sie vielleicht ein wenig zu schnell.

»Ich habe den alten König in seinem Thronsaal besucht«, sagte sie, als sie dann weiter durch den dunklen Wald gingen. »Drachen haben diese Halle erbaut. Sie haben vor über tausend Jahren das meiste von dem Palast erbaut. Sie haben den Obsidianthron errichtet. Der ist viel zu groß für einen Menschen, der König sieht einfach nur albern darauf aus. Aber die Menschen dort haben alles zerstört. Sie haben die Schnitzereien und Steinverzierungen zerbrochen und die Fenster eingeschlagen, damit man die Bilder nicht mehr sehen kann. Nur ich konnte die Geister der Drachen erkennen. Sie haben zu mir gesprochen, haben mir alles darüber erzählt.«

»Alles worüber?«, fragte Errol.

»Alles über das Blendwerk, zu dem der König damals gegriffen hat, um den großen Drachen Magog zu besiegen. Wie sie die anderen Drachen zur Strecke gebracht haben, einen nach dem anderen. Wie sie ihre Schädel aufgebrochen und die Edelsteine herausgerissen haben.« Martha blieb wieder stehen und drehte sich zu Errol um, ihr Gesicht war ernst, traurig und wütend.

Sie standen mitten auf einer mit Blättern übersäten Lichtung mit einem Durchmesser von ungefähr dreißig Schritten. Die Bäume, die ihre Blätter verloren, zeichneten sich im einfarbigen Licht seltsam deutlich ab. In diesem Moment spürte Errol die ersten Anzeichen des Herbstes, den ersten kalten Hauch des nahenden Winters.

»Errol, die haben Schatzkammern, die sind voller Edelsteine der ermordeten Drachen«, sagte sie. Ihr Schmerz war so deutlich, dass Errol nicht einmal merkte, dass sie nicht mehr seinen Nachnamen benutzt hatte.

»Aber Sir Radnor sagt, dass die meisten Drachen wünschen, dass ihre Edelsteine zusammen mit denen ihrer Freunde zur Ruhe gebettet werden«, sagte er.

»Nicht, wenn sie nicht im alten Ritus extrahiert worden sind«, sagte Martha. »Diese Edelsteine sind roh, nicht gefasst. Sie bluten ineinander und sie haben die ganze Zeit Schmerzen. Die Geister erleiden Qualen, die schlimmer sind als in irgendeiner Hölle.«

»Ich …«, begann Errol, aber er hatte nicht so ganz verstanden, was Martha gesagt hatte.

»Versprich mir, nicht zur Auswahl zu gehen, Errol«, sagte sie.

»Ich bin ohnehin zu jung«, erwiderte er. »Ich muss noch ein Jahr warten.«

»Aber du gehst nicht hin. Auch nächstes Jahr nicht.«

»Nein«, sagte Errol, und dabei merkte er, dass jegliches Verlangen, dass er je danach gehegt hatte, Kampfpriester oder Widdermönch zu werden, verschwunden war. Und dem Kerzenorden hatte er sowieso immer nur Verachtung entgegengebracht, seit Father Kewick angefangen hatte, die Bücherei aller ihrer interessanten Bücher zu berauben. »Nein. Ich will mit keinem Orden etwas zu tun haben.«

Martha lächelte. Es war wie ein gewaltiges, strahlend weißes Aufleuchten in der vom Mondlicht erhellten Dunkelheit. Dann spürte Errol, wie sie ihn an sich zog. Ehe er sich's versah, hatte sie seinen Kopf mit beiden Händen gepackt und küsste ihn mitten auf den Mund.

Errol war nicht total naiv. Als Sohn der Dorfheilerin wusste er so allerlei darüber, wie es im Leben zuging. Er hatte es bisher nicht sonderlich eilig gehabt, da seine eigenen Erfahrungen zu sammeln, einerseits, weil es auch sonst so viel zu lernen gab, andererseits, weil immer wieder junge Frauen die Hütte seiner Mutter aufsuchten und gewisse Hilfsmittel verlangten. Und nun war er völlig überrascht davon, wie sehr ihm dieser lange, langsame Kuss gefiel. Er war auch nicht vorbereitet auf das Verlangen, das einsetzte, sowie der Kuss vorüber war.

»Mein Pa sucht mich sicher schon«, sagte Martha, als sie sich aus der Umarmung löste. »Ich muss nach Hause.«

»Ich auch, glaube ich«, sagte Errol. »Auch wenn meine Mutter mich wohl nicht vermissen wird. Sie ist derzeit viel zu sehr mit Godric beschäftigt, um zu merken, ob ich da bin oder nicht.«

»Dann komm morgen Mittag wieder her«, sagte Martha. »Wir besuchen den alten Sir Radnor zusammen.«

»Ist dein Vater dann nicht böse?«, fragte Errol.

»Nicht, wenn er nichts davon weiß«, sagte Martha und lächelte so spitzbübisch, dass Errols Herz einen Sprung machte. »Geh jetzt, schnell.«

»Dann bis morgen«, sagte Errol. Er drehte sich um und lief mit ungewöhnlich leichten Schritten auf die Bäume zu, dann bog er auf den Pfad ab, der zu seinem Zuhause führte.

Nach nicht mehr als einem halben Dutzend Schritten blieb er stehen. Er musste etwas sagen, musste Martha sagen, wie sehr sie ihm gefehlt hatte und wie schön es war, sie wiederzusehen. Doch als er sich umdrehte, war sie nicht mehr da.

9

Vielleicht das mächtigste aller Bücher über die Feinen Künste ist das Buch Draconius. Der Name des Magis, der das Werk begonnen hat, verliert sich in den Nebeln der Zeit, aber wer es auch gewesen sein mag, er hat zweifellos unvorstellbare Fähigkeiten und Voraussicht besessen. Denn während das Buch an sich sich niemals verändert, hat es das Wissen aller in sich aufgesogen, die es in zahllosen Jahrtausenden benutzt haben. Es ist gesättigt mit der Macht der Grym.

Aber das Buch Draconius hat auch eine dunkle Seite und stellt eine Gefahr dar. Es ist gar zu leicht für einen unerfahrenen Leser, sich hineinziehen zu lassen: sein ganzes Leben wird in die verzauberten Seiten gesaugt. Er kann nicht das Wissen, das er vielleicht braucht, aus dem Buche holen, und das geben, was er vielleicht selbst gelernt hat. Ein unvorsichtiger Leser kann den Verstand verlieren, wenn er auch nur versucht, die uralten Runen zu entziffern. Angeblich sind in der Tiefe der Nacht sogar die Schreie der Zauberlehrlinge aus dem Buch zu hören, die in ihrer Torheit wähnten, bereits seinen Rat suchen zu können.

Gefährlicher noch ist vielleicht der Novize, der gelernt hat, das Buch zu lesen, der aber noch nicht vollständig erfasst hat, was diesem innewohnt. Es gibt Versuchungen in diesen Seiten, denen zu widerstehen nur wenige stark genug sind.

Corwen teul Maddau:
Über die Anwendung der Feinen Künste

In dem Augenblick, in dem Benfro die Hütte betrat, wusste er, dass es Ärger geben würde. Seine Mutter stand mit dem Rücken zum Kamin und hatte die Arme vor der Brust verschränkt. Ihre strenge Miene ließ den Gedanken an ein fröhliches Gespräch gar nicht erst aufkommen. Es konnte natürlich daran liegen, dass er sehr viel später nach Hause kam, als richtig gewesen wäre. Andererseits wurde es erst jetzt richtig dunkel und er kannte den Wald in einem meilenweiten Umkreis so gut wie seinen eigenen Schwanz. Es konnte nicht daran liegen, dass er auf seiner Kräutersuche versagt hatte, denn seine Tasche quoll fast über von der Ernte dieses Tages. Was immer es war, es war zweifellos schwerwiegend, denn am Tisch saß schweigend der alte Sir Frynwy.

»Komm rein, Benfro«, sagte Morgum, als er zögernd auf der Schwelle stehen blieb. »Sir Frynwy möchte mir dir reden.«

Benfro ging hinein und ließ die Tasche auf den Boden fallen, wo sie mit feuchtem Klatschen landete.

»Was ist los?«, fragte er.

»Setz dich, Benfro«, sagte Sir Frynwy und zeigte auf die Bank ihm gegenüber. Die Tischplatte, die sonst mit den Zutaten für Heilmittel und Bündeln von Kräutern, die sortiert und zusammengebunden werden mussten, bedeckt war, war leer und sauber geschrubbt. Das Zimmer sah dadurch auf irgendeine Weise bedrohlicher aus, fast als gehöre es jemand anderem und sei nicht der warme, behagliche Raum, den er seit seiner Kindheit kannte. Mit der furchtbaren Ahnung bevorstehender Strafe glitt Benfro dem alten Drachen gegenüber auf die Bank. Er merkte, dass die weisen Augen ihm ins Gesicht schauten, und senkte seinen Blick auf die grobe hölzerne Tischplatte.

»Sieh mich bitte an, Benfro«, sagte Sir Frynwy. Er klang nicht anklagend, nicht zornig, aber es war auch nicht die helle und fröhliche Stimme, mit der der Dorfälteste ihn normalerweise anredete.

»Meirion sagt mir, du interessierst dich sehr für Magie« sagte der alte Drache. »Du bittest sie immer wieder, dir Unterricht zu geben, nicht wahr?«

»Ich weiß wirklich nicht, warum ich nicht …«, begann Benfro, aber Sir Frynwy hob eine Hand, um ihn zum Schweigen zu bringen.

»An gesunder Wissbegier ist nichts auszusetzen, Benfro«, sagte er. »Ich bin nicht hier, um dir wegen deiner Neugier Vorwürfe zu machen. Aber sag mir, wie hat Meirion auf deine immer wiederkehrenden Bitten reagiert?«

»Sie sagt, sie wird mir Unterricht geben, wenn meine Mutter findet, dass ich alt genug bin, um die magische Kunst zu erlernen«, sagte Benfro.

»Und meinst du nicht, dass die Weisheit deiner Mutter in diesen Dingen größer ist als deine?«

»Aber ich bin kein Drachkitz mehr«, sagte Benfro. »Ich bin dreizehn!«

»Und ich bin fast achtzehnhundert Jahre alt, Benfro. Kannst du auch nur vage erahnen, wie alt das ist?«

»Ich bin kein Drachkitz mehr«, sagte Benfro noch einmal, obwohl er wusste, dass er sich jetzt genau wie eins anhörte.

»Nein, das bist du nicht«, sagte Sir Frynwy. »Aber lass dir einen guten Rat von jemandem geben, der schon etwas länger lebt als du. Hab es nicht so eilig mit dem Erwachsenwerden. Wenn es so weit ist, wirst du dir wünschen, es wäre nicht so schnell gegangen. Und das bringt mich zum Grund meines Besuchs. Mir fehlt etwas. Etwas, das wertvoll und gefährlich zugleich ist. Ich bin sicher, dass niemand aus dem Dorf es anfassen würde, denn alle wissen, wozu es imstande ist. Du dagegen, Benfro, du hast nicht unsere Erfahrung.«

»Was soll das sein?«, fragte Benfro. »Ich habe nichts weggenommen.«

»Komm schon, junger Benfro«, sagte Sir Frynwy. »Ich habe doch schon gesagt, ich will dich in deiner Neugier nicht entmutigen. Der Wille zu lernen ist die größte aller Gaben. Aber das *Buch Draconius* ist zu gefährlich für deinen jungen Geist, glaub mir. Wenn die Zeit reif ist, werde ich selbst dich in seine Geheimnisse einführen.«

»Ich hab nicht ... ich weiß nicht ... wie hätte ich denn etwas wegnehmen können, wenn ich nicht einmal weiß, worum es geht?«

Sir Frynwy seufzte so resigniert, wie Benfros Mutter es auch immer tat, wenn er die Kräuter zu langsam identifizierte oder wenn er aus Versehen die falschen Zutaten miteinander vermischte, sodass der Gestank fauler Eier durch die Hütte zog.

»Ich werde dich nicht bestrafen, Benfro«, sagte Sir Frynwy und sah dann Morgum an, die noch immer bewegungslos am Feuer stand, während das Licht der Flammen ihr Gesicht und ihre Miene in undurchschaubare Schatten hüllte. »Und deine Mutter wird das auch nicht tun. Dafür ist diese Angelegenheit zu wichtig. Aber ich muss darauf bestehen, dass du mir das Buch zurückgibst. Es wird dir nichts nützen, selbst wenn du es lesen kannst. Und es könnte uns alle ins Verderben stürzen.«

Das *Buch Draconius*, dachte Benfro. Aber er hatte Sir Frynwy nichts gestohlen. Er hatte keinem der Dorfbewohner jemals etwas weggenommen, das sie ihm nicht ausdrücklich angeboten hatten, und er war auch nie auf die Idee gekommen, so etwas zu tun. Die einzigen Bücher, die er bisher auch nur angerührt hatte, waren die, die seine Mutter in den langen Regalen hinten im Raum stehen hatte. Seine Augen jagten hinüber zu diesen Büchern und ihren vertrauten dunklen Lederrücken: Trefnogs *Apothecarium*, Aderyns *Wissenswertes für unsere Jugend* und sein Lieblingsbuch, Sir Cadrigals *Wilde Tiere von Gulad*, mit den bizarren Bildern von Wesen, die es einfach nicht geben konnte.

Es waren Dutzende Bücher, Hunderte vielleicht, und er hatte sie alle gelesen, auch wenn die meisten nur trockene Beschreibungen von Pflanzen und Arzneien waren.

»Ich habe Euch wirklich nichts weggenommen, Sir Frynwy« sagte Benfro. »Mein Ehrenwort.«

Der alte Drache starrte ihn an, er blickte tief in Benfros Augen, und Benfro fühlte sich gefangen und konnte nicht wegschauen. In dieser Starre, bewegungslos für lange Augenblicke, die ihm vorkamen wie Stunden, registrierte Benfro, wie alt Sir Frynwy aussah. Sein Gesicht war fleckig durch fehlende Schuppen, seine Augen getrübt, als ob die Zeit ihre schwarzen Pupillen gebleicht hätte wie schlecht gegerbte Haut. Irgendwann in der Vergangenheit hatte er einen Hauzahn verloren, aber die Lücke, wo der Zahn aus seinem Kiefer gebrochen worden war, war noch immer zu sehen und zeigte ein Stück rosa, von schwarzen Streifen durchzogenes Zahnfleisch. Der andere Hauzahn war nur noch als rissiger gelber Stummel vorhanden. Dünne weiße Haare wuchsen in kleinen Büscheln aus Sir Frynwys Nüstern und Ohren, und sein ganzes Gesicht war eingesunken und verschrumpelt wie der letzte Apfel am Ende des Winters.

»Es tut mir leid, Benfro«, sagte er endlich und seine Worte brachen den Zauber. Leicht benommen holte Benfro tief Luft, zum ersten Mal seit einer ganzen Weile.

»Es wäre einfacher, wenn du es gewesen wärst«, sagte der alte Drache. »Aber ich kann jetzt sehen, dass du unschuldig bist, was diesen Vorwurf betrifft. Ich muss mich woanders umsehen.« Er erhob sich, eine Bewegung, die ihm nicht leichtfiel, wie Benfro bemerkte.

»Bitte, Sir Frynwy«, sagte Morgum und entfernte sich endlich von ihrem Platz vor dem Feuer. »Bleibt doch wenigstens zum Abendessen.«

»Nein, Morgum, danke«, sagte Sir Frynwy. »Ich muss zurück

ins Dorf. Wenn die Möglichkeit besteht, dass ich das Buch einfach nur verlegt habe …«

»Dann wärt Ihr mit Eurer Anklage nicht hergekommen«, sagte Morgum.

»Ich wollte Benfro nicht beleidigen«, sagte Sir Frynwy. »Und dich auch nicht, Morgum. Aber du weißt ja besser als alle anderen, wie gefährlich das *Buch Draconius* sein könnte, wenn es in die Hände einer … unerfahrenen Person fiele.«

»Deshalb habe ich Euch schon vor Jahren empfohlen, es zu vernichten, Sir Frynwy«, sagte Morgum.

»Und du weißt, dass ich das nicht tun könnte«, sagte der alte Drache. Benfro, den sie offenbar vergessen hatten, lauschte dem Gespräch mit wachsender Verwunderung. Diese Auseinandersetzung schienen seine Mutter und der Dorfälteste schon seit einer ganzen Weile zu führen, und für Benfro war das Thema einfach faszinierend. Er liebte Bücher, vor allem die mit Bildern von exotischen Ländern und fremden Geschöpfen. Sogar einige der Kräuterbücher, an denen seine Mutter ihm das Lesen beigebracht hatte, waren auf ihre eigene Weise faszinierend. Aber nie wäre Benfro auf den Gedanken gekommen, dass ein Buch gefährlich sein könnte. Er wollte unbedingt mehr wissen, begreifen, worin die Gefahr lag. Eine Gefahr, die so groß war, dass seine Mutter, die ihn sonst anschrie, wenn er ein Buch auch nur mit schmutzigen Fingern berührte, nun zur Vernichtung eines Buches riet.

»Wie sieht es denn aus, dieses Buch?«, fragte er.

»Darüber brauchst du dir keine Gedanken zu machen, Benfro«, sagte Sir Frynwy. »Es tut mir leid, dass ich dich je in Verdacht hatte. Du bist dazu erzogen worden, die zu respektieren, die älter sind als du, und immer die Wahrheit zu sagen. Ich sehe das jetzt ein.«

»Ich könnte beim Suchen helfen«, bot Benfro an und versuchte sich zu erinnern, wo er in letzter Zeit so ein Buch gesehen hatte. Meirion hatte Hunderte Bücher in ihrer Studierstube, auch wenn er die niemals hatte anrühren dürfen, und Ynys Môn besaß einige Bestiarien und Beschreibungen der Jagd auf exotisches Wild.

»Mach dir jetzt keine Sorgen«, sagte Sir Frynwy. Er hatte den Raum durchquert und hielt jetzt die Tür offen. »Ich werde morgen Nachmittag das ganze Dorf zusammenrufen, wenn sich das Buch bis dahin nicht anfindet. Du kannst auch kommen, Benfro. Wenn deine Mutter dir von deinen Aufgaben freigibt.«

»Darf ich hingehen?«, fragte Benfro seine Mutter aufgeregt bei dem Gedanken an eine Versammlung in der großen Halle. Er war noch bei keiner gewesen, die nicht mit einem Fest geendet hatte.

Morgum lächelte ihn an. »Erst mal sehen, wie gut du heute Kräuter gesammelt hast«, sagte sie. »Und wenn du dich morgen vor dem Mittagessen an die Arzneien setzen kannst, dann werden wir bald wissen, ob du nachmittags freibekommst.«

»Na, dann gehe ich mal wieder zurück ins Dorf«, sagte Sir Frynwy und nickte Morgum zum Abschied zu. »Schönen Tag noch, Benfro«, sagte er mit einem Lächeln. Dann drehte er sich um und verschwand.

»Deine Tasche, junger Drache«, sagte Morgum, als Benfro sich wieder an den Tisch setzen wollte. Es war ein langer Tag gewesen, und er hatte Hunger, ein Zustand, in dem die Vorfreude auf ein Fest am nächsten Tag keine Hilfe war. Aber wenn er an diesem Abend noch anfing, die Pflanzen zu sortieren und zu waschen, würde seine Mutter ihn bestimmt zu der Versammlung gehen lassen.

Benfro rutschte von der Bank, hob die Ledertasche hoch und zeigte sie seiner Mutter. Sie nahm sie entgegen, öffnete sie und zog einige der weichen Farnwedel heraus, roch daran und rieb die gummiartigen Blätter zwischen ihren Fingern, ehe sie die Tasche anhob, um zu sehen, wie viel die wohl enthalten mochte. Endlich, nach vielem Stirnrunzeln und Betasten des Inhalts, lächelte sie.

»Kein schlechter Tagesertrag«, sagte sie. »Und du bist bis zu den Fallenden Teichen gegangen. Ich bin beeindruckt. Hast du da oben irgendwen gesehen?«

»Nein«, sagte Benfro. »Ich hab den ganzen Tag niemanden gesehen. Warum?«

»Ach, einfach so«, antwortete Morgum. »Meirion hat erwähnt, dass Frecknock dorthin geht, um ihre Zauber zu üben. Sie wäre gar nicht begeistert darüber, von dir gestört zu werden.«

Etwas quengelte ganz hinten in Benfros Gedanken herum, als ob er etwas Wichtiges vergessen hätte. Aber trotz allen Überlegens kam er nicht darauf, was es war. Mit einem Schulterzucken stellte er Teller und Tassen auf den Tisch und freute sich auf das Abendessen.

Errol sollte sich später an diese wenigen Wochen als an die glücklichsten in seinem Leben erinnern. Clun war mit seinen Kampfspielen beschäftigt, denn er hatte in der Bücherei ein Buch über Kriegstaktiken gefunden. Errol hatte es gelesen und konnte nur annehmen, dass Father Kewick es wegen der Kapitel über die Organisation von Versorgungswegen und die Bedeutung guter Buchhaltung nicht weggenommen hatte. Egal warum, er war dankbar, denn es bedeutete, dass sein angehender Stiefbruder ihn fast den ganzen Tag allein ließ. Henna hatte Godrics Heiratsantrag angenommen und war zumeist mit den Planungen für das Hochzeitsfest beschäftigt. Godric seinerseits war in die Vorbereitungen für die Auswahl vertieft, zusammen mit dem Dorfvorsteher Cluster und Marthas Vater, Tom Tydfil. Father Kewick unterrichtete jetzt nur noch seine wenigen Lieblingsschüler. Und das alles bedeutete, dass Errol sich selbst überlassen war.

Jeden Morgen traf er sich mit Martha im Wald beim Zackensprung. Sie verbrachten den Tag damit, gemeinsam Sir Radnors Erzählungen aus alten Zeiten zu lauschen oder einfach durch den Wald zu wandern, dessen Bäume immer mehr wie Skelette aussahen. Dabei hielten sie einander an der Hand und waren froh darüber, dass sie zusammen sein konnten. Im Laufe der Tage fiel die Temperatur immer mehr, aber noch war der erste Winterregen ausgeblieben. Sie verbrachten die Tage mit hitzigen Diskussionen oder in geselligem Schweigen, weit entfernt von der Geschäftigkeit des Dorfes und den neugierigen Blicken der Dorfbewohner. Jeden Abend, wenn die Sonne am dunkler werdenden Himmel ihren orangen Widerschein hinterließ, kehrten sie zu der Lichtung zurück und trennten sich dort. Errol lief zu der Hütte im Wald, von der er annahm, dass sie nicht mehr viel länger sein Zuhause sein würde, und Martha zur Schmiede und ihrem Vater, der sie so unbedingt behüten wollte.

»Und dabei kann ich doch wirklich auf mich selbst aufpassen«, sagte sie an einem frostigen Morgen, als Errol sich die Hände rieb und sie anhauchte und wünschte, er hätte Fäustlinge mitgebracht. Er wirbelte herum, als er ihre Stimme hörte, und fragte sich wieder, warum er ihre Schritte über die bereiften Blätter nicht gehört hatte.

»Ich hab ja schließlich über ein Jahr in Candlehall überlebt«, sagte Martha jetzt. Errol hatte sich an ihre scheinbaren Gedankensprünge gewöhnt. Es gehörte zu ihrem Zauber, dass sie immer wieder Dinge sagte, die in gar keinem Zusammenhang standen. Manchmal konnte er nur in einem langen und mühseligen Gespräch die verzwickte Logik erkennen, die von etwas, das Martha vielleicht Stunden oder Tage zuvor gesagt hatte, zu etwas führte, das sie jetzt sagte. Am Vortag hatte sie sich darüber beschwert, dass ihr Vater sie nie aus den Augen ließ und sie das Haus nicht verlassen durfte. Errol konnte nur annehmen, dass sie diesen Gesprächsfaden ganz einfach wieder aufgriff.

»So schlimm kann das doch auch wieder nicht sein«, sagte er und griff nach ihrer Hand. Auch sie trug keine Handschuhe, aber ihre Haut war warm.

»Er schließt mich im Haus ein«, sagte sie. »Jeden Morgen nach dem Frühstück. Er geht zu seinen Besprechungen oder in die Schmiede und schließt die Tür ab. Und er kommt erst spätabends wieder nach Hause. Gut, dass ich kochen kann, sonst müsste ich verhungern.«

»Wie kommst du dann her?«, fragte Errol. »Kletterst du aus dem Fenster?«

»Sei nicht blöd«, lachte Martha. »Dann könnte mich doch jemand sehen und mir folgen. Oder es könnte jemand Pa Bescheid sagen. Das ist viel zu riskant – und es gibt ja auch viel leichtere Methoden.«

»Wie denn?«, frage Errol mit ehrlichem Interesse.

»Ich dachte, der alte Radnor hätte dir von den Linien erzählt«, sagte Martha. »Hat er dir nicht gesagt, wie man darüber geht?«

»Doch«, sagte Errol. »Das hat er. Einmal hab ich das sogar geschafft. Aber ich habe es nicht wieder versucht. Oder genauer gesagt, das habe ich, aber es war zu seltsam. Ich konnte ja nicht sehen, was ich da machte.«

Martha lachte, aber es war ein ziemlich freundliches Lachen. »Du denkst zu viel nach, Errol«, sagte sie und ließ seine Hand los. »Du solltest es einfach tun.«

Errol schnappte nach Luft. Eben noch hatte sie neben ihm mitten auf der Lichtung gestanden, aber jetzt war sie an die zwanzig Schritte entfernt.

»Wie …«, setzte er an, aber er kannte die Antwort bereits. Er konnte die Linien sehen, die die Lichtung durchzogen, und die helleren Punkte, an denen sie einander kreuzten. Martha stand genau über so einem Punkt. Er brauchte nur einen kleinen Schritt zu machen, die Entfernung zwischen ihnen zu vergessen und sich über die Linie treiben zu lassen. Theoretisch war das einfach, aber als er das sich dauernd verändernde, pulsierende Gitter ansah, wurde seine Aufmerksamkeit abgelenkt. Ein Baum auf der einen Seite kränkelte, seine Lebenskraft war bleich und unsicher. Eine Linie führte in die Richtung seines Zuhauses, und für einen Moment fragte sich Errol, was dort wohl vor sich ging.

»Hierher, Errol!« Marthas Stimme riss ihn zurück, und die heftige Erfahrung, wieder in seine eigene Haut zu fahren, ließ ihn taumeln. Er hatte es getan, erkannte er voller Erregung. Aber er hatte seine Konzentration wandern lassen und zwischen den endlosen anderen Möglichkeiten sein Ziel aus den Augen verloren. Er schüttelte den Kopf und konzentrierte sich abermals auf die Stelle, wo Martha stand, sah ihr geduldiges, glückliches Lächeln. Er fühlte, dass er ihr näher war als jedem anderen Menschen, den er je gekannt hatte. Sogar seine Mutter war ihm in vielerlei Hinsicht fremd, und das erst recht jetzt, da sie ihrer beider einsames Leben für Godric Defaid aufgegeben hatte. Aber Martha verstand ihn. Sie teilte seinen Wissensdurst, sein unersättliches Verlangen, Dinge zu wissen und nicht einfach hinzunehmen, was ihm erzählt wurde. Sie verlangte nichts von ihm, was er nicht selbst von sich verlangte. Wenn sie in der Nähe war, war er ganz einfach glücklich, wenn sie nicht da war, fühlte er sich traurig und verwirrt. Er wollte, dass sie immer bei ihm wäre.

»Siehst du? Gar nicht so schwer, oder?«, fragte sie und ihre Stimme war plötzlich ganz in der Nähe. Im nächsten Moment ging Errol auf, dass er dicht neben ihr stand und sie fast berührte. Seine Knie fühlten sich ein wenig unsicher an, sein Kopf benebelt, als ob er versuchte, den restlichen Errol einzuholen, und ehe er noch etwas anderes tun konnte, war er auch schon in ihre bereitwillige Umarmung gesunken.

Benfro lief den Weg ins Dorf entlang und bemerkte kaum das Herbstlaub, das den Boden bedeckte und seine Schritte unhörbar machte. Der Herbst war hier in den Vorhügeln immer nur kurz, schon bald würde der Frost einsetzen. Bald würde es nur noch wenig zu jagen geben, die Fische im Fluss würden träge werden und nur noch ungern den Köder schnappen. Aber das alles spielte im Moment für ihn kaum eine Rolle. Er würde eine Versammlung besuchen und danach würde es ein Fest geben.

Er hatte den Morgen mit dem Versuch verbracht, sich nicht zu beeilen. Zu oft hatte er schon diesen Fehler gemacht, wenn er mit seiner Mutter Arzneien vorbereitet hatte. Benfro wusste, wenn er einen Fehler machte, dann würde er von vorn anfangen müssen, und dann würde er niemals rechtzeitig fertig werden. Also hielt er seine brennende Vorfreude im Zaum und widmete sich seiner Aufgabe, so gut er konnte.

Jetzt war er frei. Die seltsam riechende Salbe war in irdenen Krügen mit in Wachs getunkten Korken verstaut. Die Aufkleber waren sorgfältig geschrieben und mit Kleister auf den Krügen befestigt. Er hatte begonnen, seine Arbeitsutensilien sorgfältig wegzuräumen. Und endlich hatte seine Mutter nachgegeben und ihn laufen lassen, ehe er in seiner Eile etwas zerbrach.

»Komm nicht zu spät zurück«, hatte sie gesagt, als er aus der Tür gestürzt war. »Und stör bei der Versammlung nicht, Sir Frynwy erweist dir eine große Ehre dadurch, dass er dich überhaupt kommen lässt.«

Der Pfad führte ein kurzes Stück bergauf. Auf der Höhe zog er sich er durch eine Waldschneise, wobei er enger wurde. Die Bäume hingen hier über dem Weg, und ihre Zweige, die die Blätter verloren, trafen und verschlangen sich in der Mitte miteinander, deshalb war der Weg immer dunkel und kalt. Als Drachkitz hatte sich Benfro davor gefürchtet, hier allein zu gehen, aber über diesen törichten Unfug war er längst hinaus. Dennoch wurde er langsamer, als er den Laubtunnel betrat.

»Sieh an, sieh an, Wicht. Und wo willst du an diesem Nachmittag denn wohl hin?«

Benfros Herzen wären fast stehen geblieben. Bewegungslos stand er für lange Augenblicke da, während sein Verstand seine Fantasie einholte. Er kannte die Stimme. Es gab nur einen Drachen, der ihn jemals auf diese Weise ansprechen würde. Aber dennoch hatte sie ihm einen Schrecken eingejagt. Und gerade jetzt war sie die Letzte, der er begegnen wollte.

Frecknock trat zwischen den Bäumen hervor. Sie stand zwischen ihm und dem Dorf, wie Benfro voller Verzweiflung registrierte. Er würde mit ihr fertigwerden müssen, ehe er zur Versammlung gehen könnte.

»Ich hab dich was gefragt, Wicht«, sagte Frecknock.

»Ich gehe zur Versammlung«, erwiderte er.

»Du? Und wieso bildest du dir ein, du wärst bei einer Versammlung der Ältesten willkommen? Du bist doch erst zehn!«

»Dreizehn!«, sagte Benfro. Er nahm sich vor Frecknock immer in Acht. Sie war größer als er, und er wusste aus Erfahrung, dass sie ihm einen gemeinen Schlag verpassen konnte, wenn er sich nicht aus ihrer Reichweite hielt.

»Sir Frynwy hat mich eingeladen«, sagte er. »Ihm ist an meiner Meinung gelegen.«

»Du weißt also, worum es bei dieser Versammlung geht?«, fragte Frecknock, und ihre Stimme klang plötzlich nicht mehr so barsch, sondern eher interessiert. Benfros Misstrauen wuchs.

»Ja, das schon«, sagte er.

»Na, dann erzähl mal, Benfro« sagte Frecknock mit fast lachender Stimme.

»Ich finde, das sollte Sir Frynwy machen«, sagte Benfro.

»Ach, du meine Güte«, sagte Frecknock. »Sicher geht es um sein kostbares *Buch Draconius,* was? Und du hast mich oben bei den Fallenden Teichen mit einem Buch gesehen. Also wirst du jetzt dem ganzen Rat davon erzählen, und die werden mich fragen, was das für ein Buch war.«

»Ich weiß nicht, wovon du redest«, sagte Benfro und wich zurück.

»Hör doch auf, Wicht«, sagte sie und kam auf ihn zu, während er zurückwich. »Du bist überhaupt kein guter Lügner. Deine Schwanzspitze zuckt und du reibst dir die ganze Zeit die Hände. Glaub einer, die sich damit auskennt. Du musst mehr üben.«

»Ich hab nicht… ich war nicht… was hast du mit mir gemacht?«, fragte Benfro. »Du hast dieses… das da gemacht, ich hab dich gesehen, aber ich konnte mich nicht erinnern. Bis jetzt.«

»Es hat also funktioniert«, sagte Frecknock. »Das ist grandios.« Sie lächelte ihn auf seltsame Weise an und kam noch immer auf ihn zu, während er immer weiter zurückwich, in die Richtung, aus der er eben erst gekommen war. Benfro überlegte, ob er sich umdrehen und davonlaufen sollte. Er kannte andere Wege zum Dorf, durch den Wald, und selbst wenn er die Versammlung verpasste, könnte er Sir Frynwy ja alles erklären. Er könnte alles erklären, jetzt, wo seine Erinnerung wieder da war. Sie würden ihn doch bestimmt trotzdem zum Fest kommen lassen. Er versuchte, den Kopf zu bewegen, um seine Flucht besser zu planen, aber dann stellte er fest, dass er seine Augen nicht vom Blick Frecknocks lösen konnte.

»Bleib jetzt stehen, Wicht«, sagte sie, und zu seiner eigenen Überraschung blieb Benfro stehen. Er wollte nicht, aber aus irgendeinem Grund gehorchten seine Beine ihm nicht mehr.

»Gut, so ist das richtig«, sagte Frecknock. »Ein bisschen Respekt vor Älteren und Besseren.« Benfro starrte noch immer ihre Augen an. Sie brannten wie schwelende Asche und schienen zu wachsen, bis er nur noch ein furchtbares Leuchten sah, das ihn umgab und ihn ertränkte.

»Du bist neugieriger, als gut für dich ist, das weißt du doch, Wicht?« Frecknocks Stimme war gewaltig. Sie übertönte seine Gedanken wie Donnergrollen. Benfro konnte sich kaum auf etwas anderes konzentrieren als auf diesen Lärm und das wirbelnde, Übelkeit erregende Licht.

»Ich kann sehen, dass sogar du willensstark genug bist, um meinen Erinnerungszauber abzuschütteln. Er war ohnehin schlecht und überstürzt geplant. Aber er hat doch seinen Zweck erfüllt. Jetzt müssen wir uns eine dauerhaftere Lösung für deine Neugier überlegen.«

»Worüber redest du eigentlich?«, fragte Benfro und zappelte, als ob er gerade in feuchtem Lehm versänke.

»Welche Tapferkeit«, sagte Frecknock. »Wenn du wüsstest, was ich dir antun kann, wärst du nicht so frech. Aber jetzt sag mir, was du gestern da oben bei den Felsenteichen gesehen hast.«

Etwas in Benfros Gedanken fügte sich zusammen und er konnte sich an alles mit perfekter Klarheit erinnern: den Felsen, Frecknock, die so still dasaß, die Kürbisflasche und das Buch, die Stimme von Sir Felyn und die seltsamen weichen Hände.

»Du hast es gestohlen«, sagte er. »Du hast das Buch gestohlen.«

»Ja, hab ich«, sagte Frecknock. »Aber das wirst du niemandem verraten. Und du sagst auch nichts über meine kleine Verabredung.«

»Du kannst mich nicht daran hindern«, sagte Benfro, hörte aber die zitternde Unsicherheit in seiner Stimme. »Ich werd' es allen sagen. Du bringst das ganze Dorf in Gefahr.«

»Nein, tu ich nicht«, widersprach Frecknock. »Und du wirst mich nicht verraten.«

Benfro kämpfte gegen die Stimme, die ihn bedrückte wie ein erstickendes Gewicht. Er verlor alles Gefühl dafür, wer er war. Es war, als werde er von Frecknocks entsetzlicher Nähe erdrückt. Als werde alles, was er je gewusst hatte und gewesen war, von ihr zermalmt. Dann, so schnell, wie es gekommen war, verflog dieses Gefühl. Sein Kopf war wieder sein eigener, und die Geräusche des Waldes, die zu lange gefehlt hatten, füllten seine Ohren aufs Neue.

»Und jetzt sag mir mal«, forderte Frecknock ihn auf, und ihre Augen waren ganz normal, sodass ihm schon Zweifel daran kamen, was er vorhin gesehen hatte. »Hast du in letzter Zeit mal ein schweres Lederbuch gesehen?«

Benfro schaute sich um und war geschockt. Das Licht war verschwunden, das furchtbare Gefühl, überwältigt zu werden, war verschwunden. Er hob einen Fuß vom Boden hoch und das fühlte sich an wie eh und je. Er bewegte seinen Kopf problemlos hin und her.

»Ich hab dich was gefragt, Wicht. Hast du in letzter Zeit ein schweres Lederbuch gesehen?«

»Nein, hab ich nicht«, sagte er.

»Nein, hab ich nicht«, sagte er noch einmal. Aber es war nicht das, was er hatte sagen wollen.

»Nein, hab ich nicht.« Das war nun das dritte Mal, obwohl er versuchte, zu schreien, er wisse, was sie getan hatte.

»Das ist gut«, sagte endlich Frecknock und ein kleines Lächeln breitete sich auf ihrem Gesicht aus. »Ich war nicht sicher, ob es funktionieren würde. Nicht ohne dein jämmerliches kleines Gehirn zu schmelzen jedenfalls.«

Sie trat auf dem Pfad zur Seite, um Benfro durchzulassen.

Er konnte sie nur anstarren, während frustrierter Zorn ihn

durchwogte. Was hatte sie ihm angetan? Warum konnte er nicht sagen, was er sagen wollte?

»Na, steh nicht einfach so hier rum, Wicht«, sagte Frecknock dann endlich. »Sir Frynwy hat dich zu seiner Versammlung eingeladen. Findest du es nicht ein bisschen unhöflich, zu spät zu kommen?« Und sie versetzte ihm mehrere harte Schläge gegen den Hinterkopf, bis er von ihr weg und auf das Dorf zurannte.

10

Es steht geschrieben, dass in den frühesten Tagen, als er noch unter seinen Auserwählten wandelte, der Hirte König Balwen auf die holde Myfanwy aufmerksam machte und sein Herz mit Liebe zu ihr füllte, so, wie er ihrem Herzen Ergebenheit für ihn eingab. Er segnete diesen Bund, der die Grundlage unseres Volkes werden sollte, der Beginn des Zwillingskönigreichs.

Unser Herr wandelt nicht mehr bei seiner Herde, aber er wacht ohne Unterlass über uns. Mit unserem ersten Atemhauch ist er da, bis wir dieses Leben verlassen und unsere letzte Reise zu den Weiden der Geborgenheit antreten. Er ist unser Führer durch das Leben, unser Beschützer vor den Rennenden Wölfen. Sein Erbarmen kennt keine Grenzen, seine Weisheit ist unendlich, und nirgendwo zeigt sich seine Freigebigkeit deutlicher als in der Segnung des Bundes von Mann und Frau. Denn wenn wir unsere Herzen erforschen, dann können wir sehen, dass er (Name des Bräutigams) und (Name der Braut) zusammengeführt hat, so, wie er seit Anbeginn der Zeiten jeden Mann und jede Frau zusammengeführt hat.

Die Trauungszeremonie nach dem autorisierten Gebetbuch des Kerzenordens

Die Hochzeitsfeier war eigentlich eine Enttäuschung, fand Errol. Nach den Wochen der Vorbereitung, der Panik und der langen Auseinandersetzung über die Sitzordnung, nach der beängstigenden Verwandlung seiner Mutter aus einer willensstarken, tatkräftigen und ein wenig unheimlichen Frau in etwas, das nicht viel besser war als die kichernden Mädchen, die bei der Sonnrast-Andacht kichernd hinten in der Kirche saßen, war die eigentliche Trauung erschreckend schnell vorüber. Im einen Moment wies er Dorfbewohnern ihre Bank an und fand es witzig, dass alle mit ihm sprachen wie mit ihrem besten Freund. Dann, fast noch ehe er sich in die fremd wirkende Bank ganz vorn in der Kirche hatte setzen können, sagte Father Kewick in seinem prachtvollsten Kasel den Segen des Hirten auf: »Hüte deine Herde und beschütze uns vor den Rennenden Wölfen«, und schon war alles vorüber.

Errol hatte sich nie sonderlich für materiellen Wohlstand interessiert. Seine Mutter hatte ihn dazu erzogen, sich über das zu freuen, was sie hatten, und ihre Hütte draußen im Wald war ihm immer mehr als ausreichend vorgekommen. Er brauchte nur wenig, abgesehen von Büchern, und sogar die konnten zurückgegeben werden, sowie er sie gelesen hatte. Kleider waren nötig, um ihn warmzuhalten, Essen brauchte man zum Überleben, aber über beides dachte er nicht weiter nach. Godric andererseits war möglicherweise der reichste Mann im Dorf und schien das auch aller Welt kundtun zu wollen. Deshalb musste Errol die feinste Kleidung anlegen, die er je gesehen hatte.

Es war schön, ein Paar Stiefel zu tragen, die richtig saßen und die schleichende Kälte des Herbstes aussperrten. Die Hose war aus weichem, anpassungsfähigem Leder, viel wärmer als seine alte zerrissene und mit Fetzen aus grobem Stoff geflickte, aber das Leinenhemd hatte einen steifen Kragen und kratzte. Die Jacke entsprach offenbar der neuesten Mode aus Candlehall, aber Errol kam sich darin vor wie ein Hahn, der auf dem Hof hinter den Hennen herstolziert. Als er nun im Eingang zur Dorfhalle stand, neben einem ebenso verlegen aussehenden Clun, und als er Menschen, die ihn bisher immer nur verflucht hatten, die Hände schüttelte und mit ihnen Nettigkeiten austauschte, sehnte er sich danach, in die Hütte fliehen zu können, zu seinen alten Kleidern, seinem alten Leben.

Das ganze Dorf hatte sich zu Godric Defaids Hochzeit eingefunden und ging davon aus, reichlich bewirtet und gut unterhalten zu werden. Henna hatte keine Verwandten, aber selbst Godrics weit entfernt lebende Familienangehörigen waren eigens angereist und hatten damit die Gemeinde noch weiter vergrößert. Errol war nicht daran gewöhnt, mit so vielen Menschen zusammen zu sein, ihm waren die Einsamkeit der Wälder oder die Gesellschaft seiner Mutter lieber. Oder die von Martha. Die vielen lächelnden Gesichter machten ihn ganz wirr im Kopf, jeder neue Gast vergrößerte mit seinem falschen Lächeln das Meer aus Menschen, bis Errol das Gefühl hatte, ganz bestimmt ertrinken zu müssen.

»Jetzt hastes in der Welt ja schon mal zu was gebracht, Junge.« Errol fuhr aus seinen Träumereien hoch und schaute von der massiven, kraftvollen Hand, die seine umschloss, hoch in das breite Gesicht des Schmiedes Tom Tydfil. »Ich hätt ja nie gedacht, dass ich Godric noch mal so glücklich sehen würde. Seit Mollys Tod nicht mehr, jedenfalls. Und dafür muss ich mich wohl bei deiner Mam bedanken.« Das war ein seltsames, fast widerwilliges Kompliment. Dann fiel Errol ein, dass auch Tom seine Frau verloren hatte. Doch während Godric eine neue Gefährtin gesucht und gefunden hatte, hatte Tom Tydfil im Alkohol Trost gesucht.

»Du erinnerst dich doch an meine Tochter, Martha«, sagte der Schmied.

Errol schaute vom Schmied weiter zu der Gestalt, die neben ihm stand und fast hinter der massiven Gestalt ihres Vaters verschwand. Fast wäre er vor Überraschung gestolpert.

Martha trug ein langes, dunkelgrünes Kleid. Errol konnte sich nicht erinnern, sie jemals in etwas anderem als Hosen gesehen zu haben. Das Kleid war auf dem Mieder mit verschlungenen Mustern bestickt, die vielleicht nur schön aussehen sollten, die vielleicht aber auch zwei Drachen darstellten, die sich mit gewaltigen Schwingen in die Luft erhoben, während ihre gewundenen Schwänze sich unterhalb von Marthas Magen kreuzten und ihre Köpfe sich mit dem Kleid vorwölbten, um die Andeutung ihrer Brüste zu zeigen. Ihre Schultern waren bloß, nur mit einem lockeren Schal aus feiner grüner Seide verhüllt. Dazu trug Martha lange Handschuhe aus dem gleichen Material, die zwei Drittel ihrer Arme bedeckten. Sie hatte ihre schwarzen Haare nicht zu dem üblichen Pferdeschwanz gebunden, sondern in einer Welle um ihren Kopf gelegt, die sie älter und größer aussehen ließ als ihre dreizehn Jahre. Mit dem spitzbübischen Grinsen, das er so gut kannte, hielt sie ihm eine Hand hin.

»Errol, so sehen wir uns wieder«, sagte sie. »Und diesmal nicht so nass.«

Errol war verwirrt, von dieser umwerfenden Erscheinung von Schönheit vor seinen Augen und von ihren Worten. Sie waren doch noch am Vortag zusammen gewesen. Sie hatten über die endlosen Hochzeitsvorbereitungen gesprochen, und dann hatte Sir Radnor ihnen einen Absatz aus Sir Rhudians »Die Hochzeit der Gwyna« vorgetragen, eines der ältesten Drachenepen. Errol hatte am Nachmittag sogar eine kurze Strecke über die Linien zurücklegen können, obwohl ihm von dieser Anstrengung schwindlig wurde und er Marthas Nähe brauchte, um nicht den endlosen Ablenkungen der Grym zu verfallen. Martha hatte ihm gesagt, dass sie sich bei der Hochzeit sehen würden, dann war sie vor seinen Augen verschwunden. Aber jetzt verhielt sie sich, als ob sie einander seit Jahren nicht mehr gesehen hätten.

Marthas Blick huschte von Errols Gesicht zu dem ihres Vaters und wieder zurück, während Errol immer noch ihre Hand hielt. Dann dämmerte es ihm, dass Tom Tydfil ja keine Ahnung von ihren täglichen Begegnungen hatte.

»Später wird getanzt«, sagte Martha und brach damit das peinliche Schweigen.

»Martha, nicht so vorlaut«, sagte ihr Vater, nahm sie am Ellbogen und wollte sie weiter zu Clun bugsieren, der die Szene voller Interesse verfolgt hatte.

»Ich hoffe, du gibst mir die Ehre«, sagte Errol und ließ ihre Hand widerstrebend los. Martha lächelte und zwinkerte ihm kurz zu, ehe sie sich Clun vorstellen ließ, der eine tiefe Verbeugung machte, ihre Hand nahm und einen keuschen Kuss auf ihre Finger hauchte. Errol verspürte einen seltsamen Stich von Neid und Abneigung seinem Stiefbruder gegenüber.

»So eine is nix für dich, Junge.« Errol drehte sich zu der Reihe der eintreffenden Gäste um, die jetzt fast am Ende angekommen war. Dorfvorsteher Cluster musterte ihn mit kaum verhohlener Abneigung und bot ihm nicht die Hand. Neben ihm glotzte Trell übellaunig vor sich hin. Er trug eine schwarze Tracht, die durchaus Ähnlichkeit mit der eines Predigers des Kerzenordens aufwies. Neben ihm stand seine Schwester Maggs und sah nervös zu. Errol lächelte sie, wie er hoffte, beruhigend an. Es war jetzt sicher vier Jahre her, dass sie in Tränen aufgelöst und außer sich vor Angst in die Hütte seiner Mutter gezerrt worden war. Sie müsste jetzt achtzehn sein, dachte er, aber sie sah sehr viel älter aus. Ehe er etwas sagen konnte, war die Familie Cluster schon weitergegangen.

Errol wurde langsam hungrig. Der Bratenduft erinnerte ihn daran, dass das Frühstück lange her und das Mittagessen in der Hektik der allerletzten Vorbereitungen ausgefallen war. Die Schlange der Gratulanten war jetzt fast zu Ende, nur einige Freunde von Godric waren noch übrig, die sich die Zeit zu banalem Klatsch nahmen, während sie versuchten, sich bei Godrics neuer Frau einzuschmeicheln. Er überlegte, ob er sich noch vor dem Essen davonstehlen und mit Martha reden könnte. Doch in diesem Augenblick sah er, dass die Tür aufgerissen wurde. Zwei Fremde traten ein, ein Mann und eine Frau. Ihren Kleidern war anzusehen, dass sie offenbar schon einige Zeit unterwegs waren. Sie standen im Eingang und schauten sich um, und als der Mann Errols Starren bemerkte, winkte er ihn zu sich.

Im Näherkommen konnte Errol sehen, dass der Mann alt war, mindestens sechzig, vielleicht auch älter. Sein Gesicht war zerfurcht und ledrig und er strahlte ein gelassenes Gefühl von Macht und Autorität aus. Die Frau war sehr viel jünger, vielleicht Anfang zwanzig. Sie war so groß wie der Mann und trug den schönsten Reitumhang, den Errol je gesehen hatte, er war mit Zeichen bestickt, die er kannte, aber nicht richtig zuordnen konnte. Ihr Gesicht war nicht schön, aber es war auch nicht hässlich. Braune Sommersprossen zogen sich wie Schlammspritzer über ihre Wangen und ihre Nase. Sie sah ihm ins Gesicht und ihre Augen schienen sich in seine zu bohren, mit etwas, das er nur als Ausdruck faszinierten Entsetzens deuten konnte.

»Inquisitor Melyn! Eure Hoheit!« Errol wurde beiseitegestoßen von der geschäftigen Gestalt von Father Kewick, der sich ehrfürchtig auf ein Knie fallen ließ. Der alte Mann überließ ihm seine Hand, und der Priester küsste den riesigen Ring, als ob sein Überleben davon abhinge.

»Ich bin Father Kewick«, sagte er. »Vom Kerzenorden. Niemand hat mir gesagt …«

»Das reicht, Kewick«, sagte der alte Mann. »Unser Besuch wurde nicht angekündigt. Ihr braucht Euch nicht zu schämen.

Aber sagt mir, was ist das hier für eine Feier? Die Auswahl findet doch erst morgen statt?«

»Die Auswahl, ja«, Father Kewick wirkte sehr aufgeregt. »Wir feiern eine Hochzeit, Euer Gnaden. Meister Godric Defaid und Henna Ramsbottom, die Dorfheilerin.« Er zeigte auf das glückliche Paar, das die Neuankömmlinge noch nicht bemerkt hatte.

»Dann haben wir den Zeitpunkt unseres Eintreffens gut gewählt«, sagte der alte Mann. »Das betrifft uns und das glückliche Paar, denn wir werden zweifellos gut verpflegt werden. Kommt, Kewick, stellt uns vor.« Er streifte den Umhang ab, unter dem er den schlichten Tuchanzug der Kampfpriester trug, und reichte ihn dem verdutzten Kewick. Kewick nahm ihn, als ob das Kleidungsstück explodieren oder sich in ein wildes Tier verwandeln könnte. Und die ganze Zeit hüpfte er auf der Stelle, senkte gehorsam den Kopf und warf immer wieder nervöse Blicke auf die beiden Neuankömmlinge.

Errol sah zu, wie diese durch den Saal auf seine Mutter und seinen Stiefvater zugingen. Die junge Frau trug noch immer ihren Umhang und sah sich um, als ob sie nach etwas Ausschau hielt. Erst jetzt begriff Errol. Kewick hatte den alten Mann »Inquisitor Melyn« genannt. Es war der Inquisitor des Ordens vom Hohen Fryd, der zur morgigen Auswahl gekommen war. Also würde Clun doch seine Chance erhalten. Aber Kewick hatte die Frau Eure Hoheit genannt und Errol hatte die Zeichen auf ihrem Umhang erkannt. Also musste sie die Erbin des Obsidianthrons sein, Prinzessin Beulah mit dem gesprenkelten Gesicht. Er hatte sie noch nie gesehen, was bei seiner Herkunft und seiner Erziehung ja auch kein Wunder war. Sie konnte ihn auch noch nie gesehen haben. Warum aber starrte sie ihn dann an, als ob er ihr soeben ein Glas Wein ins Gesicht geschleudert hätte?

»Ich danke euch allen dafür, dass ihr so kurzfristig gekommen seid«, sagte Sir Frynwy, und seine Stimme klang so ernst, wie Benfro das noch nie gehört hatte. Die große Halle mitten im Dorf war überfüllt, er hatte sie seit der Extraktionszeremonie für Ystrad nicht mehr so voll gesehen. Damals hatte er vorn gestanden, im Mittelpunkt der Aufmerksamkeit. Diesmal, verspätet durch seine seltsame Begegnung mit Frecknock, musste Benfro sich mit einem Platz weit hinten zufriedengeben, wo er durch die eng stehenden Drachenreihen nur wenig sehen konnte.

»Es ist viele Jahrhunderte her, dass die ersten von uns in dieses Dorf gekommen sind«, sagte Sir Frynwy jetzt. »Seit damals leben wir, wie die Mutter es erwartet hat, wie wir uns geeinigt haben, als wir die Wahl treffen mussten. Wir haben alte Freunde gehen und neue Freunde kommen sehen. Wir haben Schlüpflinge – zu wenige, das muss ich zugeben –, aber der letzte Schlüpfling gibt uns Grund zur Hoffnung. Ihr wisst alle, dass der junge Benfro seit Drachengedenken der erste männliche Drache ist, der das Licht der Welt erblickt hat.«

Stimmte das? Benfro spürte, wie ihn ein kalter Schauer durchlief, als die Drachen in seiner Nähe, die sein spätes Eintreffen bemerkt hatten, sich zu ihm umdrehten. Er kannte sie alle. Er kannte sie schon sein ganzes Leben lang. Aber jetzt kamen sie ihm fast wie Fremde vor.

»Ihr wisst auch, dass er neugierig ist und unbedingt alles Mögliche lernen will, vor allem, was die Feinen Künste angeht. Deshalb sollt ihr wissen, dass ich schon mit ihm gesprochen habe und weiß, dass er in dieser Angelegenheit unschuldig ist«, fuhr Sir Frynwy fort. »Denn jemand war in meinem Haus und hat dort mein Exemplar, das letzte verbliebene Exemplar des *Buch Draconius,* gestohlen.«

Wellen schockierten Gemurmels durchliefen die Halle. Meirion, die ziemlich weit hinten stand und gesehen hatte, wie

Benfro hereingekommen war, bahnte sich einen Weg zu ihm hin.

»Das hast du gewusst, Benfro?«, fragte sie.

»Sir Frynwy war gestern Abend bei uns«, sagte er. »Ich habe es nicht gestohlen. Ich weiß nicht einmal, was das für ein Buch ist.« Er wollte sagen: »Ich glaube, es war Frecknock. Ich habe sie mit einem Buch gesehen und sie hat irgendeinen Zauber gewirkt.« Aber alles, was aus seinem frustrierten Mund kam, war: »Ich war es nicht.«

»Das glaube ich dir, Benfro«, sagte Meirion. »Und wenn Sir Frynwy von deiner Unschuld überzeugt ist, dann ist das alles keine Frage mehr. Aber es wäre einfacher für uns alle, wenn einfach deine Neugier stärker gewesen wäre als du. Das *Buch Draconius* ist gefährlich, wenn es jemandem in die Hände fällt, der seine Benutzung nicht gelernt hat. Und sollten die Kampfpriester es finden …« Sie beendete diesen Satz nicht.

»Aber was ist das für ein Buch?«, fragte Benfro, und seine Unwissenheit wurde unerträglich gemacht durch sein brennendes Bedürfnis, jemandem zu erzählen, was er gesehen hatte. Es fühlte sich an, als seien die Worte in seinem Kopf gefangen und suchten verzweifelt einen Weg hinaus.

»Warum sollte irgendwer es stehlen?«, fragte er wieder und versuchte, sich um die Blockade in seinen Gedanken herumzuarbeiten.

»Das weiß ich nicht«, sagte Meirion. »Wir sind doch glücklich hier. Und wir wissen, was passieren würde, wenn die Menschen unser Dorf fänden. Mit den Feinen Künsten herumzuexperimentieren ist einfach zu gefährlich.«

»Aber die Menschen jagen uns doch nicht mehr«, sagte Benfro.

»Nein, nicht mehr so wie früher einmal. Ihr König bezahlt sie für unsere Köpfe nicht mehr in Gold. Aber sie hassen uns noch immer und versuchen, uns zu beherrschen. Wir dürfen das, was sie Magie nennen, nicht anwenden, wir dürfen uns nicht ohne ihre Erlaubnis vermehren, wir sollen nicht in Gruppen von mehr als vier leben, wir müssen jedes Jahr eine Gebühr an ihren Steuereinnehmer zahlen.«

»Aber hier im Dorf leben vier Dutzend«, sagte Benfro und sah sich die hitzig diskutierenden Drachen im Saal an. »Mindestens.«

»Wir sind siebenundvierzig, zusammen mit dir und deiner Mutter«, sagte Meirion. »Und die Menschen wissen nicht, dass es uns gibt.«

»Aber manchmal kommen sie her. Deshalb geht Ynys Môn dann so lange mit mir auf Jagd. Das hat er gesagt.«

»Nicht hierher, Benfro«, sagte Meirion. »Sie kommen zum Haus deiner Mutter. Sie glauben, dass sie allein lebt. Und wenn jemand mit böser Absicht zu ihr kommt, wird die Straße ihn nach Nirgendwo führen. So groß ist die Kraft, die uns alle beschützt.«

Benfro wollte noch mehr sagen, aber Sir Frynwys Stimme durchschnitt das Getuschel wie Donnerhall.

»Bitte, meine Freunde«, sagte er. »Ich weiß, es ist schwierig. Ich will auch niemanden anklagen, und es ist sehr gut möglich, dass niemand hier schuldig ist. Aber ihr müsst begreifen, wie ernst die Lage ist. Wer sich an den Feinen Künsten versucht, bringt uns alle in Gefahr. Sogar Meirion, die bei Weitem fähigste Magis unter uns, würde das zerbrechliche Gleichgewicht gefährden, das uns verborgen hält. Also bitte, habt Geduld. Denkt zurück an die vergangenen Wochen und versucht, euch an alles zu erinnern, was ihr vielleicht gesehen habt. Ich werde euch alle nacheinander befragen. Wir müssen das Buch finden, ehe dieser Tag zur Neige geht. Dann werden wir einen Schlussstrich unter die Sache ziehen und uns zu einem Fest wieder zusammenfinden.«

Meirion ging nach vorne zu Sir Frynwy. Benfro suchte sich eine Stelle, wo er sitzen konnte, während die beiden von einem Drachen zum anderen gingen und mit allen leise redeten. Jedes Gespräch verlief gleich, ein Kopfschütteln oder ein kurzer Vorschlag, der sofort verworfen wurde. Benfro wollte rufen, dass er wusste, wo das Buch war, dass er wusste, dass es schon benutzt worden war. Aber was immer Frecknock ihm angetan hatte, es hinderte ihn daran, überhaupt etwas dazu zu sagen.

Frecknock war auch nicht zur Versammlung gekommen, wie ihm jetzt auffiel. Das musste doch Verdacht erregen. Nun wogte in Benfro Hoffnung auf. Wenn Frecknock von Sir Frynwy befragt würde, müsste sie doch zugeben, was sie getan hatte. Vielleicht würde sie ihn sogar von diesem seltsamen Zwang befreien, den sie ihm auferlegt hatte.

Die kleine Tür in der Ecke der Halle, die zu Küche und Vorratsräumen führte, öffnete sich fast unbemerkt. Benfros Herzen wurden schwer, als er seinen Quälgeist hereinschlüpfen sah. Sie hatte nichts in der Hand, und der Blick schrecklichen Trotzes, mit dem sie ihn bedachte, als sie sah, dass er sie anstarrte, machte ihm klar, dass sie ihre Schandtat nie im Leben zugeben würde. Aber Sir Frynwy und Meirion waren beide alt und in den Feinen Künsten geschult. Sie mussten sich doch fragen, warum sie zu so einer wichtigen Besprechung zu spät kam. Mit einem furchtbaren Gefühl der Niederlage sah Benfro, wie Frecknock durch die Halle auf ihn zulief.

»Na du, Wicht«, sagte sie. »Gefällt dir die Ratsversammlung?«

»Wo bist du denn gewesen?«, fragte Benfro, denn die Frage, die er wirklich stellen wollte, konnte er nicht über die Lippen bringen: »Was hast du mir angetan?«

»Ha! Als ob ich dir erzählen würde, was ich mache«, sagte Frecknock. »Du bist ein naseweiser kleiner Wicht, der uns vermutlich noch alle ins Verderben stürzen wird. Je weniger du über irgendwas weißt, umso besser ist es, so sehe ich das jedenfalls. Du verziehst dich jetzt besser wieder in den Wald, damit wir Übrigen zu unserem normalen Leben zurückkehren können.«

»Wirklich, Frecknock, es gibt keinen Grund, unverschämt zu sein«, sagte hinter ihr Sir Frynwy. Benfro hatte ihn mit einem wunderbaren Triumphgefühl näher kommen sehen.

»Ich habe jetzt mit allen gesprochen, nur nicht mit dir, Frecknock«, sagte er. »Und ich habe gesehen, dass du zu spät zu dieser Versammlung gekommen bist. Weißt du, warum ich den Rat einberufen habe?«

»Ihr habt Euer Buch verloren, Sir Frynwy«, sagte Frecknock. Für einen Moment schienen die Augen des alten Drachen vor Erleichterung aufzuleuchten. »Das hat mir Benfro jedenfalls heute Morgen erzählt. Ich war gerade auf dem Weg in den Wald, um ein paar seltene Kräuter zu suchen«, fügte sie hinzu. Benfro verfolgte das Gespräch überaus aufmerksam. Als Frecknock die Kräuter erwähnte, zuckten Sir Frynwys Augen ein wenig und er senkte ganz kurz den Kopf, als ob ihm irgendetwas peinlich wäre.

»Na, jetzt bist du jedenfalls hier«, sagte er endlich. »Und gerade du müsstest wissen, wie wichtig es ist, dass wir das Buch finden. Du studierst es jetzt ja schon seit einigen Jahren bei Meirion.«

»Wie du sagst, ich kenne es gut«, sagte Frecknock. Benfro konnte ihrer Haltung ansehen, dass sie das als hohes Lob betrachtete. Er sah auch, wie eitel sie wirklich war. Die Sicherheit des Dorfes, das Leben der anderen Dorfbewohner, waren ihr weniger wert als ihre eigene Position.

»Aber hast du das Buch gesehen?«, fragte Benfro, der die Antwort genau kannte, sie aber nicht aussprechen konnte.

Frecknock starrte ihn hasserfüllt an – es war ein kalter, mörderischer Blick, der nur eine Sekunde dauerte, der ihn aber bis ins Mark frieren ließ. Gleich darauf lächelte sie wieder ihr falsches Lächeln und sagte: »Natürlich nicht, Benfro. Jedenfalls nicht seit voriger Woche, als Meirion und ich den Aleydinischen Codex durchgenommen haben. Aber du hast natürlich keine Ahnung, was das ist.«

»Warum könnte denn jemand das Buch stehlen wollen, Sir Frynwy?«, fragte Benfro und überhörte Frecknocks Spitze. Er war zwar nicht in der Lage, die Wahrheit zu sagen, aber vielleicht konnte er den alten Drachen wenigstens misstrauisch machen.

»Es gibt eigentlich keinen Grund, Benfro«, sagte Sir Frynwy. »Es enthält die Grundlagen der Feinen Künste. Wenn du älter bist, und falls deine Mutter es erlaubt, werde ich dich in seine Geheimnisse einführen. Aber zuerst müssen wir es finden. Und da wir alle es seit voriger Woche nicht mehr gesehen haben, werde ich eine Durchsuchung des Dorfes vornehmen müssen. Ich hatte gehofft, dass es nicht so weit kommen würde, aber mir bleibt keine andere Wahl. Es ist zu gefährlich, nicht zu wissen, wo es ist.«

Sir Frynwy wandte sich von Benfro und Frecknock ab und stieg abermals auf das Podium am anderen Ende der Halle. Die Stimmen der Dorfbewohner verebbten langsam und eine erwartungsvolle Stille trat ein.

»Freunde, wir alle sind hier, außer Morgum natürlich, und mit ihr habe ich schon gesprochen. Niemand hat das Buch gesehen, aber weit weg kann es auch nicht sein. Deshalb müssen wir das Dorf durchsuchen, Haus für Haus. Bei einigen von uns ist das Gedächtnis nicht mehr so gut, wie es einmal war, deshalb kann das Buch in aller Unschuld vergessen worden sein. Da es meine Aufgabe ist, das Buch zu hüten, werden wir in meinem Haus anfangen. Benfro und Frecknock, ihr begleitet mich und helft mir beim Suchen.«

Erstaunt, dass ausgerechnet seine Feindin und er ausgewählt worden waren, lief Benfro hinter Sir Frynwy und Frecknock her. Er musste fast rennen, um mit den beiden Schritt zu halten. Das Dorf war nicht groß, und Sir Frynwys Haus stand dicht bei der Halle, wie es einem Dorfältesten gebührte. Es war von einem Garten umgeben, in dem eine Vielzahl wilder Blumen wuchs. Nach der Halle war es vermutlich das größte Gebäude im Dorf, obwohl Sir Frynwy allein lebte. Benfro war schon häufig zu Besuch hier gewesen, aber er hatte immer nur die Diele und einmal die Bibliothek betreten. Er schaute an der mit Kletterpflanzen überwucherten Fassade aus Eichenbalken empor. Die Tür war nicht verschlossen. Sir Frynwy schob sie auf und winkte Frecknock und Benfro ins Haus. Eine kleine Gruppe von Drachen drängte sich am Gartentor zusammen und starrte über den Zaun, um zu sehen, was als Nächstes passieren würde. Benfro warf einen letzten Blick auf sie und ging hinein.

Die Diele war dunkel und mit uraltem Eichenholz getäfelt. Es roch nach Sir Frynwy – anders konnte man es nicht beschreiben, ein etwas muffiger Geruch, zum Teil nach Holz, zum Teil nach Tabak, zum Teil aristokratische Autorität, bei der Benfro sofort auf der Hut war. Vor ihm führte eine breite Treppe zum Obergeschoss empor, und er verspürte einen Schauer, weil er nun das ganze Haus sehen würde. Aber zuerst kam die Bibliothek, die naheliegende Stelle, um ein Buch zu suchen.

Frecknock öffnete die Tür und ging hinein, ohne auf eine Aufforderung zu warten. Benfro war schockiert von dieser Frechheit, aber schließlich studierte sie jetzt seit einigen Jahren bei Sir Frynwy und Meirion, und da war diese Vertraulichkeit vielleicht verzeihlich. Wenn Sir Frynwy sich darüber ärgerte, dann zeigte er es nicht, er winkte nun auch Benfro hinein.

»Komm jetzt, Benfro«, sagte er. »Je schneller wir das ganze Haus durchsuchen können, umso früher können wir essen.«

»Ich …« Benfro versuchte verzweifelt zu sagen, dass er wusste, wer das Buch weggenommen hatte, und dass die Diebin vor ihnen stand. »Ich weiß nicht, wo ich suchen soll«, war jedoch alles, was er herausbrachte. Frecknocks gemeines Grinsen zeigte, dass sie um seinen inneren Aufruhr wusste.

Die Bibliothek war fast so dunkel wie die Diele, das Licht des großen Fensters wurde fast total verdunkelt von Kletterpflanzen und Efeu, die sich außen am Haus emporrankten. Die Bibliothek war ein großer Raum, an dessen Wände rundum hohe Bücherregale standen. Auf einer Seite befand sich ein Kamin, in dem kein Feuer brannte. Davor standen zwei behaglich aussehende Sessel. Das einzige andere Möbelstück im Zimmer war ein großer, mit Pergament übersäter Schreibtisch. Von zwei am Tisch befestigten Leuchtern mit Kerzenstummeln tropfte Wachs.

»Wo habt Ihr das Buch sonst liegen, Sir Frynwy?«, fragte Frecknock und lief durch den Raum zu einem Regal beim Kamin. »Hier, oder?«

»Ich habe dieses Zimmer schon ein Dutzend Mal abgesucht«, sagte der alte Drache. »Hier wirst du es wirklich nicht finden.«

»Aber wir müssen trotzdem nachsehen, oder?«, fragte Frecknock. »Es werden ja auch alle anderen Häuser von oben bis unten durchsucht, bis das Buch gefunden ist.«

»Das ist nur gerecht so«, sagte Sir Frynwy, obwohl er sich gar nicht glücklich darüber anhörte.

»Na, steh hier nicht rum wie ein totes Schaf, Benfro«, sagte Frecknock. »Fang mal mit den Büchern da hinten an.« Sie zeigte auf einen Stapel neben dem Schreibtisch, der wahllos aufeinandergetürmt zu sein schien, als habe Sir Frynwy beim Schreiben alle Bücher gleichermaßen zu Rate gezogen.

»Ich weiß ja nicht, wonach ich suche«, sagte Benfro. Das war eine Lüge: Er kannte Größe, Farbe und Form des Buches, das

Frecknock benutzt hatte, genau, aber er würde ihr das Leben nicht leichter machen.

»Es ist ein in Leder gebundenes Buch, Benfro«, sagte Sir Frynwy, kam herüber und stellte sich neben den Bücherstapel. »Es ist sehr alt, sogar noch älter als ich. Der Einband ist tiefbraun und der Titel ist mit goldenen Buchstaben in den Rücken eingestanzt.« Er nahm ein Buch nach dem anderen vom Stapel und seine langen Finger streichelten jeden Band wie ein geliebtes Haustier. »Es ist viel schwerer, als man es von irgendeinem Buch dieser Größe erwarten sollte. Das hat mit dem Gewicht des darin enthaltenen Wissens zu tun. Und es fühlt sich ganz besonders an, denn … oh!«

Benfro sah, wie Sir Frynwys Miene sich in Sekundenschnelle änderte. Es war, als habe jemand ihn mit einer Nadel gestochen und alle Luft aus ihm entweichen lassen.

»Was ist los?«, fragte Benfro und sah, wie der alte Drache das letzte Buch, das er aufgehoben hatte, an seine schuppige Brust presste, fast, als wollte er es verstecken.

»Das hier«, sagte Sir Frynwy nach einer langen Pause. Er hielt Benfro das Buch hin. Der Einband fühlte sich seltsam an, fast warm. Als er es anfasste, glaubte Benfro, flüsternde Stimmen zu hören, wie ein dringliches Gespräch im Nebenzimmer. Als Sir Frynwy es dann endgültig losließ, hätte Benfro das Buch um ein Haar fallen lassen. Es war so schwer, als ob es aus Stein gemacht wäre. Überrascht schaute er in das verzweifelte Gesicht des alten Drachen.

»Du meine Güte, was bin ich für ein Trottel«, sagte Sir Frynwy. »Das ist das *Buch Draconius*. Es war die ganze Zeit hier.«

Benfro umklammerte das magische Buch und wünschte, es könnte den Zauber hinwegspülen, mit dem Frecknock ihn am Morgen belegt hatte. Er wollte schreien, dass sie es genommen hatte. Sicher hatte sie sich zu Beginn der Versammlung ins Haus geschlichen und es an eine Stelle gelegt, wo es gefunden werden würde. Sein Mund blieb aber geschlossen, zusammengepresst von einer Kraft, die er nicht besiegen konnte. Er konnte nur vor Wut kochen, während Frecknock seine Ohnmacht und Sir Frynwys Beschämung mit boshafter Schadenfreude musterte.

11

Stolze Schafe im Haus von Hasel und Dornen,
weißfüßige Wesen, verbannt aus der zerfallenen Halle,
Blut des Nordens und Blut des Südens,
vermischt werden beide zu Staub.

Die Weissagungen von Goronwy der Wahnsinnigen

Es war schon fast dunkel, als Benfro sich auf den Heimweg machte. Die Silhouetten der Bäume zeichneten sich vor dem grauschwarzen Himmel ab wie hautlose Skelette wunderlicher Tiere. Wenn der Wind sie hin und her bewegte, schienen sie noch zu leben, grausam an der Erde angepflockt zu sein und verzweifelt um ihre Befreiung zu kämpfen. So lebendig erschien das alles in Benfros Fantasie, dass er die Bäume fast bedauert hätte – als Wesen, denen es erging wie ihm: gefangen von Frecknocks Zauber, mit dem verzweifelten Drang, die Wahrheit aus sich hinauszuschreien, und doch von Kräften gefesselt und gebunden, die er nicht sehen und schon gar nicht verstehen konnte.

Nach der ganzen Aufregung war es ein armseliges Fest gewesen. Alle Dorfbewohner waren erleichtert, weil sich das Buch wieder eingefunden hatte, aber Sir Frynwy hatte sich, nachdem er alle der Reihe nach um Entschuldigung gebeten hatte, in sein Haus zurückgezogen. Da sie sich nicht darauf freuen konnten, dass jemand die alten Epen erzählte, nahm das Fest schnell ein Ende. Und auch vorher schon war es eine düstere Angelegenheit gewesen. Ynys Môn hatte versucht, Sir Frynwys Schande ein wenig zu schmälern, indem er allen, die ihm zuhören mochten, erzählte, wie er einmal in eine seiner eigenen Fallen geraten war und drei Tage an einem Baum gehangen hatte, ehe er befreit worden war. Dennoch war es insgesamt ein elender Abend gewesen. Nur Frecknock schien glücklich zu sein. Sie erzählte allen, die ihr zuhören mochten, es sei ihrer Ansicht nach an der Zeit, dass jemand anders das Buch hütete, ein jüngerer Drache im Vollbesitz seiner Kräfte. Benfro war ihr, so gut er konnte, aus dem Weg gegangen, war von einem Drachen zum anderen gewandert und hatte immer wieder versucht, ihnen zu erzählen, was er gesehen und was Frecknock ihm angetan hatte. Er konnte um das Thema herumreden, aber sowie er versuchte, klar zu sagen, was passiert war, schien er die Fähigkeit zu verlieren, Wörter zu bilden. Nach einem letzten verlegenen Wortwechsel mit Meirion verabschiedete er sich und ging.

Kein Mond leuchtete und Wolken verdeckten die Sterne, deshalb herrschte fast vollständige Finsternis. Er hatte sich für den Weg durch den Wald entschieden, denn er war noch immer erschüttert von seiner früheren Begegnung mit Frecknock auf dem Pfad. Er kannte den Wald um das Dorf besser als alles andere, jeden Baum und jeden Strauch, jede Tierfährte, jede Quelle, jede Höhle. Der Boden unter seinen Füßen war weich durch die toten Blätter, und jeder Schritt trug einen Hauch von herbstlichem Verfall an seine Nase. Bald würde der Winter seinen Einzug halten.

Der Geruch eines Holzfeuers war das erste Anzeichen dafür, dass er fast zu Hause war. Dann sah er durch das dünner werdende Unterholz einen Lichtschimmer, und wenige Minuten darauf ging er mit leisen Schritten durch den fast leeren Gemüsegarten. Es war noch viel zu tun, um die Beete für die Winterernte vorzubereiten und den Kompost des vergangenen

Jahres unterzugraben. Benfro fiel ein, dass sonst im Dorf niemand sein eigenes Gemüse zog. Und wenn er das richtig verstanden hatte, ging nur Ynys Môn regelmäßig auf die Jagd. Dennoch hatten sie immer genug zu essen, und sogar exotische Dinge. Selbst bei dem lustlosen Fest dieses Abends hatte es Hammel und Rind, Wild und Truthahn gegeben. Und es hatte mit gerösteten Nüssen und Knoblauch gewürztes Fladenbrot gegeben, daumendicke, und dennoch süße, zarte gedämpfte Spargelspitzen, Schüsseln voller Früchte, die er schon tausendmal gegessen, die er aber niemals im Wald beim Dorf hatte wachsen sehen. Die anderen Drachen hatten Met und Wein getrunken, hatten ihn aber nicht kosten lassen. Benfro hatte keine Ahnung, wo sie das alles hernahmen. Er wunderte sich jetzt, dass er noch nie darüber nachgedacht hatte.

»Sir Frynwy hatte das Buch also die ganze Zeit«, sagte Morgum zu ihm, als er das Haus betrat. Sie saß in ihrem Lieblingssessel am Feuer, auf dem Tisch neben ihr stand eine dampfende Teeschale. Benfro hatte sie nach dem Essen fragen wollen, aber wie immer hatte sie das eine gesagt, das ihn aus seinen Gedanken reißen konnte. Sofort stand ihm wieder vor Augen, was wirklich geschehen war. Doch Frecknocks Zauber wirkte nach wie vor.

»Woher weißt du das?«, war alles, was Benfro herausbringen konnte. Etwas von seinem inneren Konflikt zeigte sich offenbar in seinem Gesicht, denn seine Mutter musterte ihn mit durchdringendem Blick.

»Setz dich, Benfro«, sagte sie, goss ein wenig Tee in eine zweite Schale und reichte sie ihm. Er konnte die süße Mischung aus Kamille und Honigrinde riechen, einen sanften Schlaftrunk, der am besten denen half, die zu erschöpft oder zu verwirrt waren, um sich zu entspannen. Er nahm die Schale, ließ sich von der Hitze des Gebräus die Hände wärmen und setzte sich dann neben das Feuer.

»Woher bekommen die anderen Leute im Dorf ihre Lebensmittel, für Feste und so?«, fragte er. Es war die erste von vielen Fragen, die durch seinen Kopf wirbelten, und er musterte den Tee voller Misstrauen. Wollte seine Mutter ihn schlafen und vergessen lassen?

»Ach, du wendest deine Neugier jetzt nutzbringend an«, sagte Morgum. »Warum glaubst du wohl, dass wir unser eigenes Gemüse anbauen und nur Fleisch essen, wenn du oder Ynys Môn auf der Jagd Erfolg hattet?«

»Ich weiß nicht«, sagte Benfro. Das alles war ein Teil desselben Rätsels, erkannte er. Aber er konnte keinen Sinn darin sehen.

»Und was glaubst du, woher ich das mit Sir Frynwy weiß«, sagte Morgum. »Sir Frynwy ist schließlich ein gelernter Rezitator – er lebt für seine Geschichte. Und du hörst seine Geschichten gerne. Wenn du so früh zu Hause bist, heißt das, dass Sir Frynwy keine Geschichte erzählt hat. Und wenn er darauf verzichtet, dann ist er zutiefst verstört, denke ich mir. Und was kann der Grund dafür sein? Natürlich, dass es ihm peinlich ist, das ganze Dorf zu einer Versammlung einzuberufen, seine Freunde des Diebstahls zu bezichtigen und dann festzustellen, dass gar nichts gestohlen worden ist.«

Benfro fand die einfache Argumentation seiner Mutter insgeheim nicht überzeugend. Er hätte aus allerlei Gründen so früh nach Hause kommen können. Ihm fiel zwar gerade keiner ein, aber …

»Ich glaube, dass jemand das Buch gestohlen hatte«, sagte er und staunte darüber, dass er diese Wörter genauso herausbringen konnte, wie er vorgehabt hatte.

»Wirklich?« Morgums Blick fing seinen ein und schaute ihm tief in die Augen, wie immer, wenn sie wissen wollte, ob er die Wahrheit sagte oder nicht. »Wer?«

Benfro versuchte zu sagen, »Frecknock«. Ihr höhnisches Gesicht überlagerte seine Gedanken und er konnte ihre spöttische Stimme hören. Aber er konnte ihren Namen nicht nennen.

»Ich … ich weiß nicht«, sagte er und in ihm kochte die Frustration zu Wut hoch. »Warum sollte s… jemand es überhaupt wegnehmen? Was tut es denn? Ich hatte es in der Hand. Es war schwerer, als es eigentlich sein dürfte. Ich habe Stimmen gehört. Was ist das für ein Buch?«

Die Fragen sprudelten nur so aus ihm heraus. Seine Mutter schaute ihn nur mit ihren ruhigen, scharfen Augen an und wartete geduldig. Als er endlich verstummte, trank sie erst einmal einen großen Schluck Tee. Ohne zu überlegen, folgte Benfro ihrem Beispiel und sofort wurde er von der heißen, süßen Flüssigkeit besänftigt.

»Du musst es wohl früher oder später erfahren«, sagte Morgum endlich. »Obwohl es noch etliche Jahre dauern wird, bis du das Buch selbst lesen darfst. Du hast es berührt und etwas von seiner Kraft gespürt. Es hat auch zu dir gesprochen, wenn du die Wahrheit gesagt hast. Es sieht Möglichkeiten in dir.

Das Buch ist ein Gegenstand und zugleich eine Quelle des Wissens. Es enthält die Weisheit und die Fähigkeiten zahlloser Drachen. Aber es ist nicht wie die Bücher, an die du gewöhnt bist. Es zu lesen, ist keine leichte Aufgabe, an die man sich so einfach setzt. Wenn du es versuchtest, würdest du nicht nur nichts verstehen, sondern vermutlich sogar verrückt werden. Wenn du unvorbereitet versuchst, es zu lesen, dann liest es dich.«

»Ich verstehe das nicht«, sagte Benfro. »Wenn es so gefährlich ist, warum behalten wir es dann überhaupt?«

»Weil es ein kleiner Teil dessen ist, was wir einmal waren. Und weil es ein Quell großer Macht ist. Du hast gefragt, woher die Dorfbewohner ihre Lebensmittel nehmen. Warum wir unsere eigenen anbauen müssen, während sie ihre scheinbar aus der Luft holen können. Nun, das im *Buch Draconius* enthaltene Wissen erlaubt denen, die diese Fähigkeit besitzen, die Hand auszustrecken und Dinge aus großer Ferne zu holen. Das Rind, das du heute Abend verzehrt hast, ist vermutlich irgendwo im unteren Hendry aufgewachsen. In dem Schlachthof, aus dem es stammt, werden sie sicherlich Feen für den Verlust des Kadavers verantwortlich machen. Menschen denken sich viel lieber komplizierte Erklärungen aus, statt sich der Wahrheit zu stellen.«

»Menschen? Menschen geben uns zu essen?«, fragte Benfro.

»Nein, sie geben uns nichts«, antwortete Morgum. »Wir nehmen. Du wirst schon noch begreifen, dass das nicht unnatürlich oder unerklärlich ist. Du wirst diese Fähigkeit vermutlich selbst erlernen. Aber nicht mehr heute Abend«, sie lächelte.

»Wenn du einfach Essen nehmen kannst, warum müssen wir dann jedes Jahr draußen das Feld bestellen?«, fragte Benfro, der davon überzeugt war, dass seine Mutter alles konnte, was die Dorfbewohner konnten. »Warum muss ich im Wald Rehe und Wildschweine jagen?«

»Genau darum geht es, Benfro«, sagte seine Mutter und lächelte jetzt wieder. »Das alles hat mit den Menschen zu tun. Ich weiß, dass Ynys Môn dir etwas über sie erzählt hat, und Meirion hat das auch getan. Und du hast die Ruinen von Ystimtien gesehen. Du weißt, dass wir vor gar nicht so langer Zeit noch wegen unserer Edelsteine gejagt und getötet wurden. Der König bezahlte Drachenlohn für jeden Drachenkopf, der ihm vor den Thron gelegt wurde. Weißt du, warum die Menschen aufgehört haben, uns zu töten?«

»Ynys Môn hat mir erzählt, dass er ihren König vor einem riesigen Keiler gerettet hat«, sagte Benfro, dessen Begeisterung mit ihm durchging, ehe ihm einfiel, dass sein alter Freund Ärger bekommen könnte, weil er ihm zu viel gesagt hatte.

»Wie immer stellt er alles zu einfach dar«, sagte Morgum.

»Aber im Grunde stimmt es so. König Divitie hat niemals viel vom Drachenlohn gehalten. Er war vom Widderorden ausgebildet worden, von den reisenden Mönchen. Und die waren für fremde Vorstellungen immer offener als die anderen Orden der Menschen. Manche von ihnen kamen zu mir, um sich über Heilmethoden Rat zu holen. Es gibt etwas, das du über die Menschen wissen musst, Benfro, auch wenn ich hoffe, dass dir niemals einer begegnen wird. Sie sind verlogen und tückisch. Immer wollen sie noch mehr Macht. Und sie sind ziemlich rücksichtslos. Sie töten ihresgleichen ohne großes Zögern, und da kannst du dir ja sicher vorstellen, wie sie ein Wesen behandeln, das so anders ist als sie. Sie besitzen auch eine gewisse Begabung für die Feinen Künste, aber wie bei allem, was sie tun, ist das Ergebnis brutal und gewalttätig. Kein Drache könnte eine Klinge aus Feuer herbeirufen. Die Kraft jedes Lebewesens zu nutzen, um zu verstümmeln und zu töten, ist ein Verstoß gegen die Ordnung der Natur. Und doch ist es eine der ersten Künste, die sie ihre Novizen im Orden vom Hohen Fryd lehren.«

»Orden?«, fragte Benfro. Er wollte die Erklärungen seiner Mutter nicht gerne unterbrechen, andererseits aber so viel wie möglich von dem, was sie sagte, verstehen.

»Die Menschen beten einen Gott an, den sie den Hirten nennen«, sagte Morgum. »Frag mich nicht, warum, das tun sie eben. Im Zwillingskönigreich gibt es drei religiöse Orden, und dem Orden vom Hohen Fryd gehören Kampfpriester an. Sie waren ursprünglich damit beauftragt, alle Drachen auszurotten, aber im Laufe der Zeit wurden sie zu mehr als nur einer mächtigen Armee für den König. Ich habe dir vom Widderorden erzählt. Seine Angehörigen sind Reisende, sie lernen und lehren auf ihren langen Wanderungen. Von allen Menschen, die mir begegnet sind, sind sie die offensten. Dann gibt es den Kerzenorden. Das sind die Bürokraten, die Kleingeister, die Regeln aufstellen, um die Menschen bei der Stange zu halten. Als Divitie den Kampfpriestern verboten hat, uns zu töten, schaltete sich der Kerzenorden ein und stellte Regeln dafür auf, wie wir leben dürften. Drachen dürfen die Feinen Künste nicht ausüben, wir dürfen nicht in Gruppen von mehr als vier zusammenleben, wir dürfen uns ohne königliche Erlaubnis nicht vermehren, und unsere Drachkitze müssen spätestens ein Jahr nach dem Schlüpfen am Hof in Candlehall vorgezeigt werden. Und wir müssen jedes Jahr den Zehnten an ihr Schatzamt abführen.«

»Aber …«, begann Benfro.

»Ja, ich weiß«, sagte Morgum und lächelte wieder. »Wir kümmern uns nicht um ihre Gesetze. Und warum sollten wir auch? Aber wir müssen vorsichtig sein. Wenn sie wüssten, wie wir ihnen trotzen, würden sie uns wieder verfolgen. Ich fürchte, dass sie ohnehin bald damit anfangen werden. König Divitie ist schon so lange tot, und sein Sohn auch. König Diseverin ist ein schwachinniger Narr, der nicht mehr lange leben wird, und seine Tochter Beulah hat ihre eigene Schwester vergiftet, um sich den Thron zu sichern. Und sie ist eine Kreatur von Inquisitor Melyn, dem Oberhaupt des Ordens vom Hohen Fryd. Wenn sie den Thron besteigt, wird sie vermutlich als Erstes den Drachenlohn wieder einführen.

Aber jetzt zurück zum Dorf. Wenn die Menschen davon wüssten, würden sie es zerstören. Aber so lange es das Dorf gibt, können die Drachen, die hier leben, ungehindert tun, was sie wollen. Jeder von uns hat sich dafür entschieden, sich hier niederzulassen, und alle werden von einem uralten, mächtigen Zauber geschützt. Damit dieser Zauber funktioniert, muss ein Drache außerhalb seines Bereichs leben – als Torhüterin, wenn du so willst. Und das ist meine Aufgabe. Menschen, die den Wald absuchen, werden immer auf dem Pfad enden, der hierherführt. Sie werden eine Hütte finden, in der eine einsame Drachenheilerin haust, mit ihrem Gemüse und ihren Kräutern und ihren weisen Ratschlägen für alle, die danach suchen. Solange ich hier wohne, ist das Dorf in Sicherheit.«

Benfro wollte an seinem Tee nippen, doch die Schale war leer. Er konnte die Wärme des Gebräus in seinem Bauch spüren und fühlte, wie sie sich dort in seinen Kopf ausbreitete, um ihn dann sanft in den Schlaf zu wiegen. Für den Moment aber wirbelten all die neuen Dinge, die er hier gelernt hatte, durch seine Gedanken.

»Und das *Buch Draconius?*«, fragte er. »Was hat das mit allem anderen zu tun?«

»Es geht nur darum, was es anrichten könnte, wenn es in die falschen Hände fiele«, sagte Morgum. »Jemand mit geringen Fähigkeiten, der versucht, einige Zauber aus dem Buch durchzuführen, könnte leicht Aufmerksamkeit auf sich ziehen. Und das könnte den Zauber brechen, der das Dorf beschützt. Deshalb musst du mir versprechen, Benfro, beim großen Mond selbst, dass du niemals versuchen wirst, allein das Buch zu lesen.«

»Das verspreche ich natürlich«, sagte Benfro, fasziniert und entsetzt gleichermaßen. Er hätte noch immer zu gern die im *Buch Draconius* enthaltenen Zauber gekannt, aber etwas von der angeborenen Vorsicht seiner Mutter war auf ihn übergegangen. Er konnte noch etwas warten, er wusste ja, dass er es erfahren würde, wenn die Zeit reif wäre. Aber Frecknock machte sich schon jetzt an der Magie zu schaffen. Und obwohl sie bei Sir Frynwy und Ynys Môn gelernt hatte, konnte Benfro sich doch nicht gegen den Gedanken wehren, dass sie nicht so weit war, wie sie sich einbildete. Er hätte seiner Mutter so gern von ihr erzählt, aber Frecknocks wirkungsvoller Zauber hatte das furchtbare Geheimnis in ihn eingesperrt wie eine Made in einen Apfel.

»Kein Zweifel, die Mutter des Jungen hat sich mit einem aus Lanwennog eingelassen, der ihr auf der Straße begegnet ist.«

Melyn sah zu, wie die Versammlung aus Bauerntölpeln einen Tanz massakrierte, der in der feinen Gesellschaft von Candlehall an die zwanzig Jahre zuvor in Mode gewesen war. »Oder es könnte einer von Balchs Dienern gewesen sein. Wir sind nicht sehr weit von Ystimtien, weißt du, und ich habe gehört, dass diese Henna eine reisende Heilerin war, ehe sie sich hier niedergelassen hat.«

»Er ist Prinz Balch wie aus dem Gesicht geschnitten«, sagte Beulah. »Seht ihn doch an. Er ist dünn und geschmeidig, während seine Mutter grob und schwer ist. Er ist noch ein Junge, und doch ist er eine gute Handbreit größer als sie. Ich glaube, er ist gar nicht ihr Sohn.«

»Beulah, Ihr seht an jeder Straßenecke Intrigen und Verschwörungen. Der Junge hat Lanwennogblut, aber das ist auch alles. Prinz Balch ist zwei Monate nach Eurer Schwester gestorben. Ihr wisst so gut wie ich, dass er kein weiteres Kind mehr zeugen konnte.«

»Aber der Junge ist dreizehn, Melyn«, sagte Beulah. »Und Leyns Kind wäre jetzt auch so alt, wenn es überlebt hätte.«

»Was nicht der Fall war«, sagte Melyn gelassen. Der Junge, um den es ging, drehte sich ungeschickt auf der Tanzfläche, mit einer sehr hübschen jungen Frau in einem langen grünen Kleid. Diese junge Frau erregte das Interesse des Inquisitors viel mehr als der Knabe. Wenn sie ein Junge gewesen wäre, hätte er sie sofort für seinen Orden ausgesucht. Er konnte ihre Möglichkeiten sehen wie eine leuchtende Flamme. Die Arme hörte nachts vermutlich Stimmen und hatte seltsame Vorahnungen, die sich oft bewahrheiteten. Vielleicht konnte sie sogar Dinge geschehen lassen, weil sie das eben wollte. In einem so zurückgebliebenen Nest würde sie zweifellos irgendwann der Hexerei bezichtigt werden. Wenn sie Glück hatte, würde sie fern von den Menschen am Waldrand auf irgendeine Weise ihr Leben fristen können. Aber die Stimmen würden sie bald in den Wahnsinn treiben. Wenn sie Pech hatte, würde sie gesteinigt oder auf dem Scheiterhaufen verbrannt werden, noch ehe sie zwanzig Jahre alt geworden war. Es war eine schreckliche Vergeudung einer Begabung, aber der Orden vom Hohen Fryd war nun einmal nur Männern vorbehalten. Andererseits gab es immer einen Platz für eine willige Magd. Und wer konnte denn wissen, was sie im Austausch gegen ein wenig Wissen und Macht leisten würde?

»Wie könnt Ihr da so sicher sein?« Beulahs Stimme riss ihn aus seinen Gedanken.

»Weil ich den Leichnam untersucht habe«, sagte er. »Eure Schwester hatte noch nicht einmal entbunden. Das Kind in ihrem Leib war tot.«

»Es gefällt mir noch immer nicht«, sagte Beulah.

»Wenn Euch das ein Trost sein kann, dann werde ich seine Mutter nach ihm ausfragen, sobald sie noch ein paar Glas getrunken hat«, sagte Melyn. »Hier gibt es nur zwei würdige Kandidaten für die Auswahl, und er ist einer davon.«

»Aber er ist erst dreizehn«, sagte Beulah.

»Umso besser«, meinte Melyn. »Ich kann ihn von den anderen trennen, bis er alt genug ist. Wenn er vierzehn wird, gehört er dann schon mir. Und so, wie er aussieht, könnte er zu einem hervorragenden Spion werden.«

»Sehr gut«, sagte Beulah. Sie schaute sich im Saal um. »Und der andere?«

»Der junge Clun hat Potenzial, auch wenn er ein bisschen zu alt ist« sagte Melyn. »Und er hat Mut. Er hat mich nach der Auswahl gefragt. Auch ihn werde ich nehmen, ehe Padraig ihn an sich reißt.«

Beulah lachte, es war ein unangenehmes kleines Schnauben.

»Was?«, fragte der Inquisitor.

»Diese Bauern«, sagte Beulah und zeigte mit großer Geste auf die Tanzenden. »Die können ihr Glück nicht fassen. Es gibt wenig genug Adelige, die sich damit brüsten können, dass ihre Hochzeit von Angehörigen des Königshauses oder wenigstens von einem Inquisitor besucht worden ist. Godric und Henna werden für immer das Paar sein, dessen Vermählung von der Erbin des Obsidianthrons bezeugt wurde. Es ist witzig, dass sie uns als Segen betrachten, während wir doch in Wirklichkeit gekommen sind, um ihre Söhne zu stehlen.«

Später sollte Errol diesen Abend als den glücklichsten und zugleich den schrecklichsten Abend seines Lebens in Erinnerung behalten. Nachdem die Reden gehalten und die vorgeschriebenen Tänze durchgeführt worden waren, hatte er keine Pflichten mehr und konnte sich aus dem Gedränge in eine ruhige Ecke des Saales verkriechen. Das Eintreffen von Inquisitor Melyn und Prinzessin Beulah hatte ein gewaltiges Chaos verursacht, aber alle waren der Meinung, dass ihre Anwesenheit ein gutes Omen für die Ehe darstellte. Errol hatte mehrere leise Gespräche gehört, in denen die Wörter »Wunder« und »Segen« gefallen waren.

Er war sich da nicht so sicher. Die Prinzessin hatte ihn während der vorgeschriebenen Tänze angestarrt, sogar als Godric all seinen Mut zusammengenommen und sie gebeten hatte, sich unter die Tanzenden zu mischen. Einen entsetzlichen Moment lang hatte Errol gefürchtet, ihr bei einem der Reihentänze gegenüberstehen zu müssen. Er fühlte sich bei der ganzen Feier unbehaglich, kam sich in Gesellschaft anderer ungeschickt vor und war auch kein guter Tänzer, obwohl seine Mutter sich in den vergangenen zwei Wochen alle Mühe gegeben hatte, ihm das Tanzen beizubringen. Zum Glück hatte die Prinzessin sich bei

Godric bedankt und die Tanzfläche verlassen, sobald die Musik verklungen war. So schnell wie möglich war sie zu dem Brautthron zurückgekehrt, den sie für sich beansprucht hatte.

Der Inquisitor hatte nicht am Tanz teilnehmen wollen, er saß stattdessen mit einem Krug Met da und beobachtete alle mit scharfen, neugierigen Blicken. Errol hatte zweimal seinen Blick eingefangen und die gefährliche Kraft dahinter gespürt. Es war die Kraft eines Mannes, der seinen Zorn nur mit Mühe bändigen kann. Er fühlte sich entblößt durch dieses Starren, als würden alle seine Geheimnisse ins Offene gezerrt, untersucht und als belanglos verworfen. Und er war nicht der Einzige, der von diesem durchdringenden Blick eingefangen wurde.

»Woran denkst du, Errol?« Martha ließ sich ohne große Eleganz neben ihn in einen Sessel sinken, ehe er aufspringen und ihn für sie zurechtrücken konnte. Ihr Gesicht war vom Tanzen gerötet und ihre Augen funkelten vor Aufregung. Es fiel ihm schwer, sie nicht anzustarren. Aber warum sollte er eigentlich nicht?

»Ich denke über die Prinzessin nach«, sagte Errol. »Immer wenn sie mich sieht, macht sie ein Gesicht, als ob irgendwer Essig in ihren Wein gegossen hätte. Ich bin ihr noch nie begegnet, aber man könnte denken, wir wären geborene Feinde.«

»Das liegt daran, dass du aussiehst wie ihr Feind«, sagte Martha. »Das hab ich dir doch gesagt, als wir das erste Mal miteinander gesprochen haben. Du hast Lanwennog-Blut, Errol Ramsbottom. Und das sieht man.«

»Mein Vater, nehme ich an«, sagte Errol. »Mutter redet nie über ihn.«

»Na, jetzt hast du ja einen neuen Vater«, sagte Martha.

»Ja«, Errol lächelte. »Sieht wohl so aus.«

»Möchtest du mal frische Luft schnappen?«, fragte Martha und schaute zu den Türen der Halle hinüber, die man wegen der

Hitze im Saal geöffnet hatte und durch die jetzt die Nachtluft hereinströmte.

»Wird dein Pa denn nicht …?«, begann Errol, aber ein rascher Blick auf die mit Bierfässern beladenen groben Tische auf der anderen Seite der Halle machte die Frage überflüssig. Die kräftige Gestalt des Schmiedes war schon in einem Sessel zusammengesunken, seine Augen waren geschlossen und sein Mund stand offen. Ein leerer Bierkrug hing in einer schlaffen Hand, die andere umklammerte seinen Bauch, wie um dessen Wölbung festzuhalten.

»Er wird nicht gewalttätig, wenn er getrunken hat«, sagte Martha, wie um ihn zu entschuldigen. »Er hat noch nie jemanden geschlagen, soweit ich mich erinnern kann. Er will nur trinken, bis er vergisst. Das hier …« Ihre Hand in dem grünen Handschuh zeigte durch die Halle. »Das ist schwer für ihn.«

Errol stand auf und bot Martha den Arm. Er wusste nicht, was er sagen sollte. Er hatte seinen Vater nie gekannt und hatte deshalb kein Gefühl von Verlust. Godric Defaid hatte seine Frau nach fünfzehn gemeinsamen Jahren verloren, aber er hatte ein neues Leben anfangen können und brach jetzt in ein weiteres großes Abenteuer auf. Tom Tydfil hatte nie auch nur den Versuch gemacht, sich aus seiner Verzweiflung zu befreien. Errol fragte sich, wie es wohl für Martha gewesen war, ohne Mutter und mit einem dermaßen in seinen Kummer versunkenen Vater aufzuwachsen.

»Du bist sicher der junge Herr Ramsbottom.« Errol schaute hoch ins Gesicht von Inquisitor Melyn, der dicht vor ihm stand. Daran, dass Martha seinen Arm fest umklammerte, merkte er, dass auch sie von dem plötzlichen Auftauchen des Inquisitors überrascht worden war. Die Musik war laut genug, um näher kommende Schritte zu übertönen.

»Euer Gnaden«, sagte Errol, dem noch rechtzeitig seine

Manieren einfielen, und verbeugte sich. »Wir fühlen uns von Eurer Anwesenheit geehrt. Darf ich Euch Martha Tydfil vorstellen?«

»Die Tochter des Schmiedes, ja«, sagte Melyn und nickte in Marthas Richtung, schien ihr aber nicht die Hand reichen zu wollen. Errol registrierte, dass die Augen des alten Priesters fast gierig über ihr Gesicht und ihren Körper huschten, und er spürte, wie die Haut in seinem Nacken vor Verärgerung prickelte.

»Ihr seid ein sehr schönes Paar«, sagte der Inquisitor.

»Wir sind kein … ich meine … wir sind nur Freunde«, sagte Errol.

»Ach, ihr seid doch so viel mehr, Errol«, sagte der Inquisitor. »Auch wenn ich nicht glaube, dass euch das schon bewusst ist. Aber ihr seid noch jung. Es ist noch Zeit genug, das zu lernen. Doch nun sag mir, hast du dir je überlegt, in einen der religiösen Orden einzutreten?«

Errol spürte, wie Martha seinen Arm wieder fester packte. Er hätte sie gern angesehen, aber die Augen des Inquisitors hielten seinen Blick fest. Zwei bodenlose schwarze Löcher, die drohten, ihn mit Haut und Haaren zu verschlingen. Er wusste, es waren nur Augen, aber sie waren riesig, größer als alles, was er sich vorstellen konnte. Und er stürzte hinein und fiel und fiel, hilflos und verdammt.

Aber er war doch nicht hilflos, und auch nicht verdammt. Das hier war ein Mann. Mächtig, das schon, aber dennoch ein Mann. Sicher brachte er einen magischen Trick an, versuchte, ihn zu überwältigen. War das ein Test? Und wenn ja, würde er ihn bestehen, wenn er sich überwältigen ließ? Oder wurde von ihm erwartet, dass er widerstand?

Während er noch überlegte, merkte Errol plötzlich, dass er überall um sich herum die Linien leuchten sehen konnte. Sie waren ihm noch nie in einem Gebäude aufgefallen, wo es außer den Leuten nicht viel Leben gab. Aber das Gewebe war da, und der Inquisitor war auf irgendeine Weise damit verbunden. Sein ganzer Körper war durchtränkt von einem zähen Leuchten, und ein dünner Faden versuchte, den Abstand zwischen ihnen zu überbrücken.

Ohne so richtig zu wissen, wie er das schaffte, konzentrierte sich Errol auf diesen Faden und quetschte ihn in Gedanken, bis er zerriss. Vielleicht war es ein natürlicher Widerwille dagegen, auf irgendeine Weise mit diesem alten Priester zu tun zu haben. Und egal wie er es geschafft hatte, er fühlte sich sofort befreit, als der Faden zerrissen war. Der Lärm im Raum füllte wieder seine Ohren. Ihm wurde klar, dass er vielleicht minutenlang, vermutlich aber nur für einige Sekunden einen Zweikampf ausgefochten hatte. Jetzt fühlte er sich beschwingt, weil er gewonnen hatte, aber zugleich zitterte er, und unter dem kratzenden Hemd prickelte kalter Schweiß auf seiner Haut. Endlich erinnerte er sich an die Frage, die dem Angriff vorausgegangen war.

»In diesem Jahr bin ich noch zu jung für die Auswahl«, sagte Errol. »Ich bin erst dreizehn.«

Wenn der Inquisitor darüber staunte, wie leicht Errol den Angriff zurückgeschlagen hatte, dann ließ er sich nichts anmerken.

»Es ist schon richtig«, sagte er. »Vierzehn ist das jüngste Alter, in dem jemand ein Novize werden kann. Aber wir haben auch schon jüngere Kinder in den Orden vom Hohen Fryd aufgenommen. Vor allem solche, die zu großen Hoffnungen Anlass geben. Du kannst in den Monaten bis zu deinem nächsten Geburtstag noch sehr viel lernen.«

»Ich … ich muss hier auch noch sehr viel lernen«, sagte Errol und wusste dabei, wie töricht es sich anhörte. Neben ihm war Martha angespannt und stumm, als ob auch sie einen inneren Kampf ausfechten müsste.

»Unsinn«, sagte der Inquisitor mit einem kurzen grausamen Lachen. »Das ist der Knabe in dir, der hier spricht. Hier ist alles harmlos und langweilig. Aber du sehnst dich nach mehr. Ich habe mit diesem Esel Kewick über dich gesprochen. Er sagt, du hast jedes Buch gelesen, das es hier gibt. Denk darüber nach, Errol. Im Orden geht es nicht nur um Krieg und Gewalttätigkeit. Wir leben seit Jahrzehnten mit Lanwennog in Frieden und niemand macht noch Jagd auf Drachen. Uns geht es ums Lernen, wir versuchen, die Geheimnisse zu entschleiern, die der Hirte dieser Erde auferlegt hat.«

Errol hatte das deutliche Gefühl, dass er angelogen wurde. Es gab etwas, das der Inquisitor ihm nicht sagte. Aber das spielte keine Rolle. Er hatte sich schon vor Monaten entschieden, dass er mit den Orden nichts zu tun haben wollte, und er hatte Martha versprochen, niemals in den Orden vom Hohen Fryd einzutreten. Aber da gab es noch das kleine Problem, wie er das ablehnen sollte, was als die höchste Ehre galt, die ihm jemals zuteilwerden konnte.

»Du brauchst jetzt nicht darüber nachzudenken«, sagte Melyn, und sehr langsam zeigte sich ein Lächeln auf seinem Gesicht, als ob es unsicher wäre, wie es sich dort verhalten sollte. »Jetzt solltest du dich vor allem amüsieren. Sprich mit deinem Stiefbruder darüber. Er hat mein Angebot schon angenommen.« Er drehte sich um und ging.

»Ich glaube, wir sollten nach draußen gehen«, sagte Martha leise. Errol war froh darüber, dass sie ihn zur Tür führte. Draußen war es kalt, da der Winter nahte. Zahllose Sterne prangten am Nachthimmel. Zwei Dutzend Pferde grasten auf dem Dorfanger und eine Gruppe von Männern drängte sich um ein improvisiertes Feuer, das bestimmt das Gras ruinieren würde.

»Wer sind …?«, begann Errol, dann begriff er, dass Prinzessin Beulah ja wohl kaum allein unterwegs war. Das hier waren ihre

Leibwächter, und es wäre klug von ihm, einen Bogen um diese Männer zu machen. Rasch zog er sich mit Martha in den Schatten zurück und ging in den Durchgang zwischen der Halle und der Kirche. Der Durchgang würde sie auf die Wiesen führen, die zum Wald hin anstiegen.

»Wir müssen fliehen«, sagte Martha. »Noch heute Nacht.«

»Was?«, fragte Errol.

»Du musst das doch auch gespürt haben!«, sagte Martha. Sie zitterte ein wenig in der kalten Luft und Errol zog seine Jacke aus und legte sie ihr um die Schultern. »Er hat dich ausgewählt.«

»Aber ich bin zu jung«, sagte Errol.

»Das ist dem egal«, sagte Martha. »Er will dich bei sich haben. Er betrachtet dich als Bedrohung oder als Chance – je nachdem.«

»Woher weißt du das?«, fragte Errol.

»Er hat sich auf dich konzentriert«, sagte Martha. »Anscheinend dachte er, ich wäre nicht wichtig genug, um sich meinetwegen Sorgen zu machen. Er ist kein guter Mensch.«

»Du kannst die Gedanken von anderen lesen?«

»Nicht so ganz«, sagte Martha. »Ich kann … Dinge spüren. Das kannst du auch, du hast das bloß noch nie probiert. Aber das spielt keine Rolle. Es spielt überhaupt nichts eine Rolle, nur, dass wir von hier wegmüssen. Von ihm weg.«

»Wie denn?«, fragte Errol. »Und wo sollen wir hin?«

»Weiß ich nicht«, sagte Martha. Zum ersten Mal, seit er sie kannte, war sie nicht die Herrin der Lage.

»Ich rede mit meiner Ma«, sagte Errol. »Sie weiß sicher, was zu tun ist. Und sie ist viel gereist.«

»In Ordnung«, stimmte Martha zu. »Aber es darf nicht zu lange dauern. Ich gehe nach Hause und ziehe mich um. Ich packe eine Tasche und dann treffen wir uns in einer Stunde im Wald. Du weißt, wo.« Sie zog ihn in einer Umarmung an sich, von der er wünschte, dass sie nie ein Ende nähme, dann ließ sie ihn endlich los und trat in die Schatten zurück.

»Geh jetzt«, sagte sie und verschwand.

Errol zitterte. Dann fiel ihm ein, dass Martha noch immer seine Jacke hatte. Er lief durch den engen Durchgang zurück zum Dorfanger. Er würde mit seiner Mutter sprechen. Sie würde wissen, was zu tun war. Er hoffte nur, dass er durch sein Durchbrennen niemandem Schwierigkeiten machen würde.

Einige der Männer vom Lagerfeuer hatten sich bewegt, das sah Errol, als er den Marktplatz erreichte. Er konnte gerade noch Menschen in seiner nächsten Nähe sehen, dann sagte eine grobe Stimme: »Das ist er!«, etwas berührte seinen Hinterkopf, und dann sah er nur noch den Boden, der ihm entgegenstürzte, um ihn in Dunkelheit zu hüllen.

12

In Zeiten großer Not kann es vorkommen, dass ein Magis sich mit den gesammelten Erinnerungen seiner Vorfahren beraten will, die in ihren Edelsteinen gelagert und nach der Extraktion zusammengetragen worden sind. Es kann sich wirklich lohnen, diesen Rat einzuholen, aber dabei sollte man doch eine gewisse Vorsicht walten lassen.

Erinnerungen meinen es nicht böse, aber sie sind tot und sehnen sich nach dem Funken, der in den Lebenden existiert. Ohne eine Vorstellung von Hunger, ohne das Bedürfnis nach Schlaf werden sie langsam einem unvorsichtigen Besucher das Leben aussaugen, selbst wenn dieser in eine leidenschaftliche Diskussion vertieft ist oder längst vergessene Feine Künste erklärt. Die Edelsteine eines einzelnen Drachen an sich sind schon mächtig, hypnotisch und betörend. Das gilt umso mehr für die gesammelten Erinnerungen einer ganzen Dynastie.

Corwen teul Maddau:
Über die Anwendung der Feinen Künste

Benfro wurde durch ein kräftiges Schütteln geweckt. Sein Kopf war wie benebelt, und deshalb begriff er nicht sofort, dass es noch dunkel war.

»Aufwachen, Benfro«, sagte seine Mutter. »Beeil dich.«

»Was?«, fragte er benommen und rieb sich die Augen. Er war noch immer halb in einem Traum befangen, in dem er über die

Baumwipfel geflogen war und gesehen hatte, wie sein Schatten über den wogenden grünen Baldachin unter ihm fegte. Er träumte oft vom Fliegen und die grausame Wahrheit des Aufwachens war jedes Mal von Neuem ein Schlag.

»Schnell, Benfro«, sagte Morgum.

Mit zunehmender Wachheit spürte Benfro die Erregung seiner Mutter.

»Was ist denn los?«

»Menschen kommen«, sagte sie. »Beim Mond, ich hätte sie längst sehen müssen. Ich glaube, ich werde alt.«

»Menschen?«, fragte Benfro erschrocken. Angst breitete sich in ihm aus. »Woher weißt du das?«

»Für Erklärungen haben wir jetzt keine Zeit«, sagte Morgum, zog Benfro aus dem Bett und drückte ihm seine Ledertasche in die Hand. »Du musst so schnell wie möglich weg von hier. Du weißt, was passiert, wenn sie dich finden.«

»Aber …«, begann Benfro. Doch Morgum hob die Hand, um ihn zum Schweigen zu bringen.

»Keine Fragen mehr«, sagte sie. »Tu einfach, was ich dir sage. Du kannst nicht ins Dorf, die hatten keine Zeit, um sich darauf vorzubereiten. Du musst einfach in den Wald gehen. Weit weg. Du darfst frühestens heute Mittag anhalten. Und du darfst nicht vor morgen Abend zurückkommen.«

Benfro versuchte noch einmal, etwas zu sagen, aber der Gesichtsausdruck seiner Mutter ließ ihn verstummen. Er trank nur noch ausgiebig aus der Regentonne und spritzte sich ein wenig kaltes Wasser ins Gesicht. Dann umarmte er seine Mutter und brach auf.

Draußen schien der Vollmond zwischen Wolkenfetzen hindurch. Ein sanfter Wind wehte, aber er brachte schon die winterliche Kälte mit sich, ließ Benfros Schuppen zittern und machte seine Ohrenspitzen taub. Benfro lief durch den Gemüsegarten zum Waldrand, dann wandte er sich dem Norden und dem tiefen Wald zu. Am Waldrand blieb er stehen und blickte sich nach seiner Mutter um, aber die war wieder ins Haus gegangen.

Benfro kannte sich aus im Wald, der das Dorf und das Haus seiner Mutter umgab. Er war weit umhergestreift, zusammen mit anderen Drachen und vor allem mit Ynys Môn. Er hatte auch oft nachts mit dem alten Drachen gemeinsam gejagt, aber diesmal kamen die Bäume ihm seltsam fremd vor. Vielleicht lag es an dem scharfen Übergang vom Schlafen zum Wachen, vielleicht auch an den schnellen Lichtwechseln, wenn die vorbeijagenden Wolken den Mond mal verdeckten, mal freigaben. Es war Monate her, dass Morgum Benfro über die Magie erzählt hatte, die die Dorfbewohner vor der Entdeckung beschützte, über die Regeln der Menschen und über deren entsetzliche Macht. Aber die Worte seiner Mutter hallten nun in Benfros Ohren wider, als ob sie gerade erst ausgesprochen worden wären.

»Mit Menschen kann man nicht diskutieren, Benfro. Sie besitzen eine grauenhafte Macht und töten dich so leicht, wie sie dich anschauen.«

Beim Morgengrauen hatte Benfro die Felsplateaus erreicht, wo er Frecknock bei ihrem Zauberruf beobachtet hatte. Die Zeit hatte seine Unfähigkeit, jemandem von dem Zwischenfall zu erzählen, nicht verringert. Seine Wut auf Frecknock war immer weiter gewachsen. Bestrafung konnte er verstehen. Manchmal konnte er widerwillig zugeben, sie verdient zu haben. Wie damals, als er vorsichtig ein Wespennest aus einer alten Eiche genommen und es in den Schuppen hinter dem Haus von Ynys gelegt hatte, nur um zu sehen, was passieren würde. Sein Fehler dabei war gewesen, den geschnitzten Stock zu benutzen, den Ystrad ihm ein Jahr zuvor zum Schlüpftag geschenkt hatte, und den dann bei dem Nest im Schuppen zu vergessen. Die Strafe war schnell und schmerzhaft gewesen, ein Teil davon war die

Entfernung der inzwischen ziemlich wütenden Wespen aus dem Schuppen. Aber als es dann vorüber war und er sich bei dem alten Drachen entschuldigt hatte, war alles wieder gut.

Was Frecknock ihm angetan hatte, war keine Bestrafung, die er auf irgendeine Weise verstehen konnte. Er war daran gewöhnt, dass sie oft wütend auf ihn war, auch, wenn er gar nichts angestellt hatte, aber dass dieses entsetzliche Geheimnis in ihm nagte, war eine viel zu arge Folter im Vergleich zu allem, was er ihr möglicherweise getan haben könnte. Es brachte nichts, deshalb zu jammern. Davon wurden Frustration und Wut nur noch größer.

Benfro kam gegen Mittag auf dem obersten Felsplateau an. Seine Mutter hatte ihm ausreichend Proviant mitgegeben, sie hatte seine Tasche mit genug gegrilltem Wildbret für eine ganze Woche vollgestopft. Während er an einer Rehkeule nagte, schaute er nach Süden und hätte gern gewusst, was Morgum jetzt gerade machte.

Er konnte von hier aus das Dorf nicht sehen, nur den Bachlauf, der wie eine Narbe zwischen den hohen Bäumen verlief. Die Laubbäume hatten jetzt, kurz vor dem Winter, bereits ihre Blätter verloren, doch die Nadelbäume, die sich zu seltsam geformten Gruppen zusammendrängten, standen schwarz in der schwachen Sonne. Die Hügel erstreckten sich in sanften Abwärtswellen immer weiter. Wenn er ihnen folgte, würde der Weg ihn in die Dörfer der Menschen am Waldrand und dann in das Zwillingskönigreich von Hafod und Hendry bringen. Das alles hatte er bei Sir Frynwy gelernt, aber trotzdem konnte er es sich so wenig vorstellen, wie er die Feinen Künste begreifen konnte. Aber er durfte nicht diesen Weg wählen, sondern musste sich immer weiter aufwärts halten, möglichst weit weg von den Menschen.

Als er über das Land schaute, stieg in Benfro ein Zorn auf,

der gar nicht zu seinem sonstigen Wesen passte. Wie konnte es gerecht sein, dass die Welt ihm auf diese Weise versperrt blieb? Er wollte sein Leben nicht in der Angst vor Wesen verbringen, die ihm noch nie begegnet waren. Er wollte fremde Länder nicht nur aus Beschreibungen in Büchern kennenlernen. Er wollte weg von diesem kleinen Winkel der Welt. Er wollte alles selbst sehen, wollte sich eine eigene Meinung über das Stille Meer von Tegid und die großartige Pracht der Zwillingstürme des Caer Idris bilden. Aber vor allem wollte er sich gegen die Schreckensherrschaft der Menschen wehren und das Unrecht rächen, das sie im Laufe der Jahrtausende der Drachenheit zugefügt hatten.

Ein über ihm schreiender Bussard schien die Wut zum Ausdruck zu bringen, die in diesem Moment in Benfro aufwallte. Benfro schaute zu dem durch die Luft schießenden Bussard hoch und seine Wut schlug in Verzweiflung um. Er erinnerte sich an die Träume, in denen er über die Baumwipfel geflogen war, während die Sonne seinen Rücken wärmte und sein Schatten wie ein Pfadfinder vor ihm den Boden absuchte. Er streckte seine nutzlosen Schwingen aus und schlug ganz kurz mit den beiden dünnen Hautlappen in der kalten Luft, ehe er sie wieder zusammenfaltete. Als Drachkitz hatte er sie groß gefunden, aber während er gewachsen war, hatten sie immer dieselbe Größe beibehalten. Und jetzt schien es unmöglich, dass sie ihn jemals vom Boden heben könnten.

Bald ließ der Nachmittag sein Licht im Abend versickern, während Benfro immer weiter nach oben kletterte. Schon bald hatte er die entfernteste Stelle erreicht, an die er sich erinnern konnte, und ging nun weiter in das unbekannte Gelände hinein. Der Fluss war nur noch ein plappernder Bach, aber Benfro blieb am Ufer, um sich orientieren zu können. Außerdem hatte er nur wenig Wasservorrat dabei. Es waren kaum Tiere zu sehen – die meisten Vögel waren für den Winter schon nach Süden geflogen.

Nur ab und zu sah er für einen Moment fliehendes Wild oder ein vor einem Baum herumscharrendes Wildschwein. Nur gut, dass ich genug zu essen habe, dachte er.

Es wurde jetzt dunkel, und er hatte sich schon fast damit abgefunden, die Nacht unter den kalten Sternen verbringen, als er zufällig eine Höhle entdeckte. Es war fast, als habe die Höhle ihn angelockt, denn sie war gut verborgen. Drinnen war es stockdunkel, aber wärmer als draußen. Benfro tastete in seiner Tasche nach der Zunderdose, und bald brannte ein kleines Feuer. Als er das Feuer schürte, zeigte es ihm eine große Höhle mit einem flachen Sandboden, der nach hinten hin ein wenig abfiel. In dieser Höhle waren offenbar schon öfter Feuer entfacht worden, aber den Überresten nach musste es bereits viele Monate her sein, dass sich hier zum letzten Mal jemand aufgehalten hatte. Es sah aus, als habe hier ein anderer Drache gehaust, der sich ein behagliches Bett aus Heidekraut gebaut hatte. Die Pflanzen waren jetzt durch und durch vertrocknet, sonderten aber noch immer einen angenehmen Duft ab. Der Schein des Feuers reichte nicht weit genug, dass er hätte sehen können, wie tief die Höhle war. Deshalb nahm sich Benfro ein brennendes Holzscheit und machte sich auf, um die Höhle zu erforschen.

Vom Eingang her wand sich ein Tunnel durch den Berg. Als Benfro sich die Wände ansah, war er nicht sicher, ob die Natur sie geschaffen hatte oder ob sie in den Felsen gehauen worden waren. Aber egal, wie der Tunnel entstanden war, er machte so viele Kurven und Wendungen, dass Benfro nach wenigen Minuten jegliches Gefühl für die Richtung verloren hatte. Sein Holzscheit brannte jetzt herunter und drohte, zu verlöschen und ihn in vollständiger Finsternis zurückzulassen. Dennoch fürchtete er sich nicht. Diese Höhle war seltsam warm und freundlich. Er fühlte sich geborgen, als ob seine Mutter über ihn wachte. Und mehr noch, es war, als seien längst vergessene alte Freunde zurückgekehrt, um seinen Kummer zu lindern.

Als er endlich das Ende des Tunnels erreichte, war Benfro nicht überrascht von dem, was er dort fand. Die Erkenntnis, wo er war, hatte sich unterwegs eingestellt. Ganz ungewollt war sie in ihm herangewachsen. Aber er erstarrte doch in Ehrfurcht. Der Tunnel weitete sich zu einer Höhle. Benfros improvisierte Fackel war jetzt fast ganz erloschen, doch er brauchte sie auch nicht mehr, um sehen zu können. Die ganze Höhle wurde erleuchtet von dem lebendigen Glanz Hunderter weißer Edelsteine, die auf dem Boden aufgetürmt waren.

»Meister Defaid, darf ich um die Ehre eines Tanzes bitten?«

Melyn sah zu, wie Beulah ihre Langeweile abschüttelte wie einen schweren Reiseumhang. Er wusste, dass sie diesen Ort lieber sofort verlassen hätte, um auf geradem Weg nach Hause zu reiten, aber sie fiel eben nie aus ihrer Rolle. Godric und Henna zeigten keinerlei Drang, schon getrennt zu werden, aber Melyn musste doch mit der Heilerin allein sein. Die Prinzessin hatte schließlich beschlossen, dem Händler ein Angebot zu machen, das er nicht ablehnen könnte. Als der von der Ehre überwältigte Mann die Tanzfläche betrat und eher geführt wurde, als dass er führte, nahm der Inquisitor den Platz ein, den der andere soeben verlassen hatte.

»Ihr solltet auf Euren neuen Gatten aufpassen, gute Frau. Meiner Herrin ist alles zuzutrauen, wenn es um einen hübschen Mann geht«, sagte Melyn, um ein unverfängliches Lächeln bemüht. Er hätte sich keine Sorgen zu machen brauchen. Henna war berauscht, vom Alkohol ebenso wie von ihrem Glück. Ihre Gedanken waren wie ein offenes Buch, bereit, gelesen zu werden.

»Euer Gnaden«, sagte sie und versuchte, aufzuspringen und zugleich einen Knicks zu machen.

»Bitte, steht nicht meinetwegen auf«, sagte Melyn und setzte sich neben sie. »Das hier ist Euer Fest, nicht meins. Und außerdem würde ich gern kurz mit Euch sprechen.«

»Ach«, sagte Henna, und als Melyn in ihre Gedanken schaute, sah er einen Funken von Trotz. Doch das Glücksgefühl der Braut war stärker. Er würde also leichtes Spiel haben.

»Euer Sohn, Errol«, sagte Melyn und suchte in ihren Gedanken nach einem Bild vom Vater des Jungen. »Er sieht nicht aus wie die anderen im Dorf. Ich nehme an, sein Vater kam aus dem Nordosten.«

Henna runzelte ein wenig die Stirn und an ihren Augenwinkeln bildeten sich haarfeine Falten. Melyn schickte ihr beruhigende Gedanken, ein Bild der Vertrauenswürdigkeit. Sie entspannte sich, als ob ihr eine schwere Last von den Schultern genommen worden wäre.

»Es war eine törichte Geschichte, eine wilde Romanze. Er war so lieb, so anders, so klug«, sagte sie. »Aber wir konnten uns nirgendwo niederlassen. Wo wir auch hingingen, überall stießen wir auf Hass. Sie hassten mich, weil ich heilen konnte, obwohl sie meine Hilfe brauchten. Aber vor allem hassten sie ihn, weil er aus Lanwennog kam. Die sind da nicht alle schlecht, Inquisitor. Das müsst Ihr wissen. Mordecai war ein guter Mann.«

Melyn konnte ein Bild eines Mannes sehen, eine ältere Version von Errol. Er hatte große Ähnlichkeit mit Prinz Balch und sah doch ein wenig anders aus. Vermutlich handelte es sich um einen Bastard des Königshauses. Das würde die magische Begabung des Jungen erklären. Er beschloss, nach seiner Rückkehr ins Kloster den Namen nachzuschlagen.

»Was ist passiert?«, fragte Melyn und glättete das Misstrauen der Heilerin ihm gegenüber, während er zugleich ihr Vertrauen stärkte.

»Wir sind zu lange in Dinas geblieben«, sagte Henna und ihr

Gesicht verlor bei dieser Erinnerung seine Festigkeit. »Es gab einen Streit in einer Schenke. Jemand hatte ein Messer. Ich habe versucht, ihn zu retten, aber es war so viel Blut. Er starb in meinen Armen. Errol wurde knapp acht Monate darauf geboren.«

»Ihr habt ihn gut erzogen«, sagte Melyn. »Aber Ihr wisst so gut wie ich, dass dieser Ort hier zu rückständig für ihn ist.«

»Findet Ihr?«

Melyn spürte, wie ihre Entschlossenheit wieder wuchs, ihr instinktiver Hass auf jede Art von Autorität. Er war sich sicher, dass niemand für Mordecais Tod zur Rechenschaft gezogen worden war. Vermutlich hatte es nicht einmal eine Untersuchung gegeben. Er pflanzte die Möglichkeit, dass Errol ein ähnliches Ende nehmen könnte, in Hennas besorgtes Gemüt.

»Errol ist ein intelligenter Junge, viel klüger als seine Altersgenossen«, sagte Melyn und hörte zugleich, dass die Musik zu diesem Tanz sich jetzt ihrem Ende entgegenneigte. »Er braucht Anleitung. Er braucht Unterricht und Zugang zu Bibliotheken. Und das alles kann ich ihm geben.«

»Was sagt Ihr da?«, fragte Henna. »Ihr könnt doch nicht meinen …«

Melyn erstickte die wachsende Furcht in den Gedanken der Heilerin und ersetzte sie durch ein warmes Gefühl des Stolzes. Er gab ihr eine Ahnung ein, dass sie das Unrecht von Mordecais Tod ein wenig wiedergutmachen könnte, wenn sie zuließ, dass ihr Sohn seine Möglichkeiten ausschöpfte und als Novize in den Orden vom Hohen Fryd eintrat. Es ging, fand er nun, fast zu leicht.

»Doch, Henna«, sagte Melyn. »Ich habe Errol als Novizen ausgesucht. Clun auch, wenn Ihr Godric dazu überreden könnt, uns seine beiden Söhne nehmen zu lassen.«

Die gleichmäßige rhythmische Bewegung wiegte Errol aus der schwarzen Bewusstlosigkeit in einen unruhigen Halbschlaf. Sein Kopf schmerzte, als ob jemand immer wieder dagegengetreten hätte. Sein Mund war erfüllt von einem krankhaft süßen Geschmack wie von verdorbenem Obst. Er konnte schalen Wein und einen erdigen Strohgeruch wahrnehmen, bei dem sich sein Magen im Takt der Bewegung umdrehte. Gefangen zwischen Schlaf und Wachen konnte er nur daliegen, hin und her geworfen und elend.

Wo war er?

Er konnte sich an die Hochzeit erinnern, an die seltsamen Gelöbnisse und die Formalitäten. Dann war die Reihe der Gratulanten dagewesen, und alle Leute aus dem Dorf, die ihm sein Leben lang aus dem Weg gegangen waren, hatten sich plötzlich aufgeführt, als wären sie seine besten Freunde. Errol brachte denen die größte Achtung entgegen, die ihn noch immer mieden, wie der Dorfvorsteher Cluster mit seinem düsteren kleinen Geheimnis und der kräftige Schmied Tom Tydfil.

Errol sah eine Vision von Schönheit in einem grünen Kleid. Sie lächelte ihn an, ihn und sonst keinen. Er hatte mit ihr getanzt. Er erinnerte sich an ihr Selbstvertrauen und die Art, wie sie seine Fehler korrigierte, an die warme Berührung ihrer Hände und ihres Körpers. Dann wechselte die Szene, und er tanzte mit Maggs Cluster, deren Gesicht angespannt war, älter, als es richtig gewesen wäre, und ihre Augen jagten von ihm in eine dunkle Ecke des Raumes, wo ihr Vater mit wütendem, stechendem Blick saß.

Aber das war nicht richtig, dachte Errol. Er hatte nicht mit Maggs getanzt. Getanzt hatte er mit … Er konnte sich nicht erinnern. Und als er versuchte, das Bild des Mädchens in dem grünen Kleid zu erfassen, verrann es wie Wasser durch kalte Finger.

Andere Gesichter schwammen durch seine Gedanken. Er sah zwei Reisende, einen alten Mann und eine junge Frau. Father Kewick, der sich um sie herum zu schaffen machte wie ein besorgter Hund. Er erinnerte sich, wie das ganze Fest zum Stillstand gekommen war, um die beiden Neuankömmlinge zu empfangen, und wie alle über deren Erscheinen gestaunt hatten. Er erinnerte sich daran, wie er Prinzessin Beulah vorgestellt worden war, der Erbin des Obsidianthrons, und er fragte sich, warum sie ihn angestarrt hatte, wie etwas, vor dem sie sich ekelte.

Und dann war da der alte Mann, Inquisitor Melyn. Er hatte Errol später an diesem Abend angesprochen und ihm angeboten, ihn in den Orden vom Hohen Fryd aufzunehmen, obwohl er noch zu jung für die Auswahl war. Er erinnerte sich daran, wie seine Mutter gesagt hatte, welche Ehre das sei und dass er natürlich nicht ablehnen dürfe. Er erinnerte sich daran, dass er Ja gesagt hatte.

Eilig setzte sich Errol auf und wünschte dann, er hätte das nicht getan. Der Schmerz in seinem Kopf ließ alles andere trübe und verschwommen wirken. Sein Magen wand sich, und er ließ sich auf sein Lager aus Stroh zurückfallen.

»Ach, biste endlich wach, ja?«, sagte eine Stimme. Errol stellte fest, dass der Schmerz fast erträglich war, wenn er ein Auge halb aufmachte. Jedenfalls für einen kurzen Moment. Er schaute aus dem halb offenen Auge zu einem Dach aus braunem Zelttuch empor, das über Eschenreifen gespannt war, und sah ein vertrautes Gesicht, das ihn stirnrunzelnd musterte. Sein Stiefbruder Clun.

»Wo sind wir?«, fragte Errol. Seine Stimme war heiser und krächzte, als ob er stundenlang geschrien hätte. Seine Kehle brannte. »Was ist mit mir passiert?«

»Weißte das nich mehr?«, fragte Clun und grinste breit. »Du hast dich besoffen, Errol. Warst sternhagelvoll. So was hab ich noch nie gesehn. Du hast bestimmt zwei Schläuche Wein in dich reingeschüttet.«

»Wovon redest du da?«, fragte Errol. »Ich darf doch gar keinen Wein trinken. Ich bin zu jung.«

Langsam schob er sich in eine sitzende Haltung hoch und wünschte die ganze Zeit, sein Strohlager würde sich nicht so wild hin und her bewegen. Dabei wurde der Gestank nach schalem Wein stärker. Er schaute seine Kleider an und sah, dass sein Hemd rot verschmiert war, als ob jemand ihm im Schlaf die Kehle aufgeschlitzt hätte. Seine Hose war verschmutzt und an den Knien zerrissen, und er konnte sich nicht erinnern, was mit seiner Jacke passiert war. Er saß auf einem Strohlager in einem fahrenden Wagen. Um ihn herum waren Fässer und Säcke aufgestapelt. Clun hockte neben ihm auf einer kleinen Truhe. Alles stank nach sauren Trauben.

»Dann haste wohl gegen die Regeln verstoßen«, sagte sein Stiefbruder und grinste noch immer.

»Wo sind wir?«, fragte Errol noch einmal.

»Auf dem Weg nach Emmas Far«, sagte Clun. »Wir haben es geschafft, Errol, alle beide. Wir sind ausgesucht worden.«

Es fiel Errol schwer, die Begeisterung seines Stiefbruders zu teilen. Es war nicht nur, dass sein Kopf wehtat, als ob darin ein Gewitter tobte. Er konnte sich an eine Zeit erinnern, als es sein innigster Wunsch gewesen war, ein Novize des Ordens vom Hohen Fryd und zum Kampfpriester ausgebildet zu werden, aber das war ein anderer Errol gewesen. Etwas hatte sich verändert – er hatte sich verändert, aber er konnte sich nicht erinnern, wann oder warum. Es war alles ein Chaos, aber eins wusste er ganz genau. Er wollte mit dem Orden vom Hohen Fryd nichts zu tun haben.

Langsam und möglichst ohne seinen Kopf zu sehr zu bewegen, drehte sich Errol auf alle viere und kroch über den Strohsack zum Ende des Wagens. Die Klappe in der Zeltplane war zugebunden, aber der Spalt war groß genug, um hinauszuschauen. Eine Truppe von Kampfpriestern ritt in Formation hinter dem Wagen her, und sie fuhren über eine breite gepflasterte Straße, die auf beiden Seiten durch dichten Wald führte.

»Ach, jetzt bist du also wach«, sagte eine raue Stimme. Als er zur Seite blickte, sah Errol die Gestalt von Inquisitor Melyn auf seinem Pferd. Es war ein prachtvolles Tier mit gescheckten grauen Fell und breiten flachen Hufen. Der Inquisitor sah klein darauf aus, die Proportionen stimmten nicht, er wirkte wie ein Kind auf einem großen Pony. Dennoch hatte er die volle Herrschaft über das Tier. Er berührte nur kurz die Zügel, und schon kam es dichter an den Wagen heran.

»Wenn ich von deinem Gesicht ausgehen kann, bist du für deine Trunkenheit gestraft genug. Ich hoffe, du wirst aus dieser Erfahrung deine Lektion lernen. Wegen solchen Benehmens sind schon ganz andere Kandidaten aus dem Kloster geworfen worden.«

»Euer Gnaden, es tut mir leid«, sagte Errol. »Ich kann mich gar nicht daran erinnern, dass ich getrunken habe.«

»Das passiert bei Alkohol häufiger, Knabe«, sagte Melyn und beugte sich im Sattel vor. »Ich vermute, du kannst dich an die Geschehnisse von letzter Nacht kaum erinnern. Nicht daran, wie peinlich deiner Mutter dein Benehmen der Prinzessin gegenüber war, nicht an deine prahlerische Behauptung vor dem ganzen Dorf, dass du eines Tages als Inquisitor zurückkommen würdest?«

»Ich hab doch nicht … hab ich das gesagt?« Errol lief vor Beschämung rot an. Er wusste von alldem nichts, aber es gab große Lücken in seiner Erinnerung. Der Inquisitor wandte sich dem neben ihm reitenden Soldaten zu, dem Kommandanten seiner persönlichen Garde.

»Hauptmann Osgal«, sagte er. »Erinnert Ihr Euch daran, was dieser junge Spund gestern Abend genau gesagt hat, ehe er das Bewusstsein verlor?«

Der Hauptmann schien sich gar nicht wohl in seiner Haut zu fühlen, fand Errol. Fast, als ob er sich vor dem Inquisitor fürchtete. Seine Blicke jagten zwischen Errol und dem alten Priester hin und her.

»Seine genauen Worte waren schwer zu verstehen, Euer Ehren«, sagte er schließlich. »Aber es ging ungefähr darum, dass er der berühmteste Inquisitor werden wollte, den der Orden je gesehen hat. Als die Prinzessin ihn fragte, ob er sogar noch größer werden wollte als Ruthin, der die Drachen aus Emmas Faur vertrieben und dieses zu seinem Eigentum ausgerufen hat, hat er gesagt, er würde mit Freuden jede Aufgabe ausführen, die sie ihm stellte.«

Errol starrte den Kampfpriester ungläubig an. Wieso hätte er so etwas sagen sollen? Das ergab doch überhaupt keinen Sinn.

»Prinzessin Beulah braucht zwar keinen Ritter«, sagte Melyn, »aber jetzt hat sie offenbar einen. Du wirst sehr hart arbeiten müssen, junger Ramsbottom, wenn du auch nur in die Nähe der Auswahl für die königliche Garde kommen willst.«

»Ich … es tut mir leid«, sagte Errol und wusste nicht, was er sonst noch sagen sollte. »Die Prinzessin, ist sie …«

»Sie ist nach Candlehall zurückgekehrt«, sagte der Inquisitor. »Es geht König Diseverin nicht gut und sie muss in dieser schweren Zeit bei ihrem Vater sein.«

»Kann ich ihr etwas ausrichten lassen?« Schon als er diese Frage stellte, merkte Errol, wie töricht sie klang. »Ich muss um Entschuldigung bitten, ich muss …«

»Du musst sehr viel über königliche Persönlichkeiten lernen. Es wäre besser, sie gar nicht erst an deine Existenz zu erinnern. Außerdem hast du jetzt dringlichere Sorgen. Ruh dich aus. Nutz diese Gelegenheit, um deinen Kater auszuschlafen. Wenn wir erst in Emmas Faur sind, wirst du mich nicht mehr so versöhnlich finden.«

Der Inquisitor trieb sein Pferd zum Trab an, was dem Gespräch ein abruptes Ende setzte. Errol lugte hinten aus dem Wagen und fragte sich, wie er hier hineingeraten war. Umgeben von Fremden verspürte er plötzlich einen Stich von Heimweh, nach seiner Mutter und dem schlichten Dorfleben.

»Du hast das Glück des Hirten«, sagte Hauptmann Osgal. Errol schaute zu dem Kampfpriester hoch. Osgal war groß und dünn. Er hatte ein schmales Gesicht und struppige Haare und war jünger, als Errol zuerst angenommen hatte.

»Ich habe schon gesehen, wie Seine Gnaden Männer getötet hat, die weniger auf dem Kerbholz hatten als du, mein Junge. Offenbar hat er irgendwas mit dir vor.«

»Benfro, willkommen. Was für eine schöne Überraschung.« Die Stimme war in seinem Kopf, aber es war unverkennbar, welcher Drache da sprach.

»Ystrad?«, fragte Benfro verwirrt. »Wo bist du? Bist du nicht …«

»Tot?«, fragte die Stimme. »Natürlich bin ich das. Du warst doch bei meiner Extraktion dabei, oder nicht? Oder hat da irgendein anderer junger Drache die Zeremonie ausgeführt?«

»Aber wie?«, fragte Benfro.

»Meine Güte, du junger Spund. Bringen sie euch denn gar nichts mehr bei? Das ist unser Nest, wo alle unsere Edelsteine in friedlicher Gemeinschaft zur Ruhe gelegt werden. Wir sitzen auf einer Verbindung der Grym und beobachten die Welt.«

»Wir?«, fragte Benfro. »Grym?«

»Meine Mitverschiedenen«, sagte Ystrads Stimme. »Ich habe zwar lange gelebt, aber diese Edelsteine sind nicht nur von mir.

Nein, seit vielen Jahrtausenden bauen Drachen sich an dieser Stelle ihr Nest. Aber das müsstest du doch alles wissen, Benfro. Warum wärst du sonst hergekommen?«

»Mutter hat mich aus dem Haus geschickt«, erklärte Benfro. »Sie sagte, Menschen seien unterwegs zu ihr und ich müsste mich für zwei Tage im Wald verstecken.«

»Und da bist du ausgerechnet hierher gekommen«, sagte Ystrad. »Wie interessant. Aber Menschen, sagst du. Seltsam. Wir haben sie nicht kommen sehen. Na ja, Morgum war in diesen Dingen immer schon die Empfindsamste von uns, und sie lebt ja auch noch, das hilft.«

Benfro hatte das Gefühl, wieder in Ystrads dunklem, gemütlichen Studierzimmer zu sitzen, wo er so viele glückliche Nachmittage damit verbracht hatte, den Geschichten des alten Drachen zuzuhören und kandierten Ingwer aus einem scheinbar endlosen Vorrat zu knabbern. Er begriff jetzt, dass der Ingwer durch Zauber von einem fernen Ort geholt worden war.

»Bei den Kaufleuten von Talardeg gibt es immer schon den besten Ingwer«, sagte Ystrad, der offenbar Benfros Gedanken lesen konnte. »Es hat eine Zeit gegeben, als ich dort durch die Straßen gehen konnte, von einem Laden zum anderen, um die Waren zu probieren und um den Preis zu feilschen. Ich hatte immer ein schlechtes Gewissen, wenn ich mich, ohne zu bezahlen, bedient habe, aber der weite Weg war zu gefährlich und wir waren zu wenige. Wir hatten also überhaupt keine Wahl mehr. Am Ende.«

»Ich verstehe das nicht«, sagte Benfro. »Du bist an diesem Ort gewesen, in Talardeg?«

»Ach, ich war überall in Gulad, junger Benfro. Es gibt nicht viele Orte, die ich nicht aufgesucht habe. Aber ich hatte immer eine Schwäche für Talardeg. Das ist die einzige Stadt auf der ganzen Welt, wo Menschen und Drachen von Anfang an zusammengelebt haben. Talardeg wurde für uns beide errichtet und wir lebten dort glücklich nebeneinander. Bis diese schrecklichen Priester kamen und diesen Unsinn über irgendeinen unsichtbaren Gott von sich gaben, den sie den Hirten nennen. Kein Platz für Drachen in ihrer neuen Welt. Drachen seien die Bestien des Wolfes, hieß es. Deshalb wurden wir aus unseren Häusern vertrieben und abgeschlachtet, wenn wir uns zu wehren versuchten.«

Benfro stand in der Höhle und starrte die leuchtenden Edelsteinhaufen an. Es war dasselbe unheimliche Licht wie das der Linie, die ihn mit Frecknock und Sir Felyn verbunden hatte. Er fragte sich, ob er hier, an diesem magischen Ort, vielleicht den bösen Zauber abwerfen konnte, um Ystrad zu erzählen, was er gesehen hatte. Die Bilder waren in seinem Kopf, er konnte darüber nachdenken, was Frecknock getan hatte, und der alte Drache hatte offenbar seine Gedanken gelesen. Er sich mühte sich, das zu sagen, was er sagen wollte. Aber er brachte kein Wort heraus.

»Du scheinst Kummer zu haben, Benfro«, sagte Ystrads Stimme nach einer Weile. »Möchtest du irgendetwas fragen?«

»Kannst du nicht meine Gedanken lesen?«, fragte Benfro.

»Nicht so, wie du dir das vorstellst, nein«, sagte der alte Drache. »Ich kann etwas in deinen Gedanken sehen, vor allem die Fragen, mit denen du dich so energisch beschäftigst, aber deine Gedanken an sich sind sicher vor mir, das kannst du mir glauben. Und selbst, wenn ich es könnte, würde ich nicht die Gedanken eines anderen Drachen durchwühlen. Das wäre unhöflich.«

»Gibt es einen Zauber, der m… der einen Drachen daran hindern kann, etwas zu sagen, auch, wenn er es denken kann?«, fragte Benfro.

»Du meine Güte, Benfro. Als ich noch am Leben war, wollte ich über solche Dinge nicht mit dir sprechen. Warum glaubst du, dass ich es jetzt tun würde?«

»Ich will nicht wissen, wie man das macht, wirklich nicht«, sagte Benfro. »Ich möchte nur wissen, ob es möglich ist.«

Es blieb lange still, als ob der alte Drache über diese Frage nachdächte. Ganz weit hinten in seinen Gedanken glaubte Benfro, das Flüstern vieler Stimmen zu hören, doch als er versuchte, seine Aufmerksamkeit darauf zu richten, glitten sie davon wie Aale in der Frühlingsflut.

»Es ist möglich, die Grym zu benutzen, um die Gedanken anderer zu beeinflussen«, sagte Ystrad schließlich. »Ich habe gehört, dass die Kampfpriester das tun. Aber es ist unvorstellbar, dass ein Drache so tief sinken würde.«

»Aber es ist möglich«, sagte Benfro und hoffte, der tote Drache werde sich fragen, warum ihn dieses Thema so beschäftige, und vielleicht doch einen genaueren Blick in seine Gedanken werfen und die Sperre entdecken, die ihn daran hinderte, alles zu erzählen.

»Ja, Benfro, es ist möglich.«

»Und kann man auch über weite Entfernungen mit anderen Drachen sprechen?«, fragte Benfro auf der Suche nach einer anderen Möglichkeit, sein Dilemma zu lösen. »Ist das möglich?«

»Du hast ja wirklich eine Menge Fragen, junger Benfro«, sagte Ystrad. »Aber ich vermute, eine gewisse Neugier ist nur gut. Ja, die Grym kann allerdings genutzt werden, um über weite Entfernungen mit anderen zu sprechen. Sie ist schließlich die Kraft, die alle Lebewesen durchfließt. Sie verbindet alles mit allem.«

»Und würdest du es hören, wenn jemand es versuchte?«

»Nicht unbedingt, nein«, sagte Ystrad. »Ein Ruf kann an alle gesandt werden, die ihn hören sollen, aber es empfiehlt sich nicht, deine Botschaft an deine Feinde zu schicken.«

»Meine Feinde?«

»Menschen, Benfro, Menschen. Die kennen sich mit vielen Aspekten der Grym aus, auch wenn sie für noch mehr davon blind sind. Einige haben gelernt, nicht nur mit ihren Ohren zu lauschen. Als sie anfingen, uns abzuschlachten, haben sie uns in Fallen gelockt, weil sie sich als Drachen ausgaben. Aber alle, die ihre Gedanken gehört haben, können sie als die fremden Dinge erkennen, die sie eben sind. Seit vielen Jahrhunderten ist kein Drache mehr auf diesen Trick hereingefallen.«

Aber Frecknock war jung und sie war starrsinnig. Würde sie auf die Idee kommen, Sir Felyn könnte etwas anderes sein als ein liebeskranker wandernder Drache?

»Du musst los, Benfro«, sagte Ystrad. »Du kannst hier nicht bleiben. Vor allem, wenn niemand weiß, dass du hier bist.«

»Was? Aber ich will hier bleiben. Ich habe so viel zu fragen. Und deine Geschichten fehlen mir, Ystrad.«

»Und mir fehlt deine Gesellschaft. Aber das hier ist kein sicherer Aufenthaltsort für einen Neuling im Umgang mit der Grym. Selbst wenn deine Edelsteine extrahiert sind, sehnen sie sich noch immer nach Erlebnissen. Wenn du zu lange hier verweilst, werden sie dir den Lebenswillen aussaugen.«

»Aber mir geht's doch gut«, protestierte Benfro.

»Nein, dir geht es nicht gut.« Diesmal war es nicht Ystrads Stimme. Der Drache, der jetzt sprach, war weiblich und hatte eine klangvolle, gebieterische Stimme. »Schon jetzt bringst du Vorwände vor, um bleiben zu dürfen. Dein Gemüt ist zu jung, um zu begreifen, was hier geschieht. Ystrad hat dich gewarnt. Jetzt warne auch ich dich. Geh jetzt, Benfro, Sohn des Trefalduin. Du bist hier nicht länger willkommen.«

Der Stoß, der nun folgte, war federleicht und zugleich hart wie ein Herbststurm. Der Druck baute sich überall in Benfros Körper auf, und er musste zurücktreten, um nicht umzufallen. Sobald er sich bewegte, wurde der Druck stärker und stieß ihn auf den schwarzen Höhleneingang zu. Als er zu seiner behelfsmäßigen Fackel hinüberschaute, sah Benfro, dass diese jetzt nur noch ein verkohlter Holzstummel war. Er hätte sie nicht hochheben können, selbst wenn er das gewollt hätte. Der Wind trieb ihn zu schnell weiter, und bald stolperte er hilflos in die totale Finsternis des gewundenen, tückischen Tunnels.

13

Zum Eintritt in den Orden vom Hohen Fryd ausgewählt zu werden, ist die höchste aller Auszeichnungen, aber mit dieser Ehre ist auch große Verantwortung verbunden. Bei der Aufnahme muss der Novize der Familie entsagen, die ihn aufgezogen hat, und sich in die Arme des Ordens fallen lassen. Er muss schwören, die Gesetze und Traditionen des Ordens zu ehren und unermüdlich an der Verwirklichung seiner Ziele zu arbeiten. Er muss sich bereit erklären, seinen Quästoren, den Kampfpriestern und dem Inquisitor ohne Zögern oder Widerspruch zu gehorchen, was immer diese von ihm verlangen mögen. Er soll sich seinen Studien widmen und in allen Dingen vortrefflich sein. Er muss nach Perfektion streben.

Bei der Aufnahme in den Orden nimmt jeder Novize eine große Kerze in seinen Besitz. Diese wird bei der Abendandacht angezündet und darf von niemandem außer dem Novizen, in dessen Obhut sie gegeben ist, gelöscht werden, und das auch nur, wenn er seine Morgengebete gesprochen hat. Knaben, die ihren Schlaf und ihre Betten lieben, werden bald feststellen, dass die Kerze schneller schrumpft als die ihrer Gefährten. Sollte die Kerze ausgebrannt sein, ehe der Novize seine Grundausbildung hinter sich gebracht hat, wird er aus dem Orden ausgeschlossen.

Father Castlemilk: Eine Einführung in den Orden vom Hohen Fryd

Zwei weitere Tage mussten vergehen, ehe Errol den Gedanken an Essen ertragen konnte. Sein Kopf schmerzte die ganze Zeit und das Schaukeln des Wagens konnte seine Stimmung auch nicht verbessern. Und schlimmer noch, seine Erinnerungen waren ein Wirrwarr von halb erkannten Bildern, Widersprüchen und Leerstellen. Wenn er versuchte, all die Erinnerungsfetzen zusammenzusetzen, um ein vollständiges Bild zu erhalten, verdoppelten sich seine Kopfschmerzen. Sein ganzes junges Leben lang hatte er sich auf seinen Verstand verlassen können und war seinen Altersgenossen stets einen Schritt voraus gewesen. Jetzt, da er seinen Verstand dringender brauchte denn je, hatte dieser ihn im Stich gelassen.

Die Reise verlief ohne Zwischenfälle. Sie hielten in mehreren Dörfern an. In jeder dieser Ortschaften schaute Melyn nach möglichen Novizen, aber keiner der hoffnungsvollen jungen Burschen, die ihm vorgestellt wurden, konnte seine hohen Erwartungen auch nur andeutungsweise erfüllen. Errol und Clun sahen auf der Reise nicht viel, sie durften das Hintere des Wagens nur zu den Morgen- und Abendmahlzeiten verlassen. Nach zehn Tagen wurde sogar Cluns unverwüstlicher Enthusiasmus ziemlich fadenscheinig, und als sie drei Wochen unterwegs waren, waren alle Gesprächsthemen erschöpft. Sie lagen den ganzen Tag im Wagen, dösten vor sich hin oder starrten einfach die die Plane an, die sich über dem Wagen wölbte, und hörten dem Schnarchen der Kampfpriester und dem gelegentlichen Wiehern der Pferde zu. Deshalb war es eine willkommene Abwechslung, als eines Morgens in der vierten Woche die Plane der Einstiegsöffnung eilig beiseitegezogen wurde.

»So, ihr zwei, raus«, sagte Hauptmann Osgal. »Ihr habt Beine, da könnt ihr helfen.«

Errol sprang auf den Weg. Sie standen vor einem steilen Hang. Auf beiden Seiten des Weges wuchsen hohe Bäume. Errol konnte sehen, wie sich der Weg im Zickzack bergauf zog, bis ihn eine tief hängende Wolke den Blicken entzog. Noch bevor Errol sich genauer umschauen konnte, schlingerte der Wagen weiter. Die Pferde lagen schräg im Geschirr, als sie sich abmühten, das schwere Gefährt den Berg hochzuziehen.

»Na los!«, brüllte Osgal. »Schiebt mit dem Rücken an. Ich habe keine Lust, die Nacht hier am Berg zu verbringen. Wenn wir uns anstrengen, können wir noch vor Anbruch der Nacht in Emmas Faur sein.«

Der restliche Tag war das geballte Elend. Errol war sicher, dass Osgal sie aus purer Gemeinheit quälte. Es war gar nicht nötig, den Wagen die ganze Zeit zu schieben. Sobald sie ihn in Bewegung gesetzt hatten, waren die Pferde problemlos in der Lage, ihn in einem guten Tempo zu ziehen. Trotzdem mussten Errol und Clun sich weiter anstrengen. Und wenn sie sich nicht wahnsinnige Mühe gaben, befahl der Hauptmann einem seiner Kampfpriester, sie mit einem biegsamen Stock zu schlagen. Clun war gut in Form und ging voller Energie ans Werk, aber auch er war nach anderthalb Stunden nahezu am Ende seiner Kräfte. Errol hatte sich inzwischen einmal übergeben. Sein Rücken war unter seinem Leinenhemd wund von den vielen Schlägen.

Sie machten eine viel zu kurze Mittagspause, und dann ging die Plagerei weiter. Doch während er sich in der immer dünner werdenden Luft abmühte, konnte Errol eine stärkere Kraft als die Angst vor den Schlägen spüren, die ihn vorantrieb. Es war, als ob die Straße selbst ihn zu ihrem Ende riefe. Er musste sich deshalb nicht weniger abmühen, aber die Straße schien ihm Kraft zum Durchhalten zu schenken, während seine Arme und Beine sich in Gelee verwandelten, seine Lunge brannte und sein Magen sich zusammenkrampfte.

Und dann hatten sie plötzlich die Wolke hinter sich gelassen und die Steigung wurde sanfter. Dann hatten sie den Gipfel erreicht.

Für einen ganz kurzen Augenblick konnte Errol einen geradezu magischen Anblick genießen. Hohe Berggipfel ragten aus einer flachen weißen Decke wie Steine aus einem Meer aus Milch. Aber ehe er mehr als einen kurzen Eindruck davon gewinnen konnte, packte ihn eine starke Hand und er wurde in den hinteren Teil des Wagens geschleudert. Zu erschöpft, um irgendetwas anderes zu tun, sackte er atemlos zusammen, während die Plane heruntergelassen und mit Riemen festgezurrt wurde. Er war im Wagen eingesperrt. Clun war nicht bei ihm.

»Was ist los?«, rief Errol.

»Du bist noch keine vierzehn«, erwiderte Osgals Stimme von draußen. »Wir dürfen dich die Zeremonie nicht sehen lassen.«

»Was für eine Zeremonie«, fragte Errol, aber es kam keine Antwort. Kurz darauf setzte sich der Wagen wieder in Bewegung. Errol war zu müde, um neugierig zu sein. Erschöpft rollte er sich in eine Decke und schlief ein.

Benfro schoss durch tief hängende Wolken und spürte ihre feuchte Kälte auf seinen ausgestreckten Schwingen. Der Wind spielte mit seinen Ohren und ließ seinen Schwanz hin und her schlagen. Er streichelte Benfros schuppigen Bauch wie Herbstgras und hielt sein Gewicht mit sanftem Druck fest. Benfro hatte alles im Griff, er konnte sich mit einem einzigen Gedanken heben und wenden, während unter ihm der Wald vorbeihuschte, wie schwarze Schatten im klaren Licht des Vollmonds.

Benfro konnte meilenweit sehen, eine endlose Fläche voller Bäume in ihrer Winterpracht. Der Wald senkte sich von ihm fort, er fiel in Wellenbewegungen zum Tiefland ab, in Richtung Hendry. Auf beiden Seiten ragten in der Ferne die Rim-Berge über dem Wald auf, große Steinwälle, durchbrochen von den

Fluten, die die Graith Far geschaffen hatten. Zu seiner Linken war der Hügelkamm von weißem Schnee bedeckt. Etwas erregte seine Aufmerksamkeit, es war unvorstellbar winzig in der weißen Ferne, unsichtbar in der hellen Dunkelheit. Benfro wendete, ohne darüber nachzudenken, und flog in diese Richtung.

Schon zu bald erhoben sich vor ihm die Berge. Benfro bewegte seine mächtigen Schwingen auf und ab, und die Flügelspitzen berührten bei jedem Schlag fast den Felsboden. Mühelos stieg er höher, passte sich dabei dem Hang an und flog dann mit einem letzten heftigen Flügelschlag über den Kamm.

Der Himmel war hier klar, ein tiefes Indigoblau, in dem zahllose Sterne funkelten. Ihr Licht wurde von dem glitzernden Schnee reflektiert, der die ganze Landschaft bedeckte. Ein breiter Pfad schlängelte sich den Abhang entlang. Etwas an diesem Weg war verlockend, anziehend. Benfro stellte fest, dass er den Serpentinen des Weges folgte, als er weiterflog, statt die tiefen Schluchten und Abgründe zu überqueren. Die ständigen Wendungen waren so mühelos wie das Denken, und er hatte an dieser Leichtigkeit so große Freude, dass er gar nicht auf die Idee kam, den Weg abzukürzen. Es interessierte ihn auch nicht weiter, wohin er unterwegs war. Es reichte ihm, einfach zu fliegen, die Welt zu erforschen, von den Zwängen befreit zu sein, die ihn an die alten Drachen im Dorf fesselten.

Die enge Schlucht öffnete sich zu einem Plateau, so hoch oben, dass Wolken weiter unten entlangjagten, während die Ebene in silbernem Mondlicht lag. Der Schnee, der Erdboden und Dächer gleichermaßen bedeckte, verbarg fast die wenigen Häuser, die sich am Wegrand zusammendrängten. Dünne Rauchfäden stiegen aus niedrigen Schornsteinen auf. Aus einigen Fenstern fiel Licht und zeichnete seltsame eckige, gelbe Muster auf den Boden. Benfro wendete und umkreiste den Weiler. Er hätte gern gewusst, wer dort wohl lebte. Es war schwer, das aus dieser Höhe zu sagen, aber die Häuser kamen ihm klein und unzulänglich vor.

Anders war es mit dem riesigen Bogen, der den Weg überspannte. Der war so prachtvoll, wie er lächerlich war. Er passte so wenig zu den Häusern, dass Benfro ihn nicht sofort bemerkt hatte. Als er ihn nun sah, konnte Benfro nicht begreifen, wieso er ihn übersehen hatte. Er war aus bleichen Steinen zurechtgehauen und überspannte den Weg so hoch und so weit, dass ein fünfmal so großes Wesen hindurchgehen könnte, ohne auch nur den Kopf einzuziehen. Auf beiden Seiten verschwand der Bogen in einer niedrigen Mauer, die die Häuser von dem trennte, was dahinterlag. Benfros Neugier war geweckt. Er bewegte seine kräftigen Schwingen, jagte über den Pfad weiter und ließ den gewaltigen Torbogen hinter sich zurück.

Die Hochebene wurde schmaler und der Pfad zog sich jetzt über ein schmales Gesims, unter dem die Felswand steil in unergründliche Finsternis abfiel. Abermals verspürte Benfro den Drang, den Kurven und Schlingen des Weges zu folgen, als er sich dem näherte, was doch sicher das Ziel seiner Reise war, denn der Weg schien jetzt in den seltsam viereckigen Berggipfel zu führen.

Nur war es gar kein Berggipfel. Es war ein Gebäude. Ein Gebäude, dessen Ausmaße geradezu unvorstellbar waren. Benfro erinnerte sich an den riesigen Turm und die Gebäude von Ystimtien, aber die gesamte runde Senke, in der der Jagdsitz gestanden hatte, hätte in einen Flügel dieser gewaltigen Konstruktion gepasst. Das Bauwerk ruhte oben auf dem Berg wie ein eckiger Pilz, ließ Fangarme in die Tiefe des Berges wachsen und schob seine Türme gen Himmel.

Benfro umkreiste den riesigen Palast und starrte das komplizierte Muster von Gebäudetrakten und Innenhöfen an. Hinter einigen Fenstern leuchteten Lichtpunkte auf, aber die meisten waren dunkel. So schnell er auch flog, er brauchte doch mehrere Minuten, um das Bauwerk einmal zu umkreisen. Währenddessen sank Benfro immer tiefer, sodass die riesigen kahlen Mauern neben ihm emporzuwachsen schienen wie ein steinerner Riese, der erwacht, aufsteht und eine gewaltige Hand ausstreckt, um sein Opfer wie eine Fliege zu zerquetschen.

Benfros Staunen schlug in Furcht um. In seinem ganzen bisherigen Leben hatte Benfro nur selten echtes Entsetzen kennengelernt. Höhe hatte ihm kaum je Sorgen gemacht, obwohl oder vielleicht weil er so oft aus Bäumen und von hohen Felsen in den Fluss gefallen war. Im Wald gab es keine Tiere, die ihm etwas tun könnten, obwohl Sir Frynwy ihm von den Schlangen erzählt hatte, die mit einem einzigen Biss ihrer giftigen Hauzähne einen Drachen töten konnten. Das Einzige, was er zu fürchten gelernt hatte, waren Menschen, und die waren eine abstrakte Gefahr gewesen.

Er war noch nie schweißnass in der Dunkelheit aus einem Albtraum aufgewacht, in dem Menschen ihn gefangen hatten. Deshalb begriff Benfro das Gefühl, das nun über ihn hinwegfegte, nicht sofort. Es war, als ob das Wetter schlechter geworden sei, als ob die Temperaturen fielen, bis seine Gelenke vor Kälte schmerzten. Obwohl der Vollmond über ihm stand, eine helle runde Fläche an einem mit vertrauten Sternen besetzten Nachthimmel, kam es ihm trotzdem auf irgendeine Weise dunkler vor. Die große aufragende Masse der Festung war eine Bedrohung, die Verheißung von Leid, und plötzlich wollte er nur noch weg von hier.

Benfro riss sich herum und bewegte die Flügel in schweren, von Panik erfüllten Schlägen. Er konnte den großen Bogen über dem Pfad keine halbe Meile von sich entfernt sehen, und doch hätte er auf der anderen Seite von Gulad sein können, so langsam schrumpfte die Entfernung. Aber er flog, er schlingerte in riesigen Wendelbewegungen von Seite zu Seite, und wieder und wieder kehrte er zu dem furchtbaren Gebäude zurück. Und bei jeder Wendung verlor er an Höhe und näherte sich immer mehr dem Pfad und dem riesigen klaffenden Schlund, in dem der Weg verschwand. Die endlosen Reihen toter Fenster waren keine Geheimnisse mehr, die er ergründen wollte, sondern die zahllosen Facetten eines riesigen Spinnenauges. Das Auge einer Bestie von solchen Ausmaßen, dass es in keinem von Ynys Môns Bestiarien Platz gefunden hätte.

Benfro konnte hören, wie das Gebäude ihn rief. Es sang ein Lied der Wunder, aber er konnte sehen, dass das nur eine Finte war. In dem Bauwerk gab es nur Schmerz, Qual, Tod. Er musste weg von hier, aber seine Flügel waren jetzt so schwer, sein ganzer Körper war so müde, als ob er seit Wochen nicht mehr geschlafen hätte. Er konnte sich nicht mehr in der Luft halten. Er musste landen. Aber auf dem Pfad zu landen, würde bedeuten, ihm nachzugeben, sich hineinsaugen zu lassen und zerkaut zu werden.

Landen würde den sicheren Tod bedeuten.

Eine raue Hand auf seiner Schulter riss Errol aus dem Schlaf.

»Aufwachen, Junge. Jetzt ist keine Zeit zum Dösen.«

Er kannte die Stimme nicht und konnte in der Dunkelheit auch nicht sehen, wer ihn da angesprochen hatte. Er schüttelte den Kopf, warf die Decke ab und stieg aus dem Wagen. Er befand sich in einer riesigen Halle, die nur von wenigen tropfenden Kerzen erleuchtet wurde, die in eisernen Wandhaltern steckten. Der Boden war aus glatten Steinplatten, auf denen glitschige Feuchtigkeit glitzerte, und in einer Ecke ganz hinten konnte er etwas ahnen, das er, dem Geruch nach, für einen Misthaufen hielt.

»Hilf mir mal eben«, sagte die Stimme. Errol drehte sich zu dem Sprecher um. Es war ein älterer Mann, dessen Rücken von

Jahren harter Arbeit gekrümmt war. Seine Haare wurden oben dünn, aber dafür spross ein wild wuchernder Bart aus seinem Kinn.

»Wer bist du?«, fragte Errol.

»Kannst mich Danno nennen«, sagte der Mann. »Und jetzt hilf mir mal bei den vielen Pferden. Wir können die hier nich in kaltem Schweiß stehn lassen.«

Errol zitterte vor Kälte. Sein Leinenhemd wärmte kaum, und er sehnte sich nach etwas Dickerem, einem Umhang zum Beispiel. Aber er hatte nur seine Decke. Er wickelte sich hinein und half dem alten Mann, die Pferde abzuschirren und in den Stall zu führen. In Pullpeiran hatte es nur wenige Pferde gegeben und Errol wusste nicht viel darüber, wie man sie pflegt. Diese riesigen Tiere schienen aber zufrieden zu sein, wenn sie einfach die Köpfe senken und fressen durften. Danno nahm eine Handvoll Stroh und fing an, die Flanken des einen Tieres abzureiben, deshalb folgte Danno diesem Beispiel und nahm sich ein anderes vor.

»Äh, sind wir hier in Emmas Faur?«, fragte er nach einer Weile.

Danno lachte. »Was hast du denn gedacht?«

»Ich weiß nicht. Ich hatte gedacht…«, aber er konnte den Satz nicht beenden, da er nicht wusste, was er gedacht hatte.

»Du bist zu jung, was?«, fragte Danno. »Zu jung fürs Noviziat.«

»Ja«, sagte Errol. »Aber Inquisitor Melyn hat gesagt, ich könnte bis zu meinem Geburtstag auch schon eine Menge lernen.«

»Na, jetzt hast du gerade gelernt, wie man ein Pferd abreibt«, sagte Danno. »Und jetzt wirst du lernen, wie man einen Wagen in die Ecke des Hofes schiebt. Danach kommt dann, wie man das Ledergeschirr säubert, und vielleicht, wie man Wasser für den Trinktrog holt und die Ställe ausmistet.«

Errols Herz wurde schwer. Nicht, dass er körperliche Arbeit gehasst hätte, aber er war davon ausgegangen, dass Melyn Buchwissen gemeint hatte und nicht Tierpflege. Er folgte Danno aus dem Stall und durch die offene Halle zum Wagen. Zusammen bugsierten sie diesen in die Ecke neben dem Misthaufen.

»Warum gibt es hier keine Fenster?«, fragte Errol, als sie fertig waren und der alte Mann sich an die Mauer lehnte, um wieder zu Atem zu kommen.

»Weil wir unter der Erde sind, deshalb«, sagte er. »Unter der Erde braucht man ja wohl keine Fenster, oder?«

»Na ja, kannst du mir zeigen, wie man hier rauskommt?«, fragte Errol. »Wenn ich dir mit allem geholfen habe, meine ich«, fügte er hinzu.

»Nein, das kann er nicht«, sagte eine Stimme auf der anderen Seite der Halle. »Niemand, der noch nicht die Aufnahmezeremonie hinter sich gebracht hat, darf in Emmas Faur das Tageslicht erblicken.«

Errol strengte seine Augen an und sah im Halbdunkel einen großen dünnen Mann mit weißen Haaren.

Bei seinem Anblick fiel Danno auf die Knie und senkte den Kopf. »Meister Andro.«

»Tut mir leid, Danno«, sagte der Mann. »Aber Errol ist nicht für dich bestimmt.«

»Ihr wisst meinen Namen?«, fragte Errol.

»Ach, ich weiß noch sehr viel mehr über dich, Errol Ramsbottom. Folge mir. Die Bibliothek wartet schon auf uns.«

14

Wenn wir zu Magie greifen, um die Gedanken unseres Feindes zu beeinflussen, gilt es, die Aufgabe immer zu beenden, ehe wir uns zurückziehen. Der Zauber darf niemals versucht werden, wenn die Umstände zu einer Ablenkung führen können. Bestenfalls wird so eine Störung alle früheren Arbeiten ruinieren. Schlimmstenfalls wird sie unseren Geist für unseren Feind offenlegen, falls er mit gleicher Waffe zurückschlagen möchte.

Father Andro: Magie und Gedanken

»Benfro, du musst aufwachen!« Die Stimme war vertraut, freundlich. Aber es war die Stimme des Todes. Sie ließ ihn an einen leeren Kadaver denken, der von Flammen ohne Hitze verzehrt wird. Er achtete nicht darauf, versuchte, das Ziehen der Schwerkraft mit seinen jämmerlichen, unzulänglichen Flügeln zu bekämpfen.

»Komm zurück zu uns, Benfro. Das hier ist gefährlich.« Abermals sprach die Stimme zu ihm. Sie war beruhigend, sie schmeckte nach süßem Ingwer, aber sie war tonlos, die Gefühle dahinter waren längst verflogen. Hinter dieser Stimme schnatterte ein Chor aus anderen Stimmen wie Krähen, die sich um ein Stück Fleisch zanken. Er war das Fleisch, und er wurde hin und her gezerrt, immer dichter an die Straße heran, umgeben von der festen Dunkelheit, die ihn bis in seine Knochen frieren ließ.

»Benfro. Aufwachen!« Diesmal war die Stimme anders, und als sie zu ihm sprach, spürte er eine Hand auf der Schulter, die ihn schüttelte. Für einen Moment war er verwirrt. Wie konnte jemand ihn schütteln? Er flog, seine Flügel waren ausgebreitet, als sie versuchten, den letzten sterbenden Windhauch einzufangen, ehe er auf dieser schrecklichen Straße landete.

Dann füllte der Geruch von trockenem Heidekraut seine Nase. Der Weg und das Bauwerk verschwanden in einem verwirrenden Wirbel aus Bildern, und er hatte das Gefühl, rückwärts gezogen zu werden, vorbei an dem riesigen Bogen, vorbei an den winzigen dunklen Hütten, über das Felssims, in den Wald, wo die nackten Zweige an ihm vorüberpeitschten und ihn dennoch nie berührten. Er flog schneller und schneller, außer Kontrolle, ohne seine Flügel, rückwärts am Fluss entlang, der sich als Serie von felsigen Tümpeln auf breiten Stufen bergauf wand. Hilflos jagte er auf den Felsen und die Höhle und die Juwelen der toten Dorfbewohner zu. Schlingernd kam er dort zum Stillstand und riss die Augen auf, obwohl er die ganze Zeit tadellos gesehen hatte. Er lag auf dem Bett aus Heidekraut, sein Feuer war in der kalten Höhle fast gänzlich heruntergebrannt, und eine Drachin war bei ihm. Sie hob ihn hoch und presste ihn an sich.

»Ach, Benfro, dem Mond sei Dank!«, sagte Morgum und drückte ihn mit all ihrer Kraft. Benfro klammerte sich an seine Mutter, verwirrt und müde, aber irgendwo in seinen Gedanken lag die Erkenntnis, dass er soeben einem entsetzlichen Schicksal entgangen war.

Sie verließen die Höhle, ehe die Morgendämmerung den östlichen Horizont auch nur zu einem zaghaften Erröten brachte, und liefen dann rasch über Pfade, die Benfro nie gesehen hatte, die seine Mutter aber zu kennen schien wie ihre Flügelspitzen. Sie waren nur fünf Minuten in der Höhle geblieben, nachdem er aufgewacht war und Morgum an seiner Seite vorgefunden hatte, und die ganze Episode hatte das gleiche Traumhafte an sich wie sein Flug über den Wald. Der Eilmarsch durch den hohen stummen Wald war nur eine Fortsetzung der kalten Furcht, die ihn auf die schreckliche Straße hinabgezogen hatte, zu dem klaffenden Schlund des unvorstellbar riesigen Bauwerks.

Ein erster schwacher Lichtschein kündigte bereits den Tag an, als Morgum ihren Sohn aus dem Wald führte, zwischen einigen düsteren Büschen hindurch, die noch immer ihre leuchtend knolligen Blätter festhielten. Die beiden Drachen hatten die Spitze des ersten Felsabsatzes erreicht. Der schmale Bach, dessen Rauschen sie von der Höhle her gefolgt waren, plätscherte über die Kante und fiel auf das Felsplateau – die erste von vielen Stufen eines Wasserfalls. Erst viele Hundert Meter weiter unten kam das Wasser zur Ruhe, um als Fluss weiterzufließen. Von hier oben aus konnten sie mehrere Meilen weit ins Tal hinabschauen. Überall wuchsen Bäume, manche dunkelgrün mit Nadeln, die meisten jetzt blattlos. Die Luft war klar, der Himmel schiefergrau. Wolkenfetzen klammerten sich an einigen Stellen oben an den Hang, als ob die Bäume riesige neblige Atemzüge in die Kälte abgäben. Benfros eigener Atem dampfte aus seinen Nasenlöchern und erinnerte ihn an die Geschichten, die Sir Frynwy ihm über die ältesten Zeiten erzählt hatte, als Drachen noch wilde Tiere waren, die Feuer spien und sich als Sport gegenseitig umbrachten.

»Lass uns eine Pause machen, Benfro«, sagte Morgum endlich. Sie hatte seine Ledertasche getragen und legte sie jetzt auf die Felsen, setzte sich daneben und nahm die Vorräte heraus, um sie auf einer Steinplatte wie auf dem Esstisch zu Hause zu verteilen. Als ob nichts Unangenehmes passiert wäre.

»Sind sie weg, die Menschen?«, fragte Benfro. Es war nicht die Frage, die er eigentlich stellen wollte, aber das Schweigen seiner

Mutter, seit sie die Höhle verlassen hatten, und ihr überstürzter Aufbruch ließen ihn davor zurückschrecken, dieser Sache zu sehr nachzugehen, obwohl er so gern mehr gewusst hätte.

»Es war nur ein Mensch, und noch dazu ein alter Freund«, sagte Morgum. »Ich hatte ihn seit dem Tag, an dem du geschlüpft bist, nicht mehr gesehen.«

»Er weiß von mir?«, fragte Benfro. Eine Woge der Panik wallte in ihm auf bei dem Gedanken, dass sein Geheimnis vielleicht entdeckt wäre.

»Das glaube ich nicht«, sagte Morgum. »Aber wenn es überhaupt einen Menschen gibt, dem ich dieses Geheimnis anvertrauen würde, dann Gideon. Er liebt Wissen mehr als die Vorurteile von seinesgleichen. Aber er wird jetzt alt.«

»Und weshalb ist er zu dir gekommen?«

»Es ging um etwas, das ich vor Jahren für ihn getan habe. Einen Gefallen.«

»Was für einen Gefallen?«, fragte Benfro und vergaß für einen Moment die Höhle und seine Träume. Seine Mutter schwieg eine Weile und schien abzuwägen, ob er reif genug für dieses Wissen sei. Sie blickte ihn anders an, als sie es bisher immer getan hatte, und für einen kurzen Moment dachte er, er habe vielleicht einen ungenannten Test bestanden und endlich würden ihm die Geheimnisse der Welt anvertraut werden.

»Es ist besser, wenn du nichts darüber weißt«, sagte Morgum schließlich. Sie hielt ihm ein Stück Brot und etwas von dem gegrillten Wildbret hin. »Hier, iss etwas.«

»Warum?«, fragte Benfro. »Wozu soll das gut sein? Es ist doch nicht so, als ob ich hier zu irgendetwas taugte. Ich stehe bloß im Weg. Du willst mir nichts über die Welt da draußen erzählen. Du willst mir nichts über die Feinen Künste erzählen, obwohl sie offenbar alles um mich herum berühren. Soll ich denn mein ganzes Leben hier im Dorf verbringen? Tausende von Jahren elender Plackerei? Wirst du immer entscheiden, was ich tun darf und was nicht?« Er verstummte, aus Verlegenheit und weil er außer Atem war. Morgum hielt ihm noch immer Brot und Fleisch hin, sah ihn noch immer mit diesem halben Lächeln und diesen wissenden Augen an, nur ärgerte ihn das jetzt, während es ihn früher getröstet und ermutigt hatte.

»Du musst trotzdem etwas essen«, sagte Morgum. »Auch wenn ich diesen Ausbruch durchaus verdient habe. Aber, Benfro, du musst begreifen, dass du nicht alles auf einmal lernen kannst. Und du wirst auch nie alles lernen können. Es gibt immer noch mehr, was man nicht weiß.«

»Aber warum fängst du nicht wenigstens an, mich zu unterrichten?«, fragte Benfro.

»Was meinst du denn, was ich in den vergangenen dreizehn Jahren getan habe?«, gab Morgum zurück. »Kanntest du die Buchstaben schon, als du geschlüpft bist? Konntest du immer schon die sieben verschiedenen Arten von Trichterpilzen auseinanderhalten und wusstest, welche Art gegen welche Krankheit hilft? Und ich glaube, du hast nicht immer gewusst, wie man Fische fängt und Wild jagt.«

Benfro starrte Brot und Fleisch an, denn er wollte dem Blick seiner Mutter nicht begegnen. Er wusste, dass sie recht hatte, aber zugleich lag sie auch voll daneben. Er war immer noch sauer auf sie, auch wenn er das nicht zeigte. Es gab so viel, was ihm verweigert wurde.

»Ich weiß, du hast mir alles beigebracht, was ich weiß«, sagte er. »Du und die anderen Drachen im Dorf. Aber es ist alles so eine Zeitverschwendung. Niemand wird jemals krank, wozu also immer wieder Arzneien zubereiten, die ihre Wirksamkeit verlieren und ersetzt werden müssen? Und warum jagen, wenn du das Fleisch doch einfach stehlen kannst?«

Morgum ließ ein leises Kichern hören. »Du bist so jung,

Benfro«, sagte sie. »Nein, geh jetzt nicht schon wieder hoch. Du bist jung. Du bist erst vor dreizehn Jahren geschlüpft. Sogar Frecknock hat über hundert Jahre mehr gesehen. Sie war siebzig von diesen Jahren bei mir in der Lehre, und die ganze Zeit hat sie geschimpft, wie sinnlos das doch alles sei. Aber was, wenn niemand sich die Mühe gäbe, die Heilkunst zu erlernen? Wer würde die Umschläge für Sir Frynwy machen? Wer hätte gewusst, wie Ynys Môns Flügel geheilt wird, als er vom Felsen gefallen ist und sich die Hälfte der Flügelknochen gebrochen hat? Wer hätte die Extraktion für Ystrad vornehmen können?«

Benfro sah einen Moment vor sich hin, dann biss er in sein Stück Wild. Er hatte das alles schon gehört, viele Male sogar, aber ihm war neu, dass Frecknock bei seiner Mutter in der Lehre gewesen war. Hatte sie bei Morgum in der Hütte auf der Lichtung gelebt? In seinem Bett geschlafen, in seinem Zimmer? Beim Gedanken an sie wurde er wieder wütend, aber das Essen besänftigte ihn einigermaßen. Er hatte nichts mehr gegessen, seit sie die Höhle verlassen hatten, seine normale Frühstückszeit war längst vorbei, und er war die halbe Nacht durch den Wald gelaufen. Dieser erste Bissen erinnerte ihn daran, wie leer sein Magen sich anfühlte. Der Rest wurde rasch verschlungen, kaum gekaut, und die ganze Zeit sah seine Mutter ihm mit ihrem halben Lächeln und ihren wissenden Augen zu. Als er fertig war, hatte er seine Haltung einigermaßen zurückgewonnen, auch wenn noch immer die Neugier ungeduldig in ihm loderte.

»Dann sag mir wenigstens, was gestern Abend passiert ist«, sagte Benfro. »Ich habe vom Fliegen geträumt, und dann war es plötzlich echt.«

»Nein, Benfro, das war nicht echt«, sagte Morgum. »Du hast die Höhle nicht verlassen. Dein Körper jedenfalls nicht. Aber dein Geist ist geflogen. Sag mir, wo du gewesen bist.«

Benfro erzählte ihr von den Bäumen, von den Bergen, die aus

dem Wald aufragten wie Inseln in einem unvorstellbaren Meer, von dem großen Bogen über der Straße und dem gewaltigen Gebäude, das den Berggipfel erdrückte.

»Du warst in Emmas Faur, der Festung des Ordens vom Hohen Fryd«, sagte Morgum. »In meinem ganzen Leben habe ich das noch nicht gesehen, aber andere haben es mir beschrieben. Beim Mond, Benfro, wieso warst du an einem solchen Ort?«

»Das weiß ich nicht. Ich bin geflogen, und dann hat es meine Aufmerksamkeit erregt. Aber wie bin ich da hingelangt, wenn ich doch noch in der Höhle war?«

»Ich bin nicht sicher«, sagte Morgum. »Das heißt, ich weiß, wie es geht. Ich habe auch schon so etwas gemacht, aber dazu braucht man ungeheure Fähigkeiten und endlose Übung. Und selbst dann dürfte es eigentlich nicht möglich sein, alles wahrzunehmen, was du wahrgenommen hast, noch dazu so detailliert. Du könntest nicht alles so erlebt haben, wie du es beschreibst.«

»Ich lüge nicht«, sagte Benfro. »Es war genau, wie ich es beschrieben habe. Es war auch nicht das erste Mal, dass ich vom Fliegen geträumt habe. Aber es war das erste Mal, dass ich nicht einfach nur über den Wald geflogen bin.«

»Ich weiß, dass du nicht lügst, Benfro«, sagte Morgum. »Das liegt dir doch nicht. Ich verstehe nur nicht, wie du sehen konntest, was du gesehen hast. Ich muss mit Sir Frynwy darüber reden. Er weiß viel mehr als ich. Und Meirion auch.«

»Ystrad hat mich zurückgerufen«, sagte Benfro. »Jedenfalls hat er das versucht. Aber seine Stimme war total falsch.«

»Du hast in deinem Traum Ystrad gehört?«, fragte Morgum.

»Und die anderen. Aber ich konnte nicht richtig verstehen, was sie gesagt haben. Wie viele Drachen sind da in der Höhle?«

Morgum sah Benfro mit einem Blick an, unter dem er sich unbehaglich fühlte. Es war kein unfreundlicher Blick, aber er hatte das Gefühl, dass sie mitten in seine Gedanken schaute, als gäbe es nichts in ihm, das er vor ihr verstecken könnte. Was immer er falsch gemacht hätte, sie würde es jedenfalls wissen.

»Du bist ein seltsames Wesen, Benfro«, sagte sie. »Du hättest überhaupt nicht in der Lage sein dürfen, die Höhle zu finden, aber du bist einfach durch die Schutzvorrichtungen gegangen, als ob sie gar nicht da wären. Und ohne irgendein Training ist es dir gelungen, mit Ystrads Geist zu reden. Vielleicht ist es ja doch an der Zeit, mit dem Unterricht über diese Dinge anzufangen. Ehe deine Neugier dir noch mehr Ärger macht.«

Benfros Herz machte einen Sprung. Würde er jetzt endlich einige der Geheimnisse erfahren, die er so gern ergründen wollte? Er wollte so viele Fragen stellen – nach der Linie, die er gesehen hatte, als Frecknock ihren Lockruf begann, nach dem Lockruf überhaupt. Und woher nahmen die Dorfbewohner nun wirklich ihre Lebensmittel? Könnte er das auch bald lernen? Nicht, dass er nicht gern mit Ynys Môn auf die Jagd und zum Fischen ging, aber es wäre doch nett, einfach die Hand auszustrecken und zu bekommen, was immer man wollte. Vielleicht könnte er sich sogar etwas von dieser süßen Ingwerwurzel aus dem fernen Talardeg holen, die Ystrad ihm immer gegeben hatte. Und noch besser wäre es, wenn er nicht mehr endlose Tage damit verbringen müsste, den Wald nach Kräutern abzusuchen, und endlose Nächte, in denen er uralte Zaubertränke und Rezepte abschrieb.

»Liebster Benfro, es ist nur zu deutlich zu sehen, wie jung du noch bist«, sagte Morgum. Sie sammelte die Reste der Mahlzeit ein, verstaute sie in der Tasche und warf sich diese über die Schulter. »Die Feinen Künste lernen sich nicht so leicht, auch wenn du vielversprechend wirkst. Und selbst wenn Meirion und Sir Frynwy auch finden, dass du lernen musst, dann heißt das noch lange nicht, dass du dich vor dem Unterricht bei mir drücken kannst.«

Sie gingen weiter zu den Bäumen, von denen ein Pfad abwärts

zu dem Felsabsatz führte, wo Frecknock ihren Lockruf ausgesandt hatte. Der Fels war jetzt verlassen, er stand in seiner Wasserlache wie eine kleine Burg in ihrem Wallgraben. Morgum blieb stehen, um zu trinken. Benfro trat neben sie an den Rand des Wassers und sehnte sich verzweifelt danach, sprechen zu können. Doch noch immer konnte er die Wörter nicht herausbringen.

»Das ist ein mächtiger Ort«, sagte Morgum, als sie genug getrunken hatte. »Viele wichtige Stränge der Grym treffen hier aufeinander. Es wäre eine gute Stelle, um die Edelsteine eines Magis abzulegen.«

»Wäre es nicht besser, sie zu denen in der Höhle zu legen?«, fragte Benfro.

»Aber nicht doch, Benfro«, sagte Morgum. »Das Nest ist zwar die letzte Ruhestätte für viele Drachen. Aber Magi werden seit alters her allein an Stellen bestattet, wo die stärksten Linien sich kreuzen, um dort über die Welt zu wachen. Du musst dir das unbedingt klarmachen, da du offenbar dieses Erbe fortsetzen willst. Wahre Magi sind einsame Wesen, im Leben und in der Ewigkeit nach dem Tod.«

»Übt Frecknock denn, Magis zu werden?«, fragte Benfro. Es war das Einzige, das ihm einfiel und das die junge Drachin ins Gespräch einbeziehen konnte.

»Meine Güte, nein«, sagte Morgum. »Frecknock fehlt es an Fähigkeiten und Veranlagung, um der Sache auch nur in die Nähe zu kommen. Nein, sie studiert die Kunst, wie wir alle es getan haben, als wir jung waren. Irgendwann wird sie einige der Grundkünste beherrschen, da bin ich mir sicher. Für den Moment ist sie wohl zu sehr mit ihrem Aussehen beschäftigt, um es weit zu bringen. Warum denkst du gerade jetzt an sie?«

»Ich …« Benfro wollte sagen, dass er sie dort auf diesem Felsen mit dem *Buch Draconius* gesehen habe, während sie alle männlichen Drachen anrief, die zu finden waren, aber die Wörter wollten nicht aus ihm heraus.

»Na, ist ja auch egal«, sagte Morgum. »Wir können nicht den ganzen Tag hier sitzen bleiben.« Sie ging zurück auf den Pfad. Benfro warf einen letzten Blick auf den Felsen und die Lache, dann gab er wütend auf, kletterte hinter seiner Mutter her und rannte los, um sie einzuholen, als sie durch den endlosen Winterwald weitergingen.

Errol lag auf seiner Pritsche und starrte die groben Latten an, die die dünne Matratze des Bettes über ihm trugen. Der riesige Schlafsaal war dunkel, und deshalb musste er davon ausgehen, dass Nacht war. Da er seit dem Tag, ehe er die riesigen steinernen Weiten von Emmas Faur betreten hatte, kein Tageslicht mehr gesehen hatte, konnte er da nicht sicher sein.

Nach seiner ersten überraschenden Begegnung mit Danno und den Ställen hatte Errol sich im Kloster rasch eingewöhnt. Er verbrachte morgens zwei Stunden im Stall, wo er bei den Pferden half, dann ging er für den restlichen Tag in die Bibliothek.

Seit zahllosen Wochen war er jetzt auf eine melancholische Weise zufrieden. Danno war ein schlichtes Gemüt, und nicht sehr gesprächig. Aber die Arbeit half Errol, sich zu konzentrieren, und er hatte allerlei über Pferde gelernt. Doch wenn die Stallarbeit erst vorüber war, dann erwachte er erst wirklich zum Leben.

Umgeben von Büchern, Schriften, Landkarten und Bildern fühlte er sich wohl. Es gab so viel Wissen zu ernten, dass er selbst dann, wenn er zwölf Leben hier verbringen würde, doch nur an der Oberfläche kratzen könnte. Und das hier waren nur die Bücher, die in seiner Muttersprache, Saesneg, geschrieben waren. Es gab Dutzende von anderen Sprachen, deren Wörter er nur erraten konnte, auch wenn er begonnen hatte, diese fremden Sprachen zu lernen. Sobald Andro, dem Oberbibliothekar, aufgefallen war, dass Errol die uralten Schriften aus den ersten Jahrhunderten des Hauses Balwen lesen konnte, hatte er dafür gesorgt, dass er eine gute Ausbildung erhielt.

Errol mochte Andro. Dieser war unvorstellbar alt, seine Haut und seine Haare waren weiß, weil er sein ganzes Leben in den dunklen Gewölben verbracht hatte. Aber er war voller Wissen, hatte gleichermaßen praktische wie obskure Kenntnisse. Er wusste von fernen Ländern, von fremden Völkern, von Magie und Drachen. Und er wirkte zufrieden, ja, glücklich geradezu, wenn er Errols endlose Fragen beantworten konnte, während er ihm die Arbeit in der Bibliothek und die damit verbundenen Vorschriften erklärte.

Errol hatte gelernt, auf welche Weise Bücher und Schriften sortiert und katalogisiert wurden. Er hatte immer wieder die Regeln aufgesagt, bis sie wie sinnlose Geräusche durch seinen Schädel kullerten. »Du wirst niemals eine ungeschützte Flamme hinter die erste Tür tragen. Nur Gelehrte des fünften Ranges dürfen die höheren Türen durchschreiten. Die Strafe für jeden Verstoß gegen diese Regeln besteht darin, vom Eldenturm in die Faerenschlucht gestoßen zu werden.« Errol hatte keine Ahnung, was das für Orte waren, aber er zweifelte nicht daran, dass der Sturz tödlich sein würde. Es kam ihm wie eine grausame Strafe vor, bis er die endlosen Stapel von staubigem trockenen Pergament in den Regalen sah. Ein Funke aus Irrwegen könnte hier ein Feuer entzünden, das jahrzehntelang brennen würde.

Jeder Tag brachte harte Arbeit: Er musste Bände aufheben und tragen, die fast so viel wogen wie er selbst, er musste spinnendünne Handschriften entziffern, Inhaltsverzeichnisse zusammenstellen und Kataloge zu Themen anlegen, die für ihn keinerlei Bedeutung besaßen. Und die ganze Zeit hatte er als Licht nur seine Kopflaterne. Wenn Andro ihn von seinen Pflichten entließ, wollte Errol nur noch kurz im Speisesaal der Bibliothekare etwas essen und dann in sein Bett im kalten Schlafsaal kriechen.

Sonst schlief dort niemand. Er hatte einen Raum für sich allein, in dem hundert oder mehr Personen hätten untergebracht werden können. Am einen Ende des Saales gab es einen großen Kamin, in dem er jedoch noch nie eine Flamme hatte brennen sehen. Wie alle anderen Zimmer, die er in dem riesigen Emmas Far bisher betreten hatte, hatte auch dieser keine Fenster, und seine Wände bestanden aus viereckigen Steinquadern, die makellos zurechtgehauen und zusammengefügt worden waren. Die Decke war höher als viele der uralten Bäume, die Errol von zu Hause kannte, und ihr Gewölbe warf unter der einen Fackel, die ihm gestattet war, seltsame Schatten. Der Boden war aus Stein und geglättet von den Schritten zahlloser Füße. Alles war kalt, es war die ewige Kälte einer Höhle.

In den ersten Nächten hatte er zitternd wach gelegen und sich in die eine unzureichende Decke gehüllt, die ihm zugeteilt worden war. Er hatte den Saal durchsucht, aber keine weitere Decke gefunden. Deshalb schlief er in seiner Kutte. Dann, nachdem er sich einen Tag bei einer einzelnen Laterne mit einem in einer sehr alten Form von Saesneg geschriebenen Buch abgemüht hatte, die er kaum als seine ganz normale Muttersprache erkennen konnte, hatte er sich endlich ein Herz gefasst und mit Andro über seine erbärmlichen Nächte gesprochen. Der alte Mann hatte ihn einfach nur angelächelt und gesagt: »Du wärst nicht ausgesucht worden, um hier zu arbeiten, wenn du nicht wüsstest, wie man mit ein wenig Kälte umgeht. Denk darüber nach, Errol. Es ist doch nicht das erste Mal.«

Also hatte er darüber nachgedacht, endlos lange, noch mehrere Tage, bis es ihm endlich gedämmert war. Die Linien. Der Gedanke an die Linien hatte ihn beunruhigt. Seine Erinnerungen sagten ihm das, was der fette Father Kewick ihm darüber erzählt hatte, aber er wusste, dass das nicht stimmen konnte. Dennoch hatte er versucht, sich genau daran zu erinnern, wie er sich gefühlt hatte, als er die Grymlinien zum ersten Mal gesehen hatte. Zuerst waren sie kaum wahrnehmbar gewesen, wie dünne Fäden eines Spinnennetzes, das er nur aus dem Augenwinkel sah. Wenn er sie von vorn ansah, verschwanden sie ganz einfach. Aber immerhin wusste er nun, dass sie da waren. Endlich hatte er Verbindung zu einer aufnehmen können, ohne so richtig zu wissen, wie er das geschafft hatte, und die wärmende Energie aus der Linie in sich hineinzuziehen.

Seither war das Leben leichter. Es war noch immer kalt, aber es war, als sitze er im Haus vor einem Feuer, während draußen der Frost stärker wurde. Und die Einsamkeit, die er verspürte, seit Clun weggeführt worden war, war ein wenig leichter zu ertragen, wenn die Nacht das Flüstern vieler Tausend Stimmen in seine Gedanken trug.

Und so lag er dann da, starrte in der fast totalen Finsternis die Latten über ihm an, zog Wärme aus der Linie, die genau unter seinem Bett verlief, und versuchte, den Myriaden von gemurmelten Geräuschen in der riesigen Klosterfestung irgendeinen Sinn zu entlocken.

Ein Geräusch riss Errol aus dem Halbschlaf, in den er versunken war. Ein Lichtspalt bildete sich um die schwere Tür, als diese aufgestoßen wurde und eine hohe Gestalt eintrat.

»Errol Ramsbottom?«

Errol sprang aus dem Bett, zog seine Stiefel an und lief zur Tür. Als das Licht ins Gesicht des Mannes fiel, der ihn gerufen hatte, sah Errol, dass es Hauptmann Osgal war. Der Kampfpriester musterte ihn kurz von Kopf bis Fuß, als ob er ein Lamm zum Schlachten aussuchen wollte.

»Komm mit«, sagte er, machte kehrt und verließ den Raum wieder.

»Wohin gehen wir?«, fragte Errol, der sich alle Mühe geben musste, um mit dem Mann Schritt zu halten.

»Stell keine Fragen«, sagte Osgal, dann verstummte er wieder. Errol folgte ihm durch lange Gänge, durch gewaltige Treppenhäuser und durch riesige Hallen, bis ihm die Füße wehtaten. Aber es ging immer noch weiter, immer aufwärts. Unterwegs sah er andere Menschen, die meisten in der tristen braunen Kutte des Ordens, andere aber auch in der Tracht der einfachen Leute. Endlich erreichten sie einen Innenhof, und zum ersten Mal seit ewigen Zeiten, so kam es ihm vor, sah Errol den Himmel wieder.

Es war nur ein kleiner Fleck, hoch über ihm und eingerahmt auf allen Seiten von hohen Gebäuden, aber es war der Himmel. Es war Nacht und der Himmel war klar, Sterne blinkten auf blauschwarzem Grund. Es war der umwerfendste Anblick, den Errol je gesehen hatte. Er erkannte sogar die geschwungene Form des Rennenden Wolfes, was bedeutete, dass er nach Norden blickte. Es war eine Kleinigkeit, aber sich wenigstens so weit orientieren zu können, war eine Freude.

»Trödel nicht rum, Ramsbottom. Du bist spät dran und das kann er überhaupt nicht leiden.« Osgals Stimme kam aus einiger Entfernung. Errol merkte überrascht, dass er stehen geblieben war. Er rannte über den Hof und betrat das Gebäude auf der gegenüberliegenden Seite.

Dieses bildete einen scharfen Kontrast zu den Teilen des Klosters, die er schon gesehen hatte. Zum einen kam ihm die Tür winzig vor. Er zog unwillkürlich den Kopf ein, als er hindurchging, obwohl der Türsturz fast einen Meter über seinem Kopf war. Der Gang, den sie nun betraten, war klaustrophobisch nach den gewaltigen gewölbten Tunneln in den anderen Gebäuden der Klosteranlage. Das Mauerwerk hier sah fast schäbig aus, die Steine waren groß, aber handlich, und der Mörtel war in fingerbreiten Fugen zu sehen. Errol stieß sich den Zeh am unebenen Steinboden, als er versuchte, mit Hauptmann Osgal Schritt zu halten. Osgal marschierte mitten im Gang und stieß alle beiseite, die ihm nicht schnell genug aus dem Weg gingen.

Sie erreichten das Ende des Ganges und stiegen eine steinerne Wendeltreppe hoch. Errol hatte nach einem langen Tag in der Bibliothek kaum geschlafen, und jetzt hatte er das Gefühl, schon seit Stunden hinter dem Hauptmann hergerannt zu sein. Seine Beine ächzten und brannten, als er sich immer weiter nach oben quälte, und die dünne Luft kratzte in seiner Lunge, als ob sie mit Sand gefüllt wäre. Er spürte, wie er bei jedem Schritt schwächer wurde.

Endlich, als er glaubte, nicht mehr weiterzukönnen, und den Hauptmann schon bitten wollte, anzuhalten, erreichten sie das Ende der Treppe und einen kurzen Gang. Dort gab es nur wenige Türen und keine Menschen. Hauptmann Osgal blieb an der letzten Tür stehen und klopfte. Von drinnen ertönte ein unverständliches Geräusch, woraufhin der Hauptmann die Tür öffnete und Errol hineinwinkte.

»Ah, Errol, da bist du. Es freut mich, dass du kommen konntest.«

Inquisitor Melyn saß in einem großen Ledersessel hinter einem noch größeren Schreibtisch. Die beiden Fenster hinter ihm wirkten wie dunkle Augen, und Errol musste sich mit aller Kraft daran hindern, zu ihnen hinzulaufen, um einen Blick auf den Nachthimmel zu werfen.

»Danke, Hauptmann«, sagte der Inquisitor. »Ihr könnt gehen.«

Osgal schloss die Tür und ließ Errol in dem spärlich beleuchteten Raum stehen. Ein Feuer brannte in einem großen, in die Mauer eingelassenen Kamin, und Errol fragte sich, ob er wohl eine Weile davorsitzen könnte. Die Anstrengung hatte ihn schwitzen lassen, aber jetzt kühlte sich der Schweiß auf seiner Haut ab und ließ ihn zittern. Instinktiv griff er nach den Linien und suchte eine wärmende Verbindung. Zu seiner Überraschung konnte er hier im Raum keine sehen. Ein Zittern der Panik durchlief ihn. Er war jetzt so daran gewöhnt, sie zu sehen, dass ihr Fehlen so war, als ob er plötzlich mit Blindheit geschlagen wäre.

»Ich merke, es war richtig, dich auszusuchen, Errol, trotz deiner Jugend«, sagte der Inquisitor. Der alte Mann stand auf und ging zum Kamin hinüber. Ein schwerer Zinnkrug stand dicht vor den Flammen auf einem Dreifuß. Als er eine dampfende rote Flüssigkeit in zwei Becher goss, erkannte Errol den würzigen Geruch von Zimt, Nelken und anderen Gewürzen. Das erinnerte ihn an seine Mutter und ihre vielen köstlich duftenden Salben.

»Komm, setz dich. Trink einen Schluck Glühwein«, sagte Melyn. Errol lief zum Kamin und nahm den angebotenen Becher, wartete aber, bis der Inquisitor Platz genommen hatte, ehe er sich auf der Kante seines Sessels niederließ, so dicht beim Feuer wie überhaupt nur möglich.

»Andro bezeichnet dich als vielversprechenden Schüler«, sagte Melyn und richtete einen starren Blick auf Errol, der diesen so fest hielt wie Seile. »Sag mir, Errol, gefällt dir die Arbeit in der Bibliothek?«

»Ja, Herr«, erwiderte Errol.

»Hat Andro dich schon hinter die dritte Tür geführt?«, fragte der Inquisitor und hob den Becher an seine Lippen. Errol tat es ihm nach, aber nun erinnerte der Geruch ihn plötzlich nicht mehr an zu Hause, sondern an Verwirrung, Dröhnschädel und sein Elend in einem schlingernden Wagen. Er brauchte jetzt seinen Verstand, und deshalb ließ er seine geschlossenen Lippen von der dunklen starken Flüssigkeit nur berühren und schluckte

Luft. Als er Melyn ansah, hatte er das Gefühl, dass der alte Mann es auch so machte.

»Nicht einmal Novizen dürfen die dritte Tür durchschreiten«, sagte Errol, die Regeln und die entsetzlichen Strafen, die mit ihnen verbunden waren, waren fest in seiner Erinnerung verankert.

»Ah, aber du bist noch kein Novize, Errol«, sagte Melyn. »Und doch kannst du die Linien schon sehen und sie auch ein wenig manipulieren. Du besitzt die Fähigkeiten von jemandem, der doppelt so alt ist wie du. Wie ist das möglich? Wer hat dir das alles beigebracht?«

Der Blick des Inquisitors bohrte sich tief in Errol hinein. Melyns Augen waren wie gelbe Lichter. Sie flackerten und wirbelten und wurden immer größer. Oder vielleicht lag es auch nur darum, dass der Raum um ihn herum dunkler und kleiner wurde, sodass Errol nur noch ein Starren sehen konnte.

»Trink, Errol, trink«, sagte Melyn, und ohne einen bewussten Gedanken spürte Errol den Becher abermals an seinen Lippen. Etwas von seinem Willen war noch vorhanden, denn noch immer nippte er nur, und etwas Glühwein sickerte über seinen Mund, sein Kinn und seine Kleider.

Ganz ungebeten tauchte vor seinem inneren Auge ein Bild von der Hochzeit seiner Mutter mit Godric auf. Er selbst wurde dem Inquisitor vorgestellt und starrte in diese stechenden Augen, so wie jetzt. Sie durchbohrten ihn wie Würmer, sie suchten den Mittelpunkt seines Wesens. Und doch hielt ihn etwas fest, gab ihm die Kraft, sich gegen diese Invasion zu wehren. Seine Hand war warm und sie umklammerte etwas. Eine andere Hand. Es roch nach Gartenblumen und frischem Heu, er hatte das Gefühl, im Grünen zu sein.

Der Inquisitor runzelte die Stirn, und Errols Gedanken kehrten in das Arbeitszimmer des alten Mannes zurück, wo er auf einer Stuhlkante vor einem Feuer saß und einen Becher Glühwein in der Hand hielt. Melyn starrte ihn noch immer an, aber diese Augen waren nicht mehr das Einzige im Zimmer. Errol hielt sie noch immer mit seinem Blick fest. Er wusste auf irgendeine Weise, dass er das tun musste, wenn er nicht ertappt werden wollte. Aber wobei ertappt?

»Trink«, sagte eine Stimme tief in seinem Kopf, fast lautlos. »Trink, aber trink langsam. Er soll glauben, dass er die Sache im Griff hat.« Errol wäre fast aufgesprungen, aber er konnte den Becher an den Mund heben und ein paar Tropfen Wein in seinen Mund sickern lassen. Der Wein kühlte schnell ab und füllte seinen Kopf nicht mehr mit Alkoholdünsten.

Der Inquisitor sagte nichts, sondern fixierte ihn noch immer. Errol merkte, dass seine Gedanken davonliefen. Er war wieder auf dem Hochzeitsfest und tanzte schwungvoll mit Maggs. Er saß in dem kalten Klassenzimmer und hörte zu, wie Father Kewick der hingerissenen Klasse Geschichten über Drachen erzählte – davon, wie deren sinnlose Angriffslust fast die ganze Welt zerstört hatte und wie der tapfere König Brynceri Krieg gegen sie geführt und den Orden vom Hohen Fryd gegründet hatte, um das Königreich zu beschützen und das Werk des Hirten fortzusetzen. Er saß auf einer Bank, blickte auf den Fluss und sprach mit Clun darüber, dass er für den Orden vom Hohen Fryd ausgesucht und zum Kampfpriester werden würde. Er sah am Zackensprung den Sonnenuntergang. Neben ihm saß Maggs Cluster und hielt seine Hand. Diese vielen Bilder und noch mehr wirbelten durch Errols Gedanken. Er sah sie vorüberziehen wie eine Prozession. Er erkannte schon bald, dass es nicht seine Erinnerungen waren, jedenfalls nicht seine echten Erinnerungen. Auf irgendeine Weise hatte der Inquisitor seine echten Erinnerungen in seine Gewalt gebracht. Er hatte sie verdreht, hatte wichtige Details gestrichen, hatte Menschen an die falsche Stelle und an den falschen Zeitpunkt gesetzt und sie Dinge tun lassen, die sie unmöglich hätten tun können. Aber insgesamt ergab das alles eine plausible Version der Wahrheit.

Weitere Bilder wirbelten durch seinen Kopf und verstärkten die Version, die der Inquisitor ihm von der Wahrheit geben wollte. Es war ein bisschen wie ein Traum, merkte Errol. Nur wusste er in diesem Traum, dass er träumte. Ein Teil von ihm schaute aus einer gewissen Entfernung zu, registrierte die unlogischen Stellen und zerbrach sich den Kopf über die Löcher, die noch immer in seiner Erinnerung klafften.

»Na, das war eine nette kleine Plauderei, Errol«, sagte Inquisitor Melyn schließlich, und plötzlich war Errol wieder richtig in seinem Kopf anwesend. Er konnte die harte Kante des Sitzes an seinen Beinen spüren und nahm das solide Gewicht des Bechers in seiner Hand wahr. Und er konnte seine Augen von dem durchbohrenden Starren des Inquisitors lösen. Sein Mund war wie ausgedörrt, und instinktiv hob er den Becher noch einmal an seinen Mund und nahm einen großen Schluck.

»Bald hast du Geburtstag«, sagte Melyn. »Dann kannst du in den Orden aufgenommen werden. Und wenn du die Zeremonie hinter dir hast, darfst du am Training der anderen Novizen teilnehmen.«

»Bald?«, fragte Errol. »Aber … das kann nicht sein. Ich meine, ich bin doch erst vorige Woche … wie lange bin ich denn schon hier?«

»Fast sechs Monate, Errol. Du bist seit einem halben Jahr bei uns.«

15

Der Obsidianthron im Palast von Candlehall ist ein mächtiges magisches Instrument. Angeblich stand er Jahrtausende lang den Elementen preisgegeben auf dem Hügel der Könige, bis König Brynceri den Thronsaal erbaute, der ihn bis zum heutigen Tag umgibt. Inquisitor Ruthin behauptete, er sei vom Hirten selbst dorthin gestellt worden, damit Balwen einen Ruheplatz hätte, nachdem er die Gottlosen bis nach Lanwennog getrieben hatte. Was immer die wahre Geschichte sein mag, es lässt sich nicht leugnen, dass der Thron große Macht in sich birgt. Doch diese Macht hat die Zwillingskönige zwar viele Jahrhunderte lang beschützt, aber sie kann auch grausam und zerstörerisch sein.

König Weddel II. wurde mit nur neunzehn Jahren gekrönt, nachdem sein Vater bei einem Jagdunfall ums Leben gekommen war. Keine sechs Monate nach seiner Krönung hatte die Kraft des Thrones ihn bereits in den Wahnsinn getrieben und das Land in ein Jahrzehnt voller entsetzlicher Kriege gestürzt. Diseverin II., der mit nur achtzehn Jahren an die Macht kam, trieb die Hälfte der Männer des Königreichs in den Tod, als er vergeblich versuchte, eine Armee über einen lebensgefährlichen Gebirgspass zu treiben. Andere junge Könige haben im Laufe der Jahre die Stabilität des Zwillingskönigreichs gefährdet. Das alles liegt nur an dem zersetzenden Einfluss des Thrones.

Nach fast einem Jahrhundert blutiger Kämpfe erließ

König Diseverin IV. endlich das noch heute gültige Edikt, demzufolge kein Erbe Balwens vor seinem einundzwanzigsten Geburtstag den Thron besteigen darf. Sollte ein König sterben, ehe sein ältester Nachkomme dieses Alter erreicht, soll der Älteste unter den Führern der drei Orden als Regent fungieren, bis der Erbe die Volljährigkeit erreicht. In den vierhundert Jahren seit Diseverins Herrschaft hat es in den Zwillingsreichen nur einmal eine Regentschaft gegeben, und diese währte nur sechs Monate.

Barrod Sheepshead: Eine Geschichte des Hauses Balwen

Benfro saß am Tisch und starrte aus dem Fenster in den endlosen Regen. Er langweilte sich. Er hasste den Winter mit seinen Stürmen und Winden, den kurzen Tagen und den langen Nächten. Die Kälte störte ihn nicht so sehr, auch wenn er sich lieber in der Hitze der Sonne suhlte. Das Schlimmste an dieser ganzen elenden Jahreszeit war, dass es so wenig Interessantes zu tun gab.

Natürlich hatte er mehr als genug Arbeit: Brennholz musste gesammelt und gestapelt werden, Wasser musste vom Bach geholt werden, Böden mussten geputzt werden. Und zu allem Überfluss hatte seine Mutter ihm auch noch die Aufgabe auferlegt, mehrere ihrer Kräuterbücher zu kopieren. Aber das schlechte Wetter bedeutete auch: keine Ausflüge ins Dorf, keine Jagd in den Wäldern, kein Klettern auf Bäume auf der Suche nach Nestern, die man ausnehmen könnte, keine Entdeckungsfahrten. Also saß er am Tisch, mit mehreren Bögen Pergament, einem Tintenfass und einer langen Schreibfeder, und malte die Buchstaben hin, einen nach dem anderen, in einer klaren, ordentlichen Schrift, genau wie es ihm beigebracht worden war. Er hatte längst den Versuch aufgegeben, die Wörter zu lesen, er starrte lieber aus dem Fenster und verlor sich in seinen Gedanken.

Wochen waren vergangen, seit er in der Höhle aus seinem seltsamen Traum erwacht war. Er konnte sich noch an die Angst und an seine Hilflosigkeit erinnern, aber diese Gefühle verblichen jetzt und wurden von dem wundervollen Gefühl des Fliegens übertrumpft. Er sehnte sich nach weiteren Träumen, so sehr, dass er oft früh schlafen ging und scheinbar Stunden wach lag und an die schwarze Decke starrte, während er auf den Schlaf wartete und doch versuchte, bei Bewusstsein zu bleiben. Er wurde am nächsten Morgen immer früh wach und konnte sich an nichts erinnern, außer an den hölzernen Balken über ihm. Das verwirrte ihn, da er immer geträumt hatte und sich immer an seine Träume hatte erinnern können. Jetzt schien jemand einen Zaun um sein schlafendes Gemüt errichtet zu haben.

Trotz der Versprechen seiner Mutter hatte Benfro seit seinem seltsamen Abenteuer nichts über die Feinen Künste gelernt. Morgum hatte zwar mit Sir Frynwy und mit Meirion gesprochen, aber beide hatten dieselbe Antwort gegeben. Er würde erst nach seinem vierzehnten Schlüpftag anfangen dürfen. Bis es so weit war, konnte er nur Ynys Môns Versteckzauber üben, und der kam ihm eher vor wie Fingerfertigkeit als wie ein echter Zauber.

Das ewige Prasseln des Regens auf das Dach übertönte fast das Geräusch von Schritten auf dem Holzboden der Veranda vor der Eingangstür. Benfro, der in seine zerstreuten Überlegungen vertieft war, brauchte einen Moment, um das Geräusch zu bemerken. Und selbst dann dachte er, er könne es sich eingebildet haben, wenn er nicht das Gefühl gehabt hätte, dass draußen etwas war. Es war fast, als klaffe ein stummes Loch im Hintergrundrauschen.

Leise stand Benfro auf und ging zur Tür. Seine Mutter war irgendwo im Wald. Sie war nicht weit weg, das wusste er. Morgum ging nie weit weg, ohne ihn mitzunehmen oder ihn ins Dorf zu schicken. Der oder das, was draußen stand, war jedenfalls kein Drache. Das wusste Benfro. Woher er das allerdings wusste, das war eine andere Frage. Vielleicht lag es daran, dass die Schritte so leise gewesen waren, dass sie nur von etwas stammen konnten, das sogar noch kleiner als er war. Benfro griff nach dem Riegel und stellte zu seiner Überraschung fest, dass seine Hand ein wenig zitterte. Er holte tief Luft und öffnete die Tür.

Die Gestalt, die nun vor ihm stand, sah anders aus als alles, was er je gesehen hatte. Doch Benfro wusste sofort, dass es ein Mensch war. Kein Tier würde so nah an ein Haus herankommen, und es würde sich auch nicht in dunkelbraunes Tuch kleiden, ähnlich dem, in das Frecknock sich gelegentlich hüllte. Benfro hatte von Kleidern gehört, aber da er eine dicke Haut und dicht schließende Schuppen hatte, hatte für ihn nie die Notwendigkeit bestanden, Kleidung zu tragen. Dieser Mensch hier schien dagegen ganz und gar in Kleider gewickelt zu sein.

Er war überraschend klein und schmächtig, viel kleiner, als Benfro sich die Wesen vorgestellt hatte, die seiner Mutter und den anderen Drachen solche Angst machten. Aber er war auf eine Weise anders, die Benfro einen Schauer bis in die Schwanzspitze jagte. Der Mensch war offenbar verwirrt von seinem Anblick, denn er trat einen Schritt zurück und plapperte etwas Unbegreifliches.

»Wer bist du?«, fragte Benfro. »Was willst du?«

Der Mensch hörte auf zu plappern, zog bleiche rosa Hände aus den Falten seines Umhangs und hob sie, um seine Kapuze abzustreifen. Benfro fuhr zusammen, als ihm klar wurde, dass er solche Hände schon einmal gesehen hatte.

»Du sprichst unsere Sprache nicht?«, fragte der Mensch, und Benfro richtete seine Konzentration jetzt auf seinen Kopf. Dieser war seltsam, fleischig rosa und rund, mit einem dünner werdenden grauen Schopf, der ganz oben saß wie ein Krähennest auf einem hohen Baum. Zwei kleine Augen sahen ihn durchaus freundlich an.

»Du bist Morgums Schlüpfling«, sagte der Mensch. »Ich war nicht sicher. So eine Kühnheit hätte ich nicht einmal von ihr erwartet.«

»Wie meinst du das?«, fragte Benfro.

»Entschuldige bitte«, sagte der Mann. »Ich habe die alte Sprache schon lange nicht mehr gehört, und noch länger habe ich sie nicht zu sprechen versucht. Ich wollte Morgum die Grüne aufsuchen. Mein Name ist Gideon.«

»Meine Mutter hat dich erwähnt«, sagte Benfro, der sich an diesen Namen erinnerte. »Sie hat gesagt, dass sie dir vertraut.«

»Damit erweist sie mir eine sehr große Ehre«, sagte Gideon. Er stand noch immer draußen, und obwohl die Veranda überdacht war, lief Wasser aus seinem Umhang auf den Holzboden. Benfro sah sich auf der Lichtung um und hoffte, seine Mutter sei vielleicht in der Nähe. Aber sie war nicht zu sehen.

»Möchtest du reinkommen?«, fragte er endlich, unsicher, was er andres tun sollte, als die Gastfreundschaft anzubieten, die jeder Drache einem müden Reisenden gewähren würde. Für einen Moment sah Gideon unsicher aus, aber dann trat er durch die Tür. Wie er so im Türrahmen stand, sah er aus wie ein Zwerg.

Der Mensch ging gleich zum Kamin weiter und wärmte sich zuerst die Hände vor den Flammen, dann streifte er den feuchten Umhang ab. Darunter trug er noch mehr Kleider, wie Benfro registrierte. Sie waren aus dem gleichen dunklen Stoff, passten sich aber besser an seine Gestalt an. Benfro wurde plötzlich bewusst, dass er den Besucher anstarrte. Schnell machte er sich auf die Suche nach einer Beschäftigung.

»Kann ich dir etwas zu trinken holen?«, fragte er. Gideon erwiderte seinen Blick vielleicht etwas länger als unbedingt nötig, als versuche er zu verstehen, was hier gesagt worden war. Benfro widerstand dem Drang, eine Hand an die Lippen zu heben und den Vorgang des Trinkens zu mimen.

»Danke, vielleicht einen Schluck Kamillentee«, sagte Gideon nach einer Weile. Benfro hängte den Kessel über das Feuer und ging in die Vorratskammer, um Kamillen zu holen. Er hielt sich länger in dem dunklen Raum auf, als höflich gewesen wäre. Natürlich hätte er den Behälter mit den getrockneten Blüten sofort finden können. Die ganze Zeit lauschte er nach den Schritten seiner Mutter. Obwohl alles, was ihm seit seiner frühen Kindheit beigebracht worden war, ihn drängte zu fliehen, machte die Anwesenheit dieses Menschen ihm gar keine Angst. Und doch wurde seine normalerweise brennende Neugier von einem überwältigenden Gefühl der Verlegenheit überlagert. Wenn ein anderer Drache zu Besuch gekommen wäre, hätte er genau gewusst, was er zu tun hätte, worüber er reden sollte. Aber das hier übertraf alles, was er je erlebt hatte, dermaßen, dass er nur unschlüssig in der Dunkelheit stehen bleiben konnte.

Endlich machte ihm das Flöten des Kessels klar, dass er nicht länger zögern durfte. Er ging zurück ins Wohnzimmer, nahm den kleinsten Becher vom Haken und ließ eine Handvoll Kamillenblüten hineinrieseln, ehe er das kochende Wasser hinzugab. Der Duft der Blüten erinnerte ihn an Herbst, Sonnenschein und trocken gebackene Erde. Es war eine angenehme Abwechslung von dem endlosen Regen.

»Meinen ergebensten Dank«, sagte Gideon, als Benfro ihm den Becher reichte. Er drückte sich förmlich aus, wie die alten Drachen in Sir Frynwys Geschichten, und Benfro dachte, dass der Mensch die Sprache aus Büchern gelernt haben musste. Er hatte sich noch nie Gedanken darüber gemacht, aber jetzt schien es auf der Hand zu liegen, dass Menschen und Drachen unterschiedliche Sprachen hatten.

»Bitte, sagt mir, wie ist Euer Name, mein guter Herr Drache«, bat Gideon. Benfro versuchte, über diese feierliche Ausdrucksweise nicht zu grinsen.

»Benfro«, sagte er. »Ich heiße Benfro.«

»Nun, Sir Benfro«, sagte Gideon. »Dies ist eine köstliche Schale heißen Kamillentees.«

Benfro wollte schon antworten, als er schwere Schritte auf dem hölzernen Verandaboden hörte, dann wurde die Tür aufgerissen. Morgum stand in der Tür, sie triefte vor Feuchtigkeit, und ihre Blicke jagten im Zimmer hin und her, während sie sich ein Bild von der Lage machte. Für einen Moment sah sie so beängstigend aus, so wild und schrecklich, dass Benfro und Gideon zusammenzuckten und auf den tödlichen Hieb warteten. Dann war alles schon wieder vorbei.

»Gideon, beim Mond!«, sagte Morgum. Dann wechselte sie auf das Kauderwelsch über, das der Mensch zuerst gesprochen hatte.

»Ich bedauere das sehr, Morgum«, sagte Gideon auf diese gestelzte und förmliche Weise, die Benfro verstehen konnte. »Es war niemals meine Absicht, unangemeldet zu kommen. Aber in der Vergangenheit hast du immer von meinem Eintreffen gewusst, wenn ich noch über eine Meile von deiner Tür entfernt war.«

Morgum musterte den Menschen schweigend, dann schaute sie zu Benfro hinüber, ehe sie begriff und ein glückliches Lächeln ihr Gesicht erhellte.

»Du sprichst unsere Sprache gut«, sagte sie. »Wenn auch ein wenig altertümlich. Ich habe gar nicht gewusst, dass du sie gelernt hast.«

»Das war eine Jugendtorheit«, sagte Gideon. »So kam es mir damals jedenfalls vor. Selten hat sich mir die Gelegenheit des Sprechens geboten. Und niemals wurde ich mit echten Muttersprachlern geehrt, mit denen ich hätte konversieren können.«

»Aber du hast mich doch zahllose Male besucht, Gideon«, sagte Morgum. »Bist du denn nie auf die Idee gekommen, Drachensprache zu sprechen?«

»In Wahrheit waren unsere Begegnungen allzeit zu kurz und ihr Geschäft zu dringlich. Und du hast das Saesneg so gut in Diensten, dass es vernünftiger schien, meine eigene Sprache zu verwenden.«

»Na, wie du zweifellos gemerkt hast, spricht Benfro nur Drachensprache. Er wird noch andere Sprachen erlernen, aber er ist ja erst dreizehn. Da hat er dafür noch Zeit genug.«

»Wäre es doch nur so, gute Morgum«, sagte Gideon. »Denn ich bringe schlechte Mär. Der Knabe ist auserlesen worden, um zum Kampfpriester zu werden.«

»Das kann nicht sein«, sagte Morgum. »Henna würde das niemals erlauben.«

»Ihre Gedanken sind verdreht worden, seit du sie zuletzt besucht hast«, sagte Gideon. »Und das von einem viel fähigeren Manne als ich. Sie glaubt, dass ihrem Sohne die größte aller Ehren erwiesen worden ist.«

»Ihrem Sohn, sagst du«, sagte Morgum. »Das ist immerhin etwas. Die Überzeugung, die ich ihr auferlegen sollte, als sie den Jungen zu sich genommen hat, hält noch vor. Seine wahre Identität ist vielleicht noch nicht entdeckt worden.«

»Das hoffe ich«, sagte Gideon. »Aber selbst wenn das so ist, so gibt es Mächte, die sich wider sein weiteres Wohlergehen verschworen haben. Die Dorfbewohner haben mir erzählt, dass Prinzessin Beulah in diesem Jahre der Auswahl beigewohnt und sich sehr für den Knaben interessiert habe. Ich kann mir nur vorstellen, dass etwas an seinem Aussehen ihren Verdacht erweckt hat. Dass er überhaupt ausgewählt worden ist, kommt überraschend, denn er ist noch nicht alt genug für das Noviziat.«

»Das tut mir wirklich leid«, sagte Morgum. »Aber ich habe

für den Jungen getan, was ich tun konnte. Ich weiß wirklich nicht, wie ich ihm noch weiter helfen soll.«

»Ich würde auch niemals eine solche Bitte vorbringen«, sagte Gideon. »Und auch in diesem Moment bemühen sich andere, ihn zu beschützen. Wir sind nicht ohne Verbündete im Orden vom Hohen Fryd. Nicht alle dort sind Melyns Leute.«

»Melyn!« Dieses Wort rutschte Benfro heraus wie ein Notruf. Er hatte stumm dabeigesessen und dem Gespräch fasziniert gelauscht, auch wenn er nur sehr wenig von dem Inhalt verstanden hatte. Die Erwähnung dieses Namens riss ihn aus seinen Überlegungen. Melyn. Konnte das Sir Felyns wahre Identität sein? Der Name klang allzu ähnlich. Das musste so sein. Wenn dieser Mensch, Gideon, wie ein Drache sprechen konnte, dann war er sicher nicht der Einzige.

»Möchtest du etwas sagen, Benfro?«, fragte Morgum. Und das wollte er allerdings, nur war er ja immer noch von Frecknocks Zwangszauber gebunden, der seinen Mund in dieser Frage verschlossen hielt.

»Nein, Mutter«, sagte Benfro. »Ich hatte nur den Namen Melyn erkannt.«

»Inquisitor Melyn ist keiner, dem du jemals begegnen möchtest«, sagte Gideon. »Er ist stark in den Feinen Künsten, hemmungslos in seinem Machtstreben, und er möchte jeden Drachen in ganz Gulad tot sehen und sich an den noch nicht extrahierten Edelsteinen in den Höhlen unter Emmas Faur ganz allein ergötzen.« Der Mensch wandte sich wieder Morgum zu.

»Und das hat mich hergeführt, ich will dich warnen«, sagte er. »Melyn ist schlau und listig wie ein Fuchs. Beulah gehört ihm mit Leib und Seele. Sie wird bald den Obsidianthron besteigen, denn nur ihr persönliches Eingreifen hält den König noch am Leben. Sobald sie ihre Volljährigkeit erreicht hat, wird sie ihn einfach sterben lassen. Wenn sie Argwohn schöpft, dass ein

Drache dem Sohn ihrer Schwester geholfen hat, wird sie ohne Zögern den Drachenlohn wieder einführen. Es ist ihr ohnehin zuzutrauen, auch ohne diesen Vorwand.«

»Und wann hat sie Geburtstag?«, fragte Morgum.

»An dem Tag, an dem ich die Mutter des Knaben zu dir gebracht habe«, sagte Gideon. »An dem Tag, an dem Prinzessin Leyn gestorben ist.«

»An dem Tag, an dem Benfro geschlüpft ist«, sagte Morgum.

Prinzessin Beulah saß in ihren Gemächern und sah zu, wie sich das mattrosa Morgenlicht über den Dächern von Candlehall erhob. Die Stadt war um diese frühe Stunde so still wie sonst nie, das einzige Geräusch war das Rumpeln der Wagen, mit denen Kaufleute und Bauern all die Lebensmittel in die Stadt brachten, die nötig waren, den unersättlichen Appetit der Höflinge und der Stadtbewohner zu stillen. Ab und zu durchbrach ein Aufruf oder ein Knall den morgendlichen Gesang der Vögel, die in den Bäumen vor dem Palast nach Nahrung suchten. Der Duft frisch gebackenen Brotes wurde von einer kühlen Brise hereingetragen und verhieß ein baldiges Frühstück.

Beulah stand auf und zog die schlichten Kleider an, die sie sich für diesen Morgen ausgesucht hatte. Keine Zofe half ihr dabei, denn so war es ihr lieber. Sie hatte längst die lästigen Hofdamen entlassen, die ihr Vater ihr aufgezwungen hatte. Deren endloser Klatsch war nervig und seicht, galt doch ihr einziges Interesse der Frage, welcher der Adligen, die den König umschmeichelten, den besten Gatten ergeben würde. Beulah interessierte sich nicht für diesen belanglosen Unsinn. Melyn hatte ihre Augen für viel größere Möglichkeiten geöffnet. Und an diesem Tag würde sie vielleicht sogar anfangen, einige von diesen Plänen in die Tat umzusetzen, denn dieser Tag war ihr einundzwanzigster Geburtstag. An diesem Tag könnte sie, falls ihr siecher Vater den Anstand besaß, zu sterben, den Obsidianthron besteigen, statt sich irgendeinem machthungrigen Regenten beugen zu müssen.

Der Palast war still, als sie durch die langen Gänge schritt, die ihre Gemächer von den Staatsräumen trennten, in denen ihr Vater lebte. Verschlafen aussehende Wachen nahmen bei ihrem Anblick Haltung an und rissen die Türen für sie auf. Sie würdigte die Wachen keines Blickes, sondern fegte eilig an ihnen vorbei und in die königlichen Wohnräume.

Hofmarschall Padraig erwartete sie im Vorzimmer. Sein Gesicht war runzlig und alt, unter seinen Augen hingen schwere Tränensäcke, seine Haare waren dünn und farblos, und seine Hände waren lang, krallenhaft und von der Gicht gekrümmt. Die Fenster waren zum Schutz vor der morgendlichen Kühle von Blenden verdeckt. Der Hofmarschall saß an einem von mehreren dicken Kerzen beleuchteten Schreibtisch. Die Flammen flackerten im Luftzug und die Schatten tanzten durch den Raum, als Beulah eintrat.

»Guten Morgen, Herrin«, sagte Padraig und erhob sich. »Darf ich Euch als Erster zum Geburtstag gratulieren.«

»Danke, Hofmarschall«, sagte Beulah. »Aber diese Ehre kommt eigentlich meinem Vater, dem König, zu.« Sie ging zur Tür des Schlafgemachs und wunderte sich nicht weiter, als der alte Mann sich bewegte, um sie zurückzuhalten.

»König Diseverin steht normalerweise erst in einer Stunde auf«, sagte er. »Er ist ein alter Mann, der seinen Schlaf braucht.«

»Ha! Ihr seid auch ein alter Mann, Padraig, und Ihr schlaft jede Nacht weniger als zwei Stunden.«

»Ich muss zugeben, dass ich bei besserer Gesundheit bin als der König«, sagte Padraig. »Ihr wisst ja, dass er seinen Wein liebt. Vielleicht wäre es besser, ihn nicht zu stören, bis er von selbst erwacht.«

»Ich habe nicht vor, ihn zu stören, Hofmarschall. Ich werde bei ihm sitzen, bis er erwacht. Ich möchte die Erste sein, die er an diesem besonderen Tag sieht. Das ist mein Geschenk für ihn an meinem Geburtstag.« Beulah lächelte, obwohl sie dem starrsinnigen Hofmarschall keine Sympathie entgegenbrachte. Er hatte sich eine zu angenehme Position erarbeitet, während er das Zwillingskönigreich für ihren Vater geleitet hatte. Er hatte wertvolle Leistungen erbracht, aber er musste daran erinnert werden, wer die wahre Macht besaß.

»Es ist hier ein bisschen dunkel, nicht wahr?«, sagte sie, hob die Hand und hielt sie vor den Hofmarschall. Eine winzige Lichtkugel tauchte auf, sie schwebte einige Fingerbreit über Beulahs Handfläche in der Luft. Die Kugel war von purem Weiß, fast zu hell, um sie anzusehen. Sie verjagte die Schatten aus den Zimmerecken und warf ihr erbarmungsloses Licht auf die schäbigen Möbel, die schmutzigen, zerfetzten Wandteppiche und die verstaubten Porträts längst verstorbener bedeutender Balwens. Padraig fuhr zurück, als ob das Licht ihn verbrennen könnte, und in seinen Augen tauchte eine gehetzte Angst auf. Beulah schloss ihre Hand um die Kugel, löschte sie durch die Kraft ihrer Gedanken und ging am Hofmarschall vorbei auf die Schlafzimmertür des Königs zu.

»Ihr wart meinem Vater immer ein treuer Diener, Padraig«, sagte Beulah. »Aber wie Ihr selbst sagt, er ist ein alter Mann. Er wird nicht ewig leben. Eines Tages werde ich auf dem Obsidianthron sitzen.«

»Herrin, ich lebe, um dem Zwillingskönigreich und dem Haus Balwen zu dienen«, sagte Padraig und verbeugte sich. »Wer auch immer auf dem Thron sitzen mag.«

Beulah kehrte dem Hofmarschall den Rücken zu und schob die Türen zum Schlafzimmer ihres Vaters auf. Drinnen war es fast stockdunkel, aber im Licht des Vorzimmers waren das große

Bett, die Sessel und das Sofa zu sehen, auch die Umrisse der riesigen, von Blenden verdeckten Fenster und der Türen, die zu Ankleidezimmer und Badezimmer führten, waren zu erkennen. Beulah kannte alles seit ihrer Kindheit, als ihre Mutter noch gelebt hatte. Sie war oft morgens hergekommen, um auf dem riesigen weichen Bett herumzuhopsen und mit ihren Schwestern Verstecken zu spielen. Bei dieser Erinnerung hätte sie fast laut gelacht. Wie dumm war sie damals gewesen, wie naiv, in solchen schlichten Dingen Glück zu finden.

Damals hatte der Raum nach dem Rosenwasserparfüm ihrer Mutter geduftet; jetzt rümpfte Beulah die Nase, als sie den allzu vertrauten Gestank von schalem Wein, ungewaschenem Körper und Fäule wahrnahm. Es hatte ihr zwar Spaß gemacht, den Hofmarschall mit ihrem Feuerzauber zu erschrecken, aber sie verspürte keinerlei Bedürfnis, noch mehr Licht in diesen furchtbaren Raum zu bringen. Sie wusste, dass die Möbel heruntergekommen und schmutzig waren, das riesige Bett besudelt von der trunkenen Inkontinenz und den unappetitlichen Gewohnheiten ihres Vaters. Er war ein Trottel, der seines noblen Namens nicht würdig war.

Dort, im dunklen Gestank seines Schlafes, hasste sie ihren Vater mehr als alles andere auf der Welt. Mehr als damals, als ihre Mutter gestorben war, weil er zu betrunken gewesen war, um Hilfe zu holen. Sie hasste ihn viel mehr als damals, als er sich seiner Töchter gleichgültig entledigt hatte: Er hatte Leyn in die Obhut Cassters vom Widderorden gegeben, hatte die arme Iolwen erst bei Padraig studieren lassen, um sie dann in die Hände des Feindes zu senden. Und sie selbst hatte er dem Inquisitor Melyn ausgeliefert. Immerhin war das am Ende für sie ein Glück gewesen, auch wenn es für eine trauernde Sechsjährige einen grausamen Schlag bedeutet hatte. Sie konnte in diesem stinkenden Raum noch immer den Schmerz, die Verwirrung und das Entsetzen über das Zerbrechen einer glücklichen Familie spüren, und für einen Moment dachte Beulah daran, wie einfach es wäre, ihren Vater hier und jetzt zu töten. Sie war alt genug, sie könnte den Thron besteigen, und niemand würde sich ihr in den Weg stellen.

Aber so wollte sie es nicht. König Diseverin würde nicht in seinem Bett sterben, bewusstlos nach zu starkem Trinken. Er hatte dem Ruf des Hauses Balwen genug Schaden zugefügt, ohne der Liste seines Versagens auch noch ein dermaßen schmähliches Ende hinzufügen zu dürfen. Nein, er musste gerade an diesem Tag wach und nüchtern sein. Er musste dem Zwillingskönigreich verkünden, dass sie jetzt volljährig war. Er musste sie als seine Erbin anerkennen.

Beulah schloss die Türen und versetzte den Raum damit für einen Moment in vollkommene Finsternis. Bei dem Gestank und dem tiefen Schnarchen ihres Vaters hätte es der Bau eines Bären sein können, in dem die Bestie schlief, umgeben von den stinkenden Knochen ihrer Opfer. Beulah nutzte ihre geübten Sinne, um den Weg zu den Fenstern zu finden, wo sie bei einem nach dem anderen die Blenden zurückschlug und die schweren Samtportieren öffnete, um das Morgenlicht hereinzulassen. Von der Helligkeit verwirrt ließ der König ein lautes Schnauben hören, drehte sich um und begrub den Kopf in seinen Kissen.

Beulah streckte eine Hand aus, berührte den Hals ihres Vaters, der im Licht zu sehen war, und versuchte, sich bei der Berührung seiner feuchten, klebrigen Haut nicht zu übergeben. Das war der schwere Teil ihrer Aufgabe. Die Kräfte, die Menschen umgaben, zu manipulieren, war einfach – das tat sie jeden Tag –, aber dieser Mensch hier flößte ihr so viel Hass und Ekel ein, dass sie es kaum ertragen konnte, im selben Zimmer zu sein wie er, ganz zu schweigen davon, ihn zu berühren. Seinen schwachen

Geist zu spüren war noch schlimmer. Und doch musste sie ihre Aufgabe erledigen.

Der Palast in Candlehall war so gebaut worden, dass es leicht war, sich Kraft aus den Linien zu ziehen. Beulah konzentrierte sich für einen Moment, dann ließ sie die Energie von sich in den zerfallenden Körper ihres Vaters fließen. Sie schwemmte die Trunkenheit aus ihm hinaus, milderte seinen einsetzenden Kater und füllte ihn mit größerer Kraft, als er seit vielen Jahren besessen hatte. Sie fegte einige der Wolken aus seinen Gedanken und stellte fest, dass er sich noch immer verzweifelt am Bild seiner Gemahlin festklammerte, ihrer Mutter, die seit sechzehn Jahren tot war. Sie beließ ihm diesen Gedanken und baute auf seinen Schuldgefühlen auf.

Es war eine Arbeit, die Fingerspitzengefühl verlangte, Beulah musste vorsichtig und geschickt sein. Aber sie hatte den besten Lehrer gehabt. Als sie fertig war, brauchte sie einen Moment, um aus der Geschäftigkeit, die die ganze Stadt um sie herum erfüllte, ihre eigene Energie wieder aufzutanken. Sie konnte spüren, dass ihr verjüngter Vater jetzt langsam erwachte, dass sein Geist wacher war, als eine Nacht des Trinkens es eigentlich gestattete, aber nicht klar genug, um selbst zu denken. Sie wollte nicht, dass er irgendetwas Unvorhergesehenes anstellte und ihren großen Tag ruinierte. Dann erhob sie sich von seinem Bett und ging durch das Zimmer zu dem Sofa, das vor dem großen Erkerfenster mit Blick auf den mit Gras bewachsenen Innenhof und den Thronsaal stand. Als sie sich in die staubige Umarmung des Sofas sinken ließ, drehte sich ihr Vater um und öffnete im heller werdenden Licht des frühen Morgens seine Augen.

»He? Was ist hier los? Wer hat die Blenden geöffnet?«, fragte König Diseverin IX., setzte sich auf und rieb sich die Bartstoppeln. »Ich war das, Vater«, sagte Beulah und ließ ihre Stimme hell und fröhlich klingen.

»Wer? Ach, Beulah. Was machst du denn hier?«, fragte der König. Beulah zählte in Gedanken bis zehn, in dem Wissen, dass sie ihm Gedanken eingegeben hatte, und in dem Vertrauen, dass es genau so lange dauern würde, bis der getrübte Sinn ihres Vaters diese erfasst hätte.

»Ach ja«, sagte der König, wie aufs Stichwort. »Herzlichen Glückwunsch zum Geburtstag!«

16

Die Prozessionale, oder der Königsmachertanz, wurde erstmals unter der Herrschaft von König Weddel III., genannt der Törichte, ausgeführt. Er lehnt sich an die alten Reigentänze an, bei denen jedes tanzende Paar eine komplizierte Runde durch den Saal drehen muss, ehe der Mann seine Partnerin loslassen und zur nächsten Frau in der Reihe weitergehen kann. Weddel, ein leidenschaftlicher Tänzer, entwickelte die Prozessionale, um die Rangfolge seiner Adeligen und seiner Söhne zu betonen, und arrangierte den Tanz so, dass er die Partnerinnen dieser Männer der Reihe nach abschritt, wobei er mit der mit dem niedrigsten Rang begann und mit der Verlobten des Erben des Obsidianthrones endete.

Als sein einziger Sohn und Erbe, Prinz Lonk, auf seiner törichten Suche nach dem verschollenen Schatz des Cenobus verschwand, nutzte Weddel die Prozessionale, um seine bevorzugte Erbin zu präsentieren, und setzte den Schlusspunkt hinter die ungebrochene Tradition männlicher Herrschaft, indem er den Tanz in den Armen seiner ältesten Tochter, Iolwen, beendete, und die Gemahlin seines Vetters Dafyd damit verschmähte.

Herzog Beggot, Iolwens Gemahl, nahm die Torheit des alten Königs als Vorwand, um den Thron für sich zu beanspruchen, was das Zwillingskönigreich in den Schrecken der Winterkriege stürzte.

Barrod Sheepshead: Eine Geschichte des Hauses Balwen

Benfro saß in der Astgabel und behielt die Straße im Auge. Er kam manchmal her, wenn er nachdenken wollte, oder einfach, um dem Tumult des Lebens zu entfliehen. In letzter Zeit war er sehr oft hier.

Seit Gideon mit seinen verwirrenden Nachrichten über die Machenschaften der Menschen und die furchtbaren Pläne von Prinzessin Beulah und ihrem Mentor Inquisitor Melyn bei ihnen gewesen war, hatte Benfro sich gegen den Zauber gewehrt, den Frecknock ihm auferlegt hatte. Er hatte kaum je einen wachen Moment, in dem er nicht an ihre Begegnung oben bei den Felsplateaus gedacht hatte. Im Laufe der Zeit hatte sich seine Überzeugung, dass Inquisitor Melyn und Sir Felyn ein und derselbe waren, nur noch gefestigt. Nicht einmal die Erkenntnis, dass Drachen und Menschen ganz unterschiedliche Sprachen hatten, hatte ihn in seiner Ansicht schwanken lassen. Wenn Gideon sich verständlich machen konnte, musste Melyn das doch noch viel besser können. In Benfro brannte das Bedürfnis, allen, die es hören wollten, zu erzählen, in welcher Gefahr sie schwebten, wie leicht das Dorf jetzt entdeckt werden könnte. Aber er konnte kein Wort sagen, sosehr er sich auch bemühte, egal, an wen er sich wandte. Einige der Leute im Dorf fragten sich sicher schon, ob er noch ganz bei Verstand sei, so, wie er sie ins Gespräch zog und dann verstummte, wenn er ein weiteres Mal feststellen musste, dass er nicht das sagen konnte, was so dringend gesagt werden musste.

Immerhin hatte Gideons Besuch doch ein Gutes gehabt, überlegte Benfro, als der Wind die oberen Zweige im Baum bewegte und ihn sanft hin und her schaukelte. In den Wochen nach dem Besuch hatte Morgum mit ihm viel offener über die Bedrohung gesprochen, die von der Menschheit ausging, und sie hatte auch angefangen, Benfro in der Sprache der Menschen zu unterrichten. Sie hatte mehrere Bücher in dieser Sprache hervorgeholt, und als er sich in diese vertiefte, konnte er sehen, dass die Sprache dieselben Wurzeln hatte wie seine eigene. Auch wenn die Buchstaben ihm fremd erschienen und die Aussprache noch viel fremder. Seine Mutter stellte ihm jetzt ohne Vorwarnung Fragen auf Saesneg, wie diese Sprache genannt wurde, manchmal verwickelte sie ihn in lange Unterhaltungen, bis er nicht mehr wusste, was er sagte oder hörte. Aber mit jedem Tag wurde er besser, und es war faszinierend, die Welt aus einer ganz neuen Perspektive zu sehen.

Benfro hatte sich überlegt, als die Wochen vergingen und das Jahr seine Mitte überschritten hatte, dass er vielleicht Frecknocks Zauber brechen könnte, wenn er in der neuen Sprache von diesem Erlebnis erzählte. Doch der Zauber ließ sich nicht so leicht an der Nase herumführen, und sein Versuch hatte nur in einer weiteren Episode von tiefer Verlegenheit und Frustration geendet. Deshalb saß er hier auf seinem Lieblingsbaum, schaute auf den Weg zum Dorf und ließ sich vom Wind schaukeln.

Plötzlich nahm er aus den Augenwinkeln eine Bewegung wahr, die seine Aufmerksamkeit erregte. Jemand kam den Weg entlang, hielt sich aber im Schatten. Es war Frecknock und ihr Anblick erfüllte ihn mit furchtbarer Wut. Es war schlimm genug, dass sie in den vergangenen Monaten sein Leben zu einer unbeschreiblichen Qual gemacht hatte, doch ihre Eitelkeit und ihre selbstsüchtige Besessenheit brachten alle in Gefahr. Und hier kam sie nun und lief den Pfad entlang zu Morgums Hütte, zweifellos, um ihren Vorrat an Schuppenpolitur und anderen Salben aufzufüllen, damit sie sich ihrer Schönheitspflege widmen und so noch anziehender für den kühnen und galanten Sir Felyn werden konnte.

Er musste es ihr sagen, das war Benfro jetzt klar. Er konnte ja sonst niemanden warnen, aber es müsste doch möglich sein, Frecknock zu erzählen, was er vermutete – nein, was er wusste und was die Wahrheit war. Sie würde ihm vielleicht nicht glauben, sie könnte sogar versuchen, ihn wegen dieser Frechheit zu bestrafen, aber sie würde ihm zuhören müssen. Und vielleicht würde sie, wenn sie das nächste Mal ihren törichten, selbstsüchtigen Lockruf ausstieß, ein wenig vorsichtiger sein.

Er zog sich von seinem Sitz hoch, sprang hinab auf den vom herabgefallenen Laub weichen Boden und lief zu den blattlosen Bäumen am Wegrand. Frecknock war schon vorbei, aber sie war noch nicht weit weg.

»Frecknock!«, rief er. Sie erstarrte und schien sich in sich zu verkriechen, als ob sie unsichtbar werden wollte. Er ging langsam auf sie zu. Eigentlich hatte er keine Lust, sich zur Zielscheibe ihres Zorns zu machen, aber zugleich war er davon überzeugt, sein Dilemma nur auf diese Weise lösen zu können. Verwundert fragte er sich, warum er noch nicht auf diese Idee gekommen war. Aber sie war schließlich schuld an seinem Elend. Es war also kaum eine Überraschung, dass er so lange gebraucht hatte, um sie anzusprechen.

»Frecknock«, sagte er. »Bitte, ich bin das nur.«

Frecknock drehte sich langsam zu ihm um und ihr Blick war so feindselig und bohrend wie immer. Sie musterte ihn wie ein Stück Fleisch, das sie gleich in den Kochtopf stecken würde, und ihre Blicke jagten hin und her, bis sie an seinen Füßen haften blieben. Benfro schaute nach unten und sah, dass Lehm und tote Blätter an seinen Krallen klebten.

»Hast du mir mal wieder hinterherspioniert, Wicht?«, fragte Frecknock.

»Nein!«, sagte Benfro. »Ich hatte mir nur gerade etwas überlegt, als du vorbeigekommen bist.«

»Ha! Das glaube, wer will«, sagte Frecknock. Sie richtete sich zu ihrer normalen Höhe auf, und Benfro sah, dass er gewachsen war. Sie überragte ihn nicht mehr so wie früher.

»Was willst du, Wicht? Ich habe mit meinem Leben Besseres vor, als hier im Wald rumzugammeln, weißt du?«

»Ich muss mit dir sprechen, über …«, begann Benfro. Dann überkam ihn wieder das vertraute Gefühl. Seine Zunge hing fest, und die Wörter, an die er die ganze Zeit denken musste, kamen nicht hinaus. »Das heißt, ich glaube …«

»Spuck's aus, Wicht. Was versuchst du mir zu sagen?«, fragte Frecknock. Sie musterte ihn mit ihrer üblichen hochnäsigen Verachtung, als wäre er etwas, das sie lieber überhaupt nicht ansehen wollte. Benfros Zorn wuchs. Ihr blöder Stolz und ihr Dünkel brachten alle hier in Gefahr. Er griff nach seinem Zorn und benutzte ihn, um die Wörter, die er sagen wollte, ganz vorn in seine Gedanken zu schieben.

»Du blöde Kuh. Kannst du nicht sehen, was du angerichtet hast …«, mehr kam nicht heraus, und als er hörte, was er da sagte, wäre Benfros Herzen fast stehen geblieben.

Eine Sekunde lang flackerte Empörung über Frecknocks Gesicht. Ihre Augen weiteten sich vor Schock, dann wurden sie zu einem tiefen Stirnrunzeln zusammengekniffen; ihre Nasenlöcher blähten sich und dampften fast in der kalten Winterluft, ihre Ohren fuhren zurück und pressten sich an ihren Kopf, als sie sich immer weiter zu Benfros Gesicht vorbeugte. Benfro wusste, dass er nicht einfach eine Grenze überschritten hatte, er war über die Grenze hinweg und weit ins andere Land hineingetrampelt. Er machte sich bereit für die Schläge, die körperlichen und die seelischen, die jetzt kommen würden, aber Frecknock starrte ihn nur an, ihre schwarzen Augen waren klar und ruhig. Dann ließ sie ein lautes, bellendes Lachen hören.

»Du kannst es nicht sagen! Oder, du Wicht?«, sagte sie und kicherte vor sich hin. Benfro entspannte sich ein wenig, als er merkte, dass er nicht bestraft werden würde. Doch die Wut kochte noch immer in ihm.

»Du … ich kann nicht …«, sagte er. Frecknock lachte nur noch lauter.

»Natürlich kannst du nicht, Drachkitz«, sagte sie. »Dafür habe ich gesorgt.«

»Aber … aber … ich muss …« Benfro kämpfte gegen den Zauber, der ihm die Wörter im Mund erstickte, während er sie zu sagen versuchte.

»Du musst dich um deine eigenen Angelegenheiten kümmern, Wicht«, sagte Frecknock und ihr Gesicht strahlte vor Schadenfreude über seine Qualen. »Und jetzt schlage ich vor, dass du auf einen Baum kletterst oder so. Ich habe zu tun und will nicht, dass du hinter mir herzockelst wie ein liebeskrankes Hundebaby!«

Eine Sekunde lang war Benfro versucht, sie zu schlagen. Er hatte noch nie zur Gewaltanwendung geneigt – das lag ihm einfach nicht. Seine Mutter war immer freundlich, geduldig und verständnisvoll. Die Dorfbewohner waren fast alle umgänglich und ließen sich seine ewigen Fragen gefallen. Er war mit ihren friedlichen Umgangsformen aufgewachsen, und sie hatten ihn zu dem bescheidenen, gutmütigen Drachen gemacht, der er war. Angesichts von Frecknocks spöttischem Lächeln, ihrem lässigen Missbrauch einer Macht, die er nicht verstehen konnte, hätte er gern die Krallen erhoben und sich einen Wutanfall geleistet, dessen sich jedes Drachkitz schämen würde. Aber er wusste, dass körperliche Gewalt ihm wenig einbringen und ihn unendlich viel mehr kosten würde. Er fand einen gewissen Trost in dem Wissen, dass er schnell lernte. Er hatte ja auch nur wenige Wochen gebraucht, um die Sprache der Menschen zu lernen. Morgen war sein Schlüpftag, und dann durfte er Magie erlernen. Bald würde er den düsteren Zauber abschütteln können, den Frecknock ihm auferlegt hatte. Er würde die anderen vor ihrer Torheit warnen und der Sache ein Ende machen. Er könnte sie alle retten – wenn es nicht schon zu spät war.

»Du hast keine Ahnung, wie dumm du dich benimmst«, sagte er endlich und fand eine kleine Befriedigung in dem verärgerten Ausdruck, der sich bei diesen Worten über Frecknocks Gesicht ausbreitete. Dann, noch ehe sie irgendetwas sagen oder, schlimmer noch, ihm noch einen Zauber verpassen konnte, machte er auf dem Absatz kehrt und lief den Pfad hinunter ins Dorf.

Ihr Geburtstagsfest war schon halb vorbei, als Prinzessin Beulah erkannte, dass sie sich auf der kleinen Dorfhochzeit, wo sie und Melyn den Jungen aus Lanwennog entdeckt hatten, besser unterhalten hatte. Wie hatte er noch gleich geheißen? Errol Soundso? Immerhin waren auf der Hochzeit alle entschlossen gewesen, sich zu amüsieren. Hier im großen Saal des Palasts waren alle zu nervös und zu sehr darauf erpicht, sich selbst im besten Licht zu zeigen. Es war eine Parade der Seichten und Unsicheren, und Beulah fand alles nur noch langweilig.

Sie begriff, wie wichtig die Veranstaltung war. Die verschiedenen Adelshäuser, die dem Haus Balwen ihre Existenz verdankten, mussten immer wieder daran erinnert werden, dass das Königshaus weiterhin die Herrschaft innehatte, damit sie nicht auf dumme Ideen kamen. Die Winterkriege lagen noch nicht so weit zurück, dass sie in Vergessenheit geraten wären, und die Herrschaft ihres Vaters war nicht so glorreich gewesen, dass Beulah sich auf die Unterstützung aller Grafen und Herzöge hätte verlassen können. Und doch würde nur ein ausgesprochen mutiger Mann es wagen, direkt etwas gegen sie zu unternehmen, denn ihre Verbindungen zum Orden vom Hohen Fryd waren zu bekannt.

Der gesamte Adel des Zwillingskönigreichs hatte sich also im Thronsaal von Candlehall versammelt, um ihr zum Erreichen ihres einundzwanzigsten Geburtstags zu gratulieren, als ob das eine große Leistung wäre. Die Klügeren konnten schon sehen, dass die Macht langsam von Hofmarschall Padraig und seinen Gefolgsleuten im Kerzenorden auf sie und Inquisitor Melyn überging. Die Kühnsten unter den Klugen hatten ihre unverehelichten Söhne aufs Feinste ausstaffiert und führten sie jetzt dem König vor wie Kampfhähne, um sie als passende Gatten für seine Tochter anzudienen.

Beulah kam sich vor wie eine preisgekrönte Färse auf einer Landwirtschaftausstellung irgendwo im Hinterwald. Das hier sollte ihr Fest sein, aber es war eher, als werde sie vor der Versteigerung besichtigt. Bald würden die Wohlhabenden und Einflussreichen ihre Gebote machen. Ihr Vater war durch das Geschenk, das sie ihm am Morgen gemacht hatte, wacher als seit Jahren, genoss die Aufmerksamkeit, die er in seinem Suff vorher nie bemerkt hatte. Sie musste die endlosen Runden hoffnungsvoller junger Gesichter ertragen, die sie zum Tanz aufforderten, und daran denken, dass sie keinen wichtigen Menschen verprellen und nirgendwo zu große Hoffnungen wecken durfte. Die ganze Angelegenheit war um vieles komplizierter als die Tanzschritte, die auf dem Boden der großen Halle absolviert werden mussten. Wie viel besser war doch die schlichte, begeisterte Feier der Leute im Gebirgsdorf gewesen, denen es nur darum ging, wer in dieser Nacht mit wem das Bett teilen würde.

Die Musik endete mit einer Fanfare, und der junge Mann, der für diesen Tanz ihr Partner gewesen war, ließ sie los und machte eine übertrieben tiefe Verbeugung. Beulah lächelte ihn so reizend an, wie sie nur konnte. Sie konnte sich an seinen Namen nicht erinnern.

»Würden Eure Hoheit mir die Ehre eines weiteren Tanzes erweisen?«, fragte der Jüngling. Beulah hatte keineswegs diese Absicht: Er war kaum mehr als ein Knabe, wenn auch groß und gut gebaut. Sein Gesicht war glatt und faltenlos – sie glaubte nicht, dass es je schon ein Rasiermesser gesehen hatte –, und seine schulterlangen Haare hatten die Farbe von altem Stroh, gemischt mit dem rötlichen Ton, der ihn als Mann aus dem Süden kennzeichnete. Sein Gesicht war ein Bildnis ernsthafter Hoffnung, als ob sein ganzes Leben auf diesen Tag hingeführt hätte. Und vielleicht war das ja der Fall. Sie war schließlich seit ihrem siebten Jahr die Erbin des Obsidianthrones. Jede vernünftige adelige Familie hatte doch ihre Söhne für eine mögliche Verbindung erzogen. Beulah schauderte es bei dem Gedanken, mit diesem Jungen verheiratet zu sein, im selben Bett zu erwachen wie er.

»Ich bin jetzt müde«, sagte Beulah, als sie merkte, dass der Junge noch immer auf ihre Antwort wartete. »Später vielleicht. Jetzt möchte ich mich zu meinem Vater setzen.«

»Darf ich Euch zu ihm geleiten?« Der Junge verbeugte sich ein weiteres Mal und hielt ihr den Arm hin.

Beulah bemerkte mit düsterem Blick, dass es schwieriger sein würde, ihn loszuwerden, als sich von einem Schwarm von Flöhen zu befreien. Vielleicht wäre es ja nicht schlecht, ihm ihre Huld zu zeigen. Schließlich hatte sie durchaus nicht vor, einen der jungen Männer zu heiraten, die ihr Vater vielleicht für passend hielt. Sie hatte nicht vor, ihm diese Entscheidung zu überlassen. Aber wenn sie den Eindruck erweckte, diesen weichlichen Knaben erwählt zu haben, würden die anderen sie vielleicht eine Weile in Ruhe lassen.

Der junge Mann schwitzte vor Nervosität, als er Beulah durch die Halle und die Steintreppe zum Fuß des gewaltigen Obsidianthrones emporführte, wo König Diseverin in seiner üblichen Haltung saß, mit einem Becher Wein in der Hand an die eine massive Armlehne gesackt. Hofmarschall Padraig stand neben dem alten König und flüsterte ihm etwas ins Ohr. Diseverin schien aufmerksam zuzuhören, seine Augen waren ungewöhnlich hell und konzentriert. Beulah hoffte, bei ihrer Arbeit am

Morgen nicht übertrieben zu haben. Ihr Plan erforderte, dass ihr Vater weitgehend war wie sonst auch.

»Ach, Beulah«, sagte der König, als sie näher kam, jetzt führte sie den offenkundig verängstigten Jungen, der sich verzweifelt an ihren Arm klammerte. Er tat ihr fast schon leid. Seine Erziehung in der verschlafenen Hafenstadt Aberfenn konnte ihn unmöglich auf diese Begegnung vorbereitet haben. Aber einer seiner Lehrer hatte offenbar irgendetwas richtig gemacht, denn als es gerade aussah, als ob er weggezerrt werden würde, weil er den Monarchen beleidigt hatte, fiel er auf sein Knie, senkte den Kopf und sprach:

»Eure Majestät, darf ich Eure Tochter Prinzessin Beulah in Eure Obhut zurückgeben?«

»Äh? Ah ja, natürlich«, sagte König Diseverin und schwenkte zerstreut seinen Becher. Ein Page eilte herbei, um ihn wieder zu füllen, ein weiterer brachte einen Sessel und stellte ihn für Beulah neben dem Thron zurecht. Der junge Mann ließ ihre Hand los und sie nahm Platz; neben dem riesigen schwarzen Steinthron kam sie sich vor wie ein Kind. Der junge Mann kniete noch immer mit gesenktem Kopf da und bewegte sich nicht, abgesehen von einem leisen Zittern, das seine Gestalt immer wieder durchlief.

»Wer seid Ihr?«, fragte der König nach einer langen peinlichen Pause.

»Merl, der älteste Sohn von Herzog Angor von Aberfenn«, sagte der Jüngling, ohne den Kopf zu heben.

»Angor, ja?«, fragte der König, trank einen großen Schluck aus seinem Becher und wischte sich mit dem Hemdsärmel den Mund.

»Ihr könnt gehen«, sagte er dann zu Merl. Der Jüngling trottete rückwärts und schaute noch immer nicht zum König auf, er brachte die Stufen hinter sich, ehe er sich umdrehte und in die Menge floh.

»Der ist nicht schlecht, nehme ich mal an«, sagte Diseverin. »Und das Haus Angor ist immerhin reich. Aber trotzdem solltest du bei deinen Verbindungen vielleicht ein wenig strategischer denken, Beulah. Was willst du mit einem der südlichen Fürstentümer? Schau nach Norden, nach Dinas und darüber hinaus.«

Die Prinzessin blickte zu ihm auf und sah die Falten in seinem Gesicht, die rot unterlaufenen Augen und die zitternde Hand, die den Becher umklammerte. König Diseverin war von Kind auf in der Staatskunst unterrichtet worden. Einiges von diesem Wissen war noch vorhanden, da hatte auch sein tapferer Versuch, sich zu Tode zu trinken, nichts geändert.

»Wie kann ich denn einen Partner finden, wenn du mir alle Kandidaten verjagst«, sagte Beulah, auch wenn sie froh war, von dem einfältigen Merl befreit zu sein. Sie hatte schließlich noch einiges vor. »Tanz mit mir, Vater«, sagte sie und schaute dem König von ihrem niedrigen Sitz aus in die unsteten Augen.

»Äh. Was?«

»Tanz mit mir. Nur ein einziges Mal«, sagte Beulah. »Ich habe doch schließlich Geburtstag.«

»Ich weiß nicht«, sagte der König. »So was habe ich wirklich schon lange nicht mehr gemacht.«

»Um so mehr Grund, dass du es jetzt tun solltest«, sagte Beulah, stand auf und hielt ihm die Hand hin. »Vielleicht würdest du nicht immer so traurig sein, wenn du häufiger tanztest.«

Der König sah ihre ausgestreckte Hand an, dann ihr Gesicht. Beulah lächelte ihrem Vater wieder zu und klimperte mit den Wimpern auf die kokette Weise, die sie bei den Hofdamen beobachtet hatte, wenn junge Adelige nach Candlehall kamen. Dieses Benehmen war ihr unendlich fremd, aber es schien den König ins Schwanken zu bringen. Er keuchte pfeifend, rutschte vom Thron und nahm ihre Hand, um Halt zu finden. Hofmarschall Padraig stand sofort neben ihm und rang die Hände wie ein Bittsteller.

»Euer Majestät«, sagte der Hofmarschall. »Ist das klug? In Eurem Gesundheitszustand?«

»Ich fühle mich seit heute Morgen viel besser«, sagte der König und seine Stimme erinnerte plötzlich ein wenig an die seines gebieterischen Vaters. »Und außerdem, was sollen meine Adeligen denken, wenn ihr König nicht gesund genug ist, aus Anlass ihrer Volljährigkeit mit seiner eigenen Tochter zu tanzen?«

»Dann gestattet mir wenigstens, die Musikanten um ein langsames Stück zu bitten«, sagte der Hofmarschall.

»Beim Hirten, nein, Mann«, sagte der König und stützte sich schwer auf Beulah. Wie immer verpasste diese Berührung ihr eine Gänsehaut, aber sie spürte, wie jetzt die Wut in ihm wuchs, spürte die Anstrengung für sein Herz, das schneller pumpte und sein Gesicht in einem roten Schein von winzigen geborstenen Adern färbte.

»Das ist ein Staatsakt«, sagte jetzt der König. »Von heute an trägt Prinzessin Beulah einen gewissen Teil der Verantwortung für unser Land. Ich werde sie mit der Prozessionale ehren. Schließlich ist sie meine Erbin.«

Beulah ließ sich von ihrem Vater auf die Tanzfläche führen und lieh ihm ihre Kraft, sodass er auf den Stufen nicht stolperte. Als sie sich umschaute, sah sie Padraig noch immer händeringend auf den Stufen des Obsidianthrones stehen. Er war immer schon ehrgeizig gewesen und hatte seine Macht stetig vermehrt, während der König immer tiefer in die Trunksucht versunken war, aber er brachte es nicht über sich, sich seinem Monarchen zu widersetzen. In gewisser Weise war Beulah ihm dankbar. Ohne Padraigs Warnungen und ohne seine gouvernantenhafte Besorgnis, die ihn antrieben, hätte ihr Vater sich zu diesem Tanz vielleicht niemals bereit erklärt. Aber so spielte Padraig ihr perfekt in die Hände.

Sie erreichten den jetzt überraschend leeren Tanzboden, als die Musik gerade endete. Die wenigen, die noch getanzt hatten, sahen sich nervös um, denn sie wussten nicht, wie sie sich verhalten sollten, als jetzt der König mitten unter ihnen stand. Es gab einen unbehaglichen Augenblick, als der Zeremonienmeister die Prozessionale ankündigte. Zu diesem Tanz wurden mindestens noch fünf Paare von hoher Geburt benötigt, aber plötzlich wollte niemand mehr mitmachen. Endlich trat Merl vor, vielleicht der Letzte, von dem Beulah das erwartet hatte, mit einer schmächtigen jungen Frau am Arm. Beulah musterte die beiden misstrauisch, als sie näher kamen, sie wusste nicht, was sie von dieser möglichen Rivalin halten sollte. Sie war einen Kopf kleiner als Beulah und hatte die Haare zu einer komplizierten Frisur auf ihrem Kopf aufgetürmt, um größer auszusehen, allerdings war es von gegenteiliger Wirkung: Die junge Frau schien unter ihrem Haarturm fast zu verschwinden.

»Euer Majestät, Eure Hoheit, darf ich meine Schwester Anwyn vorstellen«, sagte Merl und machte eine gewaltige Verbeugung. Wenn er nun aber etwas von seiner Angst von vorhin überwunden hatte, so war die zu seiner Schwester weitergewandert. Sie glotzte, dann fiel ihr ein, dass sie einen Knicks machen musste. »Wir würden uns geehrt fühlen, Eure Prozessionale bezeugen zu dürfen.«

»Was? Ach ja. Natürlich«, sagte der König. »Es wäre ja keine richtige Prozessionale mit nur uns beiden.«

Andere Paare, ermutigt durch Merls Kühnheit, schlossen sich an, und schon bald waren vier Sets zusammen. Die Musikanten spielten die Einleitung, alle verbeugten sich, und der Tanz begann.

Es war ein alter Tanz, förmlich und präzise. Herkömmlicherweise wurde er von einem regierenden Monarchen bei der Verkündung des von ihm erwählten Erben getanzt, und daher nur selten aufgeführt. Beulah konnte sich an die Stunden langweiligen Trainings erinnern, die sie als Kind über sich ergehen lassen musste, an die scheinbar sinnlosen Schritte und Gegenschritte, Verbeugungen und Knickse. Sie hatte immer besser führen als folgen können, aber jetzt musste sie sich von ihrem Vater über die Tanzfläche führen lassen und dabei immer wieder einen magischen Kontakt mit ihm herstellen.

In ihrer Konzentration auf die Tanzschritte vergaßen die Gäste bald die Feinheiten der Rangfolge. Auf dem Tanzboden waren alle gleich. Die Prozessionale verlangte, dass alle sich im Set von einem Partner zum anderen bewegten und dann immer zum ersten zurückkehrten. Immer, wenn Beulah wieder bei ihrem Vater ankam, erneuerte sie den Kontakt, und jedes Mal saugte sie ein wenig mehr Leben aus ihm heraus. Nie genug, um ihn ins Stolpern zu bringen, aber genug, um ihn schwitzen zu lassen. Seine blutunterlaufene Haut wurde immer bleicher und grauer. Beulah kannte ihren Vater: Er war zu starrköpfig, um innezuhalten. Er würde weitermachen, bis die Musik endete oder er umfiele.

Die Prozessionale hatte jetzt eine langsamere Passage erreicht, und Beulah nahm abermals den Arm ihres Vaters und schritt gemessen über den Tanzboden auf den riesigen, leeren Obsidianthron zu. Ihre Hand umfasste die ihres Vaters, und durch diese Bewegung konnte sie seine Verwirrung und seine Angst spüren.

»Du wirst nicht wieder darauf sitzen«, sagte sie und beugte sich zu ihm vor, um ihm ins Ohr zu flüstern.

Verwirrt verpasste der König den nächsten Schritt, stolperte und versuchte, wieder in den Rhythmus der Musik zurückzufinden. Beulah konnte spüren, wie sein Herz hämmerte und sich abmühte, um träges Blut durch die von Jahrzehnten der Untätigkeit verstopften Adern zu pumpen. Sie streckte einen Gedanken danach aus und verlangsamte es, bis es sich dem Tempo der Musik angepasst hatte.

»Ich müsste dir ja eigentlich dankbar sein«, flüsterte sie. »Du hast mich Melyn überlassen, weil du nicht an Mutter erinnert werden wolltest. Du hast uns alle weggeschickt, als ob wir für dich nicht wichtiger wären als Leibeigene. Aber ich habe von dem Inquisitor viel gelernt, und die Macht der Kampfpriester gehört jetzt mir.«

Die Musik wurde schneller, als der Tanz dem Ende entgegenging. Beulah ließ ihren Vater noch einmal los und ließ ihm gerade genug Kraft, um weiterzumachen, während sie durch das Set wirbelte. Sie verspürte eine seltsame Welle der Erregung, als die Sekunden vergingen, und diese Erregung wurde zu einer fast unbezwinglichen Schadenfreude. Sie wollte lachen, und dann merkte sie, als sie dem jungen Merl gegenüberstand, dass sie grinste wie eine Verrückte. Man musste kein Genie sein, um zu begreifen, dass der Junge in sie verliebt war und dass seine Schwester sie mit schlecht verhohlener Feindseligkeit anstarrte. Wenn sie für diesen Abend keine anderen Pläne gehabt hätte, hätte sie diese Herausforderung vielleicht angenommen – vielleicht würde sie es später noch tun, wenn sich die Gelegenheit ergäbe. Merl wäre leicht zu verführen, noch leichter zu verwerfen, aber Anwyn war etwas anderes.

Der Reigen des Tanzes entfernte sie jetzt von dem Paar, führte sie vorbei an anderen, weniger einprägsamen Gesichtern und brachte sie endlich zu ihrem Vater zurück. Er sah jetzt überaus unwohl aus, der Schweiß klebte seine schlaffen gelbgrauen Haare zusammen, seine Augen waren rot und trübe, sein Gesicht aschgrau. Er schien nur mit Mühe atmen zu können, und als Beulah abermals seine Hand nahm, spürte sie das Zittern seines Herzens, als es mit Mühe schlug.

»Es dauert nicht mehr lange, Vater«, sagte sie lachend. In Gedanken nahm sie sein Herz in die Hand, fühlte die Wärme und den Blutschwall, der jeden Herzschlag begleitete. Die Musik schwoll zu einem Crescendo an, als sie die abschließenden Schritte der Prozessionale absolvierten, und dann, als der letzte Ton verhallte, als alle Tanzenden wieder ihre Ausgangsposition angenommen hatten, als alle Zuschauer voller Ehrfurcht und Bedauern hinsahen, drückte Beulah zu.

König Diseverin stieß keinen Schrei aus. Am Ende, das wusste Beulah, hatte er nicht einmal Schmerz verspürt. Er sah sie mit einer Mischung aus Überraschung und Verständnis im Gesicht an, und als das letzte Echo der Musik von der gewaltigen Halle verschluckt wurde, ging er zu Boden.

Verstreuter Applaus wurde laut, um der Kapelle zu ihrer Leistung und den Tanzenden zu ihrer Geschicklichkeit zu gratulieren. Doch er verstummte rasch wieder, als Beulah auf die Knie fiel und einen leisen Jammerruf ausstieß. Sie umklammerte den Arm ihres Vaters und spürte, wie der letzte Lebensrest aus ihm verrann. Gleich darauf knieten andere neben ihr. Sie sah, wie Hofmarschall Padraig sich über den Mann beugte, der sein König gewesen war.

»Herrin«, sagte der alte Mann. »Bitte, lasst mich zu ihm.«

Beulah klammerte sich noch immer an ihren Vater und überzeugte sich davon, dass sein Herz stehen geblieben war, dass es keine Aussicht auf Erholung gab.

»Bitte, Prinzessin Beulah«, sagte der Hofmarschall noch einmal. »Ich muss mich um den König kümmern.«

Beulah spürte eine vertraute Hand auf ihrer Schulter. Stetige Kraft floss von dort in sie hinein, obwohl sie diese Hilfe gar nicht brauchte.

»Kommt, Eure Hoheit«, sagte Inquisitor Melyn. »Ihr könnt hier nichts mehr tun. Überlasst das alles Padraig.«

Beulah behielt noch für einige Sekunden Kontakt zu ihrem

Vater, bis sie ganz sicher war, dass er nicht mehr lebte. In seinem Körper gab es keinen Funken mehr, die Verbindung, die sie hergestellt hatte, war jetzt nur noch eine Berührung der erkaltenden, feuchten Haut. Langsam ließ sie los und erlaubte Melyn, sie vom Boden aufzuheben und sie vorbei an den stummen Festgästen zu den Steinstufen des Obsidianthrons zu führen. Hinter ihr konnte sie hören, wie Hofmarschall Padraig immer verzweifelter versuchte, den Leichnam ihres Vaters wiederzubeleben. Das wäre eigentlich eine Aufgabe für Archimandrit Cassters gewesen. Die Widder galten doch als Heiler, aber der alte Priester stand nur am Rand des Tanzbodens und starrte ungläubig vor sich hin.

»Gut gespielt, Herrin«, sagte Melyn, als er sie in den kleinen Sessel neben dem Thron bugsiert hatte. »Und jetzt wollen wir mal sehen, wie Padraig das Stück weiterführt.«

Beulah wartete und sah zu, wie das Gedränge um den Leichnam ihres Vaters immer größer wurde. Sie sah, dass die Mittanzenden von vorhin noch in der Nähe herumlungerten. Ihre Gesichter zeugten von tiefer Besorgnis. Merl klammerte sich weiterhin an den Arm seiner Schwester, und Beulah fragte sich, ob er wohl ein zärtlicher Liebhaber sein oder versuchen würde, sie zu beherrschen. Sie glaubte nicht, dass er da überhaupt irgendwelche Erfahrungen besaß, aber das könnte ein Vorteil sein.

Der Hofmarschall erhob sich und winkte alle vom Leichnam weg. Mit düsterem Gesicht verließ er den Tanzboden und stieg die Stufen zu Beulah empor. Als er noch ungefähr einen Meter von ihr entfernt war, fiel er auf ein Knie und senkte den Kopf wie ein Geschlagener.

»Der König ist tot«, sagte er mit einer Stimme, die leise war und zugleich wie ein Flüstern in der stummen Halle widerhallte. »Lang lebe die Königin!«

17

Viele haben sich dazu geäußert, dass Drachen die Sitten der Menschen nachahmen, vor allem zeigt sich das in der Übernahme von Ehrentiteln. Ein älterer Drache kann sich also Sir Ystrad nennen. Das tun jedoch nur männliche Drachen, weibliche fügen oft einen Zusatz an ihren Namen an, wie »die Holde«.

Dem zufälligen Beobachter mag das unterhaltsam oder kurios erscheinen, aber die Drachen sehen das ganz anders. Mit »Sir« angeredet zu werden, bedeutet, dass man als Oberhaupt seiner Familie anerkannt wird, und ein Beiname bezeugt, dass man die erwählte Fähigkeit beherrscht oder die perfekteste Form eines bestimmten Attributs besitzt. Drachen, die an sich eher egalitär sind, zeigen auf diese Weise ihren Respekt für andere.

Father Charmoise:
Drachengeschichten

Errol hatte nur wenig Zeit, sich in den folgenden Wochen über diese seltsame Begegnung mit Inquisitor Melyn Gedanken zu machen. Er war abermals in seinen leeren Schlafsaal und die endlosen, lichtlosen Gewölbe der Bibliothek verbannt und deshalb nahm die Episode langsam dieselbe traumhafte Gestalt an wie die meisten in seinem Leben.

Andro beschäftigte ihn in einem Raum, der von der Decke bis zum Boden mit Regalen voller Pergamentrollen gefüllt war.

Jede davon musste herausgenommen, vorsichtig geöffnet und auf ihren Inhalt geprüft werden.

Errol machte jedes Mal eine Notiz in einem umfangreichen, in Leder gebundenen Band, teilte dem Pergament eine provisorische Nummer zu und legte es wieder in das Regal. Der Raum war viel kleiner als viele der Säle in den Tiefen des Klosters, aber Errol schätzte die Anzahl der Pergamente doch auf mehrere Tausend. An einem guten Tag schaffte er vielleicht zweihundert, wenn die Themen nicht so trocken waren, dass er nichts begriff, oder so interessant, dass er Stunden damit beschäftigt war.

Es schien kein System in diesen Pergamenten zu geben, abgesehen davon, dass sie alle ungebunden waren und dieselbe Größe hatten, wenn er sie entrollte. Es gab die Buchführung des königlichen Haushaltes über mehrere Jahrhunderte, es gab Protokolle der Besprechungen der Inquisitoren, Hofmarschälle und der Vorsteher der drei Ordenshäuser, es gab sorgfältig verzeichnete Grundbriefe für obskure Ländereien und Berichte von Jagdgesellschaften. Eine Serie von zehn Pergamenten beschrieb eine an die fünfhundert Jahre zuvor durchgeführte Expedition, bei der das sagenumwobene Cenobus gesucht worden war, der Sitz von Magog, Sohn des Sommermonds. Nach allem, was Errol erfassen konnte, hatte diese riesige Bestie von Drachen viele Jahrtausende gelebt und war die Geißel der Menschheit gewesen, bis der tapfere König Diseverin, der erste König Diseverin, ihn in einem gewaltigen Kampf bezwungen hatte, der Tage dauerte und die Erde zum Beben brachte. Die Sage behauptete, dass der Drache in einer riesigen Burg in den Tiefen der Wälder von Frydland gehaust habe, wo es einen riesigen Schatz gab, der noch immer nicht entdeckt worden war.

Etwas an dieser Geschichte schlug in Errol eine Saite an. Das Thema war seltsam vertraut, als ob er schon einmal eine andere Version gehört hätte. Der Bericht in den Pergamenten kam ihm nicht richtig vor, aber die Einzelheiten entzogen sich seiner Erinnerung. Was immer die Wahrheit sein mochte, die Expedition war einfach nur eine Katastrophe gewesen. Unter der Führung von Prinz Lonk, Erbe des Obsidianthrones, war ein Missgeschick auf das andere gefolgt, und schließlich hatte die Forschungsgesellschaft sich aufgeteilt, der Prinz hatte sich mit dem Großteil der schwindenden Vorräte und unter dem Schutz von zwei Kampfpriestern in den tiefen Wald begeben, die anderen hatten versucht, nach Emmas Faur zurückzugelangen. Der Autor des Berichts, ein gewisser Father Keoldale, war der einzige Überlebende dieser Gruppe gewesen, er war dem Tode nahe von einer Streife entdeckt worden, als er einen Weg durch die tückischen Felspässe des Rim-Gebirges suchte. Von Prinz Lonk und seinen Begleitern wurde nicht die geringste Spur gefunden.

Errol wusste aus dem Geschichtsunterricht, dass das Verschwinden des einzigen direkten Thronerben das Zwillingskönigreich und das Haus Balwen in die furchtbaren Winterkriege gestürzt hatte. Wenn Prinz, später König, Torwen nicht so tapfer gewesen wäre, würde das Zwillingskönigreich vielleicht noch immer Krieg führen oder, schlimmer noch, unter dem Joch der Lanwennog schmachten. So war ihm diese Geschichte jedenfalls erzählt worden. Jetzt konnte er lesen, wie diese dunkle Zeit ihren Anfang genommen hatte, und zwar aus der Feder des einzigen Mannes, der die Expedition überlebt hatte.

Errol las noch immer über diese schicksalhafte Expedition, als Andro einige Stunden später den Raum betrat. Schuldbewusst sah Errol die reinen, leeren Seiten des Katalogs und die Stapel von Pergamenten an, die um das Lesepult herum aufgehäuft waren.

»Lass mich raten«, sagte der alte Mann lächelnd. »Father Keoldales Bericht über Prinz Lonks Suche nach Cenobus.«

»Woher wisst Ihr …?« fragte Errol, aber Andro winkte nur ab.

»Neugier ist keine Sünde, Errol«, sagte er. »Und von allen faszinierenden Geschichten, die in diesem Raum ihrer Entdeckung harren, hat diese immerhin einen Kern von historischer Bedeutung. Man kann etwas daraus lernen. Dass es eine Torheit ist, unmögliche Träume zu verfolgen, wenn das Leben, das man doch hat, durchaus seine Vorteile besitzt, zum Beispiel.«

»Das verstehe ich nicht«, sagte Errol.

»Lonk war Thronerbe« sagte Andro. »Das Zwillingskönigreich erlebte eine Zeit des Friedens und des Wohlstandes wie niemals zuvor. Wir hatten sogar eine Art Frieden mit Lanwennog. Unsere Kaufleute reisten um die Welt und handelten mit den exotischsten Gütern. Candlehall wurde damals von einer kleinen Festung, die den Palast umgab, zu der Metropole, die wir heute kennen. Prinz Lonk hätte das alles geerbt, aber stattdessen wollte er den Worten eines Irren folgen und sich auf eine törichte Expedition begeben. Und sein Vater ließ das zu. Es war vielleicht nicht schlecht, dass Weddels Stamm damit erlosch. Es war ein willensschwacher und närrischer Zweig des Hauses Balwen.

Aber ich bin nicht hergekommen, um dir Geschichtsunterricht zu erteilen, Errol. Es ist spät und du hast Ruhe verdient.«

War es spät? Errol fühlte sich gar nicht müde. Sein Kopf war erfüllt von Father Keoldales Worten, von dem Bericht über die furchtbare Wanderung durch den Wald des Frydlands und die seltsamen Wesen, die ihnen unterwegs begegnet waren. Es schien erst einige Stunden her zu sein, dass er sein Tagewerk begonnen hatte. Aber wenn Andro ihm sagte, es sei Zeit zu gehen, würde er gehen müssen.

Er raffte die Rollen zusammen und legte sie in das Regal neben seinem Schreibtisch, um sie am nächsten Tag zu katalogisieren. Dann löschte er die Lampen, die sein Tageslicht gewesen waren, und folgte dem alten Mann aus dem Raum.

»Woher habt Ihr gewusst, was ich da las?«, fragte er, während sie durch die langen Gänge schritten. Das einzige Licht stammte von ihren Laternen, deren Leuchten jetzt eine Reihe dunkler Buchrücken nach der anderen zeigte.

»Ich erinnere mich daran, wie ich zum ersten Mal dieses Pergament gesehen habe«, sagte der alte Mann. »Damals, als Novize, ach, vor mehr Jahren, als man sich überhaupt nur denken mag.«

»Ihr habt diesen Raum bereits archiviert?«, fragte Errol überrascht, weil er offenbar zahllose Arbeitstage mit einer bereits vollendeten Aufgabe verbracht hatte.

»Ach, mach nicht so ein entsetztes Gesicht, Errol«, sagte Andro. »Katalogisieren ist nichts, was man einmal tut, und dann ist es gut. Es ist endlos. Viele Jahre sind vergangen, seit ich zuletzt diesen Raum durchgesehen habe. Pergamente wurden herausgenommen und ins falsche Regal gelegt oder gar nicht zurückgelegt. Neue Rollen wurden hinzugefügt, und manche Dinge sind einfach von dem müden Bibliothekar hingelegt worden, der gerade im Dienst war und keinen Schritt mehr machen konnte. Die Zeit bringt Chaos selbst in die vollkommenste Ordnung. Das solltest du dir merken.«

Sie hatten den Speisesaal erreicht, und Errol sah, dass dieser ungewöhnlich leer war. War es wirklich schon so spät, dass alle anderen Bibliothekare schon gegessen hatten? Es war schwer, tief unten in dem riesigen Kloster sein Zeitgefühl zu behalten, weit weg von der Sonne und dem normalen Tagesablauf.

»Ich muss dich jetzt verlassen«, sagte Andro. »Inquisitor Melyn benötigt meine Dienste. Bleib nicht zu lange hier, Errol. Morgen ist ein langer Tag und er wird früher beginnen, als du gewöhnt bist.« Er lächelte wie über einen geheimen Witz, dann hängte der alte Mann seine Laterne an den Haken neben der Tür, die zu Errols einsamem Schlafsaal führte, und verließ den Saal.

Errol holte sich aus dem großen Schrank Brot und Käse. Der

große Topf über dem Feuer, der normalerweise Eintopf enthielt, war leider leer. Der Speisesaal war, wenn kein Mensch da war, ein deprimierender lichtloser Ort, und Errol hatte durchaus nicht den Wunsch, dort allein zu essen. Einerseits hätte er am liebsten die Laterne genommen, um in den Archivraum zurückzukehren. Noch immer gab es mehrere Bögen von Father Keoldales Bericht zu lesen, aber anderseits wusste er auch, dass es Ärger bedeutete, dort ertappt zu werden. Widerstrebend nahm er seine karge Mahlzeit an sich, hob die Laterne vom Haken und begab sich durch den Gang zu seinem Bett.

Etwas kam ihm anders vor, noch ehe er die Schlafsaaltür erreicht hatte. Er hatte sich an die stille Anwesenheit der anderen Bibliothekare gewöhnt und das Gespür vergessen, das ihn früher auf die Nähe anderer aufmerksam gemacht hatte. Das Kloster war voller Menschen, viertausend und mehr, hatte er gehört. Aber etwas zugleich Vertrautes und Fremdes ließ Errol innehalten, ehe er den dunklen Raum betrat.

Es passierte fast sofort. Jemand riss ihm die Laterne aus der Hand, stieß sein Essen auf den Boden. Jemand anderes packte seine Arme und riss sie hinter seinen Rücken. Ein schwerer Sack wurde über seinen Kopf gestülpt. Der Geruch von Erde und frischen Kartoffeln füllte seine Nase, während ein Seil um seine Taille gewickelt wurde und seine Arme festhielt. Mehr Hände, als er zählen konnte, stießen und stachen ihn und wirbelten ihn um sich selbst, bis er jeglichen Orientierungssinn verloren hatte. Er stolperte, blieb mit dem Fuß irgendwo hängen und fiel kopfüber in die Dunkelheit. Doch ehe er auf den Steinboden aufschlug, fingen Hände ihn auf, hoben ihn in die Luft, als ob er nichts wöge. Seine Angreifer blieben alle stumm und verfolgten dasselbe Ziel. Errol war hilflos, gefangen und verängstigt, als er aus dem einsamen Schlafsaal einem unbekannten Schicksal entgegengetragen wurde.

Der kalte Nordwind, der jetzt schon seit einer Woche wehte, hatte Regen gebracht. Benfro schaute aus dem Fenster, als er beim Feuer saß, und ihn schauderte. Er hatte auf Sonnenschein und vielleicht sogar die ersten Schneeglöckchen unter den noch immer blattlosen Bäumen gehofft. Vielleicht, nach draußen gehen zu können, ohne mit den Füßen im Matsch zu versinken. Es war doch sein ganz besonderer Tag. An diesem Tag wurde er vierzehn Jahre alt.

»Komm jetzt, Benfro. Wir müssen los. Du willst doch nicht zu spät zu deinem eigenen Fest kommen.« Morgum öffnete die Tür. Über ihrer Schulter hing ein Beutel aus Ölzeug. Benfro stand auf, stellte das schwere Gitter vor die aufgehäuften Kohlen im Kamin und folgte ihr nach draußen.

Sie nutzten eine kurze Pause im Regen, um die Lichtung zu überqueren und dann im Schutze des Waldes den Weg ins Dorf einzuschlagen. Mit im Wind gesenkten Köpfen konnten sie kein großartiges Gespräch führen, aber als sie sich der Stelle näherten, an der Benfro viele Monate zuvor Frecknock begegnet war und wo sie ihm ihren furchtbaren Zauber auferlegt hatte, blieb er abrupt stehen.

»Was ist los?«, fragte seine Mutter.

»Ich … ich kann das nicht sagen«, sagte Benfro, denn der Zauber war so stark wie eh und je. Er war ein ewiges Bohren in seinen Gedanken, eine Sorge, die es ihm immer schwerer machte, sich auf das Lernen zu konzentrieren. Manchmal konnte er sich kaum erinnern, wo gewisse Kräuter und Heilmittel aufbewahrt werden. Wann immer er versuchte, sich das Bild der Vorratskammer vor Augen zu holen, sah er die fleischigen rosa Hände, die sich nach dem silbernen Becher ausstreckten.

»Trödel jetzt nicht rum, Benfro«, sagte Morgum. »Die anderen warten schon.«

»Frecknock nicht«, sagte Benfro.

»Was? Natürlich tut sie das«, sagte Morgum. »Frecknock schwärmt vielleicht nicht gerade für dich, aber sie würde sich niemals ein Fest entgehen lassen.«

»Sie wird nicht kommen«, sagte Benfro beharrlich. Er wollte noch sehr viel mehr sagen, wollte sagen, er wisse, wo Frecknock war und was sie dort machte, aber es kam nicht heraus. Allein ihren Namen auszusprechen, holte einen dumpfen Schmerz in seinen Hinterkopf.

»Na, auch egal. Es ist unhöflich, seine Gäste warten zu lassen, selbst an deinem Schlüpftag.«

Sie wanderten durch den Wind und die gelegentlichen Schauer und erreichten das Dorf in geselligem Schweigen. Niemand war zu sehen, die Häuser sahen tot und leer aus. Benfro überlief ein Schauder, als sehe er ein furchtbares Omen – sein Zuhause, seine Welt, der jegliches Leben geraubt worden war. Eine Sekunde lang sah er in Gedanken das ganze Dorf verkohlt und rußig vor sich, während träger Rauch aus den zerstörten Häusern aufstieg und sich in den dunstigen blauen Himmel erhob.

»Was ist los, Benfro? Du siehst aus, als ob du ein Gespenst gesehen hättest.«

Morgums Stimme riss ihn aus seinen Gedanken. Benfro schaute in das lächelnde Gesicht seiner Mutter und spürte die Geborgenheit ihrer Nähe, ihre offene, bedingungslose Liebe zu ihm. Trotz des kalten, nassen Winternachmittags, der grauenhaften Vorahnung und des ewigen bohrenden Schmerzes dessen, was Frecknock ihm angetan hatte, heiterten ihre Nähe und ihre Stärke ihn auf.

»Ach, nichts«, sagte er. »Nur der mondverdammte Regen und der Schlamm.«

»Dann komm doch«, sagte Morgum. »Gehen wir ins Haus. Ynys Môn hat sicher schon ein Feuer gemacht.«

Sie gingen weiter und überquerten bald das nasse Gras des

Dorfangers in Richtung der großen Halle. Ein Rauchfaden stieg wie ein Signal aus dem Schornstein auf, und die Windstöße trugen köstliche Düfte zu Benfros Nase. Sein Magen knurrte voller Erwartung.

Die Türen waren geschlossen, als sie näher kamen, was Benfro überraschte, auch wenn er dachte, damit sollten nur Wind und Regen abgehalten werden. Er blieb vor den riesigen Eichenportalen stehen, packte die schweren eisernen Griffe und schob.

Die Türen waren abgeschlossen.

Benfro drehte sich verwirrt zu seiner Mutter um, um zu fragen, was denn los sei.

Sie war nicht da.

»Mutter?«, fragte er den Wind und schaute sich nach beiden Seiten um. Sie konnte sich nirgendwo verstecken, und die Zeit hätte nicht gereicht, um hinter die Halle zu laufen. Außerdem war sie doch neben ihm gewesen – er hatte ihre Nähe so deutlich gespürt, wie er seine eigenen Flügel kannte. Und dann war sie einfach verschwunden.

Ein kaltes Gefühl von Angst und Einsamkeit packte ihn, als er in der Kälte stand und die verriegelten Türen und die verschlossenen Hütten ansah, die sich um den Dorfanger zusammendrängten. Er hatte nur das leise Stöhnen des Windes zur Gesellschaft und kam sich von aller Welt verlassen vor. Einen Moment lang überwältigte dieses Gefühl ihn vollständig. Er war gelähmt, als ob er aus Stein wäre, hilflos und verängstigt. Dann änderte der wirbelnde Wind abermals seine Richtung und brachte Küchengerüche zu Benfros Nase. Leise Geräusche waren hinter den hohen Fensterblenden zu hören, und der Zauber war gebrochen. Das hier war eine Art Prüfung, erkannte er. Irgendeine seltsame Zeremonie, die den Dorfbewohnern sicher Grund zum Lachen geben würde, wenn der Nachmittag in den Abend überging und das Fest seinen Höhepunkt erreichte.

Er überlegte, ob er hinter die Halle gehen sollte, wo die Küche lag, um dort die kleine Tür zu probieren. Er konnte sich vorstellen, wie sich die vielen alten Drachen um die Eingangstüren zusammendrängten und auf ihn warteten. Es wäre ein guter Witz, sich von hinten anzuschleichen und sie zu überraschen. Andererseits kam ihm das hier nicht vor wie einer von Meirions Witzen, und er konnte sich nicht erinnern, dass seine Mutter sich je solche Scherze mit ihm erlaubt hätte. Er wusste, dass die Drachen in der großen Halle waren – er konnte sie spüren. Hier draußen in Regen und Kälte zu stehen, würde jedenfalls zu nichts führen. Benfro hob die Hand und klopfte energisch an die Eichentür.

»Wer harret unser vor dem Tore?«, fragte Sir Frynwys unverkennbare Stimme in ihrer ganzen Erzählerpracht.

»Benfro«, sagte Benfro, der das Spiel satthatte, noch ehe es begonnen hatte. »Lasst mich bitte ein. Hier draußen ist es nass.«

»Was führt dich zu unserer Halle?«, fragte Sir Frynwy und seine Stimme klang noch immer misstrauisch und dramatisch.

»Heute ist mein Schlüpftag. Ich werde heute vierzehn«, sagte Benfro und fügte ganz leise hinzu: »Und es sollte ein Fest geben.«

»Vierzehn, sagst du«, sagte Sir Frynwy. »Und unter welchem Zeichen bist du geschlüpft, Benfro?«

»Das weißt du so gut wie ich, Sir Frynwy. Ich bin beim Zusammenfluss geschlüpft, als der Rennende Wolf im Haus vom Kreuz des Nordens war.«

»Ein Schlüpfling des Zusammenflusses?«, fragte Sir Frynwy. »Und was willst du von uns annehmen, Benfro?«

»Von euch annehmen? Nichts. Na ja, etwas zu essen, stell ich mir vor, und vielleicht eine Geschichte?«

»Eine Geschichte?«, fragte Sir Frynwy. »Das ist keine geringe Bitte. Was gibst du uns denn dafür?«

»Weiß ich nicht.« Benfro bekam es jetzt mit der Angst zu tun.

Dieses Fragespiel kam ihm vor wie eine Art offizielle Zeremonie, jedenfalls, was Sir Frynwy betraf. Aber Morgum hatte ihn auf so etwas nicht vorbereitet. Seine früheren Schlüpftage waren nie so verlaufen.

»Wirst du uns deinen Respekt schenken?«, fragte Sir Frynwy.

»Natürlich«, sagte Benfro. »Den habt ihr doch schon.«

»Wirklich? Wirst du uns dein Vertrauen schenken?«

Benfro musste kurz überlegen. Eine Drachin gab es im Dorf, der er nicht einmal bis zur Schwanzspitze trauen würde, aber er war sicher, dass sie sich nicht in der Halle aufhielt.

»Abermals ja. Ich habe euch immer vertraut«, sagte er.

»Hm. Wirst du uns deine Treue schenken?«, fragte Sir Frynwy.

Benfro ahnte jetzt, worauf das alles hinauslief. »Immer.«

»Und wirst du uns deine Liebe schenken?«, fragte der alte Drache und riss die Tür auf. Er stand da und starrte Benfro mit seltsamer Miene an. Die übrigen Drachen drängten sich hinter ihm zusammen.

»Ich kann euch nichts schenken, was ihr bereits habt«, sagte Benfro. »Aber ich würde auch nicht versuchen, es euch zu stehlen.«

Sir Frynwys ernstes Gesicht öffnete sich zu einem breiten Grinsen. »Gesprochen wie ein wahrer Drache, Benfro«, sagte er. »Willkommen.«

Als Benfro die vertraute Halle betrat, kam er sich fast vor wie ein frisch eingetroffener Fremder. Ynys Môn holte eine Schüssel mit warmem Wasser, in der er sich die Füße waschen sollte.

»Willkommen in unserem Dorf, Benfro. Mögen deine Füße niemals seinen Boden vergessen«, sagte er.

Sir Frynwy reichte ihm ein schweres, in Leder gebundenes Buch.

Benfro schlug es auf und sah viele Seiten aus feinstem Pergament.

»Willkommen in unserer Familie, Benfro. Möge dein Leben bei uns dieses Buch und viele weitere füllen.«

Meirion legte ihm einen langen Schal aus feinsten Garnen um den Hals. Der Schal fühlte sich weich an und schimmerte im Licht des Kerzenleuchters. Sie wand den Schal doppelt um seinen Kopf, sodass die Enden nicht den Boden berührten, dann küsste sie ihn schallend auf jede Wange, zu seiner großen Verlegenheit sogar zweimal.

»Willkommen in unserer Halle, Benfro«, sagte sie. »Mögest du darin Schutz und Wärme finden, wann immer das nötig sein sollte.«

Einer nach dem anderen gaben die Drachen ihm Geschenke. Jedes Geschenk hatte mit dem Dorf und den dort Wohnenden zu tun. Endlich stand seine Mutter vor ihm, mit leeren Händen.

»Willkommen in Gulad, Sir Benfro«, sagte sie, und Benfro konnte das überraschte Murmeln im Raum nicht überhören. »Möge es für dich und deine Erben eine freundlichere Welt sein.« Dann zog sie ihn in einer heftigen Umarmung an sich.

Als die Formalitäten beendet zu sein schienen, waren bald alle ins Gespräch vertieft, während eine übervolle Schüssel nach der andern aus der Küche gebracht und auf den langen Tisch mitten in der Halle gestellt wurde.

Sir Frynwy kam quer durch den Raum auf Benfro zu, der neben einem kleinen Berg aus Geschenken stand.

»Na, Sir Benfro«, sagte der alte Dache. »Da habe ich ja offenbar einen Rivalen.«

»Wie meint Ihr das?«, fragte Benfro.

»Sir Benfro«, sagte Frynwy und verbeugte sich spöttisch. »Nicht oft wird so ein Titel einem so jungen Drachen gewährt.«

»Aber es ist doch nur ein Wort, oder?« Kaum hatte er das ausgesprochen, da wusste Benfro, dass er einen Fehler gemacht hatte.

»Nur ein Wort? Das sehe ich nun wirklich anders«, sagte Sir Frynwy. »Glaubst du, ich bestehe aus Eitelkeit auf meinem Titel?«

»Nein, natürlich nicht. Aber … ich dachte … Mutter wollte nur eine Geste machen.«

»Natürlich hat sie eine Geste gemacht, du junger Drache. Sie hat dir die größte Ehre erwiesen, die überhaupt möglich war. Vor deiner gesamten Gemeinschaft hat sie dich als Familienoberhaupt anerkannt. Es ist nicht leicht für sie zu akzeptieren, dass dein Vater wirklich nicht mehr zurückkehren wird.«

»Mein Vater? Was hat der damit zu tun?«, fragte Benfro.

»Eigentlich müsste Sir Trefalduin euer Familienoberhaupt sein«, sagte Sir Frynwy. »Indem sie dir seinen Titel verleiht, hat Morgum in aller Öffentlichkeit verkündet, dass sie nicht mehr mit seiner Rückkehr rechnet.«

Benfro schaute sich zu seiner Mutter um, die oben am Tisch mit Meirion plauderte. Sie sah nicht anders aus als heute Morgen, als sie ihn geweckt und an die Arbeit geschickt hatte. Er bezweifelte, dass er von nun an im Haus mehr zu sagen haben würde als zuvor. Und doch hatte sie ihm etwas Unbezahlbares gegeben, das begriff er jetzt. Sie hatte ihm eine Verantwortung übertragen, die nur einem Erwachsenen zukam. Und damit fühlte er sich zweimal so groß wie der kalte, nasse Drache, der nur wenige Minuten zuvor zur Tür hereingekommen war.

»Falls mein Gehör mir keinen Streich spielt«, sagte Sir Frynwy mit einem boshaften Funkeln in seinen alten Augen. »Hast du nicht etwas von einem Fest gesagt?« Benfro ließ sich durch die Menge der wartenden Drachen ans obere Ende des Tisches führen. Fast hätte er sich auf seinen üblichen Platz auf dem Boden vor dem Feuer gesetzt, aber Sir Frynwy steuerte ihn auf den großen Sessel zu, den der alte Geschichtenerzähler normalerweise selbst einnahm.

»Heute ist dein vierzehnter Schlüpftag, Sir Benfro«, sagte er mit sanftem Spott in der Stimme. »Und damit gebührt dir der Vorsitz am Tisch. Von heute an wirst du als Ebenbürtiger unter uns sitzen. Wir können nur hoffen, dass wir nicht so lange warten müssen, bis auf dem Boden ein neues Drachkitz hockt.«

Benfro setzte sich so vorsichtig in den tiefen, prachtvoll geschnitzten Sessel, als fürchte er, dass ihm hier irgendein raffinierter Streich gespielt würde. Aber es geschah nichts, sodass er sich langsam in seiner ungewohnten Position entspannte. Die anderen Dorfbewohner hatten ihre üblichen Plätze auf den Bänken eingenommen, und Sir Frynwy zwängte sich an Benfros rechte Seite, während seine Mutter, die nur selten zu den Dorffesten erschien, links saß. Der Tisch war reich gedeckt, aber niemand rührte eine der Speisen an. Aller Augen waren auf Benfro gerichtet. Da fiel ihm ein, dass Sir Frynwy vor den Mahlzeiten immer etwas sagte, und er versuchte, sich an die Worte zu erinnern.

»Großer Mond, dessen Geist des Nachts über uns wacht. Reine Sonne, die unseren Weg des Tages beleuchtet. Ermutigt uns in unserer Treue. Ehrt uns in unserer Wahrheit. Tadelt uns in unserem Dünkel. Demütigt uns in unserem Stolz. Ihr habt Gulad um eurer Kinder willen verlassen, mögen wir es als Ort erhalten, der zu eurer Rückkehr bereitsteht.«

Das zustimmende Gemurmel am Tisch war vielleicht nicht so begeistert, wie es hätte sein können. Benfro war sich schmerzlich der Tatsache bewusst, dass er nicht Sir Frynwys Erzählerstimme hatte und dass er auch nicht über einen Bruchteil von seiner Gewichtigkeit verfügte.

Dennoch beugte der alte Drache sich zu ihm vor und flüsterte verschwörerisch, aber so, dass es überall in der Halle zu hören war: »Ich werde wirklich auf der Hut sein müssen, Sir Benfro.«

Ynys Môn lachte laut und bellend und bald stimmten die anderen ein. Die Zeremonie war beendet, nun war Zeit zum Feiern.

Errol war außer sich vor Angst, als er durch Gänge und über Treppen geschleppt wurde. In seinem Kartoffelsack konnte er nichts sehen, aber er spürte die vielen Hände, die ihn trugen, hörte das unterdrückte Keuchen seiner Entführer. Er war sich nicht sicher, aber er glaubte, dass es mindestens zwölf waren. Etwas, das er nicht richtig benennen konnte, vermittelte ihm den Eindruck, dass sie jung waren, Novizen vielleicht. Es mochte an der kaum beherrschten Erregung liegen, die sie alle teilten, oder vielleicht an der ungeübten Weise, in der sie ihn trugen und durch die seine Arme, Beine und bisweilen auch sein Kopf gegen Mauern, Türen und alles, was sonst im Weg war, geschlagen wurde.

Trotz der feuchtkalten Angst, die sein Herz zum Rasen brachte und seinen Atem in abgehacktes Keuchen verwandelte, blieb ein Teil von ihm kühl und beobachtete, fast so, als ob er über allem schwebte. Er konnte eine Gruppe von jugendlichen Novizen in ihren dunkelbraunen Kutten sehen, die eine kleinere Gestalt trugen, und diese Gestalt war in einen alten Sack gewickelt und mit einer Schnur gefesselt, die sie zweifellos irgendwo aus einem Vorhang gezogen hatten. Er bemerkte, dass sie einen verworrenen Weg liefen, der sich zuerst in die eine Richtung zog, dann in die andere, aber immer ging es aufwärts. Da es dort keine Fenster gab, wusste Errol nicht, in welcher Himmelsrichtung der Schlafsaal lag. Aber er war ziemlich sicher, dass es jetzt nach Norden ging.

Die Wanderung schien stundenlang so weiterzugehen, und mit der Zeit wurde das Gefühl, von sich selbst entfernt zu sein, stärker, und seine Angst nahm ab. Es wirkte unwahrscheinlich, dass diese Novizen ihm etwas antun wollten, sonst hätten sie das schon erledigt. Es war sicher ein Streich, irgendeine Aufnahmezeremonie für angehende Novizen. Er versuchte, sich daran zu erinnern, was Father Castlemilks Buch über die ersten Jahre des Noviziats gesagt hatte, aber dort war das Alltagsleben in dem riesigen Kloster nur kurz gestreift worden, das Hauptgewicht hatte auf den verschiedenen Stufen der Lehren gelegen, die gemeistert werden mussten, ehe jemand zum Kampfpriester werden konnte.

Von seinem distanzierten Beobachtungspunkt aus sah Errol zu, wie die Gruppe ins Freie kam und einen auf drei Seiten von hohen Gebäuden umgebenen, an der vierten aber offenen Hof betrat. Es war dunkel, aber die erste Andeutung der Morgendämmerung tauchte die Gipfel der Berge in ein hauchzartes Rosa. Bei diesem Anblick durchfuhr ihn ein Schauder, der ihn fast in seinen Körper zurückgerissen hätte. Wenn er noch einen Moment so bleiben könnte, würde er zum ersten Mal seit … seit wie langer Zeit, wusste er gar nicht … das Sonnenlicht sehen.

Die Novizen trugen ihn über den Hof zu der bergwärts geöffneten Seite. Mit jeder Sekunde wurde das Licht stärker und zeigte mehr von der Landschaft im Osten, wo die Sonne aufging. Plötzlich kam Errol der Gedanke, dass sie ihn vielleicht über die Kante und in die leere Finsternis werfen wollten. Entsetzen packte ihn, aber als die Gruppe sich dem Rand des Hofes näherte, wurde sie langsamer. Etwa drei Meter vor dem Abgrund blieben seine Entführer ganz stehen. Noch immer auf seltsame Weise außerhalb seines Körpers sah Errol zu, wie er achtlos auf den Boden geworfen wurde, und er bemerkte fast im Nachhinein, dass der Sturz ihm den Atem verschlug. Dann packten abermals raue Hände seine Arme und rissen ihn auf die Füße.

Einer aus der Gruppe trat vor, dichter an die Kante heran. Er trug seine Kapuze, aber etwas an seinen Bewegungen kam Errol vertraut vor. Er schien den Horizont zu beobachten, wenngleich seine Blicke zwischen den drei riesigen Gebäuden, die über ihnen aufragten, hin und her schossen, als fürchte er, gesehen zu werden. Errol konnte den Widerstand des Erdbodens spüren, der ihn trug, weil er nun nicht mehr von so vielen Händen gehalten wurde, und er roch die Erde im Kartoffelsack. Die Schrammen, die seine Zusammenstöße mit den Mauern der Gänge und der Türrahmen ihm verpasst hatten, fingen an, ihn aus seiner fliegenden Freiheit in seinen Körper zurückzureißen, und als es langsam heller wurde, fand er sich mehr und mehr in dem Halbdunkel seiner rauen Sackleinenkapuze wieder.

»Ist es schon so weit?«, fragte ein Novize, und Errol stellte fest, dass er jetzt wieder ganz und gar er selbst war.

»Fast.« Die Stimme war verwirrend vertraut. Ein Sturzfluss aus Erinnerungen verdrängte die Gedanken an die öde Plackerei in den Bibliotheksarchiven. Er sah Bäume im Tageslicht, Felder, auf denen das frisch gemähte Getreide zu Burgen zusammengetürmt war, um die kleine Jungen Krieg führen konnten. Er sah einen riesigen Felsen, der über einen Fluss hinausragte, eine Hütte auf einer kleinen Lichtung im Wald und eine junge Frau, kaum mehr als ein Mädchen, in einem langen grünen Reitumhang mit hochgezogener Kapuze, die ihr Gesicht verbarg.

»Jetzt«, sagte die Stimme, und Errol erkannte seinen Stiefbruder Clun. Gleich darauf wurde die Schnur von seiner Taille losgebunden, der Sack wurde von seinem Kopf gerissen, und er stand blinzelnd da und starrte in die Sonne.

Es war fantastisch. Die Sonne malte einen orangen Streifen über den verschneiten Bergkamm, so weit weg, dass er die Gipfel gar nicht deutlich sehen konnte. Für einen Jungen, der nie weiter als eine Meile oder so hatte blicken können, war das wie ein Traum. Aber noch umwerfender war diese diesige Weite, die sich von dort, wo er stand, zu einem dunklen Punkt so tief unter ihm hinzog, dass sein Magen sich bei dem bloßen Anblick zusammenkrampfte. Errol hatte in zahllosen Büchern über den Wald des Frydlands gelesen, er hatte sogar auf altes Pergament gezeichnete Landkarten gesehen. Er hatte sein ganzes bisheriges Leben am südlichen Waldrand verbracht, dort, wo die Bäume die Graith Faur säumten, die gewaltige Schlucht im Rim-Gebirge. Aber nichts hatte ihn auf diesen ersten Anblick dieser gewaltigen, unvergleichlichen Schönheit vorbereiten können.

»Alles Gute zum Geburtstag, Errol«, sagte Clun. »Andro hat gesagt, das hier könnte dir gefallen. Aber jetzt weg hier, ehe die Quästoren uns erwischen.«

18

König Brynceri baute seine Hauptstadt auf dem Hügel, der den mittleren Teil des Flusses überschaut, der das Zentrum des Zwillingskönigreichs durchfließt. Zu seinen Lebzeiten wurde der große Thronsaal errichtet, zugleich wurden die Arbeiten am benachbarten Palast und den Festungsanlagen aufgenommen. Brynceri ließ sich auch eine Privatkapelle bauen, weit entfernt vom geschäftigen Palastleben. Dort suchte er in seinen späteren Jahren immer häufiger Zuflucht, um sich besser mit seinem Herrn, dem Hirten, austauschen zu können. In die riesige Ringmauer um die Zitadelle eingelassen, ist die Kapelle klein im Vergleich zur Pracht der anderen Gebäude, aber sie ist ein Meisterwerk der Steinmetzkunst, mit reich verzierten Reliefs mit Darstellungen aus den frühen Zeiten, als der Hirte unter seiner Herde wandelte und König Balwen die Gabe der Magie schenkte.

Als Brynceri schließlich starb, war es sein Wunsch, in der Abwehrmauer beigesetzt zu werden, die über seiner Kapelle aufragt. Seit damals wurden alle Herrscher des Zwillingskönigreichs in Alkoven in dieser Mauer der Könige bestattet.

Barrod Sheepshead: Eine Geschichte des Hauses Balwen

Nach dem feierlichen Geschenk seiner Mutter und nachdem Sir Frynwy ihm den Vorsitz am Tisch überlassen hatten, behandelten alle anderen Drachen im Dorf Benfro mit der Ehrerbietung, die in alten Zeiten den großen Helden gezollt worden war. Einer nach dem anderen richtete freundliche Worte und Weissagungen für ein langes und reiches Leben an ihn und beendete jede dieser Ansprachen mit einem Hoch auf Sir Benfro. Die einzige Enttäuschung war, dass die anderen reichlich Wein aus einem riesigen hölzernen Fass in der hinteren Ecke der Halle tranken, während ihm nur ein Becher Wein zugestanden wurde, der zudem stark verdünnt war. Als er den Becher geleert hatte, bekam er nur noch Wasser. Er beschwerte sich natürlich, aber Sir Benfro hin oder her, der allzu vertraute mahnende Blick seiner Mutter brachte jeglichen Widerspruch bald zum Verstummen.

Sir Benfro. Das klang so wichtig und doch so belanglos. Eine Zeit lang, während sie aßen und redeten und lachten, überlegte Benfro, warum er sich gar nicht anders fühlte. Dann fiel ihm der alte Mann ein, Gideon, mit seiner seltsam förmlichen Redeweise. Auch Gideon hatte ihn Sir Benfro genannt, aber damals hatte Benfro das für einen einfachen Irrtum gehalten, da Gideon sich mit der Drachensprache eben nicht richtig auskannte. Es war also nicht seine Mutter gewesen, die ihn als Erste mit »Sir Benfro« angesprochen hatte, und aus irgendeinem Grund war ihm das wichtig. Nicht einmal die begeisterte Reaktion der Dorfbewohner machte den Titel wirklicher.

Vielleicht lag es daran, dass er seinen Vater nie gekannt hatte und auch nicht viel über ihn wusste. Es fiel ihm schwer, sich als Familienoberhaupt zu betrachten, nachdem seine Mutter vierzehn Jahre lang die Existenz von Sir Trefalduin kaum je erwähnt hatte.

»Warum machst du so ein langes Gesicht?«, fragte Meirion. Ihre leise Stimme riss Benfro aus seinen Gedanken.

»Ach, nur so«, sagte Benfro, dann fiel ihm ein, dass es niemals etwas brachte, Meirion anzulügen. »Ich hatte nur gerade an meinen Vater gedacht.«

»Der wäre jetzt gern hier«, sagte Meirion. »Er hätte alles getan, was in seiner Macht stand, um am vierzehnten Schlüpftag seines Sohnes anwesend zu sein. Ich vermute, seine Abwesenheit hat sehr viel dazu beigetragen, dass deine Mutter dir dieses Geschenk gemacht hat.«

»Warum hat er uns verlassen?«, fragte Benfro. »Hat er meine Mutter nicht geliebt?«

»Ach, Benfro, das darfst du niemals sagen. Das darfst du nicht einmal denken.« Meirion rutschte dichter an ihn heran. »Deine Eltern haben einander so sehr geliebt, dass sie geradezu Zwillingsseelen waren, die immer zusammen sein sollten. Sir Trefalduins Entscheidung, aufzubrechen, sich auf diese wahnwitzige Wanderung zu begeben, war nicht nur sein Entschluss. Es kam von ihnen beiden.«

»Wahnwitzige Wanderung?«, fragte Benfro.

»Meine Güte, dieser Wein löst ja noch die festeste Zunge«, sagte Meirion. »Es kommt mir wirklich nicht zu, dir solche Dinge zu erzählen.«

Benfro spürte, wie der Zorn in ihm aufstieg. Schon wieder wurde er wie ein Drachkitz behandelt, trotz aller Geschenke und Trinksprüche. Meirion, die wie immer seine Stimmungswechsel durchschaute, sagte ganz schnell, um Benfros Zorn zu besänftigen:

»Nicht böse sein, Benfro«, sagte sie. »Du müsstest wirklich mehr über deinen Vater wissen, aber ich habe kein Recht, dir das zu erzählen. Du musst deine Mutter fragen. Sicher ist sie jetzt bereit, es dir zu sagen. Nicht wahr, Morgum?«

Meirion drehte sich zu Benfros Mutter um, aber die schaute in die andere Richtung und suchte die Menge der Gesichter ab. Als sie endlich auf Meirions Rippenstöße reagierte, konnte Benfro sehen, wie sich die Sorge auf ihrem Gesicht abzeichnete.

»Wo ist sie?«, fragte Morgum und wartete gar nicht erst ab, was Meirion von ihr wollte. »Wo ist Frecknock?«

»Ich glaube, vorhin war sie noch hier. Warum?«, fragte Meirion zurück.

»Ich kann mich nicht erinnern, sie gesehen zu haben. Hat sie dir irgendetwas geschenkt, Benfro?«

Benfro konnte sich nicht daran erinnern, Frecknock unter den Gästen gesehen zu haben. Und er konnte sich auch nicht vorstellen, dass sie ihm etwas schenkte, das er behalten wollte.

»Nein«, sagte er. »Das glaube ich nicht. Ich hab dir doch gesagt, dass sie nicht hier sein würde.«

»Hast du das gesagt?«, fragte Meirion. »Warum?«

Benfro konnte nicht sagen, warum. Er kannte den Grund nur zu gut – sie hatte die Feier genutzt, um heimlich ihrer Wege zu gehen –, aber es war ihm unmöglich, diesen Gedanken in Worte zu kleiden.

»Sie mag mich doch nicht besonders«, sagte er.

»Sie mag dich überhaupt nicht, Benfro«, sagte Meirion. »Aber das ist kein Grund, eine wichtige Versammlung zu versäumen. Zumindest hätte sie die Höflichkeit besitzen müssen, es jemandem zu sagen. Hat sie das getan, Sir Frynwy?«

»Äh? Was?« Der alte Drache war tief in ein Gespräch mit Ynys Byr vertieft gewesen, aber jetzt drehte er sich um und schaute Morgum und Meirion an. Benfro sah zu und hoffte, dass jemand seine Qualen bemerken würde.

»Hat Frecknock dir gesagt, dass sie nicht hier sein würde?« Meirion wiederholte ihre Frage.

»Sie war heute Morgen hier«, sagte Sir Frynwy. »Dann hat sie gefragt, ob sie entschuldigt werden könnte. Ich dachte, sie würde rechtzeitig zum Fest wieder hier sein. Ich habe sie seither nicht mehr gesehen. Ist sie nicht da?«

»Nein«, sagte Morgum. »Und als wir gekommen sind, auch nicht.«

»Na, sie ist jung. Und wir wissen alle, wie sie über Benfro

denkt«, sagte der alte Drache und wandte sich zu Benfro um. »Ich fürchte, du hast Frecknocks Platz als Drachkitz des ganzen Dorfes gestohlen. Ehe du geschlüpft bist, haben wir alle sie arg verwöhnt. Sie wird schon noch darüber hinwegkommen. Ich nehme an, sie ist zu Hause. Ich schau vielleicht mal rüber und versuche, sie zum Herkommen zu überreden.« Und mit diesen Worten rutschte Sir Frynwy von der Bank, verbeugte sich höflich vor Benfro oben an der Tafel und verließ die Halle.

»Woher hast du gewusst, dass sie nicht hier sein würde?«, fragte Morgum Benfro, nachdem die schwere Tür den klarer werdenden Nachmittagshimmel wieder ausgeschlossen hatte.

»Ich … ich wusste das eben«, sagte Benfro, und seine Gedanken rannten gegen die Schranke an, die ihn daran hinderte, die Wahrheit zu sagen.

»Spielt es eine Rolle, dass sie nicht hier ist?«, fragte Meirion, und ihr Gesichtsausdruck ähnelte dem, mit dem sie ihn zu etwas herausforderte, das ihm vermutlich Ärger bringen würde. Was die Feiern zu seinem Schlüpftag anging, war es Benfro restlos egal, ob Frecknock dabei war oder nicht. Nein, das stimmte nicht. Genau genommen war ihm ihre Abwesenheit sogar lieber. Doch er wusste, dass diese Abwesenheit eine furchtbare Gefahr für sie alle darstellen konnte.

»Ich kann es nicht sagen«, erklärte er und wusste, wie seltsam das klang. Vielleicht würde Meirion darauf reagieren?

»Kannst du es nicht sagen, oder willst du es nicht sagen?«, fragte sie und starrte ihm tief in die Augen.

»Ich kann es nicht sagen«, sagte Benfro und hielt ihrem Blick stand, ohne mit der Wimper zu zucken.

»Weißt du, warum sie nicht hier ist?«, fragte Meirion. Benfro wusste von vielen Gründen, aber es gab nur einen, über den er nicht sprechen konnte.

»Ich kann es nicht sagen«, sagte er noch einmal und versuchte, das »kann« zu betonen. Meirion musterte ihn noch forschender, und ihre durchbohrenden goldgesprenkelten Augen schienen ihn einzuhüllen.

»Benfro, Lieber, ist alles in Ordnung?« Ihre Stimme war in seinem Kopf und umfing ihn, verbannte den Lärm des Festes, bis er das Gefühl hatte, mit nur dem Wind als Gesellschaft auf einer sonnigen Lichtung im Wald zu stehen. Während er noch darüber nachdachte, nahm die Szene um ihn herum feste Gestalt an. Er kannte die Lichtung nicht, aber es war ein friedlicher Ort, und es gefiel ihm, einfach dort zu sitzen und den blauen Himmel, die fliegenden Vögel und die sanft wogenden Baumwipfel anzusehen.

»Sie hat dir einen Zauber auferlegt, Benfro«, sagte Meirion. Benfro sah sich um, und sie stand neben ihm. Nur war sie jetzt anders. Die Meirion, die er kannte, war alt, ihre Schuppen waren vor Alter rissig und trübe, ihr Gesicht gefurcht von Jahrhunderten des Lächelns. Sie bewegte sich, als ob ihre Gelenke ununterbrochen schmerzten, gebückt, als laste die ganze Welt auf ihren Schultern. Der Drache, der hier neben ihm stand, war zweifellos ebenfalls Meirion, aber sie war jung und schön.

»Meirion?«, fragte Benfro und versuchte, sie nicht anzustarren.

»Ach, meine Güte, ja«, sagte Meirion und schien ebenso überrascht zu sein wie Benfro. »Ganz so wollte ich dir ja nicht gegenübertreten. Seltsam, dass du mich so siehst, und das auch noch hier. Aber egal. Darüber können wir ein andermal reden. Jetzt musst du mir alles über Frecknock erzählen.«

»Aber ich kann nicht darüber reden«, sagte Benfro. »Sie hat etwas mit mir gemacht, damit ich es nicht sagen kann.« Erst als er diesen Satz beendet hatte, ging ihm auf, dass er die Wörter ausgesprochen und dass Meirion sie gehört hatte.

»Das ist ein reichlich unbeholfener Zauber«, sagte Meirion.

»Sonst würdest du nicht einmal daran denken können. Ich werde den Schaden reparieren, wenn ich kann, aber für den Moment eilt es wohl. Also sag mir, welches schlimme Geheimnis du für Frecknock hüten musst.«

»Sie hat das *Buch Draconius* genommen«, sagte Benfro, und als er seine Geschichte erzählte, brach die schreckliche Frustration aus ihm heraus wie Wasser aus einem gebrochenen Damm. Als er fertig war, hatte er das Gefühl, als sei eine schwere Last von ihm genommen worden, fast, als schwebe er in der Luft.

»Wir waren allesamt blind und dumm«, sagte Meirion. »Frecknock ist jung und starrsinnig. Wir dachten, wir hätten sie über die Welt um uns herum und über die Feinen Künste belehrt, damit sie irgendwann unser Leben hier zu schätzen wüsste und es mit uns teilen würde. Wir wären nie auf die Idee gekommen, dass sie mehr wollte, doch es ist nur natürlich, dass sie einen Partner sucht.«

»Aber dieser Sir Felyn, ich glaube, das ist ein Mensch«, sagte Benfro. »Ich habe seine Hände gesehen. Er hat nach einem Becher Wein gegriffen. Sie sahen genauso aus wie Gideons.«

»Nicht so schnell, Benfro«, sagte Meirion und runzelte die Stirn. »Wie meinst du das, du hast seine Hände gesehen?«

Benfro wollte immer weiterreden. Es war eine solche Befreiung, endlich sein Herz ausschütten zu können, dass die Wörter vor Eifer durcheinanderpurzelten. Er holte tief Luft, versuchte, sich zu beruhigen und ausführlich zu schildern, was er gesehen hatte. Meirions schönes junges Gesicht wurde länger, je näher sein Bericht sich dem Ende zuneigte. Und als er endlich verstummte, schwieg auch sie für einige lange Augenblicke. Dann schien sie zu einem Entschluss zu gelangen.

»Vieles von dem, was du mir erzählt hast, dürfte überhaupt nicht möglich sein, Benfro«, sagte sie. »Nicht einmal ich habe jemals über die Linien reisen und durch die Augen anderer blicken können, wenn sie nichts davon wussten. Aber Morgum hat mir von deinen Flugträumen erzählt, und da muss ich wohl davon ausgehen, dass du eine einzigartige Begabung besitzt … Nein, jetzt bilde dir ja nichts darauf ein, junger Drachenspund«, fügte sie hinzu. »Deine ungewöhnlichen Fähigkeiten können wir uns später noch ansehen. Für den Moment muss Frecknock an erster Stelle kommen. Ich habe keine Zweifel daran, dass dein Verdacht bezüglich dieses Fremden zutrifft. Der einzige Sir Felyn, den ich je gekannt habe, war ein willensschwacher Drache, den die Kampfpriester vor über fünfhundert Jahren erschlagen haben. Außerhalb dieses Waldes gibt es auf der Welt nicht viele von unserer Art. Die Welt ist seit Jahrtausenden gefährlich für Drachen. Es ist eher wahrscheinlich, dass ein geschickter Angehöriger des Ordens Frecknock getäuscht hat.«

»Gideon hat einen Inquisitor Melyn erwähnt«, sagte Benfro. »Könnte er das sein?«

»Wenn ja, dann sind wir wirklich in großer Gefahr«, sagte Meirion. »Melyn ist der schlimmste Mensch, den es gibt. Bete zum Mond, dass du ihm niemals begegnen wirst. Gib dir alle Mühe, ihm aus dem Weg zu gehen. Aber komm jetzt. Wir müssen zum Fest zurück, ehe irgendwer etwas merkt.«

Benfro wollte schon fragen, wie er zum Fest zurückkehren könnte, wo er es doch nie verlassen hatte, aber Meirion drehte sich zu ihm um, als sei ihr plötzlich etwas eingefallen.

»Benfro«, sagte sie. »Ich würde dir ja nie einen Zwang auferlegen, das ist eine böse Tat, die sich an der, die sie ausgeführt hat, immer rächen wird, aber ich wäre dankbar, wenn du deiner Mutter nichts über diesen Ort sagtest. Es würde sie vielleicht schmerzen, wenn sie erführe, dass ich ihn noch immer mit mir herumtrage.«

»Wie meinst du das?«, fragte Benfro.

»Hier habe ich deinen Vater kennengelernt«, sagte Meirion

mit etwas wie Melancholie in der Stimme. »Er war wunderbar, dieser Sir Trefalduin. Hast du gewusst, dass er fliegen konnte? So ungefähr jedenfalls. Drachen können niemals richtig fliegen – das ist nur eine Sage –, aber seine Flügel waren so groß, dass er vom höchsten Baum springen und zu Boden gleiten konnte. Und er hat mir Geschichten erzählt, wie Sir Frynwy, nur noch lebhafter, noch wirklicher, als ob er wirklich dabei gewesen wäre. Manchmal, wenn er über Gog und Magog sprach, war es, als sei er ihnen wirklich begegnet, als ob sie in der Tat gelebt hätten.«

»Aber er war mein Vater«, sagte Benfro verwirrt. »Morgum ist meine Mutter.«

»Trefalduin hatte immer nur Augen für Morgum«, sagte Meirion. »Das war von ihrer ersten Begegnung an offenbar. Aber ich habe ihn auf meine eigene Weise geliebt, auch wenn ich wusste, dass es hoffnungslos war.«

»Hasst du sie denn deshalb nicht? Meine Mutter?«, fragte Benfro.

»Ob ich sie hasse? Im Gegenteil, lieber Benfro. Morgum ist meine beste Freundin. Das war sie schon, ehe Trefalduin gekommen ist, und das ist sie geblieben, auch als die beiden zusammen waren. Seit er sich auf diese wahnsinnige Wanderung begeben hat, habe ich jeden Tag ihre Traurigkeit gespürt. Aber ich will nicht, dass sie denkt, dieser Ort sei für mich etwas Besonderes. Er ist meine Last, und ich hätte nie zulassen dürfen, dass du herkommst. Aber offenbar steckt in dir mehr von deinem Vater, als uns allen klar war. Also lass das unser kleines Geheimnis bleiben.«

»Natürlich«, sagte Benfro und versuchte, alles hier Gesehene und Gehörte zu verarbeiten. Aber schon während er die Lichtung in seinen Erinnerungen speicherte und noch einen Blick auf Meirions jugendliche Schönheit warf, konnte er fühlen, wie ihm alles entglitt. Sie schien vor seinen Augen zu altern.

Der Wind in den Bäumen wurde zum Gemurmel von einem Dutzend Gesprächen und irgendwo rief seine Mutter seinen Namen.

»Benfro? Benfro? Ist alles in Ordnung, Benfro?« Er fuhr auf, als ob er geschlafen hätte, und stellte fest, dass er noch immer Meirion anstarrte. Die alte Drachin wandte sich nun an Morgum.

»Benfro geht es gut, Morgum«, sagte sie. »Aber wir müssen Frecknock finden. Ich muss mit ihr sprechen, ehe sie uns alle in Gefahr bringt.«

Wie zur Antwort wurden die Türen geöffnet und Sir Frynwy kehrte zurück. Er lief zum Tisch und glitt wieder auf die Bank.

»Sie ist nicht zu Hause«, sagte er und sein altes Gesicht verzerrte sich zu schrecklicher Besorgnis. »Und jemand hat das *Buch Draconius* aus meiner Studierstube gestohlen.«

Beulah saß ungeduldig in ihrem Sessel, während Zofen ihr Kleid zurechtzupften und unnötige Dinge mit ihren Haaren anstellten. Sie hatte dieses ganze Getue und Gemache, diese albernen Kostüme, die ganze Zeremonie satt. Sie wäre viel lieber an der Arbeit gewesen, um ihren nächsten Zug zu planen oder dem Zwillingskönigreich ihre Autorität klarzumachen. Aber sie brauchte das Volk hinter sich, und das Volk liebte Pracht und Prunk.

Candlehall war buchstäblich zum Stillstand gekommen. Es war unmöglich, sich irgendwo ein Bett oder einen Schlafplatz auf dem Boden zu erbetteln. Sogar die Dienstboten im Palast mussten ihre Betten teilen, denn ihre Zimmer waren den Angehörigen des niederen Adels überlassen worden, die sich plötzlich wie die Fliegen um den verwesenden Leichnam des alten Königs drängten.

Das Zeremoniell hatte sich über Wochen hingezogen: Zuerst war der Leichnam des Königs zurechtgemacht und aufgebahrt worden. Alle trugen schwarze Trauertracht und Beulah war von ermüdenden Ritualen im Palast festgehalten worden. Dann die Präsentation der Adelshäuser, die ihrer Rangfolge nach allesamt dem Obsidianthron Gefolgschaft geschworen hatten, während sie zugleich versuchten, sich einzuschmeicheln und dabei ihre Steuerbelastung zu reduzieren. In dieser Zeit war Beulah Hofmarschall Padraig dankbar für seine Hilfe gewesen. Der alte Mann hatte sich vielleicht verzweifelt bemüht, seine Machtbasis im Palast zu behalten, aber Beulah war klug genug, um zu wissen, dass sie ihn brauchte, zumindest bis auf Weiteres.

Jetzt musste sie nur noch diesen Tag hinter sich bringen – die Beisetzung, gefolgt von der Krönungszeremonie. Danach würde sie die albernen höfischen Sitten über Bord werfen und endlich damit beginnen können, das Zwillingskönigreich zu der Macht zu machen, die es sein müsste.

»Ah! Das reicht! Raus mit euch, allesamt. Lasst mich allein!« Beulah zuckte zusammen, als ein Kamm in ihren Haaren stecken blieb. Die Zofen versuchten in aller Eile, Beulahs Kleid fertig zu machen, ehe sie wie verängstigte Krebse das Zimmer verließen und dabei fortwährend Knickse und Verbeugungen machte. Beulah kehrte ihnen den Rücken zu, verfolgte ihren Abzug aber in dem großen Spiegel. Dann erst musterte sie ihr Spiegelbild.

Die Zofen hatten gute Arbeit geleistet, das musste Beulah ihnen lassen. Sie erkannte sich fast nicht wieder. Ihr Gesicht war weiß gepudert worden, obwohl man aus der Nähe ihren Sommersprossengürtel noch immer durchschimmern sehen konnte. Ihre sonst zu einem Pferdeschwanz gebundenen Haare waren mit exotischen Ölen gewaschen, dann ausgekämmt und schließlich nach der letzten Mode gelegt worden. Es fühlte sich wunderbar sauber, aber unpraktisch an, wie die Haare in zwei großen Knoten seitlich an ihrem Kopf saßen. Die Öle hatten ihre normalerweise braune Haarfarbe in ein tiefes Rot verwandelt, was zu dem Kleid passte, das sie bei der Beerdigung tragen wollte. Sie hatte nun Kleider, die nur mit der Hilfe von zwei oder drei Bediensteten angezogen werden konnten – ein einziger Unsinn, wie sie fand. Das Kleid, das sie jetzt anhatte, war noch schlimmer, denn dabei war Draht verwendet worden, um sie dort, wo sie es nicht war, üppig aussehen zu lassen und um ihre Muskeln zu verbergen. Sie wollte nicht so gesehen werden und wollte sich auch selbst nicht so sehen, aber Beulah begriff, warum diese Vorführung wichtig war. Für den Moment zumindest war sie eine Galionsfigur, und schon wurde der Druck auf sie gesteigert, sich einen Gatten zu wählen. Um einen Erben zu liefern. Na, sie würde den alten Padraig erst einmal glauben lassen, er habe alles im Griff, und sie hatte ja auch nichts gegen einen Flirt mit einigen der Söhne der Adelshäuser. Die würden bald genug lernen, dass Beulah aus stärkerem Stoff war als ihr Vater.

»Euer Majestät, Ihr seht lächerlich aus.« Inquisitor Melyn betrat das Zimmer, gewandet in seine übliche dunkelbraune Kleidung. Beulah beneidete ihn insgeheim wegen dieses Privilegs seines Ordens. Die Kampfpriester gingen immer schlicht gekleidet, selbst der Inquisitor. Bei den Vorständen der beiden anderen Orden, Hofmarschall Padraig und Archimandrit Cassters, war das anders. Sie würden heute zweifellos versuchen, sich gegenseitig mit ihrer Pracht in den Schatten zu stellen.

»Da bin ich ganz Eurer Ansicht, Melyn«, sagte Beulah und drehte sich um, um mit dem Mann zu sprechen und nicht mit seinem Spiegelbild. »Aber ich werde es ertragen. Nur für heute. Ist es schon so weit?«

»Ich wollte Euch abholen, Herrin«, sagte Melyn. »Eure Kutsche wartet.«

»Kutsche! Ich bin zuletzt mit drei Jahren in einer Kutsche gefahren. Warum darf ich nicht reiten?«

»In diesem Kleid?«, fragte Melyn, als Beulah durch den Raum stolperte und die hochhackigen Schuhe verfluchte, die irgendein Genie für sie entworfen hatte. Sie sehnte sich nach ihrer weichen Lederhose und den gut sitzenden Stiefeln. Selbst das Kleid, das sie auf ihrem Geburtstagsfest getragen hatte, wäre besser gewesen als dieses, wenn auch nicht so ganz passend.

»Ich kann es kaum abwarten, bis das hier zu Ende ist«, sagte Beulah, nahm den Arm des Inquisitors und stützte sich mehr darauf, als ihr vielleicht lieb war, während sie um ihr Gleichgewicht kämpfte.

»Geduld, Herrin«, sagte Melyn. »Bald wird Eure Zeit gekommen sein.«

Die Kutsche trug sie durch die Palastanlage zum Thronsaal, wo der König vor dem Obsidianthron aufgebahrt war. Beulah war insgeheim dankbar für die Kutsche, auch wenn sie normalerweise für diesen Weg nur zehn Minuten gebraucht hätte.

König Diseverin sah im Tod gesünder aus als jemals in seinem Leben, ein Beweis für die Kunst des Bestatters. Sein Gesicht war jetzt blassrosa und nicht mehr blutunterlaufen, seine Augen waren geschlossen. Gewaschen und zurechtgemacht von den kunstfertigsten Präparatoren roch er auch nicht mehr wie ein verrottender Kadaver mitten auf einem Weinberg. Das Prachtgewand, in das er gehüllt worden war, war neu, von elegantem Schnitt und ohne von Speis und Trank, die ihr Ziel verfehlt hatten, befleckt zu sein.

Beulah saß auf einem kleinen Thron neben dem leeren, schwarzen Thronsessel, während jedes der drei Ordensoberhäupter seine Leichenrede hielt. Dann folgte sie der Bahre, die aus dem Saal getragen und auf einen von sechs Schimmeln gezogenen prachtvollen Leichenwagen gehoben wurde. Der Leichenzug bewegte sich im Schneckentempo durch die Hauptstraßen von Candlehall. Auf beiden Seiten standen Menschen.

Alle schwiegen, viele hatten die Köpfe gesenkt. Die Leute trugen das tiefe Rot der Trauer, und es sah aus, als ob jemand der Stadt die Kehle durchgeschnitten hätte, aus der jetzt das dicke Blut hervorquoll.

Endlich – Beulah kam es vor wie Stunden – erreichten sie Brynceris Kapelle, die sich an die Stadtmauer presste. Die Bahre wurde hineingetragen und Beulah folgte ihrem Vater auf seiner letzten Reise. Die Kapelle war klein und bot gerade Platz genug für die wichtigsten Ordensmänner und einige wenige der ältesten Adeligen. Die meisten Reden waren gehalten worden, die ewigen alten, schalen Halbwahrheiten und Übertreibungen. Beulah hätte die Redner anschreien mögen, sie sollten zum Ende kommen oder wenigstens die Wahrheit sagen – dass ihr Vater ein schwacher und unfähiger König gewesen war, dass er seine Frau hatte sterben lassen und seine jüngste Tochter mit nur sechs Jahren in die Burg seines eingeschworenen Feindes gegeben hatte. Aber sie biss sich auf die Lippen und schwieg. Sie hatte die Zeit auf ihrer Seite. Sie konnte es sich leisten, zu warten.

Endlich war der König in einer Nische in der Stadtmauer beigesetzt, neben all den anderen Königen und Königinnen aus dem Hause Balwen. Beulah sah zu, wie die Maurer die Öffnung schlossen, und fragte sich, warum ihre Mutter in einem schlichten Grab bei der Kapelle beigesetzt worden war. Sie war die Königin gewesen und hätte doch einen Platz in der Mauer bekommen müssen.

Frühere Könige hatten dafür gesorgt, dass ihre Gemahlinnen neben ihnen begraben wurden, aber Diseverin hatte das offenbar vergessen. Noch ein Grund, warum sie ihn hasste. Vielleicht war es taktlos, vielleicht schockte es sogar einige der älteren Staatsmänner, aber sie blieb nur noch lange genug, bis der letzte Stein angebracht war, dann machte sie kehrt und ging zu ihrer Kutsche zurück.

Die Fahrt zurück zum Thronsaal ging schneller, da sie nun den direkten Weg nehmen konnten, während der Leichenzug sich vorhin durch die ganze Stadt geschlängelt hatte, um der Bevölkerung die Gelegenheit zu geben, von ihrem König Abschied zu nehmen. Noch immer standen die Menschen am Straßenrand, ihre roten Umhänge und Kleider leuchteten in der Mittagssonne. Diesmal hatte niemand den Kopf gesenkt, und einige jubelten sogar. Beulah lächelte und winkte, obwohl sie die einfachen Leute in Wirklichkeit verachtete. Sie waren so schlicht und kleingeistig, so leicht erregbar und noch leichter zufriedengestellt.

Im Thronsaal war der kleine Sessel neben dem Obsidianthron entfernt worden. Auf den Stufen erwartete sie Archimandrit Cassters. Hofmarschall Padraig stand auf der einen Seite und hatte ein Kissen mit der Krone in der Hand. Beulah ging davon aus, dass heftig darüber gestritten worden war, wer bei der Krönung welche Aufgabe übernehmen sollte.

»König Diseverin ist tot«, sagte der Archimandrit laut und pompös. »Wer wagt es, seinen Platz auf dem Obsidianthron einzunehmen?«

»Ich bringe Euch Beulah mit dem gesprenkelten Gesicht, die Prinzessin aus dem Hause Balwen.« Inquisitor Melyn stand neben ihr, wie der Brautvater bei einer Hochzeit. Er klang gelangweilt.

»Tretet vor, Beulah«, sagte Cassters. Beulah schielte zum Inquisitor hinüber und verdrehte die Augen, dann stolperte sie auf ihren unbequemen Absätzen auf den Archimandriten zu. Immerhin verbargen die wogenden Röcke ihres Kleides ihre hektischen kleinen Schritte und ließen sie würdevolle Haltung und Majestät vortäuschen. Sie erreichte die Treppe und kniete auf dem weichen roten Kissen nieder, das man für sie dorthin gelegt hatte, und dann senkte sie zum letzten Mal in ihrem Leben vor dem alten Priester den Kopf.

Mit welchem Recht beansprucht Ihr den Thron des Zwillingskönigreichs?«, fragte Cassters und seine Stimme zitterte angesichts der Bedeutung seiner Aufgabe. »Mit welchem Recht wollt Ihr den Obsidianthron zu Eurem Eigentum machen?«

»Mit dem Recht meiner Geburt«, sagte Beulah und versuchte, ihre Ungeduld über diese ganze Zeremonie zu verbergen. Hinter ihr standen in sorgfältig arrangierten Reihen nach Rang und Einfluss sortiert die großen Kaufleute und Adeligen ihres Königreiches in stummer Erwartung. Das hier war etwas, das sie miterleben wollten, eine geteilte Erfahrung, die sie mit Beulahs Macht verband.

Für Beulah war es nur eine weitere dieser ermüdenden und scheinbar endlosen Runden von Zeremonien und Feierlichkeiten, die ihrer Autorität ihre Prägung verleihen sollten. Wäre es nach ihr gegangen, so hätte sie ihre getreuen Kampfpriester in die Häuser all derer geschickt, die es wagten, ihr zuwiderzuhandeln. Angst war eine viel bessere Grundlage ihrer Macht als gedankenlose Verehrung.

»Und gibt es jemanden unter uns, der diesen Anspruch bestreitet?«, fragte der Archimandrit und hob seine Stimme, damit man ihn im ganzen Thronsaal hören konnte. Beulah wartete, zählte die Sekunden – voller Spannung, ob jemand es wagen würde, zu sprechen.

In der Nähe des riesigen Thrones und im Mittelpunkt der Macht der Grym konnte sie einige Gedanken hören, auch wenn sie nicht identifizieren konnte, wer sie dachte. Alle handelten von ihrer Aufregung, einige waren einfach leer und abwartend, andere überlegten, wie sie sich am schnellsten in eine bevorzugte Stellung bringen könnten, ein oder zwei dachten sogar voller Liebeskummer an sie. Ein Gedanke widersetzte sich dem Meer der Zustimmung und Beulah konzentrierte sich darauf wie auf einen einsamen Klatschmohn in einem Feld voller goldenen Weizens.

Es gibt jemanden mit einem besseren Anspruch. Er wird vortreten und das verlangen, was von Rechts wegen ihm gehört.

Dann verschwand der Gedanke, als ob er wüsste, dass er gehört worden war, und das Gemüt, das ihn beherbergt hatte, war von nun an so fest verschlossen, dass nicht einmal Inquisitor Melyn sich hätte Zugang verschaffen können.

»Das Zwillingskönigreich hat keinen Herrn, der Obsidianthron ist verwaist«, sagte Archimandrit Cassters. Seine Stimme riss Beulah zurück ins Bewusstsein. »Beulah mit dem gesprenkelten Gesicht, Prinzessin aus dem Hause Balwen, beansprucht das Recht zu regieren, und niemand hat versucht, ihr zu widersprechen. Schwört Ihr, Beulah, beim Hirten, das Gesetz zu halten, die Waage der Gerechtigkeit in die Hand zu nehmen und Eure Bürger vor Schaden zu bewahren?«

»Das schwöre ich«, sagte Beulah und sandte ihre Worte als Gedanken an alle hier versammelten Zeugen. »Ich werde das Gesetz halten. Ich werde die Waage der Gerechtigkeit in die Hand nehmen. Ich werde meine Bürger vor denen beschützen, die ihnen Schaden zufügen wollen.«

»Dann, durch die Macht des Hirten, unseres allmächtigen Herrn und Meisters, kröne ich Euch zu Königin Beulah. Möge Eure Herrschaft lang und ehrenvoll sein.«

Beulah spürte, wie die Krone auf ihren Kopf gesetzt wurde, und für einen Augenblick konnte sie nur hoffen, dass diese, seit ihr Vater sie getragen hatte, sorgfältig gesäubert worden war. Das Letzte, was sie sich wünschte, waren seine Läuse. Dann erst registrierte sie, dass um sie herum alle riefen: »Lang lebe die Königin!«

»Ihr müsst jetzt den Thron besteigen, meine Königin«, sagte Archimandrit Cassters und kniete vor ihr nieder. Langsam erhob sie sich und verfluchte abermals diese unbequemen Stöckelschuhe. Dann fiel ihr die Krone auf ihrem Kopf ein. Sie konnte jetzt tun, was sie wollte, und auf die Folgen pfeifen. Sie streifte die Schuhe ab, wurde drei Daumenbreit kleiner, griff dann nach dem Band, das das rote Trauerkleid um ihren Hals zusammenhielt, öffnete es und ließ das Kleid auf den Boden fallen. Darunter trug sie ein königsblaues schlichtes, aber elegantes Gewand. Als sie an dem knienden Archimandriten vorbei die Steintreppe emporschritt, konnte sie in der Menge ein Murmeln hören. Offenbar fanden manche, sie sei zu weit gegangen, als sie ihre Trauer abgeworfen hatte. Aber sie wusste, dass noch mehr der Zuschauer davon beeindruckt sein würden, wie bereitwillig sie die Vergangenheit hinter sich ließ und ihre Herrschaft so mit einem positiven Beiklang begann. Hier ging es doch um Symbole, und obwohl es sie bis zum Wahnsinn langweilte, würde sie das Spiel der Staatskunst spielen, so gut sie nur konnte.

Der Thron ragte über ihr auf, so großartig, dass es fast schon absurd war, der eigentliche Sitz befand sich auf der Höhe von Beulahs Kopf und war breiter als das größte Bett im Palast. Der Sage nach hatte König Brynceri ihn selbst zurechtgehauen, nachdem er Gog, den letzten großen Drachen, besiegt hatte, aber Beulah hatte nie begriffen, warum er das Ding so riesig gemacht hatte. Die Beine des Throns waren jetzt von den Steinstufen verborgen, die zu ihm hochführten, und ein für einen Menschen passenderer, kleinerer Sitz war in den ursprünglichen eingelassen worden. Es lag auf der Hand, dass der kleinere Sitz aus einer späteren Zeit stammte als das Original. Der Stein war heller und gröber und war angestrichen worden, um zum polierten Schwarz des Originals zu passen. Auch die Verzierungen konnten es nicht mit den Armlehnen und dem gewaltigen hohen Rücken des ersten Throns aufnehmen.

Viele Geheimnisse rankten sich um den Thron, aber seine Macht war unverkennbar. Beulah hatte sie ihr Leben lang gespürt, wann immer sie den Thronsaal betreten hatte. Sie hatte sich danach gesehnt, wie ein Alkoholiker sich nach dem Vergessen durch den Trunk sehnt, und doch hatte sie warten müssen, weil Hofmarschall Padraig und seine Spitzel sie keine Sekunde aus den Augen ließen. Sie lugte seitlich zu dem alten Priester hinüber, der von der Krönungsstelle weggetreten war und seinen üblichen Platz eingenommen hatte. Nicht mehr lange, dachte Beulah, als sie sich zu den Anwesenden umdrehte, die Macht des Thrones hinter sich spürte und den Moment auskostete.

Tausend Gesichter sahen sie durch die Weite des Saals an. Der Jubel war verstummt und alle warteten darauf, dass sie den Thron bestieg. Das war der Moment, für den sie gearbeitet hatte. Aber als sie die erwartungsvollen Blicke spürte, zögerte sie doch. Sie sah ein langes, hartes Leben vor sich. Nie wieder würde sie ein Pferd nehmen und allein durch das Land reiten können. Und sie würde auch das Kloster in Emmas Faur nicht ohne Ankündigung besuchen können. Sie würde sich jeden Tag mit Bitten um Geld, Hilfe, Rat, Gerechtigkeit befassen müssen. Bald würde sie einen einfältigen Adeligen zum Gemahl nehmen und, schlimmer noch, ihm Kinder gebären müssen. Ihre eigene Kindheit war elend gewesen, warum sollte sie jemand anderem so etwas zumuten? Doch das Land brauchte einen Erben, und am besten noch einen zum Ersatz, um den Bürgerkrieg zu vermeiden, zu dem es kommen würde, wenn Beulah keine Nachkommen hatte. Ihr Leben gehörte nicht mehr ihr selbst.

Einen langen Augenblick zögerte Beulah. Wollte sie das denn wirklich? Dann fiel ihr das Gesicht ihrer kleinen Schwester ein, als sie aus dem Palast geholt wurde. Sie sah ihre Mutter tot in einer Lache aus ihrem eigenen Blut liegen, sah den König in betrunkener Bewusstlosigkeit in ihrer Nähe in einem Sessel hängen. Sie sah die makellose Leyn oben in Ystimtien in einer Laube einen Fremden küssen und sich und das Zwillingskönigreich dem Hause Billah ausliefern wie eine billige Hure. Alles, was sie dazu gebracht hatte, zu lernen und stark zu werden, war jetzt wieder da. Und vor ihr, an der Stelle, wo er sie verlassen hatte, richtete Inquisitor Melyn seinen ruhigen, durchdringenden Blick auf sie und nickte.

Beulah holte tief Luft, packte die kalte Steinlehne des Thrones und zog sich auf den Sitz.

Jubel erhob sich in der großen Halle. Einige warfen sogar ihren Hut in die Luft. Beulah saugte ihre Begeisterung in sich auf und fühlte sich im Mittelpunkt von allem. Sie ließ die Anwesenden viele Minuten so weitermachen, konzentrierte sich auf Einzelne, die in ihrer Nähe standen, und staunte darüber, wie offen die für ihre suchenden Gedanken waren. Es war, als ob der Thron die Macht der Grym vervielfältigte und sie selbst mit Energie füllte. Wie konnte ihr Vater dem gegenüber so tot gewesen sein, dass er sich gefühllos trinken musste? Oder war es einfach zu viel für ihn gewesen? War das der Grund seines Leidens gewesen? Egal, jetzt gehörte alles ihr, und sie würde das Beste daraus machen. Mit einem einzigen Gedanken griff sie nach dem gesamten versammelten Adel und übertrug ihre Worte durch die Linien, sodass alle ihre Stimme schallen hörten wie die einer Riesin.

»Mein Volk, ich danke euch für eure Unterstützung an diesem ganz besonderen Tag. Ihr seht sicher, dass ich mein Trauergewand abgelegt habe. Ich möchte euch alle bitten, es mir nachzutun. König Diseverin hat uns verlassen. Nicht einmal die Macht des Hauses Balwen kann ihn zurückbringen. Deshalb wollen wir seine besten Augenblicke in Erinnerung behalten und weitergehen.«

Beulah verzauberte alle Anwesenden. Und die hingerissene Aufmerksamkeit der Menschen flößte ihr neue Kraft ein, von der ihr fast schwindlig wurde. Nichts war ihr unmöglich, wenn sie die geballte Kraft des Zwillingskönigreichs hinter sich hatte.

Jetzt war der Augenblick, sich an die Aufgaben zu machen, die sie sich gestellt hatte.

»Hier sitze ich auf Brynceris Thron und sehe, dass unsere Königreiche schwach und schlaff geworden sind«, sagte sie. »Wir haben uns an den Luxus gewöhnt, den unser Reichtum mit sich bringt, aber wir haben vergessen, was uns diesen Reichtum erst eingebracht hat. Einst waren wir eine mächtige Nation, die sich gegen alle wehrte, die uns Böses wollten. Jetzt machen wir zu unserem Schaden Verträge mit unseren Feinden und schicken unsere Kinder zu ihnen in die Sklaverei. Das wird sich ändern. Wir werden uns ihrer Kriegstreiberei nicht mehr unterwerfen.«

In der großen Halle wurde Gemurmel laut, als die Anwesenden das verdauten. Beulah konnte spüren, dass auf ihrer Linken Hofmarschall Padraig erbleichte. Sie brachte alle mit einem gedanklichen Befehl zum Schweigen.

»In diesem Moment verteilen sich König Billahs Leute auf den Ebenen von Caenant. Wo sie einst nur Wanderer waren, bauen sie jetzt Städte und Niederlassungen. Wollen wir darauf warten, dass sie ihre Armee zusammenziehen? Wollen wir in müßigem Luxus hier sitzen, während der Feind sich auf unserer Türschwelle niederlässt? Und mit welchem Recht beansprucht Billah diese Länder überhaupt? In Caenant wurde Brynceri geboren, und es ist die Wiege unseres Volkes. Wir sollten das dem fernen Tynhelyg nicht so bereitwillig überlassen. Ich sage: Genug dieser Umgänglichkeit«, rief Beulah und erhob sich. Auf dem Podium über der Menge, mit dem hinter ihr aufragenden Obsidianthron im Rücken, hatte sie das Gefühl zu fliegen. »Es wird Zeit, den Ungläubigen das wahre Wort zu bringen«, sagte sie. »Es wird Zeit, gegen Lanwennog vorzurücken.«

19

Hofmarschall Tegwin, zur Zeit der Herrschaft von Divitie XXIII. Leiter des Kerzenordens, schlug als Erster vor, alle Drachen im Zwillingskönigreich zu zählen. Da sie nicht mehr verfolgt wurden und sogar einen gewissen Grad an Schutz durch den König genossen, schien es nur recht und billig, dass sie in Form von Abgaben zum Einkommen des Staates beitrugen. Eine Aufstellung von Anzahl, Alter und Status der Drachen war der naheliegende erste Schritt bei diesem bürokratischen Prozess.

Es sollte sich als gewaltiges Unterfangen erweisen. Die drei Orden teilten die Arbeit unter sich auf und brauchten fast fünfzig Jahre, um sie zu beenden. Und zwar nicht, weil es in Hafog und Hendry von Drachen nur so gewimmelt hätte, das Gegenteil war der Fall. Es waren nur noch so wenige übrig, und sie versteckten sich inzwischen mit einer solchen Geschicklichkeit, dass es sich als fast unmöglich erwies, sie ausfindig zu machen.

Father Charmoise:
Drachengeschichten

Die bleiche Sonne stand tief am Nachmittagshimmel. Der Boden war vom kürzlich gefallenen Regen nass, und von den kahlen Zweigen der Bäume fielen schwere Tropfen und erfüllten den Wald mit einem leisen Rauschen. Am Himmel wurden die letzten Wolken von einer klaren Brise vertrieben. Der Sturm von vorhin hatte sich erschöpft und jetzt wirkte die Welt frisch und sauber und neu.

Benfro bahnte sich seinen Weg vorbei an immergrünen Büschen, deren Blätter vom Wasser glatt waren. Er achtete nicht darauf, dass seine Schuppen nass wurden und dass der aufgeweichte Boden an seinen Füßen kleben blieb. Hinter ihm bewegten sich Meirion und Sir Frynwy vorsichtiger über die schmale Fährte. Beide keuchten vor Anstrengung, während Benfro ihr Tempo wohl kaum für schnell gehalten hätte.

»Bist du sicher, dass das der schnellste Weg ist, Benfro?«, fragte Meirion mit leise pfeifendem Atem. Benfro blieb stehen, schaute sich um und ärgerte sich darüber, dass sie so langsam vorankamen.

»Ich war schon ein Dutzend Mal hier unterwegs«, sagte er. »Es verkürzt den Weg um mindestens eine halbe Stunde. Wenn man nicht dauernd stehen bleibt, allerdings nur«, fügte er hinzu.

»Wir sind nicht alle so jung und so gut in Form wie du«, erwiderte Sir Frynwy. »Einige von uns sind seit Jahrzehnten nicht weiter gegangen als von unseren Häusern zur Halle. Bist du sicher, dass sie dort sein wird?«

»Sie wird dort sein. Da bin ich mir sicher«, sagte Benfro und schaute prüfend in den Himmel. Es war jetzt heller als am Morgen, weil die Wolken sich verzogen hatten, aber es würde nicht lange hell bleiben. Sie mussten sich beeilen. In der Dunkelheit würden sie sich nicht anschleichen können. Er war sich nicht einmal sicher, dass sie sich überhaupt würden anschleichen können. Der alte Sir Frynwy machte einen Krach wie ein wilder Keiler, als er sich durch das Unterholz hindurcharbeitete. Wenigstens Meirion schien zu wissen, wie sie auftreten musste, ohne tote Zweige zu zerbrechen.

»Wir müssen uns beeilen«, sagte Benfro und drehte sich wieder nach vorn um, um den Hang emporzusteigen. »Es ist jetzt nicht mehr weit bis zum richtigen Pfad. Wir können in weniger als einer Stunde dort sein.«

Sie gingen im selben Schneckentempo weiter und Benfros Besorgnis wuchs mit jeder Minute. Auch als sie die Tierfährte verlassen hatten und über den breiten Pfad am Flussufer weitergingen, erschien jede zusätzliche Sekunde Benfro als entsetzliche Katastrophe. Weiter flussaufwärts rief Frecknock jetzt nach einem Gefährten, denn sie wusste nicht, dass sie die Aufmerksamkeit der Menschen auf sich und die Dorfbewohner lenkte. Und schlimmer noch, die Aufmerksamkeit ihres eingeschworenen Feindes, des Inquisitors vom Orden vom Hohen Fryd.

Als er schon glaubte, sie würden niemals ihr Ziel erreichen, hörte Benfro das Rauschen des Flusses, der nicht weit entfernt über Felsen und Stromschnellen jagte.

»Ganz still jetzt«, sagte Meirion. »Sie darf nicht wissen, dass wir kommen.«

Benfro schlich zum Ende des Pfades und schaute über die Lichtung zu dem flachen Felsen hinüber. Dort saß, genau wie beim ersten Mal, Frecknock mit fest geschlossenen Augen. Das dicke in Leder gebundene Buch lag neben ihr und im Feuerbecher vor ihr leuchtete die winzige Flamme.

»Da ist sie«, sagte Benfro, als er sich den Rückweg durch das dichte Gestrüpp am Flussufer gebahnt hatte. Er beschrieb die Szene. Meirion schloss die Augen, als ob sie sich auf etwas konzentrierte.

»Sie hat noch nicht angefangen«, sagte sie. »Aber lange kann es nicht mehr dauern. Ich vermute, es ist nur Eitelkeit, die sie so lange zögern lässt.«

»Eitelkeit?«, fragte Benfro.

»Ein andermal, lieber Benfro«, sagte Meirion. »Erst müssen wir sehen, dass wir zu ihr kommen, und zwar ganz schnell. Sie darf einfach zu niemandem Kontakt aufnehmen.«

Benfro führte sie ein Stück weiter den Pfad entlang, und dann den steilen Abhang zum ersten Teich hoch. Es war im späten Herbst gewesen, als er Frecknock hier oben gesehen hatte, und der Fluss hatte nur wenig Wasser geführt. Jetzt, in der Atempause zwischen Winter und Frühling und nach Wochen endlosen Regens, stand das Wasser hoch und schäumte zwischen den größeren Felsbrocken und schoss mit Gewalt über die Steine. Die Strömung drohte jeden mitzureißen, der hindurchwaten wollte. Wie Frecknock es auf den flachen Felsen geschafft hatte, konnte Benfro sich nicht einmal vorstellen. Er hatte jedenfalls keine Aussichten, näher an sie heranzukommen.

Das Licht verschwand jetzt, da die Sonne hinter dem Westrand des Tales versank. Das flackernde Licht aus Frecknocks Feuerbecher tanzte über ihre Züge, und Benfro konnte sehen, wie ihre Lippen sich bewegten, als sie stumme Worte über Macht und Sehnsucht formte. Solange sie die Augen so fest geschlossen hielt und der Fluss dermaßen rauschte, hätten sie auch mit schmetterndem Gesang über den Pfad herbeimarschieren können, ohne sie zu stören. Benfro fragte sich noch, wie sie die Flut überqueren und Frecknocks Zauber brechen sollten, als Meirion am Flussufer einige Schritte von ihm fortging. Etwas an ihrer Haltung erregte seine Aufmerksamkeit, und er sah ihr zu. Sie suchte ganz offenbar nach etwas, aber er konnte sich nicht vorstellen, was das sein sollte. Es gab doch nur dichtes Gestrüpp, das von lehmigen Stellen unterbrochene felsige Ufer und das strömende Wasser zu ihren Füßen.

»Was suchst du denn?«, fragte er, aber Sir Frynwy legte ihm eine knorrige Hand auf die Schulter und brachte ihn damit zum Verstummen. Meirion kletterte weiter am Ufer entlang und stieg über vom fließenden Wasser glatt gescheuerte Steine und Baumwurzeln. Endlich blieb sie stehen und schnupperte in der Luft wie Ynys Môn, wenn er auf Wildschweinjagd war. Dann machte sie einige komplizierte Handbewegungen. Die Luft schien zu flimmern wie in der Sommerhitze, Benfro musste blinzeln. Als er wieder hinsah, blieb ihm der Mund offen stehen. Meirion hielt das *Buch Draconius* in den Händen.

Benfro schaute zu dem flachen Felsen hinüber, der zwanzig Schritte oder mehr von ihnen entfernt war. Frecknock saß noch immer da, die Augen fest zusammengekniffen, doch jetzt breitete sich ein Ausdruck der Verwirrung auf ihrem Gesicht aus. Sie streckte die Hand aus und suchte die Stelle, wo das Buch gelegen hatte.

Benfro rätselte noch immer, wie Meirion es an sich gebracht hatte. Dann fiel ihm ein, was seine Mutter ihm darüber erzählt hatte, wie die Dorfbewohner ihre Nahrungsmittel herbeiholten. Hatte Meirion es mit dem *Buch Draconius* genauso gemacht?

»Es ist vorbei, Frecknock«, sagte Meirion, und Benfro war überrascht davon, wie nah ihre Stimme war. Sie füllte seinen Kopf so, wie Sir Felyns Stimme das getan hatte. Aber ihre Stimme war sanft und freundlich und ganz anders als diejenige, deren Besitzer sich als wandernder Drache ausgab.

Frecknock riss überrascht und besorgt die Augen auf. Für einen Moment war Benfro verwirrt. Er konnte die junge Drachin aus zwei ein wenig unterschiedlichen Perspektiven sehen und sowohl ihre Verlegenheit als auch ihre Wut spüren. Und dann konnte er drei Drachen am Flussufer stehen sehen, die ihn anstarrten. Er erkannte Meirion und Sir Frynwy, aber wer das mager aussehende kleine Geschöpf neben dem alten Geschichtenerzähler?

»Raus aus meinem Kopf, du furchtbarer kleiner Wicht.« Benfro spürte Frecknocks Worte wie einen tausendfach verstärkten Schlag ins Gesicht. Seine Sinne wurden so durcheinandergeschüttelt, dass er für einen Moment fürchtete, das Gleichgewicht zu verlieren und in das rasch dahinströmende Wasser zu purzeln. Aber Sir Frynwys Hand auf seiner Schulter hielt ihn fest. Die Hand war ein Anker und eine Kraft, die ihm den Weg dahin zurückzufinden halfen, wo er doch sein sollte. Dennoch gaben seine Knie unter ihm nach, als sein Blick sich wieder klärte. Immerhin sah er die Welt jetzt mit seinen eigenen Augen.

»Ganz ruhig hier, Benfro«, sagte Sir Frynwy. »Alles in Ordnung bei dir?«

Benfro wollte schon antworten, aber dann merkte er, dass Meirion und Frecknock in ein Gespräch vertieft waren. Er konnte durch das Tosen des Flusses nicht deutlich hören, was sie sagten, aber er konnte Frecknocks gesenktem Kopf und ihrer demütigen Haltung ansehen, dass sie getadelt wurde und offenbar zugab, dass sie sich falsch verhalten hatte. Dann winkte Meirion ihr, und Benfro wäre fast doch noch in den Fluss gekippt. Frecknock stand auf, blies die Flamme in ihrem Feuerbecher aus und stieg vom Felsen. Aber statt die kleine Strecke zum brodelnden Wasser zu laufen, schien sie darüber hinwegzufliegen, um dann am Ufer neben Meirion aufzutauchen. Zusammen gingen sie weiter und kletterten lautlos zu der Stelle empor, an der Benfro und Sir Frynwy standen. Erst als sie weit genug vom Fluss entfernt waren, um sich trotz des Rauschens mühelos unterhalten zu können, wandte Meirion sich an Frecknock.

»Ich glaube, du schuldest Benfro eine Entschuldigung«, sagte sie. Frecknock sah einfach besiegt aus. Die beiden älteren Drachen waren offenbar von ihrer Haltung und ihrem Schweigen überzeugt. Aber Benfro spürte noch immer den Geschmack ihrer Wut und den Stachel ihres Zorns, als sie … was denn? Was hatte er getan? War er wirklich in ihrem Kopf gewesen, hatte die Welt durch ihre Augen gesehen und für einen ganz kurzen Moment so empfunden, wie sie das tat? Und wenn ja, wie war das möglich gewesen?

»Es tut mir leid, Benfro«, sagte Frecknock, schaute endlich auf und starrte ihm ins Gesicht. »Ich hätte dir das nicht antun dürfen. Und ich weiß jetzt, dass ich mich töricht und selbstsüchtig verhalten habe. Ich hoffe, du kannst mir eines Tages verzeihen.«

Benfro wäre ihr fast auf den Leim gegangen. Frecknock konnte wirklich überzeugend sein. Aber er kannte sie zu gut. Er konnte hinter den gesenkten Blicken und den zusammengekauerten Flügeln den Drachen sehen, der ihn verspottet hatte, als er hilflos gewesen war. Er erinnerte sich an die Monate der Qual, als er nicht darüber hatte sprechen können, was er gesehen hatte. Und vor allem erinnerte er sich an ihre Überheblichkeit. Frecknock war davon überzeugt, besser zu sein als alle anderen im Dorf. Sie hatte die Feinen Künste nicht lange studiert und war darin doch geschickter als alle anderen, abgesehen vielleicht von Meirion. Und sie sehnte sich nach etwas Aufregenderem als der täglichen Langeweile des Dorflebens. Sie sehnte sich nach einem Ritter, der kam und sie befreite, der mit ihr an exotische Orte ging. Benfro konnte diesen Wunsch verstehen. Auch er sehnte sich danach, die Welt zu sehen. Aber er kannte die Gefahr, die ihm drohte, wenn er in Gefangenschaft geriete. Frecknock glaubte zweifellos, jeden Menschen besiegen zu können, der sie angriff, aber was sie in ihrem Dünkel und ihrer Unwissenheit nicht sah, war, dass die Gefahr eben nicht nur ihr drohte.

Benfro nickte, als Zeichen, dass er ihre Entschuldigung annahm, traute sich aber nicht zu, etwas zu sagen. Schweigend machten sie sich in der tiefer werdenden Abenddämmerung auf den Weg zurück ins Dorf. Benfro glaubte nicht, dass seine Schlüpftagsfeier weitergehen würde, wenn sie eintrafen, und er wusste auch nicht so recht, ob er überhaupt noch in Feierstimmung war. Wenigstens hatten sie Frecknock aufhalten können, ehe sie wieder einen Lockruf ausstieß. Doch Benfro war sicher, dass das Frecknock nicht von weiteren Versuchen abhalten würde.

»Graben, ihr Trottel, graben. Ich kann hier nicht den ganzen Tag warten!«

Königin Beulah saß auf ihrem Pferd und hatte die Kapuze übergestreift, um sich vor dem unablässigen Regen zu schützen. Ihr Umhang war schwer vor Nässe, das Gras war glitschig und der Erdboden verwandelte sich langsam, aber sicher in einen klebrigen, zähflüssigen Matsch. Die Arbeiter, die sich um die beiden reich verzierten Grabsteine versammelt hatten, wechselten unsichere Blicke und zitterten vor Kälte und Nässe.

»Graben, ihr Kretins, oder ich lasse euch von meinen Männern abstechen«, sagte Beulah. Neben ihr rutschte der Hauptmann der königlichen Leibgarde peinlich berührt auf seinem Pferd herum. Hinter ihm stand bewegungslos und ohne zu klagen ein Dutzend Kampfpriester im Regen. Ein flacher Wagen mit schwerem Leinwandverdeck wartete auf der einen Seite.

»Sie machen sich Sorgen um ihr Seelenheil, Euer Majestät«, sagte der Hauptmann leise. »Es widerspricht den Lehren des Hirten, die letzte Ruhestätte der Toten zu stören.«

»Die Lehren der Mutter Kirche sind mir durchaus bekannt«, sagte Beulah, und ihre Stimme war laut genug, um von den verzweifelten Arbeitern gehört zu werden. »Aber Inquisitor Melyn persönlich hat dieser Tat seinen Segen erteilt. Euer Seelenheil sollte im Moment eure geringste Sorge sein, wenn ihr mir nicht gehorcht.« Sie ließ den Zügel von ihrer linken Hand gleiten und ließ mit der Kraft eines einzigen Gedankens eine Klinge aus purem weißen Licht aus ihrer Faust springen und in der Feuchtigkeit zischen. Die Arbeiter starrten sie entsetzt an und neben ihr schnappte der Hauptmann unbewusst nach Luft. Sie hörte, wie hinter ihr das Regiment der Kampfpriester im Schlamm von einem Fuß auf den anderen trat. Beulah lächelte. Es schadete gar nichts, ab und zu die Vorurteile der Leute über Frauen und Magie ins Wanken zu bringen.

»Und jetzt grabt, es geht nämlich um euer Leben«, sagte sie.

Die Arbeiter machten sich mit zufriedenstellender Energie an ihre Aufgabe, auch wenn es eine furchtbare Arbeit war. Der Boden war so nass, dass er zurück in die Grube glitt, wenn sie ihn zu nah am Rand abluden. Beulah spürte, wie ihre Geduld mit jeder Minute geringer wurde. Es war ein Risiko gewesen, herzukommen. Der Obsidianthron gehörte jetzt zwar ihr, aber sie war nicht so dumm, ihre neu errungene Macht für selbstverständlich zu halten. Die Herrschaft ihres Vaters war schwach gewesen und es könnte kaum einen besseren Moment für eine Rebellion geben als diese ersten Tage nach ihrer Krönung. Aber sie hatte die Stimme gehört. Jemand hatte einen stärkeren Anspruch. Und wenn das der Fall war, konnte es sich nur um die Nachkommenschaft ihrer Schwester handeln.

Im trüben Grau des Winterregens waren die Gebäude von Ystimtien fast nicht zu erkennen. Dennoch war die Atmosphäre des Ortes unverkennbar. Beulah hatte Ystimtien immer gehasst, und das war auch jetzt noch der Fall. Es war viel zu weit weg von Candlehall mit seinen Lichtern und Abenteuern. In den Vorhügeln eingezwängt, umgeben von endlosen Wäldern und Wiesen, gab es hier nichts zu tun, als unverständige Tiere zu jagen, zu töten, zu essen und dazu literweise Bier zu trinken. Beulah zog die Machenschaften und Intrigen des Hofes vor; da war die wahre Macht zu finden. Aber Leyn, die perfekte Leyn, hatte die Ruinen mit derselben Perversität geliebt, die sie zu dem dunklen Lanwennogprinzen Balch hingezogen hatte.

Das Klirren von Metall auf Stein riss Beulah aus ihren Überlegungen. Sie hielt noch immer die Lichtklinge, die mit der brodelnden Energie der Erde gefüllt war, in der Hand. Die Wärme und die Kraft beruhigten sie. Selbst an diesem toten Winterort gab es mehr als genug Leben, um die Klinge auflodern zu lassen. Aber diese hatte nun ihren Zweck erfüllt, deshalb ließ Beulah das Licht zu einem Nichts verlöschen und wandte ihre ganze Aufmerksamkeit der Grube zu ihren Füßen zu.

»Holt sie da raus und ladet sie auf den Wagen«, schrie Beulah durch den Regen. »Und beeilt euch. Ich muss in der nächsten Stunde weg von hier.«

Die Arbeiter waren von Kopf bis Fuß mit Schlamm überzogen und ihre Kleider klebten an ihnen wie nasse Säcke. Die Grube war tief und die Seiten tückisch, als die Männer sich abmühten, die schweren Steinsärge über die Kante zu wuchten. Als der erste sicher auf dem Wagen verstaut war, kehrten sie in die Grube zurück, um den zweiten zu holen. Sie hatten ihn schon fast nach oben gestemmt, als der Fuß eines Mannes im Schlamm ausglitt. Für einen Moment glaubte Beulah, die Arbeiter hätten den Sarg im Griff. Dann aber warf das Gewicht, das sich plötzlich auf die anderen Männer verlagerte, sie alle um. Zwei Arbeiter schrien auf, als der steinerne Sarg auf sie zurutschte. Verzweifelt versuchten sie sich in Sicherheit zu bringen. Doch sie hatten in dem schlammigen Erdreich keinen guten Halt, sodass es ihnen nicht gelang, rechtzeitig zur Seite zu springen. Ein letztes Mal noch schrien sie auf, dann zermalmte der Sarkophag mit einem hässlichen Knirschen ihre Köpfe. Ein dumpfer Knall war zu hören, als der Sarg dann endlich auf der Seite liegen blieb. Der Deckel glitt herab und ein in Leichentücher gewickeltes Skelett fiel in die vom Regen gefüllte Grube.

Vierzehn Jahre hatten den Leichnam eintrocknen lassen, aber der Stein hatte ihm die Verwesung erspart. Beulah erkannte die Kleider und die langen dunklen Locken um den geschrumpften Kopf. Die Haut war im Tod nachgedunkelt, aber diese Züge waren unverkennbar. Ein silbernes Amulett hing ihm an einer langen Kette um den Hals.

»Sieh an, Prinz Balch«, sagte sie. »Die Jahre waren aber gar nicht nett zu dir.«

Die Männer in der Grube wichen vor dem Leichnam zurück, als ob der plötzlich aufspringen und sie angreifen könnte. Einer machte um sein Gesicht und vor seiner Brust das Zeichen des Hirtenstabes. Es war eine dumme, abergläubische Geste, über die sich Beulah heftiger ärgerte, als eigentlich nötig gewesen wäre. Das hier war ein Feind, der dem Hirten keine Ehrerbietung und dem Obsidianthron keine Treue erwiesen hatte. Es war schlimm genug, dass er so ehrenhaft bestattet worden war, da brauchten diese Männer ihn nicht auch noch wie einen Heiligen zu behandeln.

»Du da«, brüllte Beulah den Mann an. »Bring mir sein Amulett!« Der Mann sah sie mit entsetztem Gesicht an, doch als sie die rechte Hand hob, gehorchte er eilig, kniete im Schlamm nieder und griff zitternd nach der silbernen Halskette.

»Euer Majestät, ihm ist die Kehle aufgeschlitzt worden«, sagte der Mann, und seine Furcht schien ein wenig abzunehmen, als der Leichnam sich still verhielt und ihm nicht die Seele stahl. Beulah lachte über den Aberglauben der Bauern.

»Natürlich«, sagte sie. »Du glaubst ja wohl nicht, er wäre freiwillig gesprungen, oder was?«

Der Mann war dermaßen überrascht, dass er von dem Leichnam zurücksprang und vergaß, dass er noch immer das Amulett in der Hand hielt. Die Silberkette wurde angespannt und zog den Leichnam hoch, dann verlangten Zeit und alte Wunden ihren Tribut, und der Kopf des Prinzen kippte zurück, die Kette riss und der Kopf fiel in den Schlamm. Der Arbeiter taumelte rückwärts und kletterte mit den Überlebenden unter seinen Kollegen aus der Grube. Er war jetzt außer sich vor Entsetzen, wie Beulah registrierte. Das Weiße in seinen Augen leuchtete in seinem vom Lehm schwarzen Gesicht.

»Gib her«, sagte sie und streckte die linke Hand aus. »Danach werdet ihr bezahlt.«

Dass Geld erwähnt wurde, gab den Männern den Mut, sich in eine Reihe zu stellen. Sie waren jetzt zu fünft, und der Mann mit dem Amulett war offenbar zu ihrem Anführer befördert worden.

»Danke«, sagte Beulah, als sie dem triefenden Bauern das Amulett abnahm. Er sah sie erwartungsvoll an und schlug die Augen jetzt nicht mehr nieder. Sein Gesicht war dünn und verhärmt und seine Augen schweinchenklein und dumm. Seine Arbeitskollegen, die mit dem Rücken zur Grube neben ihm standen, waren um nichts besser.

Beulah bewegte ihren Arm zu einem einzigen mühelosen Bogen. Wie ein Blitzstrahl in der Finsternis war für einen Moment die Lichtklinge da, dann war sie wieder verschwunden. Einer nach dem anderen fielen die Arbeiter rückwärts und mit säuberlich abgetrennten Köpfen in die Grube.

Das Amulett lag schwer in ihrer Hand, als Beulah ihr Pferd von der Hinrichtungsstätte weglenkte. Sie sah sich das fein ziselierte und mit kostbaren Juwelen besetzte Wappen der Lanwennog an und ließ es dann in einer Tasche ihres Umhangs verschwinden.

»Füllt die Grube auf«, sagte sie zu dem Hauptmann. »Und sorgt dafür, dass der andere Sarg nach Emmas Faur geschafft wird. Melyn weiß, was damit geschehen soll. Ich muss jetzt dringend zurück in den Palast. Ich werde zwei Wachen und zwei Reservepferde mitnehmen.«

»Sehr wohl, Euer Hoheit«, sagte der Hauptmann. Wenn er diesem Befehl oder der Person, die ihn erteilt hatte, überhaupt irgendwelche Gefühle entgegenbrachte, dann ließ er sich nichts anmerken. »Hamer, Jone, ihr werdet die Königin begleiten.«

Die beiden Wachen lösten sich aus dem Trupp und liefen zu dem zerfallenen Turm, wo die Pferde angepflockt waren. Beulah sah zu, wie andere Wachen sich daran machten, die Grube zuzuschaufeln. Nach wenigen Minuten kamen ihre Begleiter zurück, sie saßen im Sattel und führten die restlichen Pferde.

»Niemand darf erfahren, was sich in diesem Wagen befindet, Hauptmann«, sagte Beulah. »Die Zukunft des Obsidianthrons hängt davon ab.«

»Ich werde ihn mit meinem Leben verteidigen, Euer Majestät.« Der Hauptmann verbeugte sich im Sattel und presste die Hände an die Brust.

»Ja«, sagte Beulah. »Ja, das allerdings.« Ohne eine Antwort abzuwarten, trieb sie ihr Pferd zu einem Galopp an und jagte auf die Straße nach Candlehall zu.

Errol schob die Finger unter den kratzenden Kragen seiner neuen Kutte und musterte den Stapel von Pergamentrollen, die auf ihn warteten. Er saß noch immer im selben Raum, arbeitete sich noch immer durch dasselbe Regal, katalogisierte langsam seine Funde in dem dicken Lederband. Sein Geburtstag lag jetzt mehrere Wochen zurück, und er fragte sich, ob er diese gewaltige Aufgabe wohl jemals beenden würde.

Immerhin durfte er, wenn Andro ihm – was nicht oft vorkam – ein bisschen freigab, nach oben gehen. Er hatte auch Unterricht, und wenn der in den höheren Türmen stattfand, sah er manchmal sogar für einen Moment die umwerfenden Berge, die jetzt im zeitigen Frühling noch schneebedeckt waren, glitzernd vor dem klaren blauen Himmel.

Errols Zwangsaufenthalt in der Bibliothek hatte ihm offenbar den Ruf eingebracht, eher ein Denker zu sein denn ein Kämpfer. Vielleicht war er mit Lesen und Schreiben auch nur so viel weiter gediehen als die anderen Novizen, dass er rascher als diese zu den intellektuell anspruchsvolleren Teilen der Ausbildung übergehen konnte. Was immer der Grund sein mochte, er brauchte jedenfalls nicht das harte körperliche Training durchzumachen, mit dem Clun und die anderen fast die Hälfte jedes Tages zubrachten. Stattdessen musste er in die Archive der Bibliothek zurückkehren und sich weiter mit den begonnenen Arbeiten beschäftigen. Da er jünger und um einiges kleiner war als die anderen Jungen, hatte Errol durchaus nichts dagegen. Zwar war er von den Kampfpriestern und ihren magischen Kräften immer schon fasziniert gewesen, aber je mehr er über die Wirklichkeit des Krieges lernte, desto stärker wurde in ihm die Erkenntnis, dass eine mit friedlichen Studien und Gelehrsamkeit verbrachte Ausbildung nicht unbedingt das Schlechteste sein musste.

Außerdem glaubte er nicht, dass er mit den anderen Novizen in ihrem Training Schritt halten könnte, wenn er sich ansah, wie diese Monate voller Anstrengungen Clun verändert hatten. Sein Stiefbruder war um mehrere Zoll gewachsen, und seine schon damals in Pullpeiran beeindruckenden Muskeln hätten es jetzt durchaus mit denen des alten Schmiedes Tom Tydfil aufnehmen können.

Bei dem Gedanken an den kräftigen Schmied wurde Errols Herz von einer seltsamen Melancholie erfüllt. Ihm war nicht bewusst gewesen, wie sehr er das schlichte Leben im Dorf vermisste. Immer wieder lösten Kleinigkeiten eine Erinnerung aus und er war wieder dort, lief durch den Wald oder hörte sich die alten Geschichten über die Kriege zwischen Drachen und Menschen an. Und immer machte sich diese Verwirrung in ihm breit, als ob seine Erinnerungen verschwommen wären und nicht so frisch, wie sie es eigentlich sein müssten. Neuerdings stellte er fest, dass er üble Kopfschmerzen bekam, wenn er zu tief in seinen Erinnerungen grub. Um sich abzulenken, stürzte Errol sich in die Arbeit. Manchmal jedoch bot sich keine Ablenkungsmöglichkeit. Vor allem nachts, wenn er wach lag und die Gedanken durch seinen Kopf wirbelten.

Seufzend versuchte Errol ein weiteres Mal, sich auf das Manuskript zu konzentrieren, von dem seine Gedanken immer wieder abschweiften. Es war irgendeine Aufstellung, Reihen von Zahlen und Namen, die sich auf eine geheimnisvolle Weise aufeinander bezogen. Es war ein relativ neues Dokument, das Pergament war noch geschmeidig und die Tinte frisch. Die Schrift war sauber und ordentlich, und die Sprache war die des Zwillingskönigreichs, anders als in einigen obskuren Texten, die er hier entdeckt hatte. Aber die Namen waren alle archaisch und klangen ausländisch, die Zahlen ergaben keinen Sinn.

»Ach, da bist du ja, Errol.« Eine Stimme riss ihn aus seinem verwirrten Grübeln. Errol schaute auf und sah Andro bei der Tür stehen, Andros weiße Haare leuchteten fast im Licht der Laterne. Der alte Mann durchquerte das Zimmer, um zu sehen, womit Errol beschäftigt war, er beugte sich über den Schreibtisch und starrte das Manuskript aus nächster Nähe an, als ob seine Augen nachließen.

»Die erste Zählung König Dividies«, sagte er und richtete sich auf. »Ach ja, daran erinnere ich mich gut.«

»Ihr wisst, was das ist?«, fragte Errol.

»Natürlich«, sagte Andro. »Das habe ich ja geschrieben.«

»Oh. Und worum handelt es sich?«

»Es ist so eine Art Volkszählung«, sagte Andro. »Hier sind alle im Zwillingskönigreich bekannten Drachen aufgeführt, zusammen mit dem von ihnen bei der Zählung angegebenen Alter, ihrem Wohnort und der Höhe der Steuern, die sie dem Hof entrichten sollten.«

Errol schaute wieder das Pergament an. Die Namen waren wirklich fremdartig, die Drachen hießen Sir Cadrigal, Ystrad und Ynys Môn. Aber die Namen hatten auch eine gewisse flüssige Eleganz, rollten ihm von der Zunge und ließen seinen eigenen Namen klobig wirken. Das angegebene Alter der Tiere überraschte ihn, denn keiner schien weniger als achthundert

Jahre alt zu sein. Einige waren sogar mehr als fünfzehnhundert Jahre.

»Wie ist das möglich?«, fragte Errol und zeigte auf die Zahlen. »So lange kann doch kein Wesen leben.«

»Na ja, vielleicht können Drachen nicht besonders gut zählen oder sie übertreiben ihr Alter, um sich wichtig zu machen. Es ist aber auch durchaus möglich, dass sie wirklich so lange leben. Jedenfalls leben sie deutlich länger als wir Menschen.«

»Und was sind das hier für rote Striche?«, fragte Errol und zeigte auf die Markierungen, die sich durch mindestens zwei Drittel der Zahlen zogen.

»Das heißt, dass sie tot sind«, sagte Andro. »Die meisten getötet von unseren eigenen Kampfpriestern.«

»Aber ich dachte, König Divitie habe den Drachenlohn abgeschafft«, sagte Errol.

»Hat er auch, junger Novize. Aber einige Kampfpriester waren nicht gerade glücklich darüber, dass der König sich in das einmischte, was sie für ihre heilige Pflicht hielten. In seiner Nähe, wo der König ein Auge darauf haben konnte, waren die Drachen so ziemlich in Sicherheit; vor allem, wenn sie sich nicht sehen ließen. Aber in den Sümpfen von Hendry und auch weiter im Osten galten sie weiterhin als legitime Beute. Und wir wissen nur wenig über das Schicksal der Drachen in den nördlichen Ebenen von Lanwennog. Ich habe über gefangene Drachen gehört, die zu Zirkustieren dressiert wurden, aber meistens erfahren wir nur etwas über sie, wenn sie tot sind.«

»Sind denn überhaupt noch welche übrig? Leben sie noch im Wald?«

»Ich weiß von keinem lebenden Drachen«, sagte Andro. »Dieses Dokument ist veraltet und nutzlos. Du brauchst es nicht ins Archiv einzusortieren.« Er streckte die Hand über den Schreibtisch aus, rollte das Pergament auf und klemmte es sich unter den Arm. »Und ich finde, jetzt hast du für heute genug geleistet. Geh doch einfach nach oben und mach ein bisschen Sport. Du siehst etwas bleich aus und die frische Luft wird dir guttun.«

Errol wollte schon einwenden, er habe doch gerade erst mit der Arbeit angefangen, aber die Möglichkeit, den Nachmittag draußen zu verbringen, statt tief in den Eingeweiden des riesigen Klosters, wollte er sich nicht entgehen lassen. In aller Eile, damit sein Mentor sich die Sache nicht mehr anders überlegen könnte, griff er nach seiner Tasche und stürzte zur Tür hinaus.

20

Der Orden vom Hohen Fryd war der erste der großen Orden, dem das Haus Balwen einen Auftrag erteilte. Sein geheiligtes Amt war es, die Drachen, die Diener des Wolfs, ausfindig zu machen und sie auszurotten, und sie machten sich mit brennendem Eifer an diese Aufgabe.

In den frühen Tagen des Ordens wimmelte es in Gulad nur so von Drachen. Anders als die jämmerlichen Kreaturen, die noch heute in den Tiefen des Frydlands lauern, waren die früheren Drachen mächtige und angriffslustige Ungeheuer. Sie starben nicht leicht, und manch ein Kampfpriester kehrte schwer verwundet oder gar nicht von seinem Einsatz zurück.

Inquisitor Moorit richtete in dem großen Kloster zu Emmas Faur ein Krankenhaus ein, um die zu behandeln, die im Auftrag des Ordens zu Schaden gekommen waren. Novizen, die nicht zum Kampf geeignet waren, erhielten den Rat, sich dem Studium der Medizin zu widmen. Im Laufe der Zeit wurden die Ärzte des Ordens überall im Zwillingskönigreich berühmt. Die Kranken kamen von weither, und mit allen Beförderungsmitteln, die sie finden konnten, in der Hoffnung auf Heilung. Viele starben auf der grausamen Straße zum Kloster oben auf dem Berggipfel.

Zur Regierungszeit von Diseverin IV. verbreitete sich in den Sümpfen von Hendry eine furchtbare Seuche. In der Angst, die Heilungsuchenden könnten auf ihrer Wanderung die Krankheit überall im Reich verbreiten, befahl der

König Moorit, drei Dutzend seiner besten Heiler loszuschicken, um durch das Sumpfland zu reisen und die Kranken zu behandeln.

Sie waren dabei so erfolgreich, dass Diseverin ihnen befahl, auch weiterhin durch das Zwillingsreich zu wandern und alle, die darum baten, unentgeltlich zu behandeln. Das war ihre neue Ordensregel, und diese drei Dutzend wurden die ersten Mönche im Orden des Widders, mit Aldwyn als ihrem ersten Archimandriten.

Father Gideon: Der Orden des Widders

»Mehr Konzentration, Benfro. Sieh das Leben an, das durch alles fließt.«

Benfro kniff im Halbdunkel von Sir Frynwys mit verstaubten Büchern gefüllter Studierstube die Augen zusammen. Er konnte die Staubkörner in dem einzigen Lichtstrahl tanzen sehen, der durch einen Spalt zwischen den Fensterblenden fiel. Er konnte die dunklen Umrisse der Regale sehen, die sich unter den Büchern mit dem gesammelten Wissen von Generationen bogen. Er konnte die vertraute Gestalt von Meirion sehen, die ihm gegenüber auf der anderen Seite des Zimmers saß, die Arme verschränkt und den Kopf konzentriert in den Nacken gelegt. Als er die Augen noch weiter aufriss, konnte er Punkte und Kringel aus gespenstischem Licht sehen, die durch sein Blickfeld wirbelten. Was er nicht sehen konnte, war etwas, das auch nur die geringste Ähnlichkeit mit einer leuchtenden Kraftlinie hatte.

»Ich schaff das nicht«, sagte er und ließ sich auf seinen Stuhl zurückfallen. »Da ist doch nichts.«

»Dieses Zimmer strahlt geradezu vor Grym, Benfro«, sagte Meirion auf ihre bedächtige, geduldige Weise. »Es ist einer der besten Orte im Dorf, um die Grymlinien aufzusuchen. Du bist so sicher, dass du es nicht schaffst. Wenn du nur Vertrauen zu deinen Fähigkeiten haben könntest, wäre es kein Problem.«

»Aber ich glaube doch, dass es die Grymlinien gibt«, sagte Benfro. »Ich bin sicher, dass ich sie damals gesehen habe, als Frecknock...« Er verstummte, denn er wollte nicht über diesen Zwischenfall sprechen. Er hatte Frecknock nicht mehr gesehen, seit sie damals, an seinem Geburtstag, den flachen Felsen verlassen hatten. Und das war nun schon einige Wochen her. Meirion hatte ihn am nächsten Morgen aufgesucht und er hatte am Tag danach sein Training in den Feinen Künsten aufgenommen. Doch bisher waren alle seine Versuche fehlgeschlagen.

»Das ist keine Frage des Glaubens, Benfro«, sagte Meirion. »Glauben ist etwas anders. Menschen glauben zum Beispiel an einen allmächtigen Gott, der über sie wacht und sie vor dem Bösen schützt. Sie wenden viel Energie auf, um den Willen dieses Gottes zu erfüllen, nicht zuletzt, wenn es darum geht, uns zu verfolgen. Doch ich habe in meinem ganzen Leben diesen Hirten noch nie gesehen, und mir ist auch kein Mensch begegnet, der ihm begegnet wäre. Er existiert nur als Vorstellung.«

»Warum glauben sie dann an ihn?«, fragte Benfro, dankbar für die Ablenkung von seinen vergeblichen Versuchen. In seinem Kopf machte sich jetzt ein dumpfer Schmerz bemerkbar, der vom vielen Augenzusammenkneifen stammte.

»Sie glauben das, weil ihre Priester es ihnen befehlen. Und weil Glauben leichter ist als Wissen. Sie leben sehr kurze Leben, manche nicht einmal fünfzig Jahre. Es ist für sie viel einfacher, sich ihr Schicksal, ob nun gut oder schlecht, mit Begriffen einer allmächtigen Gottheit zu erklären, als die Verantwortung für ihre Taten zu übernehmen. Und die Priester haben eben Macht. Du hast zweifellos gehört, dass der Orden vom Hohen Fryd Lichtklingen herbeirufen kann, aber sie haben auch sehr viel heimtückischere Methoden, um Zwang auszuüben.«

»Wie meinst du das?«, fragte Benfro.

»Die Priester wissen nur wenig über die Feinen Künste«, sagte Meirion. »Aber sie können in deinen Kopf gelangen, deine Gedanken beeinflussen. Sie sind spezialisiert auf Angst und Gewaltanwendung. Das gibt ihnen Macht, ein Mittel, um andere zu beherrschen. Ihr Hirte ist nur eine passende Geschichte, um ihre Brutalität zu rechtfertigen.

Aber das war jetzt genug über die Menschen. Mit denen kennt sich ohnehin deine Mutter viel besser aus. Ich bin hier, um dich in die Feinen Künste einzuführen, also kannst du gleich mit dem Versuch aufhören, mich abzulenken. Konzentriere dich lieber auf die Aufgabe, die ich dir gestellt habe.«

Benfro beugte sich wieder vor und gab sich alle Mühe, die gespenstischen Linien zu sehen, die angeblich kreuz und quer durch den Raum verliefen.

»Streng dich doch nicht so an, Benfro«, sagte Meirion. »Das ist kein Muskel, den man mit aller Gewalt zum Wachsen bringen kann. Es geht, wie der Name schon sagt, um feine Künste. Also sei ganz locker, mach die Augen zu und stell dir den Raum vor, der dich umgibt.«

Benfro ließ sich auf dem Stuhl zurücksinken und tat wie geheißen. Er war noch nicht oft in Sir Frynwys Studierstube gewesen, aber er konnte in Gedanken ein Bild dieses Raumes zeichnen. Die Wände mit den deckenhohen Bücherregalen waren zuerst eine vage Masse, doch als er sich konzentrierte, tauchten einzelne Buchrücken mit ihren Farben und Prägungen auf. Er ließ die wenigen Lücken in seiner Erinnerung als verschwommene Bucheindrücke bestehen und ging zur Einrichtung weiter. Da war sein eigener Stuhl, mit dem Rücken zur Tür, und auf der anderen Seite des Zimmers stand ein zweiter Stuhl dieser Art vor dem Kamin. Die Fensterläden waren geschlossen. Nur ein schmaler Spalt ließ die Vorfrühlingssonne herein, sodass einige Strahlen auf den Schreibtisch mit seinem chaotischen Aufbau aus Pergament, Papieren und gefährlich aufgetürmten Büchern schienen. Benfro stellte sich vor, wie er aufschaute und die Decke sah, in den Ecken mit Spinnweben überzogen, mit rissigem Verputz und selbst in dem trüben Licht deutlich mit Flecken besetzt.

»Kannst du es jetzt sehen?«, fragte Meirion, und der Klang ihrer Stimme erinnerte ihn daran, was im Zimmer fehlte. In Gedanken schaute er sich zu ihrem Stuhl um, aber statt der eleganten alten Drachin, die er sein Leben lang kannte, sah er jetzt das schöne junge Wesen, das ihn von Frecknocks Zauber befreit hatte. Ein Umriss in lebhaften Farbtönen von Orange, Lila und Blau ließ etwas noch Größeres und Majestätischeres erahnen – ein Drache von einer Statur und einer Kraft, dass er aus einer von Sir Frynwys Geschichten stammen musste.

Und dann, ehe Benfro sich's versah, flog er wieder, er jagte über die noch braunen, aber an manchen Stellen mit dem ersten Hauch von Frühlingsgrün gefärbten Baumwipfel dahin. Einen Moment lang glaubte er, wieder die Berge anzusteuern, aber die große Masse des Waldes blieb hinter ihm zurück. Er flog über Hügel und Senken und die Bäume wurden zu kleinen Büscheln und wichen schließlich kurzem blaugrauen Gras. Er konnte kleine Siedlungen sehen, ab und zu ein Haus in einem Wäldchen, verraten nur durch einen Rauchfaden, der in die windstille Luft emporstieg. Es waren kleine Häuser, zu klein für irgendeinen Drachen. Einige hatten Gehege, in denen Tiere, wie Benfro noch nie welche gesehen hatte, grasten oder in der Morgensonne schliefen. Sein Schatten schwebte über ein Gehege wie ein unvorstellbar großer Flecken aus Finsternis. Die erschrockenen Tiere drängten sich aneinander und schauten auf, um zu sehen, was sie da jagte. Blinde Panik überkam sie und sie rannten durch ihr Gehege, durchbrachen die Bretterzäune und jagten auf die Bäume zu. Belustigt, aber nicht betroffen sauste Benfro weiter.

Unnatürlich gerade Hecken zerteilten nun das offene Land, Gras füllte einige Vierecke, der Rest war nichts als dunkle, kahle Erde. Die Hügel hier waren kleiner und wogten sanft auf beiden Seiten davon, und die Welt sah aus wie eine achtlos auf den Boden geworfene riesige Flickendecke. Weite Wege zogen sich im Zickzack durch das Land und verbanden die Siedlungen, die immer größer zu werden schienen, je weiter er ins Tal hineinflog. Der Fluss, der bisher kaum mehr als ein kurvenreicher Bach gewesen war, wurde immer breiter und beschrieb immer weniger Biegungen und Schleifen. Benfro war verzaubert davon, wie das Licht auf dem Wasser glitzerte, wie es auf seichten Stromschnellen wie von Kerzen beschienene Edelsteine funkelte. Und er flog immer noch weiter.

Es sah zuerst aus wie ein dunkelbrauner Fleck in der Luft, weit in der Ferne. Mit einigen trägen Schlägen seiner riesigen Schwingen bewegte Benfro sich vorwärts, neugierig darauf, was ihn dort erwartete. Unter dem Dunst erhob sich ein Hügel abrupt aus der Ebene, der Fluss umschloss ihn fast vollständig, wechselte dann erneut die Richtung und floss weiter ins Tal. Als Benfro näher kam, schien es ihm, als sei der Hügel mit kleinen Steinquadern besetzt, die in geraden Linien aufgebaut waren. Es sah aus, als habe hier ein Riesendrachkitz gespielt. Er flog noch näher – und da verschlug es ihm den Atem. Was er für Steinquader gehalten hatte, waren Gebäude. Sie zogen sich in allen Richtungen meilenweit um den Hügel. Es gab lange Reihen von verschmutzten zweistöckigen Häusern entlang der geraden Straßen. Größere Gebäude tauchten hier und dort auf, wie vom Himmel heruntergeworfen. Hohe Türme bohrten sich in den Himmel und schienen Benfro im Flug bedrohen zu wollen. Der scharfe Geruch brennenden Holzes quälte seine Nasenlöcher und die Luft brannte in seinen Augen. Benfro fegte über eine gewaltige Mauer hinweg. Diese wirkte wie ein Staudamm, der sich der Flut aus Bauten entgegenstemmte, ihr an einigen Stellen aber schon nicht mehr standhalten konnte. Denn auch außerhalb der Mauer, entlang der Straßen, die in diesen unvorstellbaren Ort hineinführten, waren überall Ansammlungen von Häusern zu sehen.

Benfro wich von seinem Kurs ab und folgte der Mauer, die sich um die Stadt herum zog, denn sicher war dieser Ort eine Stadt. Doch obwohl er aus dieser Höhe Straßen und Häuser gut im Blick hatte, konnte er keine Menschen sehen. Dabei hätte es in einem so großen Ort doch Hunderte geben müssen, oder mehr noch, auch wenn er sich eine solche Anzahl nur mit Mühe vorstellen konnte. Irgendwer musste die Feuer angezündet haben, die die Luft mit diesem unangenehmen Rauch füllten. Aber niemand war zu sehen.

Stattdessen erblickte er Hunde, die auf den Straßen herumstreunten und die an der Mauer aufgetürmten Abfallhaufen durchwühlten. Andere Tiere waren vor Häusern angebunden und warteten geduldig unter den auf ihren Rücken befestigten Lasten. Benfro kannte solche Tiere bisher nur aus Büchern und betrachtete sie neugierig. Erst als sein Flügel einen Turm streifte, merkte er, dass er tiefer geflogen war, um besser sehen zu können. Voller Panik, weil er so unvorsichtig gewesen war, flog er rasch wieder höher. Der Wind, den seine mächtigen Flügelschläge verursachten, jagte den Tieren am Boden Angst ein. Einige Hunde schauten zu ihm hoch und fingen an zu heulen, dass es klang wie eine Meute Wölfe. Bei diesem Lärm durchsickerte Benfro ein prickelndes Gefühl von Angst und verdrängte das Staunen, das bisher seine einzige Empfindung gewesen war.

Es schien einen Punkt zu geben, von dem diese Angst ausging, denn sie steckte nicht in ihm, sondern bedrückte ihn viel eher von außen her. Als Benfro sich weiter umschaute, sah er, dass die Gebäude der Stadt sich am Hang hochzogen. Sein Blick wanderte immer höher, bis er den Gipfel sehen konnte. Dieser wurde von einem gewaltigen Bauwerk dominiert, das so ähnlich aussah wie die große Halle im Dorf – nur hundertmal größer. Das Gebäude war, anders als alle anderen Gebäude in der Stadt, aus dunklem Stein. Hohe schmale Fenster mit buntem Glas zogen sich vom Boden bis zu den Dachbalken. An einem Ende der Halle standen riesige schwarze, mit riesigen Metallnieten besetzte Eichentüren offen. Der Eingang war wie ein gewaltiger Mund, der ihn zu sich rief, so ähnlich wie der riesige Palast im Wald. Nur war die Angst hier nicht so stark. Sie war unangenehm, aber nicht lähmend. Er konnte noch immer seine Flügel bewegen, noch immer wegfliegen, auch wenn es ihm überaus schwerfiel, dieser leeren Halle den Rücken zu kehren.

Plötzlich wurde Benfro bewusst, wie seltsam seine Lage war. Er flog, und doch waren seine Flügel dünne Hautstreifen, die ihn unmöglich vom Boden heben konnten. Er umkreiste eine riesige Stadt der Menschen, irgendwo südlich seines Dorfes, und doch saß er in Sir Frynwys Studierstube und Meirion führte ihn in die Feinen Künste ein. Oder zumindest hätte er dort sitzen sollen. Er war zwischen zwei unvereinbaren Welten gefangen, geriet in Panik und verlor die Herrschaft über die Luft. Sein Magen krampfte sich zusammen, als er der riesigen steinernen Halle entgegenstürzte.

»Du, Knabe. Was machst du hier?«

Die Stimme durchschnitt Errols Gedanken wie ein Messer. Er drehte sich um und sah einen Mensch in der bleichen Tracht eines Medicus durch den Gang auf sich zuschreiten.

»Ich wollte zum Trainingshof, Quästor«, sagte Errol und senkte den Kopf. »Ich komme aus dem Bibliotheksarchiv, wo der Oberbibliothekar Andro mich für heute von meinen Pflichten befreit hat.« Er sprach leise und höflich, denn er wusste, dass es einigen der eher jähzornigen Quästoren als Grund für eine schreckliche Strafe ausreichte, einen Novizen allein durch den Flur laufen zu sehen.

»Spielt keine Rolle, Knabe«, sagte der Mann. »Hast du irgendeine Ahnung von Heilkunst?«

Verwirrt von dieser direkten Frage brauchte Errol einen Moment, um antworten zu können.

»Ja, Herr«, sagte er. »Meine Mutter ist Kräuterfrau. Ich habe ihr oft geholfen, wenn sie in unserem Dorf die Kranken betreut hat.«

»Schön. Gut«, sagte der Mann. »Ich brauche Hilfe in einer medizinischen Angelegenheit, obwohl ich nicht glaube, dass das, was wir tun können, meine Patientin retten wird. Komm.« Er machte auf dem Absatz kehrt, und Errol musste laufen, um mit ihm Schritt zu halten, als sie durch den Gang und dann über eine in den Fels gehauene Wendeltreppe hinuntereilten. Er sah, so oft er konnte, hinüber und registrierte, dass der Medicus ein junger Mann war, vielleicht Anfang dreißig, und dass er kurz geschorene dunkelbraune Haare und ein glatt rasiertes Kinn hatte. Sein Gewand war bleicher als das der Novizen und aus feinerem Tuch genäht. Häufiges Waschen hatte die Flecken vorn und auf den Seiten nur noch deutlicher gemacht.

»Du könntest für das, was du eben gesagt hast, ausgepeitscht werden, weißt du«, sagte der Mann, als sie schon einige Minuten unterwegs waren. Errol war noch nie in diesem Teil des Klosters gewesen und gab sich alle Mühe, sich die Einzelheiten einzuprägen, für den Fall, dass er den Rückweg ins Bibliotheksarchiv allein finden müsste.

»Ausgepeitscht?«

»Du hast gesagt, dass deine Mutter Kräuterfrau ist. Ich weiß ja nicht, ob sich die Dinge seit meiner Novizenzeit geändert haben, aber ich habe gelernt, dass die Kirche meine Mutter ist, der Hirte mein Vater und der Orden die einzige Familie, die ich jemals haben oder brauchen werde. Das ist wirklich eine blödsinnige Vorstellung. Warum sollten wir so tun, als seien wir ohne Vergangenheit hergekommen? Du, zum Beispiel«, er blieb plötzlich stehen und drehte sich zu Errol um. »Wie heißt du, Knabe?«

»Errol«, sagte Errol. »Errol Ramsbottom.«

»Na, Errol Ramsbottom. Wenn du dich an die Lehren der Mutter Kirche hieltest, würde ich noch immer nach Hilfe suchen müssen. Und dann wäre ich wütend und würde unser beider kostbare Zeit vergeuden. Hier lang.« Er öffnete eine Tür und führte Errol eine weitere Treppe hinunter. Die ewige Kälte des Klosters wurde noch stärker, als sie die tiefsten Ebenen erreichten, die Errol je betreten hatte. Die Mauern hier waren aus der Felswand gehauen und nicht gemauert. Sie befanden sich jetzt tief im Berginneren.

»Wohin gehen wir denn?«, fragte Errol.

»In die Leichenkammer«, sagte der Medicus. »Wie gesagt, ich glaube nicht, dass unsere kombinierten medizinischen Kenntnisse die Patientin retten werden, sie ist nämlich schon ziemlich lange tot. Unser großer Führer, der Inquisitor, will unbedingt mehr über ihren Zustand zur Zeit ihres Todes wissen. Solche Geheimnisse kann man entschleiern, wenn man nur weiß, wie man suchen muss. Trotzdem würde ich lieber den Kranken helfen, als die Toten zu stören.«

Errol starrte den Hinterkopf des Medicus an, als er ihm immer weiter nach unten in die Tiefen des Berges folgte. Nicht einmal Andro hatte vor seinen Ohren jemals so spöttisch über den Inquisitor gesprochen.

»Ähm, wer seid Ihr?«, fragte Errol.

»Ach ja, Namen«, sagte der Mann und blieb stehen. »Das vergesse ich immer wieder. Ich bin Usel, der Chirurg.« Er streckte eine Hand aus, als ob jemand ihm gesagt hätte, das gehöre sich so, wenn man einem Fremden begegnete, als könne er aber nicht so recht begreifen, wozu das gut sein sollte. Errol schüttelte die Hand kurz und dann gingen sie weiter über die Wendeltreppe in die Tiefe.

Endlich, als Errol sich schon fragte, ob sie jemals anhalten würden, endete die Treppe zu einem großen Saal. Fackeln hingen in Haltern an den Wänden. Ihr flackerndes Licht zuckte über die Wände und ließ Errol unwillkürlich an Höllenfeuer denken.

Es war kalt, und sein Atem wurde zu Dampf, als er sich von dem langen Abstieg erholte. Instinktiv griff Errol nach den Linien, um sich von Lebewesen in der Nähe etwas Wärme zu leihen. Das kam ihm aber schwieriger vor als in seiner Erinnerung. Es war, als ob er diese grundlegende Kunst, die schon die Novizen lernten, vergessen hätte. Er konzentrierte sich und versuchte, die Linien zu sehen, die kreuz und quer durch den Raum führten.

Es gab keine.

»Ach ja, ich hätte dich wohl vorwarnen müssen«, sagte Usel. »Wir sind zu tief im Felsgestein, um die Grym zu spüren und zu nutzen. Ich möchte behaupten, dass es sogar Melyn schwerfallen würde, hier unten seine Lichtklinge herbeizurufen. Deshalb brauchen wir die Fackeln.«

Errol fühlte sich gar nicht wohl in seiner Haut. Das hatte nichts zu tun mit den Wandnischen, die in den Fels eingelassen waren und nur eins enthalten konnten. Es hing auch nicht zusammen mit dem Geruch von Bleichmitteln, der in der Luft hing und doch nicht den Gestank verbergen konnte, der ihn daran erinnerte, wie es manchmal morgens in Pullpeiran gerochen hatte, wenn jemand im Garten hinter der Schule ein Wildschwein geschlachtet hatte. Es war eher ein Gefühl vollständiger Isolierung, als wäre er von der ganzen Welt getrennt, und das jagte ihm einen kalten Schauer über den Rücken.

»Hier, zieh das an«, sagte Usel und reichte Errol eine Kutte, wie er eine trug, nur weniger verschmutzt. Zum ersten Mal, seit er irgendwo viel weiter oben auf dem Gang angesprochen worden war, konnte Errol das Gesicht des Mannes richtig sehen und korrigierte sein Alter zwanzig Jahre nach oben. Usels Haut war bleich und glatt, sein Mund verzogen zu einem immerwährenden spöttischen Grinsen, das ihn aussehen ließ wie einen boshaften Schuljungen. Seine Haare wiesen winzige weiße Einsprengsel auf, seine Augen waren blassgrau und an den Augenwinkeln von Furchen umgeben. Diese Augen hielten Errol lange mit einem durchdringenden Blick fest.

»Dein Vater war ein Lanwennog«, sagte Usel. »Aus dem Nordosten, wenn ich mich nicht irre.«

»Ich habe meinen Vater nicht gekannt«, sagte Errol.

»Natürlich nicht«, sagte Usel. »Sonst wärst du ja nicht hier. Zweifellos wollen sie einen Spion aus dir machen. Das ist kein Amt, das mir gefallen würde. Wer war bei deiner Auswahl dabei? Leintin? Der alte Father Crassock?«

»Inquisitor Melyn war in meinem Dorf, mit Prinzessin Beulah«, sagte Errol.

Usel hob eine Augenbraue.

»Der alte Melyn hat sich wirklich unters Volk gemischt? Und du bist der Königin begegnet? Sieh an, sieh an. Da bist du ja ein wichtiger Bursche, Errol Ramsbottom. Ich weiß noch, wie Beulah noch jünger war als du jetzt. Sie stolzierte immer durch die Gänge, als ob ihr alles hier gehörte. Aber das tut es ja wohl auch.«

»Was hat Prinzessin … Königin Beulah als Kind hier gemacht?«, fragte Errol und zog sich die Kutte über den Kopf.

»Ihr Vater hat sie hergeschickt, gleich, nachdem ihre Mutter gestorben war. Melyn war ihr Lehrer.«

»Aber ich dachte, die Geheimnisse des Ordens wären für Frauen nicht zugänglich«, sagte Errol und erinnerte sich an die Worte Father Castlemilks in »Eine Einführung in den Orden vom Hohen Fryd«.

»Dann merk dir jetzt mal eins, Errol«, sagte Usel. »Es stimmt schon, dass der Orden keine Frauen aufnimmt. Aber Königin Beulah, also, die gehört dem Königshaus an, sie ist eine von nur zwei Nachkommen des Hauses Balwen. Bei Königlichen spielt das Geschlecht keine Rolle. Sie kann tun, was sie will. Und oft tut sie das auch, nach allem, was ich gehört habe.«

»Zwei?«, fragte Errol. »Wer denn noch?«

»Prinzessin Iolwen, Beulahs kleine Schwester«, sagte Usel. »Sie wurde als Geisel nach Lanwennog geschickt, um den Frieden zu erhalten. Soviel ich weiß, lebt sie noch. Sie müsste jetzt neunzehn Jahre alt sein, wenn ich das richtig in Erinnerung habe. König Diseverin hat sie den gütigen Diensten von Hofmarschall Padraig und seinem Orden überlassen. Vermutlich wollte er König Billah nach dem Tod von Prinz Balch besänftigen.«

»Prinz Balch?«, fragte Errol und kam sich vor wie ein Echo.

»Na, das ist nun wieder eine andere Geschichte«, sagte Usel. »Und es ist einer der Gründe, warum wir hier sind. Beulah war nämlich nicht immer die erste Anwärterin auf den Obsidianthron. Dieses arme Mädchen hätte vorigen Monat gekrönt werden müssen, statt an ihrem vierzehnten Todestag unbetrauert hier zu liegen.« Er drehte sich um und zeigte mit dem Arm auf die andere Seite des Raumes, wo ein Rollwagen neben einem schmalen Tisch stand. Über diesem Tisch hing aus den dunklen Weiten der Decke an einer Kette ein Kerzenleuchter. Auf dem Rollwagen, zweifellos von starken Männern dorthin geschleppt, stand ein steinerner Sarg, reich verziert und noch immer mit getrocknetem Lehm verklebt.

Benfro konnte sehen, dass der Boden mit jedem Moment näher kam. Die Verwirrung blockierte sein Denken mehr als die Furcht. Er wusste nicht mehr, wie man fliegt – aber er konnte ja auch nicht fliegen, das war also keine Überraschung. Doch er war ja in der Luft und war mithilfe seiner Flügel hierher gekommen, wo immer er sein mochte. Mithilfe seiner wunderbaren, mächtigen Flügel. Den jämmerlichen dünnen Lederlappen, die so unbrauchbar an seiner Seite hingen.

Alles kam ihm unwirklich vor, zugleich war er aber sicher, dass es wehtun würde, wenn er in diesem Tempo auf den Boden aufprallte, sei es auch nur kurz. Er bezweifelte, dass er lange genug am Leben bleiben würde, um mehr als zwei Sekunden lang Schmerzen zu verspüren.

Reiß dich zusammen. Flieg!

Die Wörter steckten tief in seinem Kopf, obwohl Benfro sicher war, dass sie nicht von ihm selbst stammten. Mit ihnen kam der plötzliche Impuls, seine Flügel auszubreiten, so stark, dass er nur voller Staunen zusehen konnte, während er sich aufrichtete, seinen Fall unterbrach und dicht über den Pflastersteinen schwebend zum Stillstand kam. Jetzt hatte er wieder das Gefühl, alles vollkommen im Griff zu haben, vielleicht noch mehr als zuvor, denn er hatte sich noch nie so zuversichtlich und stark gefühlt. Der Boden war nicht weit weg, aber er hatte ihm getrotzt.

»Wer bist du?« Die Stimme riss ihn aus seinen Träumereien, so plötzlich, dass er fast doch noch die letzten Meter auf den kahlen Steinboden neben der Halle gefallen wäre. Während er sich mühte, in der Luft Halt zu finden, wendete Benfro und schaute den offenen Mund der beiden Türen an. Dort stand eine Gestalt, die aussah wie ein Mensch, nur irgendwie anders. Aber schließlich war Gideon der einzige Mensch, der ihm jemals begegnet war. Woher sollte Benfro wissen, ob sie alle gleich aussahen? Dieser hier war so groß wie der wandernde Priester, aber dünner. Etwas an ihm erinnerte Benfro an seine Mutter oder an Meirion oder sogar an Frecknock. Er hatte noch nie darüber nachgedacht, aber es war ja eigentlich logisch, dass es auch weibliche Menschen geben musste. Das hier könnte also eine Menschin sein. Aber wer war sie? Und wieso hatte sie ihn sehen können, wenn er gar nicht wirklich da war?

»Wer bist du?«, fragte die Gestalt noch einmal, und Benfro verspürte den Drang, ihr alles zu erzählen. Er fing an, niedriger zu fliegen und die Türen und den langen Plattenweg zu den anderen Gebäuden anzusteuern. Aber eigentlich wollte er das ja gar nicht. Wie in seinem ersten Traum sagte ihm etwas, dass eine Landung hier eine Niederlage wäre, dass seine Füße, wenn sie erst den Boden berührten, diesen niemals wieder verlassen würden. Mit großer Mühe erhob er sich abermals in die Luft und spürte, wie die Angst, die ihn gepackt hatte, in eine heiße Wut umschlug. Er fühlte sich an Frecknock bei einem ihrer übellaunigen Ausbrüche erinnert, und die Erinnerung an die junge Drachin gab ihm noch mehr Kraft. Er hatte gelernt, mit Frecknocks unerklärlichem Hass zu leben. Er hatte sogar ihren letzten Versuch überlebt, sein Dasein zu purem Elend zu machen.

»Du kommst jetzt zu mir«, sagte die Gestalt. »Du sagst mir, wer du bist und woher du kommst.«

»Ich … werde das nicht tun«, sagte Benfro, nicht ohne Schwierigkeiten. Der Klang der Stimme war fast ein Echo, als sei sie weit weg, aber der vertraute Ton hielt ihn fest. Irgendwo weit von hier wäre er in Sicherheit. Er musste nur dorthin zurückkehren.

»Deine Zeit ist zu Ende, Drache!«, rief die Stimme. Benfro achtete nicht darauf, er wirbelte herum und schaute den Horizont an, um den Weg zu finden, den er gekommen war. Der Himmel, der bisher klar gewesen war, überzog sich jetzt mit Wolken, große schwarze Wellen jagten auf ihn zu wie verängstigte Tiere, tauchten die Ferne in Dunkelheit und versperrten den Blick auf die Hügel.

»Mir kannst du nicht entkommen«, sagte die Gestalt. »Ich beherrsche dieses Land. Es gehört mir.«

Benfro versuchte, sich an den ersten Anblick der Stadt zu erinnern. Der Hügel, der sich in Richtung Fluss erhob, war in der anderen Richtung gewesen, also musste er ihn umkreist haben. Dann endlich verstand er: Der Fluss kam aus den Bergen herunter. Er musste ihm dahin folgen. Er brauchte nur seinem Lauf nachzufliegen.

»Ich werde dich ausfindig machen«, rief die Gestalt, und ihre Stimme erreichte ihn selbst über diese Entfernung. »Ich werde dich töten. Euch alle. Ich bin hier die einzige Macht.«

Benfro gab sich alle Mühe, nicht auf sie zu achten, aber er konnte die Wellen aus Angst, Zorn und Frustration spüren, die aus ihr herausschwappten. Er schlug energisch mit den Flügeln und stieß die Luft von sich weg, als er versuchte, aus der Stadt zu fliehen. Unter ihm hatte der Fluss ein dumpfes Grau angenommen und spiegelte die Wolken wider. Dicke Regentropfen trafen Benfros Gesicht, brannten in seinen Augen und leckten an seinen Schuppen.

»Mir kannst du nicht entkommen«, sagte die Stimme, zu dicht, um noch auf dem Boden zu sein. Benfro drehte sich nicht um, schaute nicht hin. Er schloss die Augen vor dem Sturm und warf sich vorwärts. Das wunderbare Gefühl von Freiheit war verschwunden. Es waren nicht mehr die leichten Bewegungen mit dem Schwanz, das Krümmen seiner Schultern, die ihn mühelos durch die Luft steuerten. Jetzt war es, wie durch zähen Schlamm zu waten, wie gegen eine winterliche Sturmflut zu schwimmen.

»Ich bestimme über dich und du wirst dich vor mir beugen«, sagte die Stimme. Benfro fiel jetzt das Atmen schwer. Er hatte das Gefühl, dass jemand ihm die Beine gefesselt hatte und ihn auf die drohende schwarze Halle zuzog. Aber er wehrte sich dagegen. Das hier war nicht wirklich. Es war nur ein Traum.

»Das ... tu ... ich ... nicht«, sagte er und legte all seine Kraft in einen letzten gewaltigen Flügelschlag.

Dann ging alles sehr schnell. Er verspürte einen Schmerz im Rücken, als ob etwas scharfe Krallen hineingeschlagen hätte, dann hörte er ein überraschtes Aufheulen. Mit betäubendem Gebrüll schoss er in unvorstellbarem Tempo vorwärts. Eine Sekunde lang öffnete er die Augen und sah die dunkel gewordene Landschaft unter sich dahinhuschen. Er hatte keine Kontrolle mehr über seinen Flug, schien überhaupt keine Flügel mehr zu haben. Er jagte einfach weiter, Hals über Kopf, überzeugt davon, dass er auf die Steinstraße zufiel, dass er jetzt jeden Moment auf den Boden knallen und sich all seine Knochen brechen würde. Er kniff die Augen ganz fest zu und wartete auf das Ende.

21

Oberhalb der Ebene der Sterblichkeit gibt es eine andere Ebene, die die erste präzise widerspiegelt: das Ätherische. Tiere, Pflanzen und sogar Gebäude besetzen diesen Raum mit gedankenloser Gewissheit, aber denkende Wesen gewinnen nicht leicht Zutritt. Doch es ist möglich, Zugang zu diesem Bereich zu erhalten. Dazu ist nicht so sehr die Manipulation der Grym nötig, als vielmehr das Erlangen eines vollkommenen Bewusstseinszustandes. Es ist eine Fähigkeit, die nur wenige jemals meistern werden, obwohl alle danach streben sollten. Denn im Ätherischen kann ein solcher Meister über weite Entfernungen hinweg mit anderen kommunizieren, die diese Fähigkeit ebenfalls besitzen.

Wie bei jeglicher Magie gibt es auch bei dieser Fähigkeit einen Haken, denn wenn ein Meister das Ätherische betritt, lässt er seinen Körper zurück. Das Ätherische ist ein Ort vieler Wunder und Ablenkungen, voller Fallen und unerwarteter Gefahren. Und es ist ein Ort, an dem die Zeit anders dahinfließt als sonst. So mancher geübter Kampfpriester hat das Ätherische betreten und ist niemals zurückgekehrt.

Father Andro: Magie und Gedanken

»Hauptmann Derrin von der königlichen Garde hat das heute Morgen hier abgeliefert«, sagte Usel. »Ich bin sicher, sie haben ihre Gründe dafür, dass sie die arme Frau ausgegraben haben, aber ich finde das doch ein bisschen barbarisch.«

»Warum zeigt Ihr mir das?«, fragte Errol.

»Na ja, ich kann ganz allein ganz einfach keine richtige Leichenschau durchführen; zum einen kann ich den Deckel nicht vom Sarg heben, zum anderen brauche ich jemanden, der bei der Obduktion für mich Notizen macht. Ich war gerade auf dem Weg zur Bibliothek, um Andro zu fragen, ob ich einen von seinen Novizen ausleihen könnte, als du des Weges kamst. Die ideale Lösung, wirklich.«

Errol war da insgeheim anderer Meinung. Ideale Lösung! Dabei hätte er jetzt auf dem Hof sein können, um die Nachmittagssonne zu genießen und Bogenschießen zu üben. Stattdessen befand er sich hier unten in den Eingeweiden des Klosters, frierend und unbehaglich, mit einem leicht verrückten Medicus und einem königlichen Leichnam zur Gesellschaft. Andererseits wirkte Usel durchaus freundlich, ganz anders als alle anderen Quästoren, die ihm bisher über den Weg gelaufen waren. Er schien auch sehr viel zu wissen und seine Kenntnisse gern zu teilen. Auf irgendeine Weise erinnerte er Errol an den alten Father Drebble, der gesunde Neugier immer ermutigt und den wirklich Interessierten bereitwillig seine Zeit geschenkt hatte.

»Was soll ich denn tun?«, fragte Errol und erhielt als Belohnung für seinen Enthusiasmus ein breites Lächeln des Medicus.

»Als Erstes müssen wir den Deckel herunterheben. Du nimmst das andere Ende, das ist leichter.«

Errol packte den steinernen Sargdeckel, so gut er konnte. Mit vereinten Kräften gelang es ihnen mühsam, den Deckel zu heben und vom Sarg gleiten zu lassen. Das Krachen, mit dem er zu Boden fiel, hallte im ganzen Gewölbe wider. Ein Schwall fauliger Luft füllte Errols Nase, und er wich hustend zurück, bis er sich wieder vorwagte, um genauer hinzuschauen.

Der Leichnam war vertrocknet und verschrumpelt, seine Haut war mit den Jahren braun und ledrig geworden, aber er war nicht verwest. Die Prinzessin war in einem langen weißen Kleid aus dünnem Stoff begraben worden, eigentlich einem Nachtgewand. Ihre nackten Füße waren verzerrt, als habe sie schreckliche Schmerzen gelitten, und ihre straff gespannte Haut hatte ihren Mund zu einem stummen Schrei geöffnet.

»Das ist seltsam«, sagte Usel, schaute den Leichnam an und schnupperte. »Sie ist besser erhalten, als ich erwartet hatte.«

»Der Sarg war gut versiegelt«, sagte Errol.

»Dennoch, ihre Haut sieht aus wie gegerbt. Wenn sie einfach nur vertrocknet wäre, müsste sie eher grau geworden sein. Hier, hilf mir, sie herauszunehmen.«

Errol starrte für einen Moment entsetzt, dann riss er sich zusammen. Es war auch nicht schlimmer, als sich um die entzündeten Wunden und Geschwüre zu kümmern, die die Patienten seiner Mutter in ihre kleine Hütte im Wald gebracht hatten. Besser in vieler Hinsicht, da Prinzessin Leyn seit vierzehn Jahren tot war. Plötzlich fiel ihm etwas ein, was Usel gesagt hatte.

»Wann ist sie gestorben?«, fragte Errol. »Ihr habt gesagt, es war vor vierzehn Jahren?«

»Allerdings. Es war tragisch. Sie ist am Geburtstag ihrer Schwester gestorben.«

»An Königin Beulahs Geburtstag?«

»Natürlich, an Königin Beulahs Geburtstag. Warum?«

»Da bin ich geboren worden«, sagte Errol und sah den Leichnam mit dem seltsamen Gefühl an, in irgendeiner Verbindung zu ihm zu stehen. »Ich bin an dem Tag geboren worden, an dem sie gestorben ist.«

»Na, zerbrich dir da nicht den Kopf – ich bin sicher, viele Leute sind an dem Tag gestorben, an dem du geboren worden bist. Aber jetzt wollen wir uns den Leichnam mal ansehen. Es ist erstaunlich, was man nach so langer Zeit in der Erde noch erkennen kann. Ich kann zum Beispiel sehen, dass sie vergiftet wurde.«

»Vergiftet?«

»Ja, und noch dazu mit einem sehr üblen Gift. Ich habe es schon lange nicht mehr gesehen. Es wächst in Fo Afron. einem Land jenseits des Meeres. Es wird Leinkraut genannt und tötet langsam, es saugt seinem Opfer nach und nach das Leben aus. Das Opfer wird immer dünner und schwächer und hat am Ende einfach keine Kraft zum Weiterleben.«

»Aber woher wisst Ihr das?«, fragte Errol.

»Also, der Leichnam hat einen typischen Geruch. Bei der Beerdigung wäre dir das noch nicht aufgefallen, aber jetzt, da er vertrocknet ist, kannst du es riechen.«

Errol senkte abermals die Nase über den Sarg und schnupperte. Auch wenn der Leichnam nicht verwest war, war doch etwas zu riechen.

»Es ist wie Gewürze. Ingwer … nein, Zimt und Nelken. Nein, das stimmt auch nicht.«

»Du bist aber auf dem richtigen Weg, Errol«, sagte Usel. »Und jetzt heben wir sie heraus.«

Errol griff in den Sarg und schob die Hände unter die dünnen Waden. Bei der ersten Berührung zitterte er unwillkürlich. Ihm war, als ob jemand über sein Grab ginge. Eine Menge Bilder jagte vor seinem inneren Auge vorbei; ein grauhaariger Mann, der ihm die Stirn mit einem feuchten Tuch abtupfte, eine Frau in Zofentracht, die ihm aus dem Bett half, eine Laterne, die sich im Rhythmus eines Pferdewagens hin und her bewegte, eine ungewöhnlich große Hütte auf einer Lichtung im Wald, ein ausgewachsener Drache, der ihn mit dem Ausdruck unendlicher Trauer in den Augen musterte. Und dann durchschnitt ihn ein entsetzlicher Schmerz. Er spürte, wie seine Beine nachgaben, und als er in die Dunkelheit stürzte, hallte das Klirren fallender Messer im steinernen Gewölbe wider.

»Wo ist Inquisitor Melyn? Er soll sich sofort bei mir melden.«

»Euer Majestät, der Inquisitor ist im ersten Morgengrauen nach Emmas Faur aufgebrochen.«

Beulah verfluchte sich, weil sie das vergessen hatte. Sie musste sich so viel merken, dass sogar eine so kurz zurückliegende Unterhaltung ihrem Gedächtnis entglitt. Der Diener, der auf ihren Ruf hin gekommen war, kniete mit leisem Zittern vor dem Obsidianthron nieder. Seine Angst füllte die Halle mit einem widerlichen Gestank.

»Geh weg«, sagte Beulah, drehte sich zu den Wachen um, die auf beiden Seiten des Thrones standen, vermutlich, um sie vor Mördern zu beschützen, obwohl jeder, dem es gelänge, bis hierhin zu kommen, sie alles andere als hilflos finden würde.

»Geht jetzt alle«, sagte sie. »Ich will allein sein.«

Einen Moment lang glaubte sie, einer der Soldaten werde widersprechen. Kein Zweifel, wenn der Inquisitor erführe, dass sie ihren Posten verlassen hatten, und sei es auf ausdrücklichen Befehl der Königin, würden sie öffentlich ausgepeitscht werden. Ihr war das egal. Wenn Melyn auf dem Weg nach Emmas Faur war, dann befand er sich jetzt vermutlich auf der Rufstraße. Und das bedeutete, dass sie ihn erreichen könnte, wenn auch mit Schwierigkeiten. Dabei störte es nur, wenn Soldaten und Diener mit ihren kleinlichen Sorgen und Ängsten, ihren endlosen Überlegungen über Glücksspiel, Trinken und Huren die Ruhe im Thronsaal störten.

»Ihr könnt bei den Türen stehen bleiben«, sagte Beulah zu dem Offizier der Garde, als er seine Männer aus dem Saal marschieren ließ. Sie bezweifelte nicht, dass er das ohnehin befohlen hätte, um die draußen bereits aufmarschierte Streife zu verstärken. Es spielte keine Rolle für sie, so lange sie auf der anderen Seite der Mauern waren.

»Euer Majestät brauchen nur zu rufen, schon sind wir hier«,

sagte der Offizier mit einer tiefen Verneigung. Beulah sah ihm verärgert nach, dann riss sie sich zusammen, konzentrierte sich und versank dann wieder in der Macht des Thrones.

Es fühlte sich an wie ein warmes Bad, das die Schmerzen und Sorgen ihrer neuen Herrschaft tilgte. Als sie aus der physischen Welt glitt, verflog auch die Unbequemlichkeit des kalten Steinsitzes. Sie war entspannt, gefasst, bereit, ihre Reise anzutreten.

Die Königin hielt einen Moment inne, um den Thronsaal aus dieser veränderten Perspektive zu betrachten. Ein Saal, so prachtvoll, dass es fast schon übertrieben war. Die großen Säulen hoben sich zu den reich verzierten Deckengewölben, der spiegelglatte Boden reflektierte die Morgensonne, die durch die großen Fenster auf beiden Seiten fiel, und filterte sie zu tausend verschiedenen Farben. Der Obsidianthron ragte über ihr auf, schwarz und bedrohlich wie ein Albtraum, und dennoch lebend durch die Kraft der Welt. Und doch war etwas hier anders, etwas, das sie nicht benennen konnte.

Beulah kam oft an diesen Ort. Es war der Ausgangspunkt für ihre Ausflüge in die Gedanken der Adeligen und reichen Kaufleute von Candlehall. Von hier aus konnte sie sich in die Gedanken und Gespräche aller Bewohner der Stadt einklinken. Aber dazu waren Geschicklichkeit und eine geistige Disziplin nötig, die sie ihrem Vater einfach nicht zutraute. Und ihrem Großvater auch nicht. Beulah fragte sich, was die beiden empfunden hatten, wenn sie auf dem riesigen Thron saßen. Beide hatten dem Haus Balwen angehört. Beide mussten von Natur aus mit der Grym und den Mächten der Magie umgehen können. Aber beide waren willensschwach gewesen. Auf dem Thron zu sitzen, musste für sie eine Art Folter gewesen sein. Beulah konnte sich vorstellen, wie sie unter dem ewigen Geplapper der Gedanken und Sorgen von hunderttausend Untertanen überall um sie herum gelitten hatten. Kein Wunder also, dass ihr Großvater so viel Zeit auf der Jagd bei Ystimtien verbracht hatte, wie schon sein Vater vor ihm. Und vielleicht erklärte es auch, warum ihr Vater zum Trinker geworden war. Was war aus der einst tapferen Sippe von Kämpfern geworden, dass sie drei Generationen von solch willensschwachen Männern hervorgebracht hatte? Falsche Könige, die Frieden schlossen mit Drachen und Lanwennog, die für ein ruhiges Leben und ein weiches Bett sogar ihr eigen Fleisch und Blut verschacherten? Sie würde dem Namen Balwen seinen Stolz zurückgeben und das Zwillingskönigreich wieder groß machen.

Beulah konzentrierte sich und verfestigte ihre Gedanken zu einem Bildnis ihrer selbst. Am Rande ihrer Sinne konnte sie den Lärm der Stadt hören. Sie spürte die Nähe von schwitzenden, schwer arbeitenden Bauern, von geldgierigen Kaufleuten und verweichlichtem Landadel. Sogar die gedankenlose Existenz von Rudeltieren konnte eine Ablenkung sein, die sie beiseiteschieben musste. Vor allem Hunde waren schwer zu ignorieren, mit ihren einseitigen Trieben; essen, schlafen, sich vermehren. Sie konzentrierte sich und lenkte ihre Gedanken nun bewusst durch den Saal, durch die Tür, durch den Palast und dann auf die Straße nach Norden.

Sie ging schnell, verharrte nirgendwo, um nicht von den endlosen Möglichkeiten in der Gedankenwelt der Stadt verführt zu werden. Nach der alten Stadtmauer und dem Kriegertor wurde alles leichter, die Ablenkungen wurden weniger. Sie lief schneller und legte die Strecke in einem Tempo zurück, das einzuholen kein Reiter erhoffen konnte. Schneller ging es, immer schneller, bis sie das Gefühl hatte, einige Meter über dem Boden zu fliegen.

Selbst hier, im Traum, konnte sie spüren, wie die Rufstraße sie anzog, heimtückisch und unwiderstehlich. Der uralte Zauber, der dieser Straße ihre Macht gegeben hatte, war so stark wie an dem Tag, an dem Inquisitor Hardy ihn ausgelegt hatte. Dennoch: Das Leben schien jetzt so viel komplizierter zu sein als damals. Beulah sehnte sich nach den Tagen starker Könige und eiserner Herrschaft. Was hätte Brynceri wohl mit den endlosen Runden von Diplomatie und Bürokratie gemacht? Was hätte er mit unverschämten Drachen angefangen? Sie konnte sich nur vorstellen, dass er in beiden Fällen zu Feuer und Schwert gegriffen hätte.

Vor sich, in weiter Ferne, konnte Beulah die Gedankenform einer im Trab reitenden Truppe erkennen. Gleich darauf war sie bei ihnen, sie bewegte sich lautlos und ungesehen durch die Reihen ihrer Gedanken. Die Menschen erschienen ihr als bleiche, unbestimmte Wesen in diesem Reich, auch wenn einige, deren Fähigkeiten heller brannten, handfester wirkten als andere. Einige waren lediglich Lichtfunken, die über den soliden Gestalten ihrer Pferde glühten. Nur der Anführer wirkte im Ätherischen so vollständig ausgeformt wie in der physischen Welt. Melyn ritt an der Spitze der Truppe, sich kerzengerade im Sattel haltend. Er wirkte jünger, als er war, als ob sein Geist eine Eitelkeit beherbergte, die nicht einmal seine gewaltige Willenskraft dämpfen konnte.

»Königin Beulah, wie schön, Euch zu sehen«, sagte er, ohne sich umzudrehen. Es war eine kleine Vorführung seiner Überlegenheit in magischen Dingen, und Beulah hasste ihn deswegen ebenso sehr, wie sie sich selbst dafür verfluchte, dass sie sich keine größere Mühe gab. Ab und zu konnte sie ihn überraschen, an diesem Tag aber offenbar nicht.

»Es tut mir leid, meine Königin«, sagte Melyn und drehte sich zu ihr um. »Verzeiht einem alten Mann seine kleinen Spiele. Was führt Euch auf die Rufstraße?«

»Heute Morgen, vor nicht einmal einer Stunde, habe ich einen Drachen über die Stadt fliegen sehen«, sagte Beulah. Melyn zuckte zusammen, wie immer, wenn dieses Thema zur Sprache kam.

»Ich vermute, es war kein physischer Drache«, sagte der Inquisitor. »Niemand sonst hat ihn gesehen.«

»Ich war so wie jetzt«, sagte Beulah. »Nur wenige im Zwillingskönigreich besitzen diese Fähigkeit, und nur ich kann auf dem Obsidianthron sitzen. Aber wenn noch andere zugesehen haben, dann müssen sie ihn bemerkt haben. Er ist geflogen, Melyn. Er hatte Flügel von der Größe eines Hauses. Er hat die Zitadelle umkreist, als ob er ein Nest suchte.«

»Ihr habt versucht, ihn einzufangen?«

»Natürlich«, sagte Beulah. »Ich dachte auch, ich hätte ihn, aber er ist entkommen. Im einen Moment war er da, im nächsten verschwunden. Möglicherweise habe ich ihn getötet, aber da bin ich mir keineswegs sicher. Er ist mir wohl entwischt.«

Melyn ritt eine Weile schweigend weiter. Beulah schwebte neben ihm über die Straße und kämpfte gegen den Zorn, den die Erinnerung an den Eindringling in ihr entfacht hatte. Sie war in diesem Moment so wütend gewesen, dass sie aus ihrem Traumzustand gestürzt war und fast vom Thron gefallen wäre. Sie musste ihre Gefühle wieder in den Griff bekommen.

»Ihr verblasst, Beulah. Reißt euch zusammen«, sagte Melyn. Der Tadel verletzte sie, aber Jahre des Trainings halfen ihr.

»Was tun wir dagegen?«, fragte sie. »Ich kann nicht zulassen, dass diese Wesen ins Ätherische eindringen. Ihr wisst so gut wie ich, dass ich die totale Kontrolle darüber haben muss, wenn unsere Pläne gelingen sollen.«

»Meine Kampfpriester werden ihn ausfindig machen«, sagte Melyn. »Es sind nur noch wenige von ihnen übrig, und wir haben Listen darüber, wo wir sie finden können. Euer Eindringling wird gefangen und Euch vorgeführt werden. Und dann werdet Ihr entscheiden, was damit geschehen soll.«

»Ich wünschte, ich hätte Eure Zuversicht, was die Fähigkeiten der Soldaten und die Genauigkeit Eurer Listen angeht«, sagte Beulah.

»Herrin, Ihr seid zu streng«, sagte Melyn. »Selbst wenn unsere Listen nicht zutreffend wären, könnte der Eindringling doch nur aus der Nähe kommen. Drachen besitzen nur eine geringe Fähigkeit, in der oberen Sphäre zu existieren, wie Ihr wisst.«

»Dennoch war dieser Drache in Candlehall. Er wurde dorthin gelockt«, sagte Beulah. »Und er war stark genug, um gegen mich zu kämpfen. Das war kein Zufall. Tut in Emmas Faur, was Ihr zu tun habt. Seht in Euren Archiven nach und schickt Eure Soldaten los, aber ich glaube, dieses Wesen wird bald wieder auftauchen. Ich gehe davon aus, dass Ihr die Jagd persönlich anführt.«

»Natürlich, Euer Majestät«, sagte Melyn und verbeugte sich vor ihrem Bild. Beulah hielt inne und ließ die Treppe an sich vorüberziehen. Sie wartete einige Minuten und sah zu, wie die Reiter auf dem pfeilgeraden Weg in der Ferne verschwanden. Der Himmel über ihnen war graublau, wie immer hier in dieser Gegend. Sie hielt Ausschau nach Bewegungen, konnte aber nur Vögel sehen. Aus einer Laune heraus griff sie nach einem, packte ihn mit einer unsichtbaren Hand und presste das Leben aus ihm heraus. Sie musste an ihren Vater auf dem Tanzboden denken, auf ihrem Geburtstagsball. Dieses winzige gefiederte Wesen war eigentlich nicht anders. Es besaß eine schlichte Lebenskraft und eine gewisse Intelligenz. Ohne Gewissensbisse befreite sie es von beidem. Es gab ein kurzes, verwirrtes Aufflackern von Angst, dann war der Vogel verschwunden. Beulah stellte sich vor, dass jemand, der an diesem Morgen hier gewesen wäre, einen Spatz gesehen hätte, der durch die Luft flog und dann plötzlich ohne Grund zu Boden fiel. Sie fand es lustig, solche Macht noch über den belanglosesten unter ihren Untertanen zu haben. Zugleich machte sie das Wissen wütend, dass andere Wesen durch die obere Sphäre schritten und ihr zum Trotz durch die Luft flogen. Aber es würde nicht mehr lange so sein.

Sie machte kehrt und eilte dann wie ein Wirbel zurück über die Straße. Die Rückkehr in ihr physisches Selbst war immer viel einfacher als der Aufbruch, um ins Ätherische zu gelangen. Schon war sie wieder im Palast und senkte sich auf dem Obsidianthron herab. Eine kurze Bewegung ihres imaginären Kopfes änderte die Perspektive, und nun konnte sie wieder den harten Stein spüren, kalt und unbequem trotz der dicken Kissen. Als sie zu sich kam, schaute sie sich abermals in dem riesigen Saal um. Jetzt wusste sie plötzlich, was anders war. Der Thronsaal, den sie jetzt sah, hatte Fenster aus buntem Glas, das wild durcheinandergewürfelt war und kein Muster ergab. Sie kannte die Geschichte darüber, wie Brynceris große Meisterwerke zur Zeit der Winterkriege von den Armeen der Lanwennog zerstört worden waren. Als die Eindringlinge endlich aus dem Zwillingskönigreich vertrieben werden konnten, war auch der Thronsaal wiederhergestellt worden. Die Fenster jedoch waren so sehr zerstört gewesen, dass die Bilder, die sie geschmückt hatten, nicht mehr rekonstruiert werden konnten. In der oberen Sphäre sah sie die Fenster, so, wie sie früher gewesen sein mussten, als sie wilde Szenen aus früher Geschichte und Sage schilderten.

Es war jetzt zu spät, um sie sich genauer anzusehen, das wusste Beulah. Wenn sie erst mit der Rückkehr ins Physische angefangen hatte, führte kein Weg zurück. Aber es wäre interessant, sie ein andermal genauer zu betrachten.

»Wachen«, rief Beulah, als sie in sich selbst zurückgekehrt war. Die Türen öffneten sich, und der Offizier der Garde kam herbeigerannt, dicht gefolgt von zwei von seinen Männern. Alle drei fielen auf die Knie, sobald sie die Treppe vor dem Thron erreicht hatten.

»Holt mir Hofmarschall Padraig. Ich will eine Verlautbarung

verkünden«, sagte Beulah. Der Offizier schickte einen seiner Männer los, dann folgten einige Minuten gespannten Schweigens, während sie warteten. Beulah versuchte, sich erneut zu konzentrieren, die Fenster so zu sehen, wie sie ursprünglich gewesen waren, aber sie war zu erregt vom Gedanken daran, was sie jetzt vorhatte. Für einen Augenblick kam sie sich vor wie ein ausgelassenes Schulmädchen, das mit dem Gedanken spielte, gegen eine Regel zu verstoßen. Dann lachte sie laut. Jetzt setzte sie die Regeln fest.

Endlich erschien Padraig. Er kam keuchend durch die Tür und hinkte, so rasch er konnte, durch den Saal. Beim Thron angekommen, kniete er nicht nieder, sondern senkte nur den Kopf. Beulah überlegte, ob sie ihn wegen dieser Respektlosigkeit tadeln sollte, aber sie wusste, wenn sie ihn zum Niederknien zwänge, würde er Stunden brauchen, um wieder aufzustehen.

»Euer Majestät«, sagte der Hofmarschall. »Ich stehe zu Euren Diensten.«

»Natürlich«, sagte Beulah. »Und jetzt merkt Euch das. Von heute Mittag an ist es meine Absicht, König Brynceris ursprüngliche Regeln für den Orden vom Hohen Fryd wieder einzuführen. Der Orden wird seine derzeitigen militärischen Aktivitäten fortsetzen, aber er wird nun auch damit beauftragt werden, alle Drachen im Zwillingskönigreich zur Strecke zu bringen und auszurotten. Außerdem wird die Auszahlung des Drachenlohns wieder aufgenommen. Zehn Goldflocken für jeden Kopf, der zu mir nach Candlehall oder zum Orden nach Emmas Faur gebracht wird.«

»Majestät, ist das weise?«, fragte Padraig und riss schockiert die Augen auf. »Wir haben seit fast zwei Jahrhunderten keine Probleme mehr mit den wenigen noch lebenden Drachen. Ihre Steuern sind jedes Jahr ein willkommener Zuschuss für das Schatzamt.«

Beulah schaute auf die schmale Gestalt des Priesters hinab. Das Fleisch an seinen Wangen war bleich und diese Neuigkeiten schienen ihn zutiefst unglücklich zu machen. Lag es nur daran, dass ihm das Almosen verwehrt werden sollte, das jedes Jahr aus den abgelegenen Teilen des Zwillingskönigreichs eintrudelte, der Tribut, den jeder Drache dem Thron zu entrichten hatte? Da sie wusste, wie besorgt der Hofmarschall das Schatzamt im Auge behielt, nahm sie an, dass es sich so verhielt.

»Ich will ihr Gold nicht, Padraig«, sagte sie und fixierte ihn mit ihrem Starren. »Ich will ihre Edelsteine.«

»Das habt Ihr also so viele Jahre verborgen? Warum habt Ihr mir nichts gesagt?«

»Es war wichtig, dass so wenige wie möglich davon wussten.«

»Weiß er es?«

»Natürlich nicht. Und er darf es auch nie erfahren.«

Errol kam langsam zu sich und fragte sich, wo er war und warum er so fror. Er konnte die Stimmen von zwei Männern hören und brauchte eine Weile, um zu begreifen, dass er sie kannte. Die sorgfältige, bedächtige Redeweise war die seines Lehrers, des Oberbibliothekars Andro. Die andere Stimme, fragend und ungläubig, die des Arztes, den er kennengelernt hatte, Usel.

Usel. Jetzt wusste er es wieder. Er war in die Leichenhalle geholt worden, um dem Medicus bei der Untersuchung eines Leichnams zu helfen. Einer Prinzessin.

»Was ist mit Melyn? Er hat den Bericht für heute Abend bestellt.«

»Er darf die Wahrheit niemals erfahren. Es tut mir leid, mein Freund, aber Ihr müsst tun, was Ihr könnt, damit er nicht dahinterkommt.«

Errol öffnete die Augen und sah über sich ein steinernes Gewölbe, das sanft im Licht zahlreicher Fackeln flackerte. Er versuchte, sich aufzusetzen, aber sein Kopf schmerzte, als ob jemand ihn mit einem Stein geschlagen hätte, und sein Körper war unvorstellbar schwach. Er rollte sich deshalb zur Seite, bis er die verschwommenen Gestalten der beiden Männer sehen konnte, die dieses Gespräch führten.

»Ach, ich kann das dem Inquisitor durchaus vorenthalten, macht Euch da keine Sorgen«, sagte Usel.

»Seid aber vorsichtig, Usel. Und unterschätzt ihn nicht. Er ist nicht nur Inquisitor geworden, weil er alt ist, wisst Ihr. Ah, offenbar ist unser junger Patient aufgewacht.«

Errol stöhnte, als Usel auf ihn zukam und neben ihm niederkniete.

»Wie fühlst du dich?«, fragte der Arzt.

»Müde«, sagte Errol. Seine Stimme war nur ein Flüstern.

»Na, das kann ich mir vorstellen. Du hast mir wirklich einen Schreck eingejagt, als du so einfach in Ohnmacht gefallen bist.«

»Ich bin in Ohnmacht gefallen?«

»Glattweg. Ich habe das schon bei Medizinstudenten gesehen. In der einen Minute alles bestens, in der nächsten … Peng!« Usel machte mit der Hand eine fallende Bewegung, dann half er Errol beim Aufsetzen.

»Die Obduktion?«, fragte Errol und schaute durch den Raum zu dem schmalen Tisch, der jetzt von einem weißen Laken bedeckt war.

»Ach, das ist erledigt. Mach dir da keine Sorgen.«

»Komm, Errol«, sagte Andro und half ihm auf die Füße. »Jetzt bringen wir dich aus dieser kalten Gruft zurück nach oben. Lass dir ein bisschen Sonne ins Gesicht scheinen und etwas Grym in deine Knochen fließen, dann bist du bald wieder wie neu.«

In seiner Verwirrung konnte Errol sich nur aus der Leichenkammer und die Treppen hochführen lassen. Seine Kraft schien in ihn zurückzukehren, je weiter er sich von dem Steinsarg und dessen tragischer Bewohnerin entfernte, und als er das ebenerdige Stockwerk des Klosters erreichte, konnte er sich kaum noch daran erinnern, worum es bei der ganzen Aufregung gegangen war.

»Besser?«, fragte Andro.

Errol nickte.

»Gut. Na, dann verschaff dir erst mal etwas Bewegung. Nach den Abendgebeten brauche ich dich dann in der Bibliothek zum Archivieren. Medizinstudent, meine Güte. Wenn Usel mir meine besten Novizen abspenstig machen will, muss er sich aber künftig größere Mühe geben.«

Benfro tauchte voller Panik und wild zappelnd aus der Dunkelheit auf. Er schlug verzweifelt mit den Flügeln, um sich in der Luft zu halten, aber der Boden war dicht unter ihm. Er musste sich zur Seite rollen, als er landete, um die Schwungkraft aus einer Landung zu nehmen, sonst würde er sich die Knochen brechen. Aber wenn er noch laufen könnte, würde er vielleicht entkommen. Er hatte sich in all den Jahren, in denen er fast täglich auf Bäume und Felsen geklettert war, einen Instinkt angeeignet, der ihm nun half. Reflexartig warf er sich nach vorn.

Es folgte ein furchtbarer Krach, das Geräusch zersplitternden Holzes und schwerer Objekte, die zu Boden fielen, aber der Aufprall war viel weniger hart, als er erwartet hatte. Er blieb einen Moment liegen, kniff die Augen zu und atmete schwer.

»Mein lieber Benfro, ist alles in Ordnung?«

Benfro, der auf dem Rücken lag, glaubte für einen Moment zu träumen. Er kannte diese Stimme gut, aber sie war doch eine Welt entfernt. Dann, als sein Schock sich langsam legte, fiel ihm die Zeit ein, ehe er über das Land geflogen war, ehe er die große Stadt gesehen hatte, ehe er von der großen dünnen Gestalt eingefangen worden war. Es schien Tage her zu sein, aber je mehr er darüber nachdachte, umso klarer wurde ihm, dass es nur einige Momente her war, seit er begonnen hatte, den Raum in seinen Gedanken neu zu erschaffen. Langsam öffnete er die Augen.

Es war noch immer dunkel, das einzige Licht stammte von dem dünnen Lichtstrahl, der den Spalt zwischen den Fensterläden durchdrang. Benfro starrte zur Decke hoch und musste einfach die Flecken im Stuck sehen, die schweren Spinngewebe, die in den Ecken und an dem schlichten Kronleuchter mit den von geschmolzenem Wachs überlaufenen Kerzenstummeln hingen.

Die Muster von Licht und Dunkelheit wechselten im Zimmer, und ein Gesicht schob sich über ihn. Es schaute auf ihn herab, versperrte ihm den Blick auf den Kronleuchter und zwang ihn, sich mit der Realität in Verbindung zu setzen.

»Du bist vom Stuhl gefallen«, sagte das Gesicht, und Benfro wusste wieder, dass es einen Namen hatte. Meirion.

»Oder, um genauer zu ein, du hast dich vom Stuhl gestürzt«, sagte sie. »Es war sehr beeindruckend.«

»Ich … was ist denn passiert?«, fragte Benfro und schaute sich im Zimmer um und musterte dann seinen eigenen Körper, als sei er nicht sicher, ob der wirklich war. Er lag in einer überaus würdelosen Haltung auf dem Boden, und neben ihm lag eine Decke, in die er gewickelt gewesen war.

»Sag du mir das«, erwiderte Meirion. »Ich habe dich nur aufgefordert, nach den Linien Ausschau zu halten, und nicht, einen kleinen Spaziergang zu machen.«

»Ich war … weg?«, fragte Benfro, drehte sich um und setzte sich auf dem Boden auf.

»Nicht körperlich, nein«, sagte Meirion. »Aber dein Geist war für einen Moment verschwunden. Ich nehme an, du bist wieder geflogen?«

Benfro erzählte ihr, was er gesehen hatte. Während er versuchte, sich seine Traumerlebnisse ins Gedächtnis zu rufen, fügten seine Traumerlebnisse sich langsam zu einer mehr oder weniger logischen Reihenfolge. Meirion hörte schweigend zu und stellte nur dann Fragen, wenn er die Einzelheiten durcheinanderwarf oder zu große Sprünge machte. Als er fertig war, schwieg sie lange. Benfro wartete verwirrt und ängstlich. So hatte er sich die Feinen Künste nicht vorgestellt.

»Du hast nur eine Frau gesehen?«, fragte Meirion nach einer Weile.

»Frau?«, fragte Benfro.

»Männer und Frauen, männlich und weiblich. Wie Palisander und Angarad, wie Mond und Sonne. Es tut mir leid, Benfro, manchmal vergesse ich, wie jung du bist. Und wie wenig du von der Welt der Menschen weißt. Wir haben das so gewollt. Es ist nichts, auf das ein Drachkitz neugierig sein sollte. Aber vielleicht war dieser Entschluss falsch. Jedenfalls muss diese Frau eine sehr mächtige Magis sein. Und du hast eine natürliche Begabung, die größer ist, als alles, was ich je gesehen habe. Du musst sehr vorsichtig sein, Benfro. Du begreifst so wenig von dem, was du tust, und das ist gefährlich, für dich und für uns.«

»Wie meinst du das?«, fragte Benfro, den Meirions ernste Worte beunruhigten.

»Du bist ein Traumwandler, Benfro. Du gehst problemlos an Orte, zu denen ein ausgebildeter Magis Jahre unterwegs ist. Aber du weißt nicht, wie du das machst, es passiert einfach. Und die Orte, die du aufsuchst, sind gefährlich. Emmas Faur und der Thronsaal von Candlehall sind für die Menschen Zentren der Macht, auch wenn sie vor langer Zeit uns gehört haben. Du wirst davon angezogen wie eine Biene von einer Blume. Es ist ein Wunder, dass dir noch nichts Schlimmes passiert ist.«

»Ich verstehe das nicht«, sagte Benfro. »Was sind das für Orte? Wie komme ich dahin?«

»Das ist das Problem«, sagte Meirion. »Du weißt nicht, wie du das machst. Du musst es lernen, und ich werde mir alle Mühe geben, es dich zu lehren. Aber es ist schwierig. Du hast keine Kontrolle, solange du nicht gelernt hast, die Grymlinien zu sehen. Aber etwas scheint dich daran zu hindern, diese einfachste der Feinen Künste zu erlernen.«

»Könnte das, was Frecknock mit mir gemacht hat, ich weiß nicht… meine Fähigkeit beeinflusst haben, die Grymlinien zu sehen?«

»Das bezweifele ich«, sagte die alte Drachin. »Sie hat doch nur die Andeutung in deine Gedanken gesetzt, die es dir unmöglich gemacht hat, über diesen Zwischenfall zu reden. Nein, es liegt in deinem Wesen, Benfro. Aber mach dir keine Sorgen. Damit werden wir schon fertig. Ich habe schon schlechtere Lehrlinge gehabt als dich. Was glaubst du wohl, warum Ynys Môn seine Zeit vor allem mit Jagen und Fischen verbringt?«

»Er kann die Linien auch nicht sehen?«, fragte Benfro und fühlte sich gleich viel wohler.

»Ach, sehen kann er sie schon«, sagte Meirion. »Wenn er sich Mühe gibt. Aber er hat wirklich lange dafür gebraucht. Und er war nie besonders begabt dafür. Aber genug geredet. Du musst üben, bis es passiert. Und wenn es zehn Jahre dauert, dann ist es eben so.«

22

Bei allen großen Zaubertaten, ob es sich nun um solche handelt, die Tausende betreffen, oder um schlichte Beschwörungen von persönlicher Art, gilt, dass jede Magie eine schwache Stelle hat. In den meisten Fällen liegt diese beim Magis selbst, denn er ist die Kraft, welche die Grym so lenkt, wie es ihm beliebt. Aber es gibt Zauber, die anhalten, auch wenn der Magis, der sie ausgeführt hat, nicht mehr anwesend ist, Zauber, die nicht im Körper eines Menschen verankert sind, sondern in der Welt selbst. Kein Zauber kann vollständig versiegelt werden, denn in einem solchen Falle würde der Zauber dahinwelken und sterben. Der geschickte Magis wird die Stelle sehen, wo die Grym endet und die Beschwörung beginnt, und dort wird er den Schlüssel finden, mit dem der Zauber gelöst werden kann.

Father Andro: Magie und Gedanken

Melyn musterte den Jungen, der ihm gegenüber auf der anderen Seite des Schreibtischs saß. Der Knabe hatte sich in den Monaten seit der Auswahl verändert. Die kindliche Pausbäckigkeit war dahin, und die Gesichtszüge, die der Prinzessin solche Sorge bereitet hatten, hatten sich geschärft. Der Königin, berichtigte der Inquisitor sich. Seit jener Nacht, als sie mit geringen Erwartungen in das Dorf geritten waren, war so viel passiert. Der Junge hatte Ähnlichkeit mit Prinz Balch. Doch das musste noch keine Verwandtschaft bedeuten. Es bedeutete, dass er einen hervorragenden Spion abgeben würde. Allerdings musste der Orden zuvor sicher sein können, dass der Junge ihm unerschütterliche Treue entgegenbrachte.

»Andro hat mir gesagt, dass du ein fähiger Schüler bist«, sagte Melyn. Er füllte zwei Becher mit Wein und schob seinem Schützling über den Tisch hinweg den einen zu. Es war schwerer, süßer Wein von der Halbinsel Caldy, nichts, was ihm selbst besonders gut schmeckte, aber es würde den Jungen sehr schnell betrunken machen und seine Sperren einreißen.

»Meister Andro ist sehr gütig«, sagte Errol, »aber das meiste davon, was wir hier lernen, weiß ich schon von zu Hause. Father … Kewick war ein guter Lehrer.«

Melyn schaute dem Jungen tief in die Augen. Er spürte die Verbindung zwischen sich und dem Jungen, stärker jetzt, da er es schon einige Male gemacht hatte, obwohl es noch immer diesen ursprünglichen Widerstand gab. Errol griff zu dem Becher und trank einen Schluck. Fast sofort spürte Melyn, wie die Sperren begannen, sich aufzulösen. Er arbeitete an den Gedanken des Jungen, schlug ihm vor, mehr zu trinken, und verstärkte die Vorstellung, dass er seine gesamte junge Weisheit dem fetten Prediger verdankte.

»Deine Fähigkeiten im Leben und Schreiben sind beeindruckend für einen Jungen in deinem Alter. Vor allem für einen von deiner Herkunft«, sagte Melyn und ließ diese Schmeicheleien auf Errols Ego einwirken. »Ich habe Andro gebeten, dich von nun an in der Sprache der Lanwennog zu unterrichten«, fügte er hinzu und schob dem Jungen, als er das sagte, den Wunsch zu, diese Sprache zu lernen. Diese Mühe hätte er sich sparen können, Errols Wissensdurst war riesig.

»Sprechen die nicht wie wir?«, fragte Errol.

»Ihre Sprache ist ähnlich«, sagte Melyn. »Aber doch anders. Jemand aus dem Hendry könnte sich in ihrer Hauptstadt

Tynhelyg verständlich machen, aber sie würden ihn als Ausländer erkennen, egal, wie er aussähe.«

»Warum sollte ich Tynhelyg besuchen wollen?«, fragte Errol.

»Überleg mal, Knabe«, sagte Melyn. »Du siehst aus wie sie und bist gescheit genug, um zu lernen, so zu sprechen und dich so zu verhalten wie sie. Würden wir denn einen Besseren ins Lager unseres Feindes senden können, um seine Pläne zu ergründen?«

»Ihr wollt mich zum Spion ausbilden?«

»Natürlich will ich das«, sagte Melyn, und zusammen mit diesen Worten gab er dem Jungen die Vorstellung von fernen Ländern, Abenteuern und Gefahr ein. In Errols Gedanken lag schon ein Keim der Zustimmung. Der Inquisitor versuchte nun einfach, diesen zu nähren, ihn zu der Art von mächtiger Triebkraft werden zu lassen, die Errols natürliche Neugier eben war.

»Aber so bald wirst du noch nicht aufbrechen«, fügte der Inquisitor hinzu. »Dazu braucht man Jahre der Ausbildung, und selbst dann bestehen die meisten die Prüfung nicht. Meinst du, du hast das Zeug zum Spion?«

»Ich … ich weiß nicht«, antwortete Errol.

»Gut«, sagte Melyn. »Meine gute Meinung von dir würde Schaden nehmen, wenn du sicher wärst, es zu schaffen. Aber ich wusste schon in dem Moment, als ich dich das erste Mal gesehen habe, dass in dir etwas steckt. Ich stelle mir vor, dass du gute Arbeit leisten wirst.«

»Danke, Herr«, sagte Errol und hob noch einmal den Becher, als der Inquisitor ihm den Willen dazu eingab.

Es war schon deutlich leichter, den Jungen zu manipulieren, stellte Melyn fest. In gewisser Weise fand er das schade. Es wäre viel besser, wenn der Junge freiwillig zu ihm gekommen wäre. Große Teile seiner Erinnerungen zu verändern war eine brutale Methode, um sich des Vertrauens und der Treue eines Menschen zu vergewissern, und die Sache könnte leicht nach hinten losgehen. Nach und nach würden sich die neuen Vorstellungen zwar so fest verankern, dass der Junge keine andere Wahrheit mehr kennen würde, aber das dauerte eben einige Zeit. Ob er diese Zeit haben würde? Doch wie auch immer, wenn er richtig behandelt würde, könnte Errol Ramsbottom in seinen Händen zu einer starken Waffe werden. Es lohnte sich auf jeden Fall, dieses Risiko einzugehen.

»Sir Felyn? Seid Ihr da?«

Die Stimme war leise, fast wie ein Echo im Wind, und nicht wie gesprochenes Wort.

»Ich bin's, Frecknock. Ich bitte Euch um Hilfe.«

Melyn schaute den Jungen an. Wenn er es auch gehört hatte, dann ließ er sich nichts anmerken. Muss sie sich unbedingt jetzt melden, dachte er verärgert. Er hatte noch mindestens eine weitere halbe Stunde an Errol arbeiten wollen. Jetzt würde er beim nächsten Mal ganz von vorn anfangen müssen. Aber die Geheimnisse der dummen und trotzigen jungen Drachin konnten im Moment sehr viel wichtigere Dinge verraten als der Junge. Frecknock könnte vielleicht sogar eine Erklärung für die Begegnung bringen, die die Königin kürzlich gehabt hatte.

»Ich fürchte, ich muss dich jetzt bitten, mich zu verlassen, Errol«, sagte Melyn sanft und pflanzte dem Jungen ein Gefühl des Bedauerns ein. »Wir werden dieses Gespräch später fortsetzen. Sag Andro, ich möchte, dass du die Sprache von Lanwennog lernst. Ich rechne damit, dass du mir bei unserer nächsten Begegnung in dieser Sprache antworten kannst.«

Melyn sah zu, wie der Junge eilig seinen Becher leerte, aufsprang, sich verneigte und das Zimmer verließ. Als die Tür ins Schloss gefallen war, ließ er sich in seinem Sessel zurücksinken und versetzte sich abermals in die Rolle des Sir Felyn, des wandernden Drachen, der eine Partnerin suchte.

»Süße Frecknock«, dachte er und schickte diese Worte auf Drachensprache los, dieser entsetzlichen, schweren Sprache, die ihm eine Gänsehaut machte, wann immer er sie hörte.

»Ah, Sir Felyn«, kam die Antwort. »Ich dachte schon, ich hätte dich für immer verloren.«

»Und ich auch«, dachte er zurück. »Was hat dich so lang von mir ferngehalten? Ich wäre ja zu dir gekommen, nur hast du mir nie gesagt, wo ich dich finden kann.«

Melyn schickte seinen Gedanken die Linien entlang und versuchte, die Herkunft der Stimme zu lokalisieren. Er brauchte nicht lange, um dieses fremde Gemüt zu finden, es war so klein und ichbezogen, so erfüllt von Frecknocks eigenen kleinlichen Sorgen und Ängsten, von Zorn und Frustration.

»Das hat an dem Drachkitz gelegen, dem kleinen Wicht. Er hat ihnen erzählt, was ich mache. Und dann sind sie gekommen und haben mich davon abgehalten. Sie haben mir das Buch weggenommen. Aber das brauche ich jetzt nicht mehr. Ich kann den Ruf ohne Buch schaffen.«

Melyn unterdrückte die Wut, die in ihm aufbrodelte. Zu seinen Lebzeiten hatte kein Drache den Antrag gestellt, sich vermehren zu dürfen. Also dürfte es eigentlich keine Drachkitze geben.

»Es tut mir leid, von deinem Kummer zu hören, süße Frecknock«, dachte er und gab sich alle Mühe, mit seinen Worten eine beruhigende Gelassenheit zu schicken. »Aber deine Fähigkeiten in den Feinen Künsten sind denen, die dich behindern wollen, offenbar hoch überlegen. Deiner Schönheit kommt eine innere Stärke gleich, wie ich sie seit vielen Jahrhunderten nicht mehr gesehen habe.«

»Du schmeichelst mir, Sir Felyn«, war der antwortende Gedanke. Nicht zornig oder misstrauisch – er spürte, dass sie sich gern umwerben ließ.

»Ich sage nur die Wahrheit, so, wie ich sie sehe. Aber ich würde dich so gern mit meinen Augen sehen und nicht nur die strahlende Schönheit deines Geistes berühren. Sag mir, wie ich dich finden kann, und sei es auch am anderen Ende von Gulad, ich werde mir keine Ruhe gönnen, bis ich nicht an deiner Seite bin.«

»Am anderen Ende von Gulad?«, kam die Antwort, und Melyn verfluchte sich, weil er die Dummheit seiner Beute unterschätzt hatte. Er hatte eine schlichte Redensart anbringen wollen, aber sie hatte es so verstanden, dass er Monate, wenn nicht Jahre der Reise von ihr entfernt war. Die traurige Enttäuschung in ihrem winzigen Gehirn fühlte sich in seinem Mund bitter an, wie Galle nach einem Schlag in den Magen.

»Süße Frecknock, sei nicht so traurig«, sagte er. »Ich bin nicht so weit entfernt, ich kann in einer, vielleicht in zwei Wochen bei dir sein. Sag mir, wohin ich kommen soll, und nicht einmal der Inquisitor des Ordens vom Hohen Fryd wird mich von dir fernhalten können.« Das stimmte sogar, dachte er spöttisch.

»Ich kann dir nicht genau sagen, wo ich bin.« Frecknocks mit Angst durchsetzte Gedanken kamen bei ihm an.

Er schickte beruhigende, formlose Gedanken zurück, die sanft auf Auskunft pochten und ihr versicherten, dass sie das Richtige tat.

»Die anderen verlassen sich auf ihren Schutz«, dachte sie. »Sie sind vielleicht kleinlich und gemein, aber sie sind die einzige Familie, die ich habe, und ich will nicht, dass sie dasselbe Schicksal erleiden wie meine Eltern. Die wurden ermordet, musst du wissen. Von einer Meute von Menschen. Meine Mutter, die keiner Fliege etwas zuleide tun konnte, wurde zu Tode gehackt. Mein Vater wurde gefangen genommen und verbrannt, als er versuchte, Rache zu üben. Ich hatte das Glück, lebend davonzukommen. Erst nachdem ich monatelang durch den Wald geirrt war, hat Morgum mich gefunden und hierhergebracht.«

»Du hast furchtbar gelitten«, dachte Melyn und unterdrückte den Drang, die Verbindung zu dieser jammernden Närrin zu kappen. Er brauchte mehr Information, um den Verdacht zu bestätigen, der in ihm wuchs, er brauchte mehr als nur einen Namen. »Wie gut, dass du gefunden wurdest und dass du jetzt mit anderen von ... deiner Art leben kannst. Sag mir, süße Frecknock, wie könnt ihr alle zusammenleben, ohne dieselbe Aufmerksamkeit zu erregen, die deine armen Eltern das Leben gekostet hat?«

»Wir sind hier geschützt.« Frecknocks Gedanken waren eine Mischung von Gefühlen, manche vorsichtig und traurig, andere erregt und hoffnungsvoll. Melyn konnte nur annehmen, dass Jahre des Versteckens und Vertuschens ihren Geist zersetzt hatten. Jetzt kämpfte die Freude darüber, ihn wiedergefunden zu haben, gegen ihre angelernte Zurückhaltung an. Schweigend schob er ihr ein Gefühl der Ermutigung zu, aufbauend auf dem Gefühl, dass sie ihm vertrauen konnte. Es war so ähnlich wie das, was er mit dem jungen Errol gemacht hatte.

»Ich habe das noch nicht ganz verstanden«, meinte jetzt Frecknock. »Es ist ein uralter Zauber, ein sehr mächtiger. Wer in diesen Wald kommt, findet nur den Weg zu der Hütte auf der Lichtung. Nur Morgum kann jemanden, der noch nie im Dorf war, dorthin ins Dorf führen. Also du verstehst, guter Sir Felyn, ich kann dir nicht sagen, wie du herkommen kannst. Du musst zuerst Morgum finden und sie von deinen guten Absichten überzeugen.«

Melyn zermarterte sein Gehirn nach dieser Erinnerung. Er hatte irgendwo eine Liste gelesen, über alle Drachen, die bekanntermaßen noch im Zwillingskönigreich lebten. Andro würde die Liste für ihn heraussuchen können, aber er brauchte sie sofort. Und er hatte diesen Namen schon einmal gehört, da war er sicher. Er war vor Jahrzehnten, als sie beide noch jung waren, mit Padraig unterwegs gewesen, damals, als Kampfpriester die Prediger beim Eintreiben der Abgaben überall im Zwillingskönigreich begleitet hatten. War Morgum nicht einer der ersten Drachen gewesen, die seinen Verdacht erregt hatten? Ja, je länger er darüber nachdachte, umso besser erinnerte er sich an sie. Eine Heilerin, die den Leuten in den nahe gelegenen Dörfern ihre Quacksalbereien verkaufte. Sie hatte ihm wenig Achtung erwiesen, keinen Respekt. Und sie hatte ihre Steuern mit frisch geprägten Münzen bezahlt, die sie ja wohl nur gestohlen haben konnte.

»Morgum die Grüne«, sagte er, denn nun fiel es ihm endlich wieder ein. Er konnte die schäumende Erregung spüren, die durch die Linien in ihn zurückfloss.

»Du kennst sie?« Frecknocks ausgelassene Erwartung hätte ihn fast laut auflachen lassen. Sie war so simpel, so töricht.

»Es ist viele Jahre her, dass ich Morgum die Grüne zuletzt gesehen habe«, dachte Melyn. »Aber ich weiß, wo sie wohnt. Ich werde in zwei Wochen ihre Hütte aufsuchen. Warte auf mich, süße Frecknock, und sag niemandem etwas. Ich möchte meine alte Freundin überraschen.«

»Natürlich, Sir Felyn. Das ist unser Geheimnis«, dachte Frecknock. »Ach, ich kann es gar nicht erwarten, dich zu sehen. Du hast bestimmt wundervolle Geschichten vom Weiten Weg zu erzählen, Abenteuer, die sogar Benfro zum Staunen bringen würden.«

»Benfro?«, fragte Melyn.

»Morgums Drachkitz«, dachte Frecknock. »Er ist eine Plage und bekommt viel mehr Aufmerksamkeit, als er verdient hat. Er hat meinen letzten Ruf unterbrochen. Er hat uns nachspioniert. Er ist erst vierzehn, aber sie führen ihn schon in die Feinen Künste ein.«

Melyn wäre vor Zorn fast explodiert. Nur die Selbstbeherrschung eines langen Lebens hielt ihn davor zurück, alles zu Frecknock fließen zu lassen und ihren von Liebe verblendeten Sinnen sein wahres Selbst zu enthüllen.

»Ein Drachkitz, und noch dazu ein Drachenknabe«, sagte Melyn in einer angespannten Serie von Wörtern ohne irgendwelche Empfindungen. »Ich freue mich darauf, ihn kennenzulernen. Doch viel mehr freue ich mich auf unsere Begegnung, süße Frecknock. Aber nun muss ich aufhören. Es sind viele Vorbereitungen für meine Reise zu treffen. Zwei Wochen, süße Frecknock, und ich werde vor dir stehen. Aber vergiss nicht, zu niemandem ein Wort.«

Melyn glaubte, sie leise »kein Wort« wiederholen zu hören, aber dann hatte er sein Gemüt schon gegen ihres verschlossen. Er war kalt vor Zorn, und ruhig auf eine Weise, wie er es noch nie gewesen war.

Der Hirte führt seine Herde nach einem Plan, den nur er kennt, dachte er. Und das hier war zweifellos das Werk seines Gottes. Jetzt war die Zeit gekommen, um die Welt von diesem Übel in Drachengestalt zu befreien. Er stand auf und ging zur Tür. Der Gang vor seinem Zimmer war dunkel, die flackernden Flammen an den Wänden machten die Schatten dazwischen undurchdringlich.

»Osgal«, brüllte er.

Der hochgewachsene Mann tauchte aus dem Schatten auf und schnallte sich den Gürtel um. Er sah ein wenig grünlich aus. »Inquisitor?«, fragte Osgal, fiel auf ein Knie und senkte den Kopf. »Bitte, vergebt mir.«

»Wofür denn bloß?«, fragte Melyn. »Steh auf, Mann.« Er hatte es viel zu eilig, um sich darüber Sorgen zu machen, was dem Hauptmann seiner Leibgarde so zusetzte. Vor der Reise war noch viel vorzubereiten. Zum einen würde er einen Trupp Kampfpriester brauchen. Es wäre auch kein Fehler, einige Novizen mitzunehmen. Das hier war die Sorte von Training, die sie brauchten, viel besser als endlose Bucharbeit und Schwerttraining.

»Holt Eure Leute und wählt zehn Novizen aus«, sagte Melyn. »Wir reiten im Morgengrauen los.«

»Mein Gebieter, darf ich fragen, wohin?«, fragte Osgal.

»Nach Ystimtien und zum Rand des großen Waldes«, sagte Melyn. »Wir ziehen auf Drachenjagd, Hauptmann.«

23

Wenn wir versuchen, die Gedanken unseres Feindes zu beeinflussen, gilt es, unser Vorgehen so einfach wie möglich zu gestalten. Es ist viel besser, mit dem zu arbeiten, was bereits vorhanden ist, als eine vollständig neue Wirklichkeit aufbauen zu wollen. Wie bei jeder Magie sind Beobachtung und Vorbereitung die Schlüssel. Wir müssen unseren Feind besser kennen als uns selbst. Wir müssen seine Freunde und seine Familie kennen, seine früheren Erfahrungen und seine künftigen Bestrebungen. Dann können wir ihm unsere Vorschläge einpflanzen und er wird sie für seine eigenen halten.

Father Andro: Magie und Gedanken

Errol war verwirrt, als er den Raum des Inquisitors verließ. Hatte er etwas falsch gemacht? Oder warum wurde er so plötzlich entlassen? Er wusste nicht, was der Grund sein könnte, dass der Inquisitor ihn plötzlich hatte loswerden wollen. Sowieso entglitten die Einzelheiten der Unterredung seinen Gedanken, als ob sie unwichtig wären. Und doch wusste er, dass etwas passiert war, etwas, das nicht zu den erwartungsvollen, strengen, aber onkelhaften Gefühlen passte, die der Inquisitor ihm entgegenzubringen schien.

»Was ist das mit alten Männern und jungen Knaben?«

Errol wäre fast aus der Haut gefahren. Der Gang vor Melyns Gemächern war dunkel, nur hier und da leuchtete in einem

Eisenhalter an der groben Mauer eine Fackel. Ein Gesicht schaute feixend aus der Dunkelheit und verhieß Gewalt und Schmerzen. Ohne zu überlegen, trat er einen Schritt zurück und die Drohung verschwand und wich einem kehligen Kichern. Hauptmann Osgal trat aus den Schatten.

»Keine Panik, Knabe«, sagte er. »Ich weiß, dass der Inquisitor dich herbestellt hatte. Diesmal setzt es also keine Prügel.«

»Ich … ich bin für diesen Abend fertig. Ich wollte nur zum Kerzenanzünden in die Kapelle.« Errol hatte Angst vor dem Hauptmann. Der Mann hatte etwas an sich, das ihn mit tiefem Unbehagen füllte. Ihm war, als ob Osgal ihm irgendwann einmal großen Schaden zugefügt hätte, nur konnte er sich nicht erinnern, was oder wann das gewesen sein sollte. Es half auch nicht, dass der Leiter der Leibgarde des Inquisitors in einem Ruf stand, der viel schlimmer war als der sämtlicher übrigen Quästoren des Klosters zusammen.

»Nicht so schnell, junger Ramsbottom. Der Inquisitor postiert immer eine Wache auf seinem Gang. Ich habe gerade Dienst, aber ich muss … mal für zehn Minuten weg. Du wirst so lange hierbleiben und den Gang bewachen.«

»Aber ich bin nicht bewaffnet«, sagte Errol.

»Sei nicht so blöd, Knabe.« Errol konnte das Unbehagen im Gesicht des Hauptmanns sehen. So, wie er sich die Hände auf den Bauch presste, und so, wie sein Gesicht vor Schweiß glänzte, war klar, wozu er die zehn Minuten brauchte. Errol fragte sich, was es an diesem Abend in der Offiziersmesse wohl zu essen gegeben haben mochte, dass sogar ein so robuster Magen wie der von Hauptmann Osgal sich dagegen wehrte.

»Weiter unten in diesem Gebäude steht eine ganze Truppe von Kampfpriestern«, sagte der Hauptmann. »Ein Eindringling müsste zuerst unbemerkt den Haupteingang passieren und dann unangefochten den Klosterkomplex durchqueren, um auch nur in die Nähe dieses Ganges zu gelangen. Und wenn er dann bei den Gemächern des Inquisitors ankommt, muss er noch mit ihm fertigwerden. Du brauchst hier keine Horden von Spionen aus Lanwennog abzuwehren, aber wenn Seine Gnaden das Zimmer verlässt und in seinem Gang keine Wache antrifft, dann kostet mich das den Kopf. Also bleib hier einfach im Schatten stehen und versuch, nicht einzuschlafen. Zehn Minuten, mehr brauche ich nicht.«

Errol sah dem davonrennenden Hauptmann Osgal hinterher, er wusste nicht, ob er Dank dafür erwarten sollte, dass er sich nützlich machte, oder ob er Ärger bekommen würde, weil er diesen schwachen Augenblick des Soldaten erlebt hatte. Eigentlich hielt er Letzeres für wahrscheinlicher, und der Gedanke an noch mehr Demütigungen und Strafen von der Hand dieses Mannes versetzte ihn in eine immer düsterer werdende Stimmung.

Errol postierte sich wie befohlen in den Schatten und dachte über sein Leben nach, seit er nach Emmas Far gekommen war. Es war nicht das große Abenteuer, das er erwartet hatte, aber er konnte auch nicht leugnen, dass er hier viel mehr lernen konnte, als es zu Hause jemals möglich gewesen wäre. Zu Hause. Dieses Wort kam ihm fast fremd vor. Das hier war jetzt sein Zuhause, jedenfalls wurde ihm das jeden Tag gesagt. Der Orden war seine Familie, nicht Henna und Godric. Es gab in seinem Leben keinen Platz für Maggs Cluster und auch keinen Bedarf daran.

Bei diesem Gedanken hielt Errol inne. Er hatte länger nicht mehr über seine Vergangenheit nachgedacht, und er hatte auch nicht an Maggs gedacht. Jetzt aber merkte er, dass sie die Falsche war. Er kannte sie zwar, aber das, was er wusste, nahm keinen wichtigen Platz in seinen Gedanken ein. Er war nie Hand in Hand mit ihr durch den Wald gegangen, und er hatte auch nicht an warmen Sommerabenden neben ihr gesessen, als sie vom Felsen beim Zackensprung in den Wald hinübergeschaut hatten. Maggs war die dünne junge Frau mit dem traurigen Gesicht, die eines Abends spät mit einer schrecklichen Geschichte vor der Tür der Hütte gestanden hatte. Das Mädchen, das von ihrem eigenen Vater geschwängert worden war. Das Mädchen, dessen brutaler Bruder Trell Errol in den Kolk gestoßen hatte, in dem der alte Ben Coulter ertrunken war. Errol und … noch jemanden.

Zum ersten Mal seit Monaten dachte Errol an sie. Das grüne Mädchen, so nannte er sie gern. Manchmal tauchte sie in seinen Träumen auf, still und traurig rief sie seinen Namen. Er hatte immer sie vor Augen gehabt, wenn er an Maggs gedacht hatte, aber jetzt war es, als ob in seinem Gehirn eine Sperre eingerissen worden sei. Er wusste, dass sie nicht Maggs war. Aber wer war sie dann?

Der vertraute dumpfe Schmerz breitete sich in seiner Stirn aus. Dieser Schmerz schien sich immer dann einzustellen, wenn er zu sehr an seine Vergangenheit dachte. Errol gab sich alle Mühe, ihn zu ignorieren, er rieb sich die Schläfen und konzentrierte sich auf den Boden, während er seine Erinnerung nach einem Namen oder einem Gesicht zermarterte. Ohne dass er sie gerufen hätte, tauchten die Linien vor seinen Augen auf, zogen sich kreuz und quer über Boden und Wände, in einem viel komplizierteren Muster, als er es je zuvor gesehen hatte. Sie waren dünner als sonst, fast unsichtbar, wie ganz leichter Morgentau, der auf den Blättern verdampft. Im Gang pulsierte die Kraft der Grym, als ob sie lebte. Instinktiv griff Errol danach und verband sich damit, auf der Suche nach Linderung.

Sofort änderte sich seine Perspektive. Er schien nicht mehr in der Dunkelheit zu stehen und das flackernde Licht der Fackel an der Zimmertür des Inquisitors anzustarren. Er war der Boden und die schwarze hölzerne Tür. Er war die Hitze der Flamme.

Der Schmerz in seinem Kopf war verschwunden, weil er seinen Kopf eben nicht mehr spüren konnte. Er war viel größer, verteilte sich an den Linien, wurde zum Gebäude, zum Kloster, zu den Bergen, zu ganz Gulad.

Errol biss sich auf die Zunge, ein Reflex, der ihn mit einem scharfen Schmerz in sich selbst zurückriss. Sein Herz hämmerte und kalter Schweiß ließ seinen Nacken prickeln. Er war so schnell herausgezogen worden, dass es ihm den Atem verschlagen hatte. Von ihm wäre nichts übrig geblieben. Er hätte sich zu dünn ausgedehnt und wäre in der gewaltigen Leere der Grym verteilt worden. Irgendwo ganz hinten in seinen Gedanken erinnerte er sich an Father Castlemilks Worte über die Gefahr, sich selbst im Gewebe der Kraft zu verlieren. Im Klassenzimmer, wo sie die Anwendung von Magie übten, war alles unter Kontrolle gewesen, und die Quästoren hatten sie nicht aus den Augen gelassen. Hier stand die ganze Welt für ihn offen, und fast hätte er sich darin verloren.

Andererseits waren seine Kopfschmerzen verschwunden und er konnte klarer denken denn je. In ihm summte eine Energie, die keine Schranken kannte. Nur die Erkenntnis, wo er war, hielt ihn davor zurück, laut aufzulachen. Im tiefsten Herzen wusste er, dass es töricht wäre, an eine Rückkehr in die Grym auch nur zu denken, aber wie ein Alkoholiker vor einer Flasche Wein konnte er nicht mehr dagegen an, als er seine wahre Natur verleugnen konnte.

Als er sich diesmal den Linien hingab, war er auf ihren furchtbaren zersetzenden Sog vorbereitet. Errol klammerte sich an ein Bild seiner selbst und sah zu seiner Freude, dass dieses Bild auf dem Gang Gestalt annahm. Obwohl er es bei seinen Übungen schon oft getan hatte, fand er es nach wie vor jedes Mal ein wenig verwirrend, sich selbst zu sehen und zugleich aus seinen eigenen Augen zu schauen. Jetzt war selbst der Sog der Grym überall um ihn herum eine Beruhigung, er existierte nur, um ihn daran zu erinnern, dass er existierte. Und er wusste instinktiv, wie er sich zu verhalten hatte.

Neugierig schaute Errol sich um. Er wusste, dass er auf dem Gang vor Melyns Gemächern stand, und doch war alles ein wenig anders. Die Mauern waren noch immer aus demselben groben Stein, die Halter und Fackeln waren vorhanden, sogar die Bodenbretter, abgewetzt vom Alter und ungezählten Tausenden von Füßen, sahen genauso aus wie sonst, wenn er vor der Tür des Inquisitors stand und darauf wartete, dass dieser ihn hereinrief. Was anders war, war die Tür.

Der Eingang zu Melyns Gemächern leuchtete in einem unnatürlichen, roten Licht, das den Frieden und die Ruhe, die Errol umgaben, irgendwie zerstörte. Errol war klar, dass dieses Leuchten eine Art Schutz war, der ihn aussperren sollte. Das seltsame Licht stieß ihn auf dieselbe Weise weg, wie die Grym ihn angezogen hatte, mit einer Beharrlichkeit, die nicht physisch, aber dennoch schwer zu bestreiten war. Als er sich die Tür genauer ansah, verspürte er abermals diesen Schmerz in seinen Schläfen. Ihm war, als ob sein Kopf von einer riesigen kalten Steinhand zusammengepresst würde. Was immer sich hinter dieser Tür befand, der Inquisitor wollte nicht, dass jemand es sah.

Errol wusste nicht, wie es ihm gelungen war. In einem Moment war er noch auf dem Gang gewesen, im nächsten hatte er bereits in Melyns Arbeitszimmer gestanden und den Inquisitor angestarrt, der mit geschlossenen Augen wie im Schlaf an seinem Schreibtisch saß. Vielleicht hatten die Stimmen ihn gerufen, vielleicht hatte die Vorstellung, dass die Tür eine undurchdringliche Sperre sei, seine Neugier aufgestachelt. Jedenfalls spürte er, wie Schuldgefühle und Angst in ihm aufstiegen. Was, wenn er hier erwischt würde? Er wusste nicht einmal so recht, wo er überhaupt war. Es sah aus wie das Arbeitszimmer des Inquisitors, aber es kam ihm ganz anders vor, kälter und noch abweisender als sonst.

Die Stimmen waren jetzt wieder da. Er konnte nicht richtig verstehen, was sie sagten, es war, als wären im Nebenzimmer zwei Personen ins Gespräch vertieft. Die eine erkannte er als die des Inquisitors. Als er den Sprecher erkannt hatte, wurden die Wörter deutlicher, aber Melyn benutzte nicht seinen normalen Tonfall und sprach auch nicht Saesneg. Stattdessen bediente er sich einer Sprache, die aus einer anderen Welt hätte stammen können. Sie war kehlig und voller Zischlaute, mit seltsamen Auslautverhärtungen und bizarrem Klicken. Doch so große Mühe es dem Inquisitor auch machen musste, diese seltsame Sprache zu sprechen, er bewegte nicht einen Muskel.

Die andere Stimme war weiblich. Errol wusste nicht, wieso er das wusste, aber als er sich auf ihre Stimme konzentrierte, sah er auch die Verbindung zwischen ihr und dem Inquisitor. Unwillkürlich folgte er dieser Linie. Er hatte das Gefühl, einen gewaltigen Abgrund zu überschreiten. Er wusste, dass er eine große Entfernung zurückgelegt hatte, aber dennoch stand er in Sekundenschnelle am Rand einer Lichtung in einem tiefen Wald und nicht mehr im Arbeitszimmer des Inquisitors.

Es war dunkel, nur wenige Sterne funkelten zwischen den über den Himmel treibenden Wolken hindurch. Die Bäume um ihn herum hatten die ersten Frühlingsblätter getrieben. Der Duft der Blüten hing schwer in der warmen Luft. Die Laute von Tieren, die nach langem Winterschlaf erwacht waren, tönten durch die Nacht. Das alles nahm Errol nur am Rande wahr. Was all seine Aufmerksamkeit beanspruchte, war etwas anderes, das still und starr mitten auf der Lichtung saß.

Es war ein Drache.

Genauer gesagt, eine Drachin. Wieder wusste Errol nicht, woher er das wusste, aber er war sicher, dass das Wesen dort vor ihm weiblich war. Sie hatte die Augen fest geschlossen und saß in einer ähnlichen Haltung da wie der Inquisitor. Errol fuhr zusammen, als ihm aufging, dass die beiden miteinander redeten. Aber welchen Grund könnte ein Drache haben, um mit Melyn sprechen zu wollen? Der Inquisitor hasste die Drachen mit jeder Faser seines Wesens. Sein Lebensziel war es, sie alle zur Strecke zu bringen und auszurotten. Nur das königliche Edikt hatte ihn bisher daran gehindert. Doch das hatte Königin Beulah schon vor Monaten aufgehoben. In den Schlafsälen und im Speisesaal war nur noch die Rede von den Vorbereitungen für die Jagd.

Der Gedanke an das bevorstehende Gemetzel verstörte Errol zutiefst. Er wusste, dass er nichts gegen Drachen hatte. Ganz im Gegenteil. Diese Drachin hier zu sehen, wie sie gelassen in der Dunkelheit saß, erfüllte ihn mit einer seltsamen Trauer, einem unerklärlichen Gefühl, dass er mit ihr und allen ihresgleichen befreundet sein wollte. Dieses Wesen hätte ihn mit Angst und Widerwillen erfüllen sollen, aber stattdessen fühlte er sich geborgen und geliebt. Er wusste so viel über Drachen, über ihre Geschichte, ihre Sagen und ihre Lehren. Aber wie hatte er das alles lernen können, wenn ihm noch nie ein Drache begegnet war?

Father Kewick hat es dir beigebracht, sagte ihm die Stimme seiner Erinnerung. Aber das stimmte nicht. Es klang nicht wie er selbst. Es klang wie Inquisitor Melyn. Und Errol kannte Father Kewick. Der fette alte Priester aus dem Kerzenorden interessierte sich nur für seine Bücher über Verwaltung, Buchführung und Statistiken. Errol konnte sich deutlich an die langweiligen Unterrichtsstunden erinnern, in denen sein Lehrer ihm erklärt hatte, es gebe gar keine Drachen. König Brynceri habe sie einfach nur erfunden, um einen Vorwand zur Einrichtung seines Militärordens zu haben. Nie im Leben hätte der Prediger ihm von Drachenkunde erzählt. Woher also wusste Errol Bescheid über Palisander? Über Gog und Magog? Über die Gottheiten Mond und Sonne?

Ein Name – Sir Radnor – tauchte in Errols Gedanken auf. Mit dem Namen stellte sich das Bild eines bekannten Ortes ein, der Zackensprung, der Felsen, der stolz über dem Fluss aufragte. Auf der flachen Oberseite saß ein riesiges, prachtvolles Wesen, das mindestens dreimal so groß war wie diese Drachin hier. Seine gewaltigen vielfarbigen Flügel waren geöffnet, sodass die komplizierten Muster zu sehen waren, die sie schmückten. Ein warmes Glücksgefühl überkam Errol. Er erinnerte sich an die endlosen Stunden, in denen er dem Geist des Magis gelauscht hatte, als der ihm seine Geschichten erzählte. Aber neben diesem Glücksgefühl wuchs Zorn. Er war getäuscht worden.

Als seine Erinnerungen zurückkehrten, begriff Errol nach und nach, was ihm widerfahren war. Bei der Hochzeit seiner Mutter hatte der Inquisitor versucht, in seine Gedanken einzudringen, und war gescheitert. Er hatte nie in den Orden gewollt. Im Gegenteil – er hatte weglaufen wollen. Nicht allein, mit jemand anderem. Aber mit wem? Er war so dicht daran, aber noch immer war ihm diese Erinnerung verschlossen.

Ihm fiel ein, dass die Prinzessin ihn angestarrt hatte, als ob er ihre ganze Familie beleidigt hätte. Er erinnerte sich daran, dass er hinausgegangen war und gefroren hatte. Was hatte er mit seiner Jacke gemacht? Er hatte sie jemandem gegeben. Dann …

Der Damm brach, die Erinnerungen strömten auf ihn ein.

Dann war er von der Truppe Kampfpriester verschleppt worden, die die Prinzessin und den Inquisitor in sein Dorf begleitet hatten. Er war gefesselt worden und Hauptmann Osgal hatte ihm mit Gewalt einen Schlauch voll Wein eingeflößt. Errol konnte die saure Flüssigkeit wieder schmecken, spürte sie in seiner Kehle brennen. Er hatte vorher noch nie Alkohol getrunken und der Wein traf seinen Magen mit überraschender Brutalität.

Er hatte ihn gleich wieder ausgespuckt und erinnerte sich, wie er Osgals Kittel mit Resten des Hochzeitsmahls und blutroten Flecken besudelt hatte. Der Hauptmann hatte nur gelacht und ihm einen weiteren Schlauch voll Wein eingeflößt. Der war unten geblieben, wie auch der dritte – bis Errol kaum noch bei Bewusstsein gewesen war. Doch als er jetzt aus dieser seltsamen Traumlandschaft auf die Ereignisse blickte, konnte er sich an alles genau erinnern.

Ungefähr eine Stunde war vergangen. Er war offenbar eingenickt und dann aufgewacht. Sein Kopf war ein einziger Wirbel gewesen. Jemand hatte ihn festgehalten, damit der Inquisitor ihm in die Augen schauen konnte. Errol hatte versucht, sich zu wehren, aber sie war nicht bei ihm gewesen. Sie hatte nicht seine Hand gehalten. Deshalb hatte er keine Kraft.

Wer war sie? Im tiefsten Herzen wusste er es. Aber er konnte sich nicht erinnern. Grün. Das Mädchen in Grün.

Was als Nächstes passiert war, war ein Albtraum von Peinlichkeiten. Melyn hatte ihn unterworfen, als wäre er nur eine Marionette auf einem Jahrmarkt. Er war zurück in die Halle getorkelt, hatte nach Suff gestunken und sein gutes Hemd war von Wein und Kotze besudelt gewesen. Und dann hatte er allen, die noch wach genug gewesen waren, es zu hören, mitgeteilt, dass er dem Orden vom Hohen Fryd beitreten würde. Seine Mutter war stolz gewesen. Sie hatte sehr geweint, dann aber gesagt, dass es sicher das Beste für ihn sei. Wahrscheinlich hatte der Inquisitor auch ihr einen Zauber auferlegt, denn Errol wusste, dass Henna die Kampfpriester, die sie durch das Zwillingskönigreich gehetzt hatten, aus tiefstem Herzen verabscheute.

Nachdem er gelobt hatte, der Prinzessin als ihr persönlicher Beschützer zu dienen, war Errol dann endlich dem Wein erlegen und hatte das Bewusstsein verloren. Jetzt konnte er dennoch das weitere Geschehen so beobachten, als sei er Zeuge gewesen. Er war zu einem Wagen getragen und auf die mit Stroh bedeckte Ladefläche geworfen worden. Clun umarmte seinen Vater lange, ehe er endlich auch in den Wagen stieg. Und dann war die ganze Truppe aufgebrochen und hatte die Frischvermählten benommen, verwirrt und kinderlos zurückgelassen. Errol konnte nur annehmen, dass die Ausstrahlung des Inquisitors stark genug gewesen war, um das Urteil von Braut und Bräutigam zu trüben.

Hinter dem Dorf waren die Kampfpriester dann langsam über den Pfad zu dem alten zerfallenen Palast in Ystimtien geritten, der mindestens zwei Tagesreisen entfernt lag. Errol sah ihnen in Gedanken dabei zu und fragte sich, wieso er Dinge sehen konnte, die er gar nicht miterlebt hatte. Und dann sah er sie.

Das Mädchen in Grün.

Sie trug einen langen dunklen Umhang, der sie fast unsichtbar machte. Aus einem Versteck zwischen den Bäumen neben dem Pfad beobachtete sie mit einem Ausdruck von Trauer und Entsetzen im Gesicht, wie die Truppe vorüberzog. Als er sie sah, füllte sich sein Herz mit solchem Kummer und solcher Sehnsucht, dass er fürchtete, es werde zu schlagen aufhören. Sie war seine größte Liebe, das Einzige in ganz Gulad, was ihm wichtig war. Sie hatten weglaufen wollen, vor der Verfolgung durch die Orden fliehen. Aber er war gefangen worden. Er fragte sich, wo sie jetzt sein mochte, was sie machte, während er sich alle Mühe gab, sich an ihren Namen zu erinnern.

»Aufwachen, Junge! Kannst du nicht mal zehn Minuten wach bleiben?«

Errol spürte eine Hand auf der Schulter, die ihn energisch schüttelte. Er stand abermals auf der Lichtung und sah zu, wie der Drache lautlose Wörter in dieser seltsamen Sprache formte. Er stand im Arbeitszimmer des Inquisitors und sah, wie sein verhasstester Feind eine Falle stellte, um aus purer Bosheit eine ganze Art von edlen Geschöpfen zu vernichten. Und dann war er wieder auf dem Gang und neben ihm stand Hauptmann Osgal.

»Ich … ich habe nicht geschlafen«, sagte Errol und schüttelte den Kopf in dem Versuch, ein bisschen Ordnung in den Strudel seiner Gedanken zu bringen, in dem die drei Bilder zu einem zusammenflossen.

»Das glaubst du doch selbst nicht«, sagte Osgal und schob Errol auf das Ende des Gangs und die Treppe zu. »Los jetzt. Mach, dass du hier wegkommst, du nutzloser kleiner Scheißer!«

Errol jagte davon wie ein Kaninchen, wenn der Fuchs hinter ihm her ist. Er nahm auf der Treppe immer zwei Stufen auf einmal, lief dann durch den Wachraum im Untergeschoss – vorbei an den verdutzten Männern dort – und stürzte hinaus auf den Innenhof. Er rannte weiter auf die Bibliothek zu. Erst als er von den massiven alten Steinblöcken und den unsinnig hohen Wänden umgeben war, wurde er langsamer. Er musste so vieles durchdenken, musste so vieles zusammenfügen. Er musste Clun ausfindig machen und ihn warnen. Sie mussten versuchen, von hier zu fliehen. Der gesamte Orden vom Hohen Fryd war auf einer Lüge aufgebaut, das wusste er jetzt. Und er wollte damit nichts zu tun haben.

Und dann war da noch dieses Mädchen in Grün. Er hatte versprochen, immer bei ihr zu bleiben. Er sehnte sich danach, sie wiederzusehen, bei ihr zu sein. Es gab so viel, was sie zusammen tun mussten, eine ganze Welt war zu erforschen und zu verstehen. Er wusste jetzt ihren Namen. Bei Osgals grober Berührung war er zu ihm zurückgekehrt.

Martha.

24

Sir Teifi teul Albarn, angeblich 1035 – getötet von einer aufgepeitschten Menschenmenge am 14. Tag des Krachschlägermondes im 60. Jahr von König Divitie XXIII. – 7 große Edelsteine, 1 kleiner.

Morwenna die Weise, angeblich 835 – getötet von einer aufgepeitschten Menschenmenge am 14. Tag des Krachschlägermondes im 60. Jahr von König Divitie XXIII. – 4 große Edelsteine, ein kleiner.

Namenloses weibliches Drachkitz, 4 Jahre, vermisst, vermutlich getötet von einer aufgepeitschten Menschenmenge am 14. Tag des Krachschlägermondes im 60. Jahr von König Divitie XXIII. – keine Edelsteine.

Aus dem Drachenregister des Kerzenordens

»Wo willst du denn hin, Wicht?«

Benfro erstarrte und merkte, wie die Frühlingswärme aus dem Tag verschwand, als ob sich eine Wolke vor die Sonne geschoben hätte. Die Vögel zwitscherten in den Bäumen, Blumen blühten im Gras um die knorrigen alten Baumstämme und im ganzen Wald sang das Leben. Benfro hatte den Morgen mit Meirion in Sir Frynwys Studierstube verbracht, doch er hatte noch immer keinen Erfolg bei seinem Versuch, die Grymlinien zu sehen, und er hatte sich darauf gefreut, den Nachmittag mit Ynys Môn zu verbringen, als Vorspiel zu einem einwöchigen Jagdausflug in den tiefen Wald. Trotz seines ausbleibenden magischen Erfolgs war Benfro guter Stimmung und vertraute darauf, dass er das Problem mit der Zeit schon meistern würde. Der Winter war vorbei und er war von einem wunderbaren Optimismus erfüllt gewesen. Bis jetzt.

Als er auf den Weg einbog, der durch das Dorf zum Anger und zur Halle führte, sah er seine Nemesis in dem verwahrlosten Garten einer der Hütten stehen. Jetzt fiel ihm auf, dass es Ystrads Haus war und dass jemand die Läden geöffnet hatte, um Luft in die leeren Räume zu lassen.

»Was machst du denn da?«, fragte Benfro, als Frecknock ihn mit ungewöhnlich nachsichtiger Miene anstarrte.

»Ach, ich fand nur, dass sich doch mal jemand um dieses Haus kümmern könnte«, sagte sie. »Es ist doch über ein Jahr her, dass der alte Knabe gestorben ist, und außer den Spinnen war hier nie jemand.«

»Wieso interessiert dich das denn?«, fragte Benfro. »Du hast ein sehr gutes Haus. Du wolltest doch wohl nicht umziehen, oder was?«, fügte er hinzu, empört über die Vorstellung, Frecknock könnte die Hütte übernehmen, in der er so viele glückliche Stunden verbracht hatte. Sie sollte lieber verfallen oder sogar abbrennen als das über sich ergehen lassen müssen.

»Natürlich nicht, Wicht«, sagte Frecknock. »Aber man weiß doch nie, vielleicht möchte jemand anders hier einziehen. Und was hast du heute Nachmittag vor?«

Benfro musste zweimal überlegen. Er konnte keine Bosheit in ihrer Frage entdecken, keine spöttische Herablassung. Frecknocks Tonfall war fast umgänglich. So, als ob sie einfach höflich plaudern wollte. Er hatte sie seit der Nacht des Schlupftagsfestes einige Male im Dorf gesehen, aber sie hatte ihn keines einzigen Wortes gewürdigt. Bis jetzt.

»Ich will zu Ynys Môn«, sagte er. »Wir dachten, wir könnten mal nachsehen, ob die Frühlingsforellen schon springen.«

»Ach ja, Fischen«, sagte Frecknock. »Ynys Môn ist sehr stolz auf seine Fähigkeiten als Fischer und Jäger. Ich sehe ja nicht so ganz ein, wozu das gut sein soll, wenn man einfach die Hand ausstrecken und sich bedienen kann.« Mit diesen Worten hob sie die Hand und zog etwas aus der Luft. Benfro musste einfach hinstarren. Es war das eine, zu wissen, wie sich die Dorfbewohner ernährten, aber etwas ganz anderes, es vor sich zu sehen. Frecknocks freche Vorführung faszinierte ihn, aber sie stieß ihn auch durch ihren Mangel an Zurückhaltung ab.

»Hier, Wicht«, sagte sie und warf ihm den Gegenstand zu. Sie war keine gute Werferin, Benfro dagegen ein guter Fänger. Er schnappte das Ding und starrte einen glänzenden kleinen Apfel an, der gerade die ersten Runzeln nach einer langen Lagerung zeigte.

»Ist schon gut. Ich hab ihn nicht vergiftet«, sagte Frecknock jetzt. »Ob es vielleicht der ursprüngliche Besitzer getan hat, kann ich dir natürlich nicht garantieren.«

»Warum gibst du mir den?«, fragte Benfro und musterte den Apfel und den Drachen misstrauisch.

»Weil ich das kann«, sagte Frecknock. Die Anspielung war deutlich. Du kannst es nicht. Benfro wusste, dass ihre gute Laune einen Grund haben musste. Das war es also. Auf irgendeine Weise hatte er ihr zu verstehen gegeben, dass ihm das Lernen schwerfiel. Na, mit ihrer Prahlerei würde er leben können. Sie lernte schließlich seit fast hundert Jahren. Wenn es bedeutete, dass sie ansonsten nicht mehr so gemein war, dann würde er sich mit ihren Sticheleien abfinden können.

»Danke«, sagte er, hob die Hand und biss in den Apfel, der süß und saftig schmeckte, wenn auch die Schale ein wenig dick und zäh war.

»Aber gern doch«, sagte Frecknock lächelnd. Benfro schauderte es, weil das alles so unnatürlich war, dann nahm er seine

Wanderung wieder auf und freute sich darüber, dass er diese Begegnung so überraschend heil überstanden hatte.

»He, Wicht!«

Benfro zögerte, dann schaute er sich um. »Ja?«

»Deine Mutter. Hat die in letzter Zeit mal Besuch gehabt?«

»Nein«, sagte Benfro. »Jedenfalls nicht, wenn ich da war. Du weißt doch, dass sie mich immer wegschickt, wenn Menschen kommen. Warum?«

»Das geht dich nicht ... ach, egal«, sagte Frecknock, und einen Moment lang sah Benfro hinter dieser verwirrenden neuen Fassade seine alte Feindin.

»Erwartest du jemanden?«, fragte er. In seinem Hinterkopf begann eine scheußliche Ahnung Gestalt anzunehmen.

»Nein«, sagte Frecknock zu schnell, um wirklich überzeugend zu klingen. Ihre Schwanzspitze zuckte unwillkürlich. »Nur Neugier. Es kann ja nicht leicht sein, sich mit Menschen abgeben zu müssen. Sie können so gemein und brutal sein. Ich wollte eigentlich eher wissen, ob irgendwelche Drachen vorbeigeschaut haben.«

»Drachen?«, fragte Benfro. »Gibt es denn wirklich noch andere? Ich meine, ich habe noch nie einen gesehen.«

»Es gibt überall in Gulad Hunderte von Drachen«, sagte Frecknock und klang zugleich verärgert über seine offenkundige Dummheit und zufrieden, weil sie ihm etwas voraushatte. »Einige leben allein tief im Wald, und dann gibt es Drachen im Sumpfland von Hendry und oben in Lanwennog. Andere wandern den Weiten Weg und bleiben nirgendwo mehr als einen oder zwei Tage. Wie dein Vater zum Beispiel. Der konnte es nie ertragen, irgendwo länger als eine Woche festzusitzen.«

»Davon weiß ich wirklich nichts«, sagte Benfro. Er war an Frecknocks Spott gewöhnt und hatte nicht die Absicht, diesen Köder zu schlucken, auch wenn der Stich wehtat. »Ich bin ihm nie begegnet. Aber du ja offenbar doch. Vielleicht kannst du mir etwas über ihn erzählen.«

»Ich hab mir nie viel aus Sir Trefalduin gemacht«, sagte Frecknock. »Er fand sich selbst viel zu toll. Stolzierte immer wie ein Gockel durch die Gegend mit seinen riesigen ledrigen Schwingen und flirtete mit allen weiblichen Drachen, obwohl er so wenig deine Mutter verlassen wie sich seine eigene Nase abgeschnitten hätte. Er war kein so guter Erzähler wie Sir Frynwy und kein so guter Magis wie Meirion. Er konnte nicht heilen wie deine Mutter und war zu ungeduldig zum Jagen. Ganz ehrlich, ich weiß nicht, was er überhaupt konnte. Er hat dich gezeugt, nehm ich mal an, und wir sehen ja, was das wunderbare Ergebnis ist.«

»Warum ist er weggegangen?«, fragte Benfro. Er rechnete nicht damit, dass Frecknock ihm die Wahrheit sagen würde, aber schließlich hatte niemand im Dorf je richtig über seinen Vater mit ihm gesprochen. Es hatte immer nur geheißen, darüber könne eigentlich nur seine Mutter etwas sagen.

»Wer weiß? Kalte Füße gekriegt, weil er Vater wurde?«, antwortete Frecknock. »Ist vielleicht losgewandert und von irgendwelchen Menschen umgebracht worden.«

»Würden sie das tun?«, fragte Benfro. »Ich dachte, Drachen würden vom König beschützt.«

»Du bist wirklich ganz schön blöd, Wicht«, sagte Frecknock. »Zum einen hat König Divitie, den Ynys Môn vermutlich vor dem wohlverdienten Tod gerettet hat, seine Jugend vor allem damit verbracht, uns zu verfolgen und zu töten. Selbst nachdem er sich huldvollst bereit erklärt hatte, damit aufzuhören, wurden wir weiterhin gehetzt. Und andererseits war es dem König eigentlich egal. Er bekam weiterhin unsere Edelsteine und brauchte nicht mehr mit Gold dafür zu bezahlen. Oh ja, ab und zu, wenn irgendwer zu sehr mit seinem Jagdglück protzte, ließ er ihn auf dem Hof des Palasts aufhängen, aber die Verfolgung hat nicht seinetwegen einfach aufgehört. Und damit wenigstens dieser angebliche Schutz beibehalten wurde, mussten wir der Krone Tribut zahlen. Ich wurde ihm als Drachkitz vorgeführt – kannst du dir etwas Furchtbareres vorstellen?«

»Du?«, fragte Benfro ehrlich überrascht. Er hatte sich Frecknock nie anders vorgestellt, als sie eben war, aber sie musste ja einmal ein Drachkitz gewesen sein, und sie war jung genug, um unter Divities Herrschaft geschlüpft zu sein, wenn er die Geschichte richtig in Erinnerung hatte.

»Wie vielen Menschen bist du begegnet, einem?«, fragte Frecknock. »Na, dann stell dir vor, was es für ein Gefühl ist, von Hunderten umringt zu sein, von ihren feuchten, warmen Händen angefasst und begrapscht zu werden, nur ihre Plappersprache zu hören und zu wissen, dass sie über dich lachen und du ihnen vollständig ausgeliefert bist?«

Zum ersten Mal in seinem Leben tat Frecknock Benfro leid. Dieses Mitgefühl reichte nicht aus, um ihr alles zu verzeihen, was sie ihm angetan hatte, aber das Wissen, dass auch sie unter anderen gelitten hatte, half ein wenig, um zu erklären, warum sie tat, was sie eben tat. Er war nicht am Königshof vorgeführt worden. Seine Mutter hatte die Gesetze des Königs ignoriert. Kein Wunder, dass Frecknock neidisch auf ihn war.

»Was hat sich denn geändert?«, fragte Benfro. »Warum verstecken wir uns jetzt vor den Menschen?«

»Weil wir uns nicht darauf verlassen können, dass sie ihr Wort halten«, sagte Frecknock. »Hat deine Mutter dir denn gar nichts über sie erzählt? Sie haben meine Eltern einfach so getötet. Wir hatten ihnen wirklich nichts getan – wir wohnten nicht einmal in der Nähe einer ihrer Siedlungen. Aber sie kamen trotzdem, in der Nacht. Meine Eltern sind gestorben, damit ich entkommen könnte. Ich bin monatelang durch den Wald geirrt, bis Meirion mich gefunden hat. Sie hat mich hergebracht und seither bin ich hier.«

Benfro schwieg, merkte, dass er Frecknock anstarrte, und konnte seinen Blick doch nicht von ihr abwenden. Er hatte das alles nicht gewusst. Er war nie auf die Idee gekommen zu fragen, wo ihre Eltern sein könnten. Kein anderer Drache im Dorf hatte Eltern, aber die anderen waren ja auch viele Hundert Jahre alt. Frecknock war eigentlich nicht viel älter als er. Nicht, wenn er sich überlegte, wie lange sie hoffentlich noch leben würden. War es nicht schrecklich egoistisch, dass er nie auch nur danach gefragt hatte? Aber er hatte ja überhaupt nur wenig nach den Leben der anderen Dorfbewohner gefragt. Es gehörte sich schließlich nicht, zu neugierig zu sein. Wenn sie ihm etwas erzählen wollten, dann würden sie das tun. So wie jetzt Frecknock, auch wenn er sich um nichts in der Welt vorstellen konnte, warum sie das tat.

Auf einmal schlug Frecknocks Stimmung um. »Verzieh dich, Wicht!«, sagte sie, als ob sie plötzlich gemerkt hätte, mit wem sie da redete. »Ich muss hier mit dem Hausputz weitermachen. Dass das Haus leer steht, bedeutet ja schließlich nicht, dass wir es verfallen lassen dürfen.« Sie wandte sich von ihm ab und ging auf Ystrads Haustür zu. Nachdenklich schaute Benfro hinter ihr her und überlegte, ob er etwas sagen sollte. Er musterte den halb gegessenen Apfel in seiner Hand und dann zuckte er die Achseln. Das hier war schließlich Frecknock. Sie konnte sich das auch alles ausgedacht haben, um ihm noch mehr Ärger zu machen. Das eine wusste er jedenfalls über sie: dass es besser für ihn war, da zu sein, wo sie nicht war. Er biss noch einmal in die süße Frucht, dann lief er weiter, um sich auf die Suche nach Ynys Môn zu machen.

25

Die Almosenhäuser der Unverständigen sind eine überzeugende Warnung vor den Gefahren, die der Magie innewohnen. Solche niedrigen Steinhäuser wurden erstmals in der Zeit des Inquisitors Hardy errichtet. Sie sind durch Medwyns Bogen vom eigentlichen Klosterkomplex getrennt. Alle Novizen müssen abwechselnd die Pflege der verlorenen Seelen übernehmen, die diese Häuser bewohnen. Sie sind Opfer von fehlgeschlagener Magie, von falsch platziertem Zauber. Einige haben sich ihr Leid selbst zuzuschreiben, andere hatten das Unglück, von den Fehlern anderer getroffen zu werden. Keine dieser Seelen kann geheilt werden, sie sind dazu verdammt, mit keinem größeren Bewusstsein zu leben als dem von Schafen.

Manche sagen, es wäre nur barmherzig, den Unverständigen einen schnellen Tod zu bescheren, aber sie leiden nicht so sehr, wie wir uns das vorstellen, denn sie haben keine Vorstellungskraft, mit der sie leiden könnten. Ihre Nähe zum Kloster dient als ständige Erinnerung an die gewaltige Verantwortung, die die Zugehörigkeit zum Orden mit sich bringt.

Father Castlemilk:
Eine Einführung in den Orden vom Hohen Fryd

Errol saß in der Bibliothek und starrte mit leerem Blick das Pergament an, das vor ihm auf dem Tisch lag. Der Text war in winzigen verschlungenen Buchstaben und in einer ihm unverständlichen Sprache geschrieben. Die Wörter, welche Sprache es auch sein mochte, klangen irgendwie bekannt, aber er konnte ihnen keinen Sinn entlocken.

Er hätte sich aber auch nicht auf die Lektüre konzentrieren können, wenn sie in modernem Saesneg und in deutlicher Schrift dort gestanden hätten. Er befand sich dafür in einem zu großen inneren Aufruhr, hatte zu große Sorgen und ein Gefühl von brennender Wut. Seit seiner letzten Begegnung mit dem Inquisitor waren zehn Tage vergangen, und in diesen langen Stunden waren Erinnerungen, echte Erinnerungen, aus seiner Kindheit langsam aus dem Chaos von Widersprüchen und Lügen aufgestiegen, die Melyn an ihre Stelle gesetzt hatte.

Am ersten Abend hatte er mit Clun gesprochen, aber sein Stiefbruder hatte nur gelacht, Clun war aufgeregt darüber, dass er für seinen ersten Einsatz ausgesucht worden war. Zehn von den neuen Novizen sollten den Inquisitor und dessen Leibgarde auf einer wichtigen Reise begleiten. Errol wusste genau, was sie vorhatten, doch als er es Clun klarzumachen versuchte, hatte der ältere Junge ihn gefragt, wozu er eigentlich dem Orden beigetreten sei, wenn nicht, um die Welt von Drachen zu befreien. Errol konnte sehen, wie sich die Lehren des Inquisitors dem Denken seines Stiefbruders eingeprägt hatten, aber er konnte auch sehen, wie gut diese Lehren zu dem Jungen passten, der früher einmal sein Freund gewesen war.

In den nächsten Tagen wurde Errol immer nervöser. Der Inquisitor war mit seinem Trupp losgeritten, und Errol hoffte inständig, dass sie keinen Erfolg haben würden. Andererseits wollte er nicht, dass Clun für dieses Versagen verantwortlich gemacht würde. Am besten wäre es natürlich, wenn der Inquisitor gar nicht zurückkehrte, ob er nun erfolgreich war oder nicht. Er konnte sich nicht vorstellen, was passieren würde, wenn sie sich wieder begegnen würden.

In seinen wilderen Fantasien sah Errol eine zerlumpte Truppe mit dem Leichnam des Inquisitors zurückkehren, der im Kampf gegen eine riesige Drachenarmee getötet worden war. Wenn er seinen Gedanken freien Lauf ließ, dann sah er Clun als Helden, der den Leichnam seines Anführers unter Gefahr seines eigenen Lebens geborgen hatte. Aber dieses Wunschbild löste sich sofort auf, wenn er an seine eigene Situation dachte. Der Inquisitor war mächtig genug, um die Erinnerungen eines Menschen neu zu schreiben. Bestimmt waren einige Drachen für ihn überhaupt keine Herausforderung. Und die noch im Wald von Frydland lebenden Drachen waren traurige und elende Geschöpfe, nur bleiche Schatten der gewaltigen Ungeheuer der Sagen. Er hatte schließlich einen gesehen, einen weiblichen Drachen, so eitel und töricht, dass sie nicht einmal begriff, dass sie sich selbst zum Tode verurteilte. Es war sehr viel wahrscheinlicher, dass die Truppe in blutigem Triumph zurückkehren würde. Und das wollte Errol nicht mit ansehen müssen.

»Du schläfst doch wohl nicht über deinen Manuskripten, Errol, oder was?«, fragte Andro. Errol fuhr verwirrt herum. Er war dermaßen in seinen Gedanken versunken gewesen, dass er die Schritte des alten Mannes nicht gehört hatte.

»Ich starre die ganze Zeit dieses Pergament an, aber es ergibt kaum einen Sinn«, sagte er und hoffte, irgendeine Ablenkung von dem endlosen Kreis zu finden, in dem seine Gedanken sich drehten und der ihn immer weiter in seine Verzweiflung hinabzog.

»Mal sehen«, sagte Andro, beugte sich über den Tisch und sah sich die winzigen Buchstaben aus solcher Nähe an, dass seine krumme Nase das Pergament fast berührte. »Ah, ja. Father Charmoises Versuch, Drachensprache zu schreiben, als ob es Saesneg wäre. Genialer Kopf, dieser Father Charmoise. Ein Jammer, dass er am Ende wahnsinnig geworden ist.«

»Drachensprache?«, fragte Errol.

»Die Sprache der Drachen«, sagte Andro. »Ach, ich weiß, die meisten von ihnen sprechen jetzt Saesneg, also, die, die überhaupt noch leben und sprechen können. Wir Menschen finden es sehr schwer, einige von ihren Lauten zu bilden. Aber ich nehme an, wenn sie miteinander plaudern, klingt es doch ungefähr so.«

»Ihr seid Drachen begegnet?«, fragte Errol.

»Aber sicher doch. Viele, viele Male«, sagte der alte Mann.

»Aber Ihr gehört doch dem Orden vom Hohen Fryd an. Unsere Ordensregel trägt uns auf, Drachen zu jagen und zu töten. Habt Ihr …«

»Drachen getötet?« Andros Gesicht zeigte nun nicht mehr sein fröhliches, entgegenkommendes Lächeln, sondern wurde düster, nachdenklich und traurig. »Leider ja. In meiner Jugend habe ich einmal einen Drachen getötet. Ich bin nicht gerade stolz darauf, aber seither habe ich mir alle Mühe gegeben, es wieder gutzumachen.«

»Deshalb habt Ihr die Rolle weggenommen, nicht wahr?«, fragte Errol.

»Als ich diese Liste aufgestellt habe, sollte es eine einfache Zählung sein. Ich bin Jahre durch das Zwillingskönigreich gereist, um die noch lebenden Drachen ausfindig zu machen. Schon damals waren das nicht viele. Die meisten hielten sie für pure Sagentiere. Einige alte Leute erwähnten ein riesiges wildes Tier, das nicht weit von ihrem Dorf entfernt hauste, oder sie erzählten von vergrabenen Schätzen, die von furchtbaren Feuer speienden Ungeheuern bewacht wurden. Aber die meisten hielten das für alte Geschichten. Sie erzählten den Kindern, dass sie von Drachen geholt würden, wenn sie nicht brav waren. Aber eigentlich glaubte niemand, dass es sie gab.«

»Ich weiß«, sagte Errol. »In meinem Dorf war das auch so.«

»Aber du weißt es besser«, sagte Andro. »Was hat dich davon überzeugt, dass es sie gibt?«

»Ich bin nicht sicher«, sagte Errol. »Es kam mir einfach so vor. Und dann hat Martha mich Sir Radnor vorgestellt.«

»Martha? Sir Radnor?«, fragte Andro. Errol erzählte, so gut er konnte, von seiner Kindheit und dem Geist des alten Magis, der unter dem Felsen am Zackensprung lebte. Er erzählte ihm von der Hochzeit seiner Mutter und dem Eintreffen des Inquisitors und der Prinzessin und davon, wie er mit verwirrten Erinnerungen hinten im Wagen aufgewacht war. Und er erzählte ihm von den Abenden bei Melyn, vor allem von dem letzten, wo alles zu ihm zurückgekehrt war. Andro hörte geduldig zu, ohne ihn zu unterbrechen, und als Errol endlich verstummte, ließ sich der alte Mann neben ihn auf die Bank sinken.

»Melyn will dich als Spion, weil du aussiehst wie ein Lanwennog«, sagte Andro. »Aber er wird dir erst vertrauen, wenn er dich vollständig unter seine Kontrolle gebracht hat. Und deshalb lädt er dich in seine Gemächer ein, damit er dich zu seiner Denkweise bekehren kann.«

»Ich will kein Spion werden. Ich will auch keine Drachen töten. Ich will nur über sie und alle andere in Gulad lernen.«

»Dann hättest du vielleicht zu den Widdermönchen gehen sollen«, seufzte Andro. »Ach, Errol, das Schicksal hat es nicht gut mit dir gemeint, als es Melyn in dein Dorf geschickt hat. Das war sogar noch schlimmer, als dir klar sein kann. Und jetzt, da er dich hat, wird er dich ausnutzen, um seine Ziele zu erreichen. Er wird sich nicht weiter darum kümmern, was aus dir wird, ob du das überlebst oder nicht. Der Inquisitor lebt nur, um die Welt von seinen beiden ärgsten Feinden zu säubern, von Lanwennog und von Drachen.«

»Was ist denn mit den Drachen?«, fragte Errol. »Warum will er sie töten?«

»Ich weiß es wirklich nicht. Weil es sie gibt und weil er glaubt, dass ihre Existenz seinen Gott beleidigt? Er war nicht immer so. Ehe er Inquisitor wurde, war er von ihnen nur fasziniert. Er hat ganze Tage hier unten verbracht, um die Archive durchzugehen. Es kann sogar sein, dass er sich aus diesem Dokument hier ihre Sprache beigebracht hat.«

Errol warf einen Blick auf das Pergament. Als er sich vorstellte, dass der Inquisitor es berührt haben könnte, wäre er fast zurückgeschaudert, als ob er dabei Melyns Krankheit übernehmen könnte, was immer die nun sein mochte.

»Aber dann hat er aus irgendwelchen Gründen seine Meinung über sie geändert«, berichtete Andro weiter. »Seit Jahren behauptet er nun schon, die Drachen seien eine Bedrohung der natürlichen Ordnung und müssten ausgerottet werden«, sagte nun Andro. »Bisher sind seine Worte am Hof aber auf taube Ohren gestoßen.«

»Bis jetzt?«, fragte Errol. »Ach, Königin Beulah teilt seine Ansicht.«

»Die Königin ist Melyns Marionette«, sagte Andro. »Er hat sie mehr oder weniger erzogen. Sie wurde mit nur sechs Jahren in seine Obhut gegeben. Es ist kaum eine Überraschung, dass sie als eine ihrer ersten Amtshandlungen als Königin den Drachenlohn und Brynceris ursprüngliche Ordensregel wieder eingeführt hat.«

»Habt Ihr deshalb das Pergament mitgenommen?«, fragte Errol. »Ihr wolltet sie beschützen?«

»Ach, ich glaube nicht, dass ich viel tun kann, was sie nicht selbst tun können, Errol«, sagte Andro. »Drachen sind viel weiser und kennen sich mit Magie viel besser aus als wir Menschen. Wie nennen die das noch? Ach ja, die Feinen Künste. Sie können Dinge tun, die wir uns nicht einmal vorstellen können. Aber ja, ich habe dir die Liste weggenommen und sie vernichtet. Ich sehe wirklich keinen Grund, Melyn einen Vorteil zu verschaffen.«

»Aber wenn sie so stark sind, warum töten sie uns dann nicht?«

»Das weiß ich wirklich nicht, Errol«, sagte Andro. »Sie sind komplizierte Wesen, ganz anders als wir. Wer weiß schon, wie sie denken. Aber sie sind nicht dumm. Sie haben das Kloster hier ja schließlich erbaut.«

»Aber sie … sie haben was?«, fragte Errol.

»Emmas Far«, sagte Andro und bewegte die Hand durch den Archivraum, wie um das gesamte riesige Bauwerk einzuschließen. »Jedenfalls den inneren Kern. Generationen von Kampfpriestern haben den Komplex dann erweitert, aber das ursprüngliche Gebäude, mitsamt diesem Bibliotheksarchiv, war einst der Palast von Maddau der Weisen.«

»Maddau«, sagte Errol und versuchte, sich an diesen Namen zu erinnern. »Ich habe von ihr gehört. Sie kommt in einigen von Sir Radnors Geschichten über Palisander mit der gewaltigen Flügelspreite vor. Aber wie könnte ein Drache, oder auch jede Menge Drachen, so ein riesiges Bauwerk anlegen? Und warum haben sie es so groß gemacht?«

»Warum sollten Menschen so etwas tun?«, fragte Andro. »Hast du nie überlegt, warum die Wände zehn Meter hoch sind, warum die Türen hoch und breit genug sind, um mit einem Wagen hindurchzufahren? Ist dir nicht aufgefallen, wie unterschiedlich die Qualität des Baumaterials und der Bauausführung zwischen den alten Hallen und den Gemächern des Inquisitors ist?«

Errol war das durchaus aufgefallen, schon an seinem ersten Tag hier. »Aber das erklärt noch immer nicht, warum sie es so groß gebaut haben«, sagte er. »Ich habe eine Drachin gesehen – sie war nicht größer als ein Pony.«

»Du hast gesehen, wozu die Drachen sich selbst gemacht haben«, sagte Andro. »Aber die Wesen, die unseren Vorfahren Furcht und Achtung eingeflößt haben, waren riesige und mächtige Bestien. Sie hatten Flügel, die sie hoch in den Himmel tragen konnten, und sie konnten Feuer speien, das nur das verschlang, was sie verschlungen haben wollten. Das waren die großen Drachen der Sage, Palisander, Gog, Magog, Maddau. Du hast ihre Geschichten gehört und weißt, wie sie sich gegenseitig bekämpft haben. Damals, als das Zwillingskönigreich nur eine Ansammlung von Stämmen war, die sich unter der weisen Führung König Balwens zusammengefunden hatten, haben die Drachen uns kaum bemerkt. Und das war das Problem!«

»Wie das?«, fragte Errol fasziniert.

»Weil sie durch ihre Kämpfe das Land zerstört haben. Menschen wurden getötet, weil sie einfach im Weg waren. Die Ernte wurde verbrannt und das Vieh hingemetzelt. Hungersnöte und Seuchen folgten. Jahrhunderte-, vielleicht jahrtausendelang lebten die Menschen in Höhlen an der Küste oder in den Bergen und trauten sich kaum ins Flachland. Dann kam Brynceri und zeigte den Drachen, dass Menschen dieselbe Magie beherrschen können: Sie können die Kraft von Gulad anzapfen und gegen den Feind einsetzen. Und dann fingen wir an, uns das Land von ihnen zurückzuholen, und deshalb verfolgen wir sie seit damals. Wir unterdrücken sie, damit sie nicht wieder die Großmacht werden, die sie einmal waren. Melyn aber würde gern einen Schritt weiter gehen und sie endgültig vom Erdboden vertilgen. Ich bin in diesem und in vielen anderen Punkten nicht seiner Meinung, aber er ist bei Weitem der mächtigste Zauberer auf der Welt. Und ich muss mir den Vorwurf machen, dass er das meiste von seinem Wissen von mir gelernt hat.«

Der alte Mann verstummte. Errol saß neben ihm und dachte über seine Worte nach. Das Pergament lag vor ihnen, die winzigen Buchstaben bildeten Wörter in einer Sprache, die vollkommen fremd und doch beunruhigend vertraut war. Aber es war eben eine Sprache, reich und komplex wie die Art, die sie benutzte. Drachen hatten vielleicht vor Jahrtausenden wahllos Menschen getötet, aber jetzt standen sie kurz vor dem Aussterben. Und sie besaßen so viel Wissen, so viel Eleganz und Würde. Er konnte ihnen gegenüber nicht gleichgültig bleiben, selbst wenn er es versuchte. Und ihr Feind konnte er schon gar nicht sein. Allein schon die Tatsache, dass Inquisitor Melyn ihre Vernichtung anstrebte, reichte ihm aus, um sich energisch auf die Seite der Drachen zu stellen.

»Ich muss ihnen helfen«, sagte Errol. »Ich will nicht, dass sie alle sterben. Ich muss doch irgendetwas tun können. Sie auf irgendeine Weise warnen.«

»Errol, der Inquisitor ist vor zehn Tagen aufgebrochen«, sagte Andro. »Selbst wenn ich ihm gleich einen Boten hätte hinterhersenden können, hätte es nicht geholfen. Nein, es gibt viel wichtigere Dinge, die wir tun müssen, du und ich.«

»Was denn?«, fragte Errol, wütend, weil sein Lehrer die Drachen einfach abtat, als wären sie nicht wichtiger als Schafe.

»Zum Beispiel, dir eine Menge Magie beizubringen«, sagte Andro. »Inquisitor Melyn wird zurückkehren. Es kann eine Woche dauern, es kann einen Monat dauern. Auf jeden Fall wird er dich dann wieder zu sich bestellen, um das zu verstärken, was er schon in dich eingepflanzt hat. Du wirst lernen müssen, ihn in dem Glauben zu wiegen, das sei ihm gelungen.«

»Ich könnte weglaufen«, sagte Errol. »Wenn ich jetzt aufbreche, habe ich einen guten Vorsprung.«

»Und wo willst du dann hin?«, fragte Andro. »Zurück nach Hause? Nach Candlehall? Lanwennog? Du hast keine Erfahrung, Errol. Im Moment liegt deine einzige Hoffnung darin, dass du beim Orden bleibst. Versuch, alles vom Orden zu lernen, was du nur kannst, aber denk daran, dass er nicht dein Freund ist. Es tut mir leid, das sagen zu müssen, aber du hast ohnehin keine andere Wahl. Kein Novize darf ohne ausdrückliche Erlaubnis des Inquisitors das Kloster verlassen. Ich kann mir nicht vorstellen, dass Melyn dir eine solche Erlaubnis erteilt, und ich kann auch den Zauber nicht lösen, der dich hier festhält. Du musst mindestens die Prüfungen bestanden haben, ehe du durch den großen Bogen gehen kannst.«

»Kann ich wirklich genug lernen, um Melyn zu täuschen?«, fragte Errol. Seine Lage kam ihm hoffnungslos vor.

»Das ist möglich«, sagte Andro. »Sonst würde ich es doch nicht vorschlagen. Aber du musst wirklich sehr hart arbeiten, um Melyn an der Nase herumzuführen. Er ist der Beste.«

Errol sah den Bibliothekar an, und zum ersten Mal fiel ihm auf, *wie* alt er war. Unvorstellbar alt. Seine Haut war durchscheinend und zeigte die spinnenhaften blauen Adern darunter. Seine Finger waren verkrümmt wie Krallen, jedes Gelenk eine geschwollene Kugel aus Schmerz. Seine Arme waren wie Stöcke und hatten nicht mehr Kraft, als man brauchte, um eine Pergamentrolle hochzuheben. Aber die Augen Andros funkelten vor Intelligenz, seine Rede war gemessen, aber nicht langsam. Er hatte die Haltung eines Mannes, dem es mit dem Sterben nicht eilt. Er hatte Hoffnung, wenn nicht für die Drachen, dann doch für Errol. Und er war bereit, ihm zu helfen.

»Wann fangen wir an?«, fragte Errol.

26

Vielleicht das mächtigste Symbol für Kraft und Geschicklichkeit der Magi ist das Beschwören der Lichtklinge. Angeblich hat Inquisitor Ruthin diese Kunst als Erster gemeistert, als er Brynceri gegen das Ungeheuer Maddau zu Hilfe eilte. Er gab dieses Wissen an seine ersten Anhänger weiter, die dann zu den Kampfpriestern des Ordens vom Hohen Fryd wurden. Bis heute ist die Fähigkeit, eine Lichtklinge herbeizurufen, das Letzte, was ein Novize noch erlernen muss, ehe er in den Rang des Kampfpriesters erhoben wird. Nicht wenige Quästoren tragen die Narben ihrer vergeblichen Versuche, und die Halle der Toten in Emmas Faur gibt Zeugnis von denen, die bei dem Versuch gestorben sind.

Father Castlemilk:
Eine Einführung in den Orden vom Hohen Fryd

Es war die beängstigende Stille, die sie verriet. Normalerweise wäre im Wald ein wilder Lärm gewesen: Vögel, die auf den Bäumen zwitscherten, Blätter, die in den endlosen Luftströmungen raschelten, irgendwo das Gebell von Fuchsjungen, die ihre Spiele trieben. Das Leben war eine ununterbrochene Kakophonie, ein Wirbel von Geräuschen, die manchmal so heftig wurden, dass man nicht mehr klar denken konnte.

Aber jetzt war es still.

Benfro schaute zum Himmel empor. Hier auf dem Pfad konnte er über dem Baldachin aus Blättern einen blassblauen

Streifen sehen. Kein Bussard ließ sich von den Luftströmungen tragen, nicht einmal ein Sperling. Ein Zittern jagte über seine Schultern und juckte in der Senke in seinem Rücken, wo seine Flügel gegeneinanderstießen. Er schlich sich an den Waldrand und hielt sich instinktiv im Schatten. Dann nahm er im Wind einen Geruch wahr. Etwas Unnatürliches war hier vorübergekommen, etwas, das in seiner Erinnerung eine Saite anschlug, auch wenn der Geruch sich so unterschied wie Wildschwein und Reh. Er erinnerte sich an den alten Mann, Gideon, mit seiner stockenden Redeweise und seinen höflichen Manieren. Er hatte einen Geruch gehabt, der eher fremd gewesen war als unangenehm. Eine kräftigere, schwerere Version dieses Geruchs hing jetzt in der Luft. Menschen.

Benfro glitt durch das dichte Blattwerk am Ende des Weges und dann weiter in den Wald. Hier war es kühler und dunkler, und das war ihm nur recht. Der Geruch dieser Menschen war hier deutlich schwächer und ein hauchzarter Wind ließ ihn noch schwächer werden. Langsam und leise suchte er sich seinen Weg durch das verschlungene Unterholz, vorbei an riesigen Stämmen und gewölbten Wurzeln uralter Bäume, um von der Rückseite her sein Zuhause zu erreichen.

Als er sich der Lichtung und dem Haus näherte, trug ein sanfter Wind ihm Stimmen zu. Sie klangen harsch und kehlig und waren ihm unbekannt. Das war nicht Gideon, der zu einem freundschaftlichen Besuch zurückgekehrt war. Benfro war zu weit entfernt, um die Wörter zu unterscheiden, doch den Tonfall verstand er umso besser. Abermals verspürte er das Jucken zwischen seinen Flügeln und den scharfen Zorn darüber, dass jemand seine Mutter so unhöflich behandelte. Aber er war nicht so dumm, einfach so auf die Lichtung zu stürzen. Leise schlich er in das Dickicht am Rand der Lichtung und nahm dort seinen Beobachtungsposten ein.

Der erste Anblick des Menschen versetzte ihm einen Schock. Der Mensch kam ihm so klein vor, kleiner noch als Gideon: Oder vielleicht lag es daran, dass die Hütte über ihm aufragte und ihn wie ein Kind aussehen ließ. Er lief hin und her, auf mageren Beinen, die doch bestimmt sein Gewicht nicht tragen konnten, und sein Rücken war gehüllt in einen Umhang aus grobem grauen Stoff, der von seinen Schultern bis zum Boden fiel. Der Umhang war von Schlammspritzern übersät, als ob er seit Wochen nicht mehr gewaschen worden sei. Der Mensch schaute sich auf der Lichtung um, zwei winzige dunkle Augen, gefüllt mit einer bösartigen Kraft, er nahm alles in sich auf und war auf der Suche. Diese Augen zogen Benfros Aufmerksamkeit magisch an. Benfros Herzen wären fast stehen geblieben, als er merkte, dass er seinen Blick nicht von ihnen lösen konnte. Für lange Sekunden hielt der Mann Benfros Blick fest, und Benfro glaubte schon, entdeckt worden zu sein. Er zog sich in sich selbst zurück, wie er es von Ynys Môn gelernt hatte, versuchte, zu verschwinden, obwohl das dichte Laub der Büsche ihn versteckte. Er erstarrte und wagte nicht einmal zu atmen, bis diese Augen sich widerstrebend abwandten.

Ehe er etwas unternehmen konnte, kam eine Gruppe von vielleicht einem Dutzend Männern, die noch kleiner waren als der, der seinen Blick festgehalten hatte, auf nervösen, zitternden Pferden hinter der Hütte zum Vorschein. Sie stiegen ab. Dabei bewegten sie sich gleichzeitig und so zielstrebig, als seien sie von einem entsetzlichen Gedanken verbunden. Dann umstellten sie die vertraute Gestalt von Benfros Mutter.

Benfro keuchte auf, als er sie sah. Das war nicht der stolze Drache, den er kannte und liebte und fürchtete, wie nur ein Sohn das kann. Das hier war ein furchtsames Tier, wie Frecknock, die sich unter Sir Frynwys Zorn zusammenkauerte. Sie starrte zu Boden, trat von einem Fuß auf den anderen und presste die Flügel so dicht an den Rücken, dass sie aussahen wie lockere Hautlappen. Voller Entsetzen sah Benfro zu, wie sie sich von den Menschen vor deren Anführer stoßen und schieben ließ.

»Auf die Knie«, sagte der Mensch, und seine kehlige Stimme troff vor Ekel. Benfro konnte die Verachtung nur zu gut hören. Und schlimmer noch, Benfro hörte diese Stimme nicht zum ersten Mal.

»Auf die Knie vor deinen Herren, erbärmlicher Lindwurm«, sagte der Mensch. Zu Benfros Überraschung biss seine Mutter dieser Kreatur nicht den Kopf ab – der hätte problemlos in ihren Mund gepasst. Stattdessen sank sie langsam zu Boden, zuerst streifte ihr Bauch über den Schmutz, dann ihr langer Hals und Kopf. Als sie dann dort lag, war ihr Blick endlich tiefer als der ihres Verfolgers.

»Du versuchst, gegen uns zu kämpfen«, sagte der Mensch und ein Beiklang von trockener Belustigung lag in seiner Stimme. »Glaubst du wirklich, ein niedriges Wesen wie du könnte hoffen, mich zu bezwingen? Nein, Morgum, du musst dich meinem Willen unterwerfen.«

»Ihr kennt meinen Namen«, sagte Benfros Mutter. »Dürfte ich die Ehre haben, den Euren zu erfahren?«

»Ha«, fauchte der Mann. »Novizen, aufgepasst!« Er sprach jetzt seine Leute an und achtete nicht mehr auf Morgum. »Der normale Walddrache gibt sich als feiges Wesen aus, jämmerlich und harmlos. Lasst euch von diesem Auftreten nicht täuschen, fallt nicht auf ihre Lügen herein.«

»Ich bin Euch nicht übel gesinnt«, sagte Benfros Mutter. »Wenn ich Euch auf irgendeine Weise beleidigt habe, dann nehmt bitte meine demütigsten Bitten um Entschuldigung entgegen, guter Herr.«

»Beleidigt, Morgum? Oh ja, du hast mich gewaltig beleidigt. Ich sehe, dass du noch immer deine Quacksalbermittelchen verkaufst.«

»Meine Arzneien? Ich versuche nur, Leiden zu mildern.«

»Schweig, du Kuh!«, brüllte der Mann. Seine Augen loderten jetzt in einem wütenden roten Licht, und Benfro konnte seinen Zorn wie eine Kraft auf der Lichtung spüren. Nein, es war mehr als nur Zorn. Es war ein Hass, so pur und instinktiv, dass Benfro ihn schmecken konnte. Was konnte seine Mutter nur getan haben, um einen solchen Hass zu erregen?

»Wurzeln und Beeren, Baumrinde, Mulch. Glaubst du im Ernst, dass solche Dinge Krankheiten heilen können? Du glaubst, mehr zu wissen als die Palastapotheker? Deine elende Hexerei ist eine Beleidigung ihrer Weisheit.«

»Ach, jetzt erkenne ich Euch«, sagte Morgum, und Benfro konnte die Traurigkeit in ihrer Stimme hören. »Ihr kommt sicher von Königin Beulahs Hof. Kampfpriester vom Orden vom Hohen Fryd. Habe ich es hier zufällig mit Inquisitor Melyn zu tun? Ihr seid gealtert seit unserer letzten Begegnung.«

Benfro wurde fast umgeworfen von der Welle aus purem Zorn, die der Mann jetzt ausstrahlte. Einige seiner Begleiter erschauerten. Morgum zuckte zusammen, hielt aber seinem Blick stand, und in diesem Augenblick begriff Benfro, was als Nächstes passieren würde; er wusste nur zu gut, warum seine Mutter darum gebetet hatte, dass er niemals mit Menschen zu tun haben müsste.

»Deine Missachtung für die Königin ist nur die geringste deiner Schandtaten, du Kuh. Deinesgleichen ist jetzt schon zu lange eine Beleidigung für die Menschheit. Aber das wird sich jetzt ändern. Ihr steht nicht mehr unter Divities Schutz.«

»Ich hätte ohnehin nie gedacht, dass der so lange Bestand haben würde«, sagte Morgum.

Jetzt sah Benfro etwas vom wahren Wesen seiner Mutter. Es war eine winzige Kleinigkeit. Sie schien sich nicht zu bewegen, aber ihre Haltung zeugte von gelassenem Widerstand.

Was immer der Inquisitor ihr auch antun würde, sie hatte keine Angst vor ihm.

»Euer Gnaden, ich habe die Umgebung abgesucht, wie Ihr verlangt habt. Hier gibt es nur Wald und den Pfad, auf dem wir gekommen sind.« Der Kampfpriester, der jetzt vor den Inquisitor trat, war groß und muskulös. Sein Umhang war sauberer als bei den meisten anderen, vermutlich, weil das Pferd, das er am Zügel führte, größer war als die anderen. Es schaute den liegenden Drachen an, ohne auf irgendeine Weise unruhig zu wirken. Benfro hatte in seinem Leben noch nicht viele Pferde gesehen, aber er erkannte dieses Tier als etwas Besonderes.

»Natürlich nicht, Osgal«, sagte der Inquisitor. »Ein illegales Drachendorf muss doch sehr gut versteckt sein. Nicht einmal ich spüre die Magie, die sie verbirgt. Ein solcher Zauber muss an ein Leben gebunden sein. Es muss einen Torwächter geben. Ist das nicht so, Morgum?«

Benfro wartete in wachsendem Entsetzen, während seine Mutter den Inquisitor einfach aus ihren großen Augen anstarrte, ohne mit der Wimper zu zucken. Er konnte den wachsenden Zorn des Menschen spüren wie eine Wand aus Hitze, die sich auf der Lichtung in seine Richtung bewegte.

»Ja, ich weiß alles über dich, Morgum die Grüne«, sagte der Inquisitor, und Benfro ging plötzlich auf, dass er Drachensprache sprach, der harsche Klang des Saesneg war verschwunden und hatte einer sanfteren, weicheren Stimme Platz gemacht, die aber dennoch viel bedrohlicher war. Benfro wusste genau, wo er diese Stimme schon einmal gehört hatte. Es war Sir Felyn, der hier sprach. Und als der Inquisitor die bisher vor seiner Brust verschränkten Arme voneinander löste und sie hoch über Morgums Kopf in die Luft hob, konnte Benfro diese furchtbaren rosa Wurstfinger sehen.

»Ich weiß, du hältst dich für besser als mich, du glaubst, eure

Art sei über unsere erhaben«, sagte jetzt der Inquisitor. »Und ich weiß alles über eure kleine Renegatenbande, die sich hier im Wald verkrochen hat.«

»Ach, das bezweifele ich nun aber wirklich«, sagte Morgum. »Euer Geist ist viel zu klein, um auch nur meine schlichtesten Gedanken zu verstehen. Ich dagegen weiß genau, was Ihr vorhabt. Ich habe mich schon längst darauf vorbereitet.«

»Ist das so?« Benfro spürte eine neue Welle vom Hass des Mannes quer über die Lichtung brennen. »Und doch versuchst du nicht, dich selbst zu schützen. Da stimmt es wohl doch, was ich über Drachen gehört habe. Ihr seid im Grunde niedrige, zaghafte Geschöpfe. Die Welt wird ohne euch besser daran sein.«

»So sei es«, sagte Morgum und bewegte ihre langen Augenlider einmal. »Aber glaubt ja nicht, das hier sei das Ende. Das hier ist der Anfang.«

Sie wandte sich ab, sah kurz zu dem Busch hinüber, in dem Benfro sich versteckte. Wenn sie wusste, dass er dort war, dann ließ sie sich nichts anmerken, sie schloss nur noch ein weiteres Mal die Augen, dann drehte sie sich wieder um.

Benfro wollte schreien, wollte sich auf die Kampfpriester stürzen und sie zu Boden treten, aber etwas im Verhalten seiner Mutter hielt ihn davor zurück. Das und das fast greifbare Gefühl von Angst und bösen Ahnungen, das sein Bewusstsein jetzt füllte. Ehe er noch etwas tun konnte, hatte der Inquisitor von nirgendwoher eine Klinge aus purem Weiß herbeigerufen. Er hob die Hände hoch über seinen Kopf. Dann, mit fast verächtlicher Leichtigkeit, ließ er die Klinge in einem lautlosen Bogen sinken.

Sie stieß auf keinerlei Widerstand, als er Morgums Kopf von ihrem Hals trennte.

James Oswald

DREAMWALKER

In einem kleinen Ort, fern der großen Städte der Zwillingskönigsreiche, wächst der junge Errol auf. Er ist dort ein Außenseiter – sieht er doch so ganz anders aus als die Einheimischen und weiß nicht einmal, wer sein Vater ist. Denn niemand, nicht einmal er selbst, ahnt etwas von seiner wahren königlichen Herkunft. Tief in den Wäldern wird derweil Benfro, ein junger Drache, in die magischen Künste eingeweiht. Wie die seiner Mutter, ist es auch seine Bestimmung, ein großer Magier zu werden. Niemand würde vermuten, dass die Zukunft aller in den Zwillingskönigreichen in den Händen dieser beiden ungleichen Helden liegen wird. Doch das Schicksal wird den Jungen und den Drachen zusammenführen und ihrer beider Leben auf immer verändern ...

Der Zauber des Drachenvolkes
Band 1, ca. 416 Seiten,
ISBN 978-3-570-40306-8

Das Geheimnis des Magierordens
Band 2, ca. 480 Seiten,
ISBN 978-3-570-40307-5

Die Gefangene des Drachenturms
Band 3, ca. 416 Seiten,
ISBN 978-3-570-40308-2

40284_3

www.cbj-verlag.de